LE DERNIER LION D'ALBÂTRE

Direction des publications : Stéphanie Baronchelli, Jérôme Bernez-Binder

Suivi éditorial et maquette : Alice Darondeau

Correction : Maud Bataille

Conception graphique de la collection : Jeanne Mutrel, Tiphaine Rautureau

Conception de la couverture : Tiphaine Rautureau

Couverture et alphabet : Victoria Alessandri

Carte : Elsa Roman

Typographies : My seven Ts – Citlali Castillo ;
Goudy Bookletter 1911 – Barry Schwartz ; Gideon Roman – Robert Leuschke

WWW.GULFSTREAM.FR

ISBN : 978-2-38349-012-8

Gulf stream éditeur

Dana B. Chalys

ÉLECTROGÈNE
FANTASY

Mont
Zaliyanu
TIYANE
Bayny
Tyniry
Miayny
DRYANE
Terrsemence
Vivcollines
Tipyane
Ferme
d'Henti
OFAYNE
Bibliothèque
de Brume
Hattusa
Lazur
SHRI'MTA
Ruines de la
Porte Nord
Hereret-Niout
RHOUTI

SHANA
TJO
NARABA
MAHAYA
N'DEROU
OUR

PARTIE 1

Le Dernier Lion d'albâtre

Chapitre I

Le hurlement sinistre du vent tira Ashtiri de ses pensées nébuleuses. Le souvenir de ses cris de fillette terrorisée et du sable de son lointain pays natal s'envola lorsque le bois craqua. Les rafales le faisaient travailler, lui arrachant parfois des gémissements à fendre l'âme. L'adolescente soupira de fatigue sans pourtant se lever de la couche crasseuse sur laquelle elle reposait son corps harassé toutes les nuits. Le sommeil ne venait pas. Une nouvelle rafale, les pannes[1] geignirent. Sous les combles, le bruit était amplifié comme si quelque monstre se cachait dans la ferme[2] du toit, tapi dans l'ombre en attendant le moment opportun d'égorger sa proie. Des bougies finissaient de se consumer, baignant la pièce d'une faible lumière mouvante.

Le parquet grinça, l'ouïe d'Ashtiri s'affûta. Ce bruit-là n'était pas habituel. Pour pallier ses piètres qualités de combattante, l'adolescente avait appris par cœur la disposition de ce coin de grenier où elle vivait. Des jours à marcher sur toutes les lattes,

1. Pièces horizontales de la charpente d'un toit.

2. Structure triangulée indéformable donnant sa forme à la toiture.

à apprendre leurs plaintes, à mémoriser l'emplacement de chaque poutre, leur hauteur, leur largeur, tout ce qui pourrait l'avantager en cas d'attaque. Comme cette nuit. Quelqu'un était là et la masse noire d'Ashtiri se dessinait trop bien sur sa couche claire. Elle se leva puis bondit dans un coin sombre. Pour survivre dans la partie nord de la tentaculaire cité de Tyniry, une voleuse devait être rapide, silencieuse et dextre. Encore plus si elle voulait conserver sa réputation naissante de meilleure monte-en-l'air[1].

L'intrus se déplaça. Un second également. Ils avançaient côte à côte d'une zone d'ombre à une autre. Leur cible se hissa avec souplesse sur une poutre, ses vêtements près du corps n'entravant nullement ses mouvements, puis attrapa une corde à l'extrémité en nœud coulant. Elle se déplaça, furtive, en direction de ses visiteurs au-dessus desquels elle s'immobilisa. La luminosité n'était pas élevée ; malgré tout, les contours des silhouettes de deux hommes se découpaient sur le parquet. Ashtiri raffermit ses appuis, sa prise sur la corde épaisse, et attendit que ses futures victimes à présent en file indienne soient à sa portée.

Trois pas.

Deux pas.

Le nœud se resserra sur le cou du premier homme qui fut soulevé de terre quand Ashtiri s'en servit de contrepoids pour redescendre. Son pied droit touchait à peine le sol quand son gauche percuta la tempe du second vaurien, l'assommant sur le coup. Son corps en arrière, elle forçait sur ses bras pour supporter la masse du pendu durant plus d'une minute. Quand il fut sur le point de perdre connaissance, l'adolescente le reposa au sol et libéra sa gorge. Se défendre, ne jamais tuer.

---

1. Cambrioleur.

Chapitre 1

Ôter des vies était un jeu auquel elle refusait de jouer de peur d'y laisser toutes les parties de son âme. En dépit de l'oxygène retrouvé, le malfrat s'évanouit.

À la lumière d'une bougie, Ashtiri aperçut sur les vêtements usés des inconscients l'emblème de la Dague d'or, redoutable pègre[1] que la voleuse avait parfois délestée d'objets précieux. Les deux individus ne portaient aucune arme létale, leur présence était un avertissement. Après une fouille minutieuse infructueuse, l'adolescente se releva et soupira. Assommer des hommes, belle idée, mais il fallait les sortir d'ici, maintenant. Le monte-charge serait parfait pour ça, et elle trouverait en bas, sans aucun doute, une petite brouette à porc.

Le lendemain, la découverte des deux hommes ligotés nus sur la Grand-Place fit un bruit fracassant, accentué par la marque sur leur torse en forme d'épi du désert, silhouette effilée dressée vers le ciel. La mise en scène d'Ashtiri témoignait de son impavidité[2] face aux menaces, détail qui déplut à la Dague d'or au point qu'aucun de leurs séides[3] ne vint libérer les prisonniers de toute la journée. Les deux pauvres bougres durent attendre la nuit suivante pour être soulagés de leur supplice.

Tyniry était une cité unique. À cheval entre Tiyane et Ofayne, deux des trois royaumes frères, elle se voyait coupée en deux par une rivière et par les différences de classes. Les riches vivaient en Ofayne, au sud où le luxe abondait, tandis que le nord, zone de non-droit, accueillait pauvreté, criminalité et esclaves en fuite, comme l'était Ashtiri. L'absence d'autorité dans la ville leur permettait de trouver refuge sans trop craindre d'être rendus à leurs esclavagistes.

1. Groupe social formé par des hors-la-loi.

2. Absence de peur, d'inquiétude.

3. Individu qui fait preuve d'un dévouement aveugle.

LE DERNIER LION D'ALBÂTRE

À son arrivée dans la ville à l'âge de dix ans, Ashtiri avait été frappée par la diversité culturelle dans les rues où chaque communauté, bien que vivant sur son territoire, se mêlait aux autres pour commercer. Malgré une politique colonialiste répressive, Ofayne n'était pas parvenu à détruire tous les vestiges du passé.

Esseulée, sachant à peine lire et compter, la fillette s'était malgré tout heurtée au mur de la langue car les Narabiens en fuite étaient rares. Après des semaines à errer, à manger un jour sur trois, Ashtiri avait rencontré Riniri, autrefois fille d'une reine de tribu, vendue à un duc d'Ofayne. De six ans son aînée, Riniri, devenue prostituée, avait recueilli celle qui devint sa sœur de cœur et avait œuvré pour lui offrir un destin plus digne que le sien. Grâce à elle, la voleuse vivait par ses propres moyens et n'était à la merci de personne.

C'était sous les combles du bâtiment à encorbellement[1] abritant le lupanar[2] que logeait Ashtiri. Cela lui permettait de rester proche de sa bienfaitrice afin de lui rendre visite à loisir. Ce soir-là, comme à son habitude, la silhouette ombreuse passa du toit à la galerie donnant sur la chambre de Riniri, s'assura que la femme était seule puis entra par une fenêtre jamais verrouillée. D'ordinaire accueillie par un grand sourire et un salut chaleureux, il n'en fut rien cette fois. Ce soir, Ashtiri vit son amie assise face à un miroir essuyer le sang perlant de ses blessures au visage. Son si fascinant, fier et intimidant visage que l'adolescente avait toujours imaginé dessiné par le désert de Naraba tant ses courbes étaient pures, se voyait aujourd'hui moucheté de plaies boursouflées.

— Fais attention, l'avertit Riniri. Un homme est venu plusieurs fois demander des informations sur toi. Aujourd'hui il s'est énervé face à mon silence.

---

1. Construction en saillie sur le plan vertical d'un mur.

2. Maison de prostitution.

Chapitre 1

Ashtiri s'accroupit, une main coupable posée sur le bras d'une femme qui, même traînée au ban de la société, demeurait impressionnante de dignité.

— Je suis désolée.

— Chasse les larmes de ta voix. Tant de sentimentalisme pourrait te coûter la vie ou pire, ta liberté. Je ne veux pas que tu finisses comme moi.

Elle avait prononcé ces derniers mots avec dégoût tout en jetant son linge taché de sang sur sa coiffeuse.

— J'ai assez d'argent pour nous faire vivre toutes les deux, annonça Ashtiri.

— Vivre ? Où donc ? Tyniry n'est pas assez grande pour me cacher, je serai retrouvée.

— Alors quittons la ville.

Le regard de Riniri se chargea de contrariété lorsqu'elle arracha le foulard noir accroché au cou de sa protégée. Sous les lumières des chandeliers brilla avec éclat le collier ambré de la voleuse.

— Ne fais pas de promesse que tu ne peux tenir. Un pas dehors et tu seras revendue. Tyniry n'a pas de murs, pourtant tu ne pourras jamais t'en échapper. Moi non plus.

— Tu n'y crois peut-être pas mais ne m'empêche pas de me battre pour quitter ce trou. Et si l'espoir te fait si peur je le porterai pour nous deux.

Elle récupéra son foulard en se relevant. Tout en le nouant de nouveau à son cou, elle demanda la description du curieux et sut ainsi qu'il ne reviendrait pas avant longtemps avec deux bras fracturés par les sbires du propriétaire des lieux. Bien que satisfaite à l'idée que la vermine qui avait osé frapper sa sœur de cœur ait payé pour son geste, ce n'était pas avantageux car elle n'aurait plus l'occasion d'interroger cet étranger.

Toutefois, Riniri l'avertit encore : cet homme était un pion. Le maître du jeu jouerait bientôt son prochain coup.

Qu'à cela ne tienne, Ashtiri l'attendait de pied ferme.

Le vent était tombé, laissant le ciel de la nuit sans nuage pour voiler le croissant de lune descendante et le scintillement du firmament. Malgré la beauté des amas d'étoiles formant une arche vertigineuse sur tout ce côté du monde, Ashtiri filait de toit en toit dans la partie sud de Tyniry sans même un regard aux astres. Les distractions n'avaient pas leur place dans un esprit autant focalisé sur une mission que sur l'espoir qui l'entourait.

Voilà deux jours, son receleur[1] favori avait su par ses sources habituelles que deux pierres précieuses transiteraient ce soir par la ville pour rejoindre Miayny, capitale d'Ofayne. Une nuit. C'était le temps que ce trésor resterait ici. Ashtiri ne voulait pas laisser passer cette occasion unique de financer leur retour en Naraba, à Riniri et à elle.

Un saut souple amena la voleuse de l'autre côté d'une rue marquant la fin de son voyage aérien. Elle passa de balcons en persiennes afin de retrouver le sol dallé d'une cour intérieure dans laquelle elle emprunta des escaliers donnant sur une minuscule porte. Le battant, discret dans son coin noir, donnait accès aux vieilles traboules[2] autrefois légion dans la partie ofaynienne de Tyniry, sur la rive sud de la rivière. À l'époque, ces chemins permettaient aux ouvriers navals de transporter les marchandises du port au cœur de la ville directement. Depuis la construction d'un grand port

---

1. Coupable de recel, donc de détenir sciemment des objets provenant d'une infraction.

2. Célèbres à Lyon, les traboules sont des passages étroits reliant deux rues, souvent à travers des cours d'immeubles.

commun aux royaumes frères, les passages étaient tombés en désuétude. Sauf pour les chapardeurs curieux dont la survie dépendait de leur capacité à se déplacer avec efficience dans la ville.

Le chemin emprunté par Ashtiri débouchait sur une nouvelle cour intérieure dont la luxueuse décoration ne trompait pas. Les sens aux aguets, l'adolescente s'extirpa avec précaution de sa cachette au couvert de la ramure d'un beau frêne. Dissimulée par le tronc, elle songea que tout était très calme. Les complices de cette délicate escorte ne devaient pas vouloir attirer l'attention en déployant plus de gardes qu'à l'ordinaire. Après tout, les pierres n'étaient ici que pour quelques heures.

Autour de l'arbre s'élevaient des façades claires aux splendides fenêtres à meneaux ouvragés. À leur pied s'alignaient d'autres petites portes semblables à celle empruntée par la visiteuse. Cette dernière tenta de les ouvrir. Sans succès. Elles étaient décoratives. Dans ce coin du monde, bâtir des portes de petite taille, même d'apparat, permettait de s'attirer les faveurs des lutins, esprits dont la colère, disait-on, effondrait les habitations pour ensevelir les humains indélicats. La superstition perdurait bien que les petits bonshommes ne soient qu'une légende. La magie et les créatures fabuleuses n'existaient que dans les contes.

Ashtiri crocheta une fenêtre du rez-de-chaussée avant de s'engouffrer dans le bâtiment. L'éclairage à la bougie des gardes lui permit de les éviter car la vaste maison ne manquait pas de recoins où se glisser. Pas après pas, elle parvint au second étage où un imposant buffet la cacha à la vue de deux hommes gardant une porte. Pas d'erreur possible, les pierres étaient là. La fronde qu'elle extirpa de sa poche envoya un caillou de l'autre côté du couloir. Les sentinelles tournèrent la tête, avant de se fixer de nouveau devant elles. Ashtiri réitéra sa tentative de diversion et obtint le départ de l'un des veilleurs. Elle arma sa fronde avec un projectile plus gros, s'avança jusqu'à attirer l'attention du garde restant puis visa son entrejambe avant qu'il ait pu donner l'alerte. La douleur de l'impact mit l'homme à quatre pattes et le laissa incapable de parer le coup qui l'assomma, laissant la voie libre jusqu'à l'intérieur de la pièce plongée dans la pénombre.

Les rayons de la lune éclairaient à peine un pupitre vers lequel s'avança la voleuse. Avant qu'elle ait pu voir ce qui y était posé, des bougies s'allumèrent par dizaines autour d'elle, révélant autant de silhouettes : c'était un piège ! Ashtiri voulut faire demi-tour mais des colosses condamnèrent la porte de leurs corps massifs.

— N'ayez pas peur ! lança une voix formelle. Nous voulons seulement parler.

L'adolescente, sur ses gardes, fit face à l'inconnu encapuchonné debout près du piédestal. Un rapide coup d'œil lui confirma qu'aucun individu dans cette salle ne se tenait prêt au combat.

— Parler de quoi ? demanda-t-elle sans relâcher sa vigilance.

— D'une mission que nous aimerions vous confier.

Un travail ? C'était bien la première fois qu'on souhaitait louer ses services, qui plus est de cette manière. Étrange. Malgré tout, sa position de faiblesse l'incita à jouer le jeu des étrangers en attendant de trouver un moyen de leur fausser compagnie.

— « Nous », c'est qui ? questionna-t-elle encore en adoptant une attitude détendue. Et quelle mission ?

Chapitre 1

— Nous vous offririons tout ce que vous désirez si vous nous rapportez une chose dont nous avons besoin.

— Votre réponse ne sert à rien. Je n'en sais pas plus.

— L'affaire est délicate, d'où la manière fort cavalière dont nous avons dû user pour vous rencontrer car si nous nous étions présentés à vous autrement, vous n'auriez rien entendu.

— Vous ne vous êtes pas présentés et si j'entends bien, rien ne dit que j'écoute.

Elle se dirigea avec nonchalance vers une fenêtre donnant sur la cour intérieure. Une fois appuyée contre le chambranle, elle reprit :

— Le fouineur, c'était un des vôtres ?

— Il devait entrer en contact avec vous et gagner votre confiance.

— En tabassant ma meilleure amie ? répliqua-t-elle sans parvenir à masquer le fiel de sa voix.

L'absence de réponse en disait long sur ce qu'ils pensaient du fait de violenter une esclave. Ils auraient eu plus de peine pour un chien.

— Permettez que j'ouvre la fenêtre ? J'étouffe avec toutes ces bougies.

— Je vous en prie.

Ashtiri n'avait pas attendu la réponse. L'air frais de la nuit la soulagea plus qu'elle n'aurait imaginé. Les feuilles du frêne miroitaient sous la lumière lunaire, c'était beau.

— Si vous ne me dites pas qui vous êtes je ne poursuivrai pas les négociations, avertit l'adolescente.

— Il vaut mieux que je vous montre. Venez.

En le rejoignant pour observer la main qu'il lui tendait, la voleuse découvrit à son doigt une bague finement ciselée portant le sceau de la famille royale d'Ofayne. Autrement dit, si elle acceptait de mener la mission à bien, elle finirait en prison. Elle effleura le bijou et fixa le noble, captant un instant son regard clair. Puis elle recula.

— Vous ne pouvez pas refuser, Ashtiri.

— Vraiment ?

Elle fila comme un trait et sauta par la fenêtre jusqu'au frêne. Le heurt avec le tronc fut rude. En dépit de la douleur du choc et des éraflures dues aux branches, Ashtiri descendit à toute vitesse à tel point qu'au moment où les gardes investissaient la cour intérieure, l'adolescente avait déjà disparu.

Extrait de *Ofayne, les dessous d'une puissance économique* par l'historien Sonibert De Sauvin

« Ofayne possède une longue tradition d'asservisseur sans laquelle il n'aurait pu prospérer autant. Depuis sa création, le royaume accapare les populations aux cultures différant de la sienne. Ses premières victimes ont été les tribus isolées de l'actuel Tiyane, dans les plaines septentrionales. Puis ce fut le tour de l'Ouest, dans ce qui est vite devenu Dryane. Alors, les tribus kussars se sont également vues imposer son mode de vie.

Une fois le continent entier sous sa coupe, Ofayne a dû chercher des esclaves plus loin. Grâce à l'aide de l'opportuniste marine marchande de l'île de Shri'Mta, le royaume a eu accès à un nouveau vivier, celui des hommes et des femmes noirs semi-nomades du sud de Naraba, pays séparé des royaumes frères par un bras d'océan. Habitants du désert sans arme ni armée, sans maison ni palais, ils sont arrachés à leur famille puis amenés sur Shri'Mta où un collier ambré imprenable leur est posé. Marqués à vie comme des bêtes de somme, ils sont ensuite vendus sur le marché et transportés en Ofayne pour travailler jusqu'à ce que mort s'ensuive.

Tel est le prix d'une économie florissante. »

Chapitre 2

Tyniry-nord était l'endroit idéal pour vendre des objets volés car la ville abritait d'excellents receleurs chez qui s'en débarrasser. Le meilleur d'entre eux, chez qui Ashtiri se rendait en cette fin d'après-midi, avait fini par s'intéresser à elle grâce à son audace, qualité lui ayant permis de ne pas rentrer bredouille de sa mésaventure, trois jours auparavant.

L'adolescente marchait sans un regard pour le paysage urbain insipide. Ici tout lui semblait gris, terreux et humide. Parfois, des jardins égayaient un bout de rue pour qui prenait le temps de les admirer. Tout autour s'étendaient des rues défoncées, des maisons délabrées, des commerces surchargés de choses inutiles et dépourvus de denrées vitales. Les maisons closes se comptaient par deux dans les quartiers ; les fumeries, par quatre. C'était beaucoup trop, même pour Tyniry. Abandonnés des autorités et des dieux, les habitants survivaient par tous les moyens, dépensant leur argent dans l'oubli de leur misère.

Le bruit incessant des rues fatiguait, mélange disgracieux entre palabres, disputes et bagarres. En sus, les odeurs infectes d'urine et de déchets supplantaient celles alléchantes de plats aux senteurs d'ailleurs. De partout, sauf de Naraba, comme si le pays de sa naissance ne faisait pas partie du monde, comme s'il en était éloigné au même titre que l'énigmatique Rhouti.

Les enfants de la ville aimaient se confectionner une crinière de paille et jouer aux Lions d'albâtre terrassant toutes leurs peurs enfantines, car ils avaient bien compris, en dépit de leur jeune âge, que l'environnement de Tyniry-nord n'était pas sain. Empêtré dans la misère, chacun se cherchait un héros. Des mages-guerriers faisant régner la justice dans le monde entier, même sortis du folklore d'un pays voisin, en étaient l'incarnation parfaite.

Un groupe de garçons, entre sept et neuf ans, attira l'attention d'Ashtiri, en particulier car un timbre plus aigu défiait la majorité. Une petite fille à la peau claire, les cheveux bruns emmêlés et la robe en lambeaux, faisait face au reste du groupe sans céder. Intriguée, Ashtiri s'approcha afin d'entendre l'échange.

— Tu peux pas être un Lion d'albâtre, t'es une fille !

— Et toi tu peux pas être un Lion d'albâtre, ils existent pas ! répliqua la petite.

Elle croisa les bras et tourna la tête en signe de dédain, quand son regard tomba sur la spectatrice muette. La fillette s'anima.

— Grande sœur, dis-leur que je peux être ce que je veux !

Ashtiri la rejoignit, pas le moins du monde troublée par l'appellation affectueuse courante dans la bouche des enfants du quartier. Toutes les jeunes femmes étaient des grandes sœurs, des bras où aller se cacher quand les poings des pères frappaient trop fort. Ashtiri chérissait son enfance en Naraba au sein d'une société matriarcale.

Chapitre 2

L'adolescente s'accroupit à côté de la fillette et fit face aux garçons :

— Les Lions d'albâtre sont intègres et impartiaux. Est-ce que vous l'êtes en l'empêchant de jouer avec vous ?

Ils se regardèrent, incertains durant un instant.

— Mais c'est pas notre faute si la légende dit que c'étaient que des hommes, opposa le chef de la bande.

— C'est nous qui faisons les histoires, petit frère.

— Et alors ?

— Alors ça veut dire que si tu ne veux pas qu'une fille soit un Lion, ce n'est pas à cause de la légende : c'est parce que ça te dérange, toi.

— Pff, n'importe quoi ! C'est pas ça !

— Dans ce cas, prête-lui ta crinière de paille.

Le garçon jeta un regard à ses amis, avant d'ôter sa coiffe et de la tendre à sa camarade. Cette dernière s'empressa de la mettre, non sans afficher une grande fierté.

— Je te promets de pas l'abîmer, jura-t-elle.

— T'as intérêt !

Ashtiri posa une main affectueuse sur l'épaule du chef de la bande.

— Ce sont tes choix qui feront de toi une personne juste et équitable, pas une vieille histoire de mages.

Le garçon approuva. Elle caressa sa joue basanée blanche de poussière, songeant à toutes les fois où on lui avait aussi raconté cette légende, où on lui avait fait espérer la venue de ces mages providentiels qui libéreraient tous les esclaves du monde, puisqu'on disait des Lions qu'ils intervenaient dans chaque pays en mal de justice. Elle esquissa un sourire amer, avant de laisser le groupe retourner dans son monde de magie fantasmé. Un pas de côté, les voilà loin de la misère.

LE DERNIER LION D'ALBÂTRE

Ashtiri continua sa route jusqu'à la boutique d'un apothicaire[1] qui lui offrit, une fois la porte close, un silence salvateur. Elle ferma les yeux pour se rappeler son pays natal, ses dunes, ses caravanes ainsi que le sourire de ses parents. Celui de sa sœur. À cet instant comme à chaque autre, elle se jura de retrouver Senel même s'il lui faudrait pour cela fouiller tous les palais d'Ofayne. Elle donnerait tout pour sauver ses sœurs, qu'importait si l'une était de sang et l'autre de cœur, car chacune leur tour, Senel et Riniri avaient tout fait pour qu'Ashtiri vive libre.

— Tu rêves ?

Une voix masculine tira la visiteuse de ses pensées. Face à elle, Nadéon, jeune homme à la tournure agréable, aux fascinants cheveux blonds et au sourire perpétuel attendait sa réponse en rangeant son comptoir.

— Ça m'évite de devenir folle. Davilien n'est pas là ?

— Mon père rend visite à un patient. Je peux peut-être t'aider ?

— J'ai besoin d'un mélange.

Ou, en d'autres termes, de parler affaires en privé. Personne n'était en mesure d'imaginer toutes les informations dont les apothicaires étaient les gardiens. Soigner les gens déliait les langues des pauvres mais aussi des riches car, lorsqu'un guérisseur était bon, sa science lui ouvrait toutes les portes ; les nobles comme les miséreux avaient peur de la maladie, plus encore de la mort.

Dans une petite salle contiguë coupée en deux par un bureau, Nadéon et Ashtiri ne perdirent pas de temps en futilités.

— Les pierres précieuses, c'était un piège, amorça cette dernière.

— Comment ça ?

1. Préparateur et vendeur de produits pharmaceutiques.

Chapitre 2

Le visage de Nadéon s'assombrit face au résumé que la voleuse lui fit de son escapade. Un point le questionna.

— Qui t'a donné l'information ? Mon père ?

— Oui. Elle était sûre d'après lui.

— Je lui en parlerai. Si ses sources commencent à vouloir nous rouler, on court tous à notre perte. C'était un coup pour rien, alors ?

— Je ne me déplace jamais pour rien.

La bague du noble trôna bientôt sur le bois abîmé du bureau. Nadéon l'examina avec la plus grande minutie avant de conclure qu'elle valait une fortune à condition de déchausser les pierres et de faire fondre le reste. Personne n'achèterait un bijou si facilement reconnaissable. Quelques négociations plus tard, Ashtiri repartit avec mille pièces et une nouvelle cible prometteuse. De quoi chasser le goût amer de la vie à Tyniry.

Assise à même le sol à côté de Riniri, Ashtiri lui offrit un paquet. À l'intérieur, des petites fraises déployèrent leur joli parfum, régalant par avance la femme touchée par l'attention.

— Tu as dû les payer une fortune !

— Cent cinquante pièces.

— C'est déraisonnable !

— Un peu, oui. Mais je voulais que tu en manges une dernière fois car il n'y en a pas en Naraba.

— Pas encore… souffla Riniri.

— Tu peux lever les yeux au ciel, ça ne changera pas le fait que je ne suis plus très loin d'avoir l'argent nécessaire pour partir.

— Je t'ai dit…

— Aucun passeur ne nous vendra à un noble si je suis en mesure de lui offrir plus que notre prix.

Riniri écarquilla les yeux d'effarement.

— À ce point ?

— J'ai fait quelques bonnes affaires ces derniers temps. La prochaine nous offrira un aller simple pour notre maison.

— Et Senel ? Que fais-tu de ta sœur ?

— Je devrai d'abord me débarrasser de ce collier en retournant sur Shri'Mta. Une fois libre, j'irai la chercher.

— On peut l'enlever ?

— Celui qui l'a posé le peut.

L'information laissa Riniri songeuse – cependant pas au point de l'empêcher de savourer son cadeau. L'idée de ne plus porter ce collier lui redonna un espoir que sa raison chassa aussitôt par peur de la désillusion.

— Les rêves ne mènent nulle part, tu en as conscience ?

— Non, et j'en suis bienheureuse, répliqua Ashtiri en se levant. Je te laisse, tu vas bientôt travailler et je suis fatiguée.

Les amies se saluèrent avant que la chapardeuse s'enfuie par les airs jusqu'à son grenier. Rongée par l'envie de s'écrouler sur son lit, elle baissa sa garde au point de sursauter en trouvant Nadéon chez elle. Sa porte ne fermait vraiment plus, il lui faudrait remédier à ça.

— Qu'est-ce que tu fais là ?

— Le travail que l'on m'a confié.

Il leva la main dans laquelle brillait la bague qu'elle lui avait vendue plus tôt. Ashtiri ne comprit pas où voulait en venir Nadéon, jusqu'à ce que le noble à qui elle avait subtilisé le bijou avance à côté de l'apothicaire pour le récupérer.

— Cette fois-ci, vous venez, affirma l'inconnu.

Ashtiri sentit à peine le choc à l'arrière de son crâne qui l'assomma.

Chapitre 3

Une gifle violente fit reprendre connaissance à Ashtiri. Le retour à la réalité fut aussi fulgurant que douloureux car en plus de la claque, quelqu'un la secouait brutalement. Un sursaut de lucidité de même que des réflexes affûtés permirent à Ashtiri de repousser l'homme d'un coup de pied dans le thorax. Le souffle coupé, celui qui semblait être un garde recula. À présent tout à fait consciente, l'adolescente sentit ses poignets ligotés et sa bouche mordue par un bâillon trop serré.

Nadéon ne perdait rien pour attendre !

Une poigne ferme l'attrapa dans le dos par le tissu de son haut pour l'obliger à s'asseoir. La lame d'une lance sous sa gorge la dissuada de tenter une autre riposte.

— Ôtez-lui son bâillon, ordonna une voix impérieuse.

L'injonction émanait des royales lèvres d'Odélien D'Alinda, souverain suprême d'Ofayne dont le profil était frappé sur toutes les pièces d'or du royaume. À côté de lui se tenaient ses fils, fidèles aux gravures que l'on trouvait parfois en ville : l'héritier Henrion et celui qui, sans sa capuche, avait tout du prince cadet Pithana. Ashtiri aurait reconnu ce regard acier impitoyable entre mille.

— Pithana, finis ton travail, puisque tu n'es doué qu'en vaines palabres.

— Vaines ? En êtes-vous si sûr ? lui renvoya son fils.

Sans attendre la réponse, il avança vers la prisonnière.

— Si tu n'étais pas partie l'autre soir, tu serais venue ici de ton plein gré.

— Vous allez en venir au fait ou refaire l'histoire ?

Le roi claqua des doigts, un garde asséna un coup de pied dans les reins d'Ashtiri. Elle serra les dents en attendant que la vague de douleur reflue.

— De quel droit parles-tu, esclave ? s'indigna le souverain.

— Je ne suis pas une esclave !

Pithana contra le nouvel ordre de son père avant qu'un autre coup ne frappe l'adolescente.

— Nous n'avons pas le loisir de perdre du temps avec votre obsession de l'autorité, père.

Le regard déjà dur du souverain devint venimeux lorsqu'il le posa sur le dos de son dernier-né. Son aîné, docile, ne disait rien que son père n'ait approuvé et se garda bien d'intervenir, alors le prince Pithana reprit :

— Puisque tu aimes les faits, les voici : les sentinelles du seigneur de Dryane et cousin de notre roi ont apporté d'horribles nouvelles. Chaque nuit depuis neuf jours se lève une armée de démons venue de l'ouest. Chaque nuit depuis neuf jours, ils tuent tous les humains sur leur passage en les vidant de leur sang. Ils ne brûlent pas, ne pillent pas, ne violent pas, ils tuent hommes, femmes et enfants. Chaque nuit ils se lèvent, et chaque jour ils disparaissent.

À chacun des mots du prince, l'imagination d'Ashtiri avait empilé dans son esprit les corps exsangues des malheureux. Sa rationalité chassa pourtant ces images tirées d'un mauvais conte d'épouvante. Que quelqu'un veuille faire la guerre à Ofayne, elle le croyait sans mal. Mais des démons ? C'était insensé. Soit Odélien et sa cour s'étaient laissés berner, soit ils cachaient quelque chose derrière cette histoire fantaisiste. Dans les deux cas, Ashtiri ne comprenait pas pourquoi ils la mêlaient à cela. Quelle que soit la raison, cela ne lui inspirait que méfiance. Pourtant, ses options pour se sortir de ce guêpier étaient restreintes, aussi ferait-elle semblant de les croire pour gagner du temps. Avec un peu de chance, elle trouverait un moyen de leur fausser compagnie.

Avec cette idée en tête, Ashtiri revint sur un détail de leur fable.

— Des démons ? répéta-t-elle. Qu'est-ce que ça veut dire ?

— Que ce qui marche vers nous n'est pas humain, répondit le prince.

— Vous êtes sûrs ?

La magie n'existait pas, les démons encore moins. Qui que soient leurs témoins, ils s'étaient bien joués d'eux. Les nobles étaient-ils aussi crédules ?

— Nous ne nous serions pas donné autant de mal pour te ramener ici si la situation n'était pas exceptionnelle, répliqua le prince Pithana. Crois-moi, ce sont bien des démons. Rien ne les arrête. Ni le feu, ni les flèches, ni les épées. Rien, sauf les cours d'eau.

— Les cours d'eau ?

— Un simple ruisseau a arrêté toute l'armée, permettant aux sentinelles survivantes de nous livrer ces informations.

L'assurance tout comme l'insistance du prince commençaient à faire douter Ashtiri quant à la véracité de ses propos. Fiction ou non, un élément de taille lui échappait :

— Quel est le rapport avec moi ?

— Si nous n'arrêtons pas l'ennemi, as-tu conscience du nombre de personnes qui mourront ?

— Sans mal, mais avec toute la bonne volonté du monde, je serai incapable de réussir là où des soldats ont échoué.

— Connais-tu la légende des Lions d'albâtre ?

Cette discussion devenait vraiment délirante. Après des démons, allaient-ils réellement lui parler d'un mythe ? Aucun doute, ils se moquaient d'elle. Hélas, elle n'avait toujours pas trouvé de solution pour s'échapper. Les gardes étaient trop nombreux et bien armés.

Le fil de ses pensées fut interrompu par le poids des regards insistants posés sur elle. Visiblement, chacun dans la pièce attendait sa réponse.

— Les Lions d'albâtre sont des mages-guerriers formés en Rhouti et œuvrant dans le monde entier, dont la puissance est telle qu'un seul d'entre eux peut influer sur le cours d'une guerre, répondit l'adolescente. Bien sûr que je la connais, comme tout le monde. Vous pensez vaincre des démons en leur racontant une histoire pour enfants ? Ils risqueraient de se vexer.

Le silence anormal suivant sa réplique fit perdre le sourire à Ashtiri. Tous les visages s'étaient fermés comme on fermait les abris en Naraba pour se protéger des tempêtes de sable.

— Sais-tu comment finit la légende ? l'interrogea alors le monarque.

L'adolescente le fixa, surprise par l'absence d'animosité dans sa voix. Sans qu'elle s'en aperçoive la situation avait gagné une solennité effrayante. Ashtiri dévisagea tour à tour le père et le fils, avant de répondre au premier :

— Elle dit que les Lions d'albâtre ont mystérieusement disparu il y a plus d'un siècle, mais que le dernier d'entre eux attend au cœur de la cité originelle l'heure de son retour.

Chapitre 3

— La légende n'en est pas une, affirma le souverain. Les Lions d'albâtre ont existé et nous voulons que tu trouves le dernier d'entre eux.

La révélation souffla la voleuse. Une armée de démons, un mage de conte en fait réel, et quoi d'autre ? Bientôt, ils allaient lui annoncer l'arrivée des dieux sur Terre ?

La plaisanterie s'éternisait trop à son goût, il était vraiment temps de partir. Ashtiri approfondit son examen des lieux. Il n'y avait aucun arbre proche des fenêtres, donc aucun moyen de fuir par là. Peut-être existait-il un passage discret quelque part ? On lui avait dit que les rois s'en servaient pour filer en douce.

— Depuis le temps, votre Lion doit être mort, nota-t-elle tandis qu'elle cherchait du regard le meilleur endroit pour cacher une porte dérobée. Il aurait quoi ? Cent ans ?

— Cent vingt ans, précisa Pithana.

Ashtiri faillit lever les yeux au ciel face à tant d'absurdité. Elle se fit violence pour rester sérieuse encore un peu.

— Je suis censée le trouver comment, ce grand-père ?

— En allant en Rhouti et en trouvant la cité originelle.

— Qui est où ?

Tout était si aberrant dans cette situation qu'Ashtiri ne parvenait plus à être étonnée des extravagances des nobles. Ce trop-plein d'imagination l'avait blasée.

— Nous ne savons pas où elle se trouve exactement.

— Eh bien moi non plus, railla Ashtiri. Envoyez vos hommes. Eux la trouveront.

— Ils ne sauront pas survivre dans le désert, avoua le prince Pithana.

L'argument attisa la curiosité de l'adolescente. Pour entendre parler les Ofayniens depuis presque une décennie, elle savait que leurs habitudes de vie dans un pays tempéré les empêchaient d'appréhender le quotidien dans un autre climat, en particulier un aussi extrême qu'une étendue de sable à perte de vue. Dans ce cas, comment la famille royale en était-elle arrivée à confier le destin de son royaume à une enfant de Naraba ?

— Vous connaissez le désert ? questionna-t-elle.

— Non.

— Dans ce cas, comment vous savez qu'un Ofaynien ne pourra pas y survivre seul ?

— Grâce à un ami, répondit le prince Pithana. Un capitaine[1] de goélette[2] qui navigue entre Ofayne et Rhouti. Sans y être jamais allé, il en sait plus sur ce désert que nous tous. Ce qui se résume malgré tout à peu de choses.

— Iras-tu chercher le dernier Lion d'albâtre ? demanda le roi que la longueur du débat ennuyait.

— Non, refusa Ashtiri. Rhouti est un désert géant peuplé d'animaux qui me déchiquetteront à l'instant où je poserai un pied sur leur territoire. Tuez-moi maintenant, je préfère mourir décapitée plutôt que dévorée en cherchant un mirage. Vous êtes fous, grand bien vous fasse. Je ne ferai pas semblant de croire à votre délire plus longtemps.

— Comment peux-tu laisser une esclave nous parler ainsi ! tonna le roi Odélien à l'intention de son jeune fils.

— Votre bon vouloir ne fait pas de moi une esclave ! Enchaînez-moi tant que vous voudrez je n'en demeurerai pas moins libre !

— Assez ! trancha Pithana. Un Fléau que nous ne savons pas arrêter arrive, nous n'avons pas le temps pour des disputes !

---

1. Personne la plus haut gradée sur un navire (marine) ou commandant une compagnie (infanterie).

2. Voilier équipé de deux à sept mâts.

Chapitre 3

Son intervention eut l'effet bénéfique de faire taire définitivement tout le monde. L'attention revenue, il reprit en main cet immense fiasco.

— Tu as compris qu'il y a urgence, Ashtiri. Pour te convaincre de nous aider, nous t'accordons une faveur.

— Menteur.

— Il dit vrai, confirma le roi. En signe de bonne volonté, nous nous engageons dès à présent à placer ta tribu sous protection.

— Ma tribu ? Et toutes les autres ?

L'absence de réponse des Ofayniens était éloquente.

— Débrouillez-vous seuls, asséna-t-elle.

Sa conclusion souleva des exclamations désapprobatrices dans la salle, même chez les gardes. Le roi rappela Pithana vers lui, et son air mécontent n'annonçait rien de bon pour Ashtiri. Elle avait craqué avant d'avoir pu s'enfuir, ce qui allait sans aucun doute lui coûter la vie. Si près du but, cela la faisait enrager ! Encore quelques jours et elle aurait pu embarquer dans un bateau pour rentrer chez elle !

Tandis que le roi et ses fils débattaient à voix basse, la conversation irréelle à laquelle elle venait de participer tournait en boucle dans sa tête. Les nobles croyaient tellement à leur histoire qu'il y avait peut-être quelque chose à tenter, finalement. Au moins pour Riniri et Senel. Elle ne pouvait pas sauver tout le monde mais elle pouvait épargner cette famille qui lui restait encore.

À son niveau, c'était déjà beaucoup.

Puisque l'adolescente n'avait plus rien à perdre, elle se redressa avec détermination afin de parler d'une voix claire et forte.

— J'accepterai à condition que vous m'accordiez une faveur supplémentaire… et immédiate.

Toute l'attention de la famille royale convergea dans sa direction en une fraction de seconde. Ashtiri était sur le point de se donner une occasion, sans doute par son sacrifice lors de cette mission, de payer sa dette envers Senel et Riniri en les renvoyant dans un endroit où elles ne craindraient plus Ofayne. Pour elles, elle ne devait pas hésiter. Elle n'en avait pas le droit.

— Je veux que l'esclave Senel, aux mains du duc Val-Aimé De Valdore, et que l'esclave Riniri, aux mains de Rodénias Tarsille, tenancier du Volute à Tyniry, soient libérées de leur collier puis conduites saines et sauves en Naraba, ceci *avant* que je parte pour Rhouti. Le temps est compté, dépêchez-vous.

Extrait de *Géopolitique et diplomatie internationale*
par l'historienne Henrietta Cadice de Lirel

« Naraba, que peu de mes lecteurs connaîtront, se situe à l'ouest du continent voisin. C'est une péninsule majoritairement désertique, coupée en deux par une chaîne de montagnes. Sur toutes les côtes sont établies des tribus matriarcales sédentaires vivant de la pêche et du commerce. Au sud du massif montagneux, dans les terres, le désert de sable est le lieu de vie de tribus matriarcales semi-nomades qui vivent de l'élevage de chameaux. Au nord, le désert de roche accueille des tribus matriarcales sédentaires qui doivent leur survivance à quelques terres arables situées au nord-est, près de la frontière avec l'empire guerrier du Tjo.

Un désavantage déterminant, car il a incité la reine Qirdari, matriarche de la plus grande tribu du Nord, à se rapprocher d'Ofayne voilà trois décennies, ceci afin de ratifier un traité non commercial mais diplomatique. La répartition de la population narabienne en une centaine de tribus dont la transmission du savoir est orale ne permet pas de tenir tête à un empire militaire comme l'est le Tjo. Or, ce dernier semble avoir des vues sur les rares terres arables du nord de la péninsule. En contrepartie du soutien officiel d'Ofayne, Qirdari s'est engagée à nous fournir des esclaves venus des régions du Sud.

La diplomatie requiert de savoir identifier les besoins des autres parties et de pouvoir y répondre. Et cela, Qirdari l'a bien compris en offrant à Ofayne une main-d'œuvre gratuite. »

Chapitre 4

L'administrateur du palais avait rédigé deux missives signées par le sceau du roi, puis deux hérauts[1] s'étaient empressés de les porter avec l'ordre de rentrer accompagnés des femmes. Si se rendre jusqu'au lupanar demandait deux heures à peine, rejoindre la demeure du duc et en revenir serait l'affaire de six heures au mieux. Ashtiri fut donc invitée à aller se reposer dans une chambre préparée à son intention, dont toutes les issues avaient été momentanément condamnées au cas où la stupide envie de s'enfuir lui prendrait. Bien sûr, la voleuse n'en ferait rien tant que sa sœur et son amie ne seraient pas en route pour Naraba. Elle devait également avouer que les nouvelles de l'Ouest l'inquiétaient.

Assise sur un matelas au moelleux céleste, les jambes repliées contre elle et prisonnières de ses bras, Ashtiri pensait à ce qu'il adviendrait du continent si le Fléau n'était pas arrêté. Elle était persuadée qu'une guerre couvait bel et bien, l'air désespéré du roi ne trompait pas. Pourquoi en était-il venu à y

1. Officiers chargés de faire des annonces solennelles ou de porter des messages importants.

voir des démons ? Cela, elle ne le savait pas, mais ce n'était pas vraiment important. De simples humains armés et organisés étaient suffisamment dangereux sans y ajouter des fables. Et il n'était pas à exclure qu'une fois Ofayne sous sa coupe, ce Fléau puisse s'attaquer à des pays plus vulnérables, comme Naraba. Riniri et Senel ne seraient alors plus les seules menacées : toute sa famille périrait. L'idée la terrorisa, pourtant l'affaire lui semblait encore irréelle. La raison ayant poussé le souverain à faire appel aux services d'une vaurienne habile prouvait néanmoins la véracité de la menace. L'homme ne voulait pas prendre le risque d'un échec en envoyant l'un des siens en Rhouti. Aucun n'y survivrait. En plus des prédateurs, les longues journées devaient y êtres sèches et le soleil brûlant ne ferait qu'une bouchée des peaux claires des Ofayniens.

Au milieu de tous ses doutes, la certitude de bientôt fouler à nouveau du sable lui réchauffa le cœur. Un avant-goût de Naraba, peut-être ? Oui, elle voulait y croire.

Outre le Fléau, il y avait le dernier Lion d'albâtre. Elle avait du mal à croire qu'il soit réel. Qu'il l'ait même été un jour. Si la magie existait, pourquoi personne ne le savait ? Pourquoi personne ne pouvait la manipuler ?

C'était ridicule.

D'après les dires du prince Pithana, si l'homme vivait toujours il serait âgé de cent vingt ans. Jamais les dieux n'avaient conféré l'immortalité aux humains, ni ceux de son peuple en tout temps, ni ceux d'ici maintenant, et sans doute pas ceux de là-bas jadis. Mais la légende ne disait-elle pas que les Lions d'albâtre descendaient d'une divinité primordiale ? Les dieux de Rhouti avaient-ils été si proches des mortels ? Malgré sa faible éducation, Ashtiri connaissait l'existence de plusieurs panthéons pour avoir écouté les immigrés tyniriens parler entre eux. Ceux de Naraba étaient déjà si différents de ceux des royaumes frères… Si tous existaient, cela devait faire du monde dans leur demeure d'éternité.

Cette histoire était invraisemblable. À force d'y réfléchir, Ashtiri finissait par ne plus savoir quoi croire.

Une clé tourna soudain dans la serrure de la porte de sa chambre. L'adolescente se redressa quand Riniri entra, un sac de toile à la main, tandis que son escorte verrouillait de nouveau le battant. Avant qu'elle pose la moindre question, la voleuse l'attira vers le lit où elle la fit asseoir. Surprise par le confort du matelas, Riniri ne put retenir un sourire. Quand sa jeune protégée s'allongea à ses côtés, elle s'autorisa à l'imiter.

— Maintenant que nous sommes blotties dans un nuage, explique-moi.

— Celui qui t'a blessée travaillait pour le roi.

— Pourquoi le roi s'intéresse à toi à ce point ?

— Parce que je suis la meilleure voleuse de Tyniry et que je viens du désert.

Le front barré par une ride de scepticisme, Riniri l'invita à lui en dire davantage, alors Ashtiri lui raconta ce qu'elle avait appris et son voyage imminent en Rhouti tandis que sa bienfaitrice et sa sœur seraient en route pour Naraba. À la fin du récit, Riniri fixa la tenture du baldaquin puis soupira.

— Quoi ? s'enquit Ashtiri.

— S'ils nous renvoient en Naraba, ils perdent leur assurance de te voir revenir. Ils ne le feront pas.

— Ils ont promis.

La réponse naïve fit rire Riniri :

— Les rois n'ont d'honneur qu'en temps de paix.

— Je ne comprends pas.

— Ce n'est rien. Je suis fatiguée et toi aussi. Ta sœur ne sera pas ici avant l'aube, reposons-nous.

Les amies se glissèrent sous les draps et ce fut l'une contre l'autre qu'elles s'endormirent.

Au matin, Ashtiri fut réveillée par le prince Pithana en personne. Habituée à vite sortir de son sommeil, l'adolescente s'assit sur le lit – mouvement qui réveilla aussi Riniri – un espoir non dissimulé peint sur son visage.

— Ma sœur ?

— Elle est arrivée. Attends, ajouta-t-il avant que l'impatiente déjà en route file sans savoir où aller.

Ashtiri revint vers lui.

— Il lui est arrivé quelque chose ? Elle est malade ?

— Depuis combien de temps avez-vous été séparées ?

— Sept ans. Je sais comment sont traités les esclaves, inutile de me ménager.

— Dans ce cas, venez. Toutes les deux.

Dans les longs couloirs où le marbre se mariait aux dorures et aux voûtes peintes de scènes mythologiques, Ashtiri ne pensa à rien. L'appréhension et l'impatience de revoir Senel paralysaient ses capacités de réflexion au point que suivre le prince Pithana tenait de l'instinct, de la nécessité vitale d'avancer pour ne pas couler dans le néant de ses pensées. En s'arrêtant devant la porte derrière laquelle, elle le savait, se trouvait sa sœur, le cœur d'Ashtiri battait à en faire trembler tout son corps. L'adolescente essuya ses mains moites sur son pantalon et retint son souffle quand le vantail[1] s'ouvrit. La main du prince tendue vers l'intérieur accapara un instant son attention, jusqu'à ce que le manque d'air lui rappelle de respirer. Elle entra sans savoir ce qui l'attendait vraiment.

---

1. Battant.

Chapitre 4

Pleurer fut inévitable, mais elle n'aurait jamais cru que ce soit de peine, de culpabilité et de colère mélangées. Sept ans auparavant, Senel était au seuil de l'adolescence. Ses yeux noirs étaient brillants de malice et la vivacité de son esprit tenait le vent en respect. Senel avait été une tempête, un ouragan, dévastatrice par sa bonne humeur, redoutable par son courage. Plus qu'une forteresse, elle était une montagne inexpugnable. Sa soif de vivre avait été si forte qu'un jour, sur le chemin les menant Ashtiri et elle, enchaînées l'une à l'autre, vers la demeure de leur nouveau maître, Senel s'était coupé la main pour permettre à sa sœur de fuir une vie de servitude. Alors la voir assise là, dans un fauteuil trop grand pour son corps amaigri couvert d'hématomes, la voir poser sur elle un regard triste dépourvu du moindre bonheur la révolta. La dévasta. Tout ce qu'elle avait toujours rêvé de lui dire le jour de leurs retrouvailles resta prisonnier de la barrière de ses lèvres. Ce fut sans un mot que l'intrépide voleuse s'effondra sur les genoux de sa sœur, son modèle, son immortelle gardienne.

— Je t'ai abandonnée, Senel, gémit Ashtiri en narabien, le visage plongé dans les haillons aux relents d'humidité. Je suis un monstre.

Ses doigts serrèrent avec rage les vêtements en lambeaux. Pour la première fois de sa courte vie Ashtiri eut envie de tuer et jura que si Rhouti ne lui prenait pas la vie, elle se vengerait de ceux qui avaient fait autant de mal à sa sœur.

Le brasier de ses sentiments malsains s'apaisa pourtant sous la simple caresse des doigts usés de Senel.

— Tu as l'air d'aller bien, petite sœur. Je ne regrette rien.

Ashtiri leva les yeux, découvrant un sourire sur le visage marqué de son aînée, alors sa peine fut tempérée.

— Le prince m'a dit ce que tu t'apprêtais à faire pour payer ma liberté et celle de ton amie.

Senel marqua une pause. La fatigue d'une nuit à voyager cernait ses yeux sombres.

— N'aie pas peur, tu reviendras.

— Senel…

— Tu reviendras plus forte qu'avant. Tu as le cœur d'une lionne de Rhouti.

Ashtiri serra fort la main de sa sœur entre ses doigts avant d'y déposer un baiser.

Pithana, qui n'avait sans doute rien compris de leurs échanges, s'avança, attirant leur attention à toutes deux.

— Laissons ta sœur se reposer, nous devons parler.

Le prince parvint à tirer Ashtiri hors de la chambre à la condition que Riniri reste auprès de Senel. L'esprit ailleurs, elle pénétra dans un petit cabinet dont elle ne vit rien sinon un fauteuil sur lequel elle se laissa choir. Ses muscles en coton ne la tenaient plus. Son esprit prisonnier de la vie qu'avait menée Senel la laissait dans une inertie tenace. Épargnée par les atrocités de l'esclavage, Ashtiri ne pouvait qu'imaginer les contours d'une existence d'asservissement et enrager, sentiment centuplé par le privilège de sa propre liberté.

— Bois ça.

La voleuse sursauta. Elle n'avait pas vu Pithana s'en aller et revenir. Elle jaugea le verre tendu vers elle.

— Ce n'est qu'une lichette d'alcool, pas du poison.

Après un instant d'hésitation, Ashtiri prit le récipient, renifla le liquide avant d'en boire une gorgée qui la fit grimacer. C'était horrible ! Pourtant cela chassa toutes ses réflexions et redonna du tonus à ses muscles. Elle se leva alors qu'un détail la frappait.

— Il n'y a pas d'esclaves au palais ?

Chapitre 4

— Le roi leur a interdit cette partie par précaution. L'affaire est extrêmement importante et notre voyage jusqu'au port devra se faire discrètement pour ma sécurité, étant donné que je n'aurai pas d'escorte. Seuls nos soldats sont dans la confidence, pour des raisons évidentes.

— *Notre* voyage ? releva Ashtiri.

— Toi et moi, oui.

— Pourquoi un prince irait en personne crapahuter dans un désert aussi dangereux ?

Pithana s'assit à un bureau, fixa l'adolescente, puis répondit simplement :

— Je gêne mon père, il me veut mort.

La crudité de la réponse laissa la voleuse hébétée.

— Je ne suis pas l'héritier et j'ai la fâcheuse tendance à lui tenir tête.

— J'ai vu… Pas d'escorte, alors ?

— Non. Nous serons deux. Tu sais survivre dans le désert, moi pas. Une fois là-bas, je serai tributaire de ton bon vouloir.

— Vous n'êtes pas un peu trop honnête et direct pour un prince ?

— C'est pour ça qu'on me veut mort.

— Et vous ne prenez pas cet état de fait trop à la légère ? C'est votre père.

— S'il se considérait comme tel, il m'aurait donné un prénom ofaynien. Il n'en aurait jamais accepté un issu de la tribu autochtone[1] de laquelle descendait ma mère. Mais ce n'est pas important. Je voulais te parler de tes conditions.

— Elles sont non négociables.

— Écoute-moi avant. Amener ta sœur et ton amie jusqu'au port, puis jusqu'à Shri'Mta, puis encore jusqu'en Naraba,

1. Qui est originaire de là où il vit.

va prendre plus d'un mois. En neuf jours, le Fléau a déjà fait dix mille morts dans une région peu peuplée. Il y a une rivière et deux fleuves sur le chemin d'Ofayne qui vont le ralentir, mais si nous attendons pour partir de savoir tes proches bien arrivés, nous aurons déjà perdu Dryane. On parle d'un demi-million de personnes, Ashtiri.

— Je comprends, mais je ne vous fais pas confiance.

— Elles partiront seulement quelques heures après nous.

— Je n'irai nulle part en sachant Senel et Riniri ici. Faites avec.

Pithana ne parut pas surpris par la réaction de l'adolescente. Au contraire, il semblait s'y être préparé.

— Je suis assez limité dans mes options, révéla-t-il. À dire vrai, je n'en ai qu'une : les placer sous la protection de l'un de mes capitaines le temps de leur départ en Naraba. La proposition vient de lui, pour être honnête.

— Je n'ai aucun moyen de savoir si c'est vrai ni si ce capitaine est digne de confiance.

Le prince se leva en soupirant, ouvrit la porte, demanda à un garde de faire chercher un dénommé Lampron avant de revenir s'asseoir. Quelques minutes plus tard, un jeune homme se présenta dans le bureau. L'adolescente fut un instant captivée par la prestance du soldat, son port de tête altier et son regard vif.

— Ashtiri, voici le capitaine Céleste Lampron, l'introduisit Pithana.

— Le prince vous a-t-il fait part de ma proposition ? demanda le nouveau venu à Ashtiri.

— En substance.

— Si vous me confiez la protection des membres de votre famille, je les escorterai en personne jusqu'au bateau qui les ramènera en Naraba.

Chapitre 4

Ashtiri commença à examiner sérieusement la proposition quand elle remarqua le regard du capitaine : il n'exprimait pas le mépris qui habillait d'ordinaire le visage des Ofayniens face aux esclaves. Il se tenait devant elle dépourvu de la moindre animosité et la fixait sans exiger qu'elle baisse la tête. Ici, les gens comme lui étaient rares.

— Nous ne pouvons rien faire de plus, ajouta Pithana. C'est à toi de décider.

Ashtiri considéra les deux hommes tour à tour. Elle devait avouer ressentir peu de défiance à leur égard, sans doute parce qu'à aucun moment ils ne l'avaient fait se sentir inférieure.

— Elles partiront juste après nous ? s'assura Ashtiri.

— Demain à l'aube, pour les laisser se reposer, confirma Pithana.

L'adolescente avait conscience de bloquer la situation par son hésitation. Pithana avait raison, il était temps de prendre une décision.

— Très bien. J'accepte.

Le prince hocha la tête d'un geste entendu puis congédia Céleste. Avant de se retirer, ce dernier assura une dernière fois à Ashtiri que tout se passerait bien. Quand il fut parti, Pithana tendit un papier et une plume à la voleuse.

— Je te laisse faire la liste de ce dont nous aurons besoin.

La plume suspendue le resta car l'adolescente n'esquissa pas le moindre mouvement pour la prendre.

— Tu ne sais pas écrire ?

— Juste quelques mots.

— Tu sais lire ?

— Très mal. Chez moi la transmission est orale.

— Tu n'as pas à te justifier. Donc, reprit Pithana en amenant la feuille à lui, l'ami dont je t'ai parlé, le capitaine de goélette, nous a déjà conseillés sur la fabrication d'une tente adaptée à Rhouti. De quoi d'autre aurons-nous besoin ?

— De nourriture frugale, d'eau, de quoi faire du feu, de thé, de sel, de turbans, de deux couvertures et de deux couches de vêtements pour tout le corps dont une tunique en coton.

Pithana leva un sourcil, témoin parlant de son scepticisme.

— Tu es sûre ?

Ashtiri s'appuya sur le bureau.

— Tu as déjà mis les pieds dans un désert, peau pâle ? Si tu ne veux pas cramer, il faut te protéger.

L'aplomb de l'adolescente arracha un sourire en coin au prince. Cette expédition s'annonçait intéressante.

Chapitre 5

Préparer le voyage accapara une bonne partie de la journée. Malgré tout, le départ fut décidé le soir même car chaque nuit comptait. Ashtiri passa le peu de temps la séparant de son périple avec Riniri et Senel qui avait retrouvé des couleurs après s'être reposée, lavée et nourrie honnêtement. À présent, elle ne souriait plus, elle riait. Au milieu du tumulte de leur vie, l'instant d'accalmie leur apporta un répit bienvenu.

Ashtiri leur conta pour les distraire ses nombreuses escapades dans les maisons des autres mais en dépit de ses anecdotes amusantes, la culpabilité la prenait à la gorge chaque fois que son regard tombait sur le moignon du bras de sa sœur.

Assise dans un fauteuil au tissu bleu royal, Senel remarqua les regards répétés de sa puînée[1], et finit par cacher son bras amputé sous sa main, geste qui emplit Ashtiri de honte.

— Personne ne m'a obligée à le faire, petite sœur. Tu as toujours été plus importante.

1. Enfant né après un frère ou une sœur.

Face à son aînée, il sembla à Ashtiri avoir à nouveau dix ans, alors que Senel semblait aussi intemporelle que le désert.

— Je sais. Le fait est que si je n'avais pas été là, tu n'aurais jamais perdu ta main.

— Si tu n'avais pas été là, c'est l'espoir que j'aurais perdu, car c'est l'espoir de te revoir qui m'a permis de ne pas m'effondrer.

Au regard fuyant d'Ashtiri, il était évident que l'argument ne la convainquait pas car les images de ce jour fatidique la harcelaient depuis sept ans. Jamais elle n'avait vu autant de souffrance sur le visage de quelqu'un.

— Ne t'attarde pas trop sur le passé, Ashtiri, lui conseilla Riniri assise à côté de Senel. Tu ne peux pas le changer, mais grâce à lui tu pourras faire mieux dans le futur. Concentre-toi sur ça, car ce qui arrive nous éprouvera toutes.

Ashtiri se redressa, soudain prise d'un doute.

— Vous partez en Naraba demain matin, rappela la voleuse. Vous serez loin d'ici quand la guerre arrivera en Ofayne.

Senel et Riniri échangèrent un regard qu'Ashtiri ne comprit pas. Pourquoi semblaient-elles aussi désabusées ?

— Quoi ? demanda Ashtiri. Qu'est-ce qu'il y a ?

— Rien, répondit Senel. On peut se tromper.

Riniri se contenta de baisser les yeux un court instant. Le malaise ambiant déplut à Ashtiri qui changea de position sur le lit machinalement. Des coups frappés à la porte de la chambre mirent fin à cet étrange moment. Un garde entra pour convier les trois femmes dans la salle du trône. Ashtiri s'étonna que Pithana ne soit pas venu comme il le faisait depuis le matin, mais son questionnement ne la poussa pas à la méfiance outre mesure, aussi suivit-elle l'escorte.

Lorsqu'elle fut face au roi, le nombre de gardes l'interpella. La présence de Céleste également. Quelque chose n'allait pas, d'ailleurs l'expression de désapprobation sur le visage de Pithana et de son capitaine la conforta dans son ressenti.

— Tout est prêt pour que le prince et toi partiez dès à présent, annonça le roi sans s'embarrasser d'une introduction. En revanche, elles, elles attendront ici ton retour triomphal.

Les gardes saisirent les trois Narabiennes, en particulier Ashtiri manifestement impatiente d'étriper Odélien sur-le-champ. Elle se débattait tant qu'un homme supplémentaire dut intervenir, chose habituelle avec l'adolescente.

— Tempère-toi, vaurienne…

— Père.

L'intonation de Pithana avertit son géniteur de ne pas afficher son mépris maintenant. L'homme exécrait peut-être les esclaves mais il était avant tout un chef politique capable de rallier ceux dont il savait avoir besoin.

— Tempère-toi, jeune fille, reprit le souverain. Je ne dédis rien mais au vu de la gravité de la situation, je préfère m'assurer que tu auras une bonne raison de revenir au plus vite. Car dès l'instant où tu rentreras avec le dernier Lion d'albâtre, vous partirez toutes trois vers la liberté. Pithana a donné des ordres, elles seront bien traitées et tu les retrouveras comblées comme jamais elles ne l'ont été.

Ashtiri ne décolérait pas. Comment faire confiance à un homme qui changeait les règles du jeu en pleine partie ? Elle en était incapable. Fléau ou pas, elle ne partirait pas de ce palais sans sa sœur et Riniri !

— Ashtiri.

La voix de Senel attira son attention : les gardes ne la tenaient plus prisonnière.

— Peu importe ce qui se passera pour nous, ce ne sera jamais pire que notre existence jusqu'alors. Mais toi tu as le pouvoir de sauver des vies. Puisque tu en as le pouvoir, tu en as le devoir. Pars.

Elle le savait. Riniri aussi. Toutes les deux, elles avaient compris que le roi ne les laisserait pas partir aussi facilement, alors elles l'avaient accepté.

— Non, refusa Ashtiri.

Elle-même, en revanche, n'était pas prête à les sacrifier pour un mythe.

— Si tu n'y vas pas, nous mourrons, ajouta Riniri.

— Mais c'est un conte ! Je ne sauverai personne avec une histoire !

— Ashtiri.

Son prénom, dans la bouche de Senel, avait claqué comme un éclair. L'adolescente s'apaisa aussitôt.

— Si tu pars, tu reviendras plus forte, reprit son aînée en narabien. Tu. Reviendras. Plus. Forte.

Ashtiri fixa sa sœur et la découvrit fascinante comme un griot[1] à qui les dieux chuchotaient à l'oreille. Les mêmes mots, la même affirmation que celle prononcée dans la chambre plus tôt, et toujours leur signification qui échappait à Ashtiri. Senel serait-elle presciente[2] ? Sa détermination viendrait-elle de sa capacité à déceler l'avenir ? Ou avait-elle simplement une confiance aveugle en sa petite sœur ?

Ses questions s'envolèrent quand Céleste vint se placer à côté de Senel et de Riniri sans quitter son roi des yeux. Ashtiri remarquait seulement maintenant, alors qu'il se tenait à côté des gardes, le charisme qu'il dégageait. Son simple déplacement avait retenu l'attention de toute la salle.

— Votre Altesse, permettez-moi de les prendre en charge pour vous.

---

1. Barde d'Afrique de l'Ouest.

2. Personne capable de prédire l'avenir.

Chapitre 5

— Faites, mais traitez-les bien.

Ashtiri observa Senel et Riniri chez qui la peur n'avait pas sa place. Toutes deux la regardaient dans l'attente d'une décision, et cette idée pesa sur l'adolescente. Le fait que tout dépende d'elle commençait à l'oppresser.

Pour chasser la sensation, elle devait avancer. Alors elle se redressa, donnant le départ du voyage vers Rhouti.

Le cheval sur lequel monta Ashtiri le soir même était tenu en longe par Pithana, déjà en selle sur sa propre monture, pour pallier le manque d'expérience de l'adolescente en équitation – car être deux sur un même cheval aurait fatigué l'animal et ralenti le voyage. La cavalière se positionna comme le lui indiqua le prince puis attrapa les rênes sans parvenir à décrisper les muscles de son corps. Malgré sa nonchalance, la bête sur laquelle elle était assise était impressionnante tant par sa taille que par le frémissement de ses muscles sous son cuir. Il fallait vraiment que le cheval soit d'un caractère heureux pour obéir à tous les ordres humains – et l'humain bien prétentieux pour s'arroger le droit de lui en donner.

Senel et Riniri, toujours sous la garde de Céleste, avaient été autorisées à assister au départ de l'expédition. À l'exception des deux femmes et de leur escorte, les seuls autres spectateurs du début de la mission destinée à sauver les royaumes frères étaient un parterre de pivoines et de soucis sous l'ombre immobile de grands genévriers.

Des bottes claquèrent soudain sur les pierres claires de la cour dans la lumière douce du crépuscule : un homme d'une cinquantaine d'années au visage creusé par les rides d'une vie intense approcha. Sa cape de connétable[1] reprenait les éléments du blason de sa famille. L'homme était important. À portée de voix, Ashtiri entendit lorsque le noble s'adressa à son prince :

— Prenez grand soin de revenir, Altesse. Nous ne sortirons pas de cette étrange guerre sans votre sagesse.

— Il faudrait un miracle pour que je revienne en vie, Hermidas.

— Même votre père y croit.

— Non, il croit en elle, en sa connaissance du désert, en sa débrouillardise et en son audace. Moi je ne suis qu'un prince élevé dans le luxe d'un palais… Avoir peur fait-il de moi un lâche, mon ami ?

— Cela l'aurait fait si vous aviez refusé de partir. La peur n'est pas une ennemie, Altesse. Maîtrisée, elle inculque la prudence et vous garde en vie. Ne la fuyez pas, comprenez-la.

— Puisse ce conseil être mon talisman. Au revoir.

Ashtiri, qui s'était penchée vers les hommes, se redressa avant de focaliser son attention sur sa sœur et son amie en espérant que son indiscrétion n'ait pas été remarquée. Ce qui ne fut pas le cas. Elle ne savait pas encore à quel point faire confiance au prince mais s'attirer ses foudres avant même le départ n'était pas souhaitable. Le jeune homme, qui ne devait pas avoir plus de vingt-six ans, semblait être tenu en haute estime par un militaire deux fois plus âgé et expérimenté. C'était un signe.

Tout comme Ashtiri avant elles, Senel et Riniri n'osèrent pas approcher de trop près le cheval bai brun. Il le fallut pourtant quand le moment de la séparation arriva. Chacune leur tour, elles avancèrent pour saluer la voyageuse et attirer

1. Chef des armées et responsable de la justice militaire.

la chance sur elle par une prière à leurs dieux. Ils étaient bons, leur bénédiction ne faisait aucun doute.

— Je t'abandonne encore, grande sœur, regretta Ashtiri.

— Tu m'as retrouvée une fois, tu le feras de nouveau.

— Merci, Senel.

— De quoi ?

— De m'avoir accordé tant d'importance. Tu m'as ouvert la voie grâce à laquelle j'ai appris à me respecter. J'ai tout donné pour te rendre fière.

— Je le suis et le serai plus encore lorsqu'Ofayne devra la vie à une enfant de Naraba qu'il aura échoué à asservir. Montre-leur que la liberté ne souffre aucune chaîne.

— Je t'en fais la promesse.

Ashtiri déposa un baiser sur sa main, sur celle de Riniri et les salua le cœur gros quand les chevaux se mirent en marche. Rongée par l'incertitude de ce qu'il adviendrait des filles, l'adolescente fit pivoter son buste pour les apercevoir, comme si son regard pourrait les garder près d'elle et les protéger du danger.

— Tu as moins à t'en faire pour elles que pour toi, commenta alors Pithana.

Ashtiri se tourna pour le dévisager.

— Comment ça ?

— Céleste va les conduire toutes deux en sécurité à l'extérieur du palais, chez sa famille.

— Elles y seront bien traitées ?

— Il m'a assuré que sa jeune sœur veillerait à leur confort.

L'information ne parvint pas à apaiser Ashtiri. Pourtant, s'inquiéter ne servait plus à rien, maintenant que chacune s'était engagée sur un chemin où faire demi-tour n'était pas permis.

Chapitre 6

Le moignon de Senel la faisait souffrir au cœur de cette soirée humide. Même protégé de la brise nocturne par le dos de Riniri, la douleur demeurait dérangeante, assez pour la faire grimacer à plusieurs reprises. Elle ne se plaignit pourtant pas, préférant guetter la face austère de la maison du forgeron du roi, endroit où le cheval les portant, Riniri et elle, s'arrêta sous la surveillance de Céleste. Sur les ordres du souverain, elles avaient voyagé de nuit dissimulées sous de larges capes à capuche ; personne ne devait se douter que deux esclaves seraient hébergées ici aux frais de la couronne.

Le jeune capitaine attacha les chevaux avant d'aider les cavalières à descendre. Lorsqu'il les observa un instant, il ne dut distinguer qu'une partie de leur visage éclairé par la lumière orangée filtrant par les fenêtres, signe qu'un habitant au moins était éveillé.

— Avez-vous quelque chose à nous dire ? demanda Riniri avec prudence.

À dire vrai, le jeune homme bien plus grand qu'elle l'intimidait en dépit de son calme.

— Si le choix a été fait de vous loger ici c'est parce que les gens qui vous hébergeront sont ma famille. Je ne puis vous assurer de l'amabilité de mes parents mais vous aurez le soutien de ma puînée. Jolinette est une adolescente… étrange.

L'esquisse d'un sourire accompagna son dernier mot.

— Les gens alentour la disent possédée par les fées car ils ne la comprennent pas. En vrai, elle vit comme le vent puissant et changeant, brise amicale au fil du temps, tempête redoutable dans ses colères.

— Nous veillerons à lui être amicales, alors, osa Riniri.

Sur cette réplique légère, Céleste les invita à entrer. Le passage de l'ombre à la lumière éblouit les deux femmes durant quelques secondes tandis qu'une forte odeur de tabac agressait leurs narines. Quand leurs yeux se furent habitués à la luminosité, elles découvrirent assis à une table solide un homme tout aussi robuste, dont les bras épais aux muscles galbés laissaient deviner une force colossale. Le patriarche trapu fixa les étrangères d'un regard peu amène.

— Eh ben, j'aurais jamais cru héberger du bois d'ébène, cracha le butor[1].

— Elles sont ici sur les ordres de ton roi, Père.

— Le roi me paye, ça veut pas dire qu'il a son mot à dire sous mon toit. Luzette ! hurla-t-il si fort que toutes les veines de son cou gonflèrent.

Une femme se montra dans l'embrasure d'une porte, la tête basse et le regard fuyant.

— Oui, Gontran ?

— V'là les deux machins, mène-les au grenier.

Senel ne réagit pas aux propos rabaissants, ces sept dernières années lui ayant appris à ne plus les entendre.

1. Personne lourde, grossière, stupide.

Chapitre 6

En revanche, Riniri se tendit comme un arc, elle qui était parvenue à trouver un semblant de respect même au lupanar. Mais Riniri était sage, aussi garda-t-elle le silence.

Des bruits de pas se firent soudain entendre sur un escalier aux marches craquantes. Une seconde après, une furie aux cheveux châtain entra dans la pièce et balança un soulier dans la tête de Gontran.

— Arrête de gueuler vieux croulant ! Je me lève dans cinq heures, c'est possible de ne pas t'entendre la ramener ?

Les deux étrangères regardèrent la gamine avec des yeux ronds comme le soleil à son zénith. Ils le furent plus encore – si cela était possible – face au silence du père qui grommela tout en massant l'endroit heurté. Il se redressa un peu lorsqu'il voulut malgré tout tenter une riposte.

— Oh, Céleste !

L'adolescente exulta en sautant dans les bras de son frère sans tolérer la moindre réplique de la part de Gontran. Ce dernier se renfrogna sous le rire éthéré de sa fille.

— Je suppose que tu n'as pas le temps pour un duel à l'épée ?

— J'aurais aimé mais non. J'accompagne ces demoiselles.

Jolinette lâcha son frère pour s'empresser de rabattre les capuches des inconnues.

— Oh ! Votre peau est magnifique ! Je peux toucher tes cheveux ? demanda-t-elle à Riniri.

— Calme-toi, la tempéra Céleste.

Le jeune homme semblait être le seul capable de canaliser la fougue de sa puînée.

— Pardon, je suis impolie. Moi non plus je ne voudrais pas qu'une inconnue touche mes cheveux. Je dois me présenter d'abord, c'est ça ?

— Oui, confirma son frère.

— Je suis Jolinette, petite sœur de Céleste, apprentie forgeronne et futur soldate ! Oui, je sais, l'armée ne veut pas des femmes mais ce n'est pas grave, j'irai quand même. Pourquoi j'aurais besoin de leur accord, d'abord ? Et vous ?

— Nous ne voulons pas rejoindre les rangs, répondit Riniri, taquine.

La réplique fit rire l'adolescente, sa joie fit sourire ses invitées. Elles attendirent que la jeune fille reprenne son souffle pour se présenter à leur tour avant que le capitaine rappelle à sa famille la situation du pays et le statut particulier des deux femmes.

— Qui est la sœur de notre sauveuse ? s'enquit Jolinette.

Senel leva la main.

— Ici tu n'as pas besoin d'autorisation pour parler, tu sais. Comment s'appelle ta sœur ?

— Ashtiri.

— J'adore ! Vous…

— Jolinette, la coupa son frère. Elles sont fatiguées.

— Oh ! C'est vrai !

Elle leur attrapa la main à chacune.

— Venez, je vais vous conduire. T'inquiète pas grand frère, je les protégerai de nos sots de parents ! Faudrait pas qu'on ait des ennuis à cause d'eux.

L'air réprobateur de son aîné n'empêcha pas la brise amicale qu'était sa puînée de filer vers le grenier. Sous les combles éclairés par une lampe à huile suspendue, deux couvertures reposaient sur deux tas de paille ordonnée.

— Voilà votre chambre ! s'exclama Jolinette. Je vous fabriquerai des lits.

— Ne t'embête pas pour nous, la pria Senel. C'est déjà beaucoup.

Chapitre 6

— Bah non, sauf si vous avez l'habitude de dormir à même le sol.

Le silence qui s'installa soudain fit perdre tout entrain à l'adolescente. Loin d'être idiote, Jolinette avait sans aucun doute noté la différence d'attitude entre les deux femmes. Riniri se tenait droite, gardait la tête haute et n'hésitait pas à parler. Au contraire, Senel veillait à ne jamais regarder les gens dans les yeux et faisait tout son possible pour se rendre invisible. Jolinette avait aussi remarqué sa main manquante ainsi que son corps trop maigre, stigmates laissant deviner les conditions déplorables de sa vie jusqu'alors.

— Je vous fabriquerai des lits, répéta l'adolescente à présent sérieuse. Reposez-vous, il vous faudra ça pour supporter mes parents.

Ses invitées la remercièrent avant de la regarder s'en aller. Tandis que Senel s'installait sur une couche, la préférant au sol gelé d'un cellier bien que regrettant le lit du palais, Riniri embrassa d'un regard désabusé la pièce dépourvue de meubles.

— N'as-tu jamais l'impression que la vie est un éternel recommencement ? demanda-t-elle d'une voix affectée.

— Plus depuis que j'ai retrouvé Ashtiri. J'ai passé les sept dernières années à m'inquiéter pour elle au point d'en faire des cauchemars chaque nuit.

La confession incita Riniri à s'asseoir sur son propre lit pour l'écouter. Tout en fouillant dans son sac de sa seule main, Senel continua :

— J'ai vécu dans l'unique espoir de la revoir. Maintenant que je la sais sur la route de sa destinée, je suis terrifiée car je ne sais plus pour quoi vivre, pour quelle raison supporter la souffrance, la servitude. Contrairement à ma sœur, je ne crois pas à mon retour en Naraba. Si la vie n'était qu'un éternel recommencement, je rêverais d'Ashtiri. Or aujourd'hui, je rêve de délivrance.

Elle sortit de son baluchon un couteau à la lame noire d'un sang depuis longtemps sec.

— C'est…

— Oui, confirma Senel. C'est le couteau avec lequel je me suis coupé la main.

— Comment as-tu réussi à le garder ?

— Je l'ai volé quand ils me l'ont repris et je l'ai caché.

— Pourquoi ? Et dans cet état ?

— Pour me souvenir qu'un jour, l'enfant que j'ai été a fait preuve de plus de courage que l'adulte que je suis. Et, plus que tout, pour me souvenir de ma petite sœur, car ce poignard a été dans mon malheur mon seul lien avec elle.

Elle posa l'arme à la tête de sa couche avant de s'allonger, laissant le soin à Riniri d'éteindre la lumière qui mourut dans ce grenier rempli de blessures.

Au matin, Senel et Riniri furent réveillées par l'arrivée dans leur chambre de Jolinette. Cette dernière s'agenouilla entre les deux couches.

— J'ai échafaudé un plan d'action ! fanfaronna-t-elle.

Le ton haut de sa voix guillerette malmena les oreilles de ses invitées qui froncèrent un instant les sourcils, avant de comprendre que la phrase de l'adolescente appelait des explications.

— À propos de quoi ? s'enquit Riniri.

— Pour faire en sorte que mes parents ne soient pas trop des plaies pour vous. Senel, te sens-tu d'aider ma mère pour les travaux de la maison ?

Chapitre 6

La question ramena sur les flots de sa mémoire ses années à récurer les sols, laver le linge, battre les tapis, nettoyer les cuivres, la vaisselle, la poussière contre une couverture en guise de lit et les restes en guise de repas. N'aurait-elle donc eu qu'un unique jour de répit dans sa souffrance ?

Riniri avait raison : par certains côtés, la vie était un éternel recommencement, une éternelle prison.

— Oui, je peux le faire, affirma-t-elle à regret.

— Super ! Riniri, te sens-tu prête à apprendre à forger ?

La susnommée ouvrit de grands yeux effarés.

— Je ne sais pas, avoua-t-elle.

— Céleste nous tient au courant de l'avancée du Fléau. Même s'il est loin et invincible, la seule réplique que le roi connaisse est par les armes, alors tous les forgerons du pays doivent doubler la cadence pour en fabriquer. Nous avons besoin de main-d'œuvre. Mon père n'est pas très vif mais c'est un excellent forgeron, il t'apprendra bien.

— Dans ce cas, j'accepte.

Senel jeta un regard envieux à sa compatriote. Finalement, la roue tournait. Mais pas pour tout le monde. Là où Riniri pourrait apprendre un nouveau métier, elle-même devrait briquer encore et encore, à quatre pattes sur le sol, plus basse qu'un chien. Ce devait être sa place, après tout, puisqu'elle n'était bonne à rien d'autre, surtout avec une main en moins.

Chapitre 7

La richesse d'Ofayne avait l'avantage d'offrir aux voyageurs de belles routes principales menant de la capitale à Tipyane, le port le plus important du pays, au sud. Avec de bons chevaux, trois jours suffisaient pour le gagner, délai qui s'annonça pourtant plus long à cause d'Ashtiri. Son inexpérience de l'équitation nécessitait des arrêts plus nombreux afin que la cavalière débutante puisse continuer à monter le lendemain.

De son côté, Pithana restait silencieux depuis leur départ la veille au soir. Ashtiri avait tant de doutes en tête, les partager avec une personne capable de les comprendre aurait sans mal pu les apaiser. Le jeune homme avait ses propres peurs, celles qui jetaient sur son visage une ombre insaisissable aux contours d'incertitudes. Si Ashtiri avait confiance en ses capacités pour n'avoir compté que sur elles depuis sept ans, le prince ne devait pas connaître ses propres limites. Au-delà du port, la silhouette menaçante de Rhouti s'élevait déjà pour l'Ofaynien.

Autour d'eux le relief de collines verdoyantes s'aplanit lorsque la vallée leur ouvrit les bras. Les arbres disparurent sous les bottes des paysans en plein labeur dans leurs champs. Entre les deux voyageurs persistait le même silence dérangeant. Ashtiri n'y tint plus.

— Pourquoi ici les noms des pays et des grandes villes sont si différents des autres noms ? Ofayne et Miayny n'ont rien à voir avec Morteseaux ou Prèlavigne.

Surpris par la question, Pithana fixa l'adolescente un instant avant de reporter son attention sur la route. Il plaça son cheval à côté de celui de la voleuse pour parler sans forcer sa voix.

— Les premiers sont un héritage de la dynastie précédente. Les Biryanes étaient de brillants navigateurs et commerçants faisant affaire même avec le Tjo. Des accords entre les différents pays du continent ont donné naissance à une uniformisation des noms des places fortes. Lorsque les D'Alinda leur ont succédé, ils ont fait le choix de conserver ces noms et leur réputation. Voilà pourquoi ils sont différents.

— Et pourquoi Dryane, Ofayne et Tiyane sont appelés les royaumes frères ?

— Parce que ceux qui ont fait tomber l'empire biryane et les tribus kussars étaient trois frères. Après la victoire, chacun a pris la gouvernance d'une région et en a fusionné les provinces pour faire trois pays. Aujourd'hui ce sont mes cousins à leur tête.

— Je vois. Et pourquoi personne ne traque les esclaves à Tyniry-nord ?

— Je ne te pensais pas aussi curieuse.

— Une enfant de dix ans, marquée comme une esclave, n'a pas vraiment le loisir d'apprendre l'histoire d'un pays dans lequel on l'a amenée de force.

La réponse tranchante sonna à la fois comme une critique et une réprimande.

Chapitre 7

— Maintenant que j'ai l'occasion, je veux savoir.

— C'est tout à ton honneur. Pour répondre à ta question, Moréas D'Agrinda, mon cousin, donc, a ratifié un édit[1] annonçant que le sol de Tiyane affranchissait les esclaves qui le foulaient, car nul ne peut être asservi sur son territoire. Cela n'empêche pas, comme tu dois le savoir, certains mercenaires d'être missionnés par les Ofayniens pour retrouver les esclaves fugueurs, pratique sur laquelle mon cousin ferme les yeux.

— Plusieurs sont venus pour Riniri, c'est pour ça qu'elle s'est mise sous la protection d'un des clans les plus redoutés de la ville. Même si ce qu'elle fait la répugne, elle a plus de droits qu'un esclave.

— C'est rare.

— Très, oui. Tarsille a eu la présence d'esprit de reconnaître son intelligence en matière de gestion. Elle veille sur toutes les filles et tous les garçons du bordel.

La grimace de dégoût de Pithana, bien que furtive, n'échappa pas à Ashtiri. Ce genre de choses faisait partie de son quotidien, elle était obligée de le voir là où le jeune homme avait la possibilité de détourner le regard.

— Je comprends mieux pourquoi l'homme s'est montré si récalcitrant à la laisser partir, commenta le prince.

— Il a obtenu quoi, en échange ?

Les gens de cette engeance n'avaient que faire de la vie des autres. Tarsille avait dû négocier au prix fort.

— La vie, répondit Pithana. Connaissant le quartier, le héraut a demandé une escorte. Les couteaux de ces vauriens font pâle figure face à soixante hommes en armure.

Si Tarsille et sa bande vivaient comme des rois à Tyniry-nord, c'était parce qu'ils se tenaient à bonne distance du territoire de la Dague d'or et que personne n'avait vraiment

1. Acte législatif émanant d'un souverain.

les moyens de remettre en cause leur suprématie. Voir arriver des soldats royaux armés et entraînés avait dû lui faire prendre conscience de la fragilité de son confort, ainsi que de son intérêt à ne pas attirer l'attention des autorités.

Tout ceci laissa Ashtiri indifférente, contrairement au savoir que semblait posséder son compagnon de voyage.

— Avant les Biryanes, il y avait qui ?

— Des tribus autochtones.

— Celle de ta mère ?

— Entre autres. Les Kussars ont fini par être absorbés par notre culture. Ils ont petit à petit perdu leur histoire et leurs traditions. Nous avons quelques écrits d'eux. Je n'en savais rien, mon père me les a montrés pour me prouver l'existence des Lions d'albâtre.

— Comment ça ?

— Les Kussars ont vécu à la même époque que ces mages et les ont décrits dans plusieurs textes. Descriptions à prendre avec du recul car elles ont été écrites de leur point de vue.

— Depuis combien de temps ton père sait que la légende n'en est pas une ?

— Je ne sais pas…

La phrase laissée en suspens disait plus de choses qu'elle le laissait paraître. Si Ashtiri ne connaissait rien de la noblesse, elle connaissait le comportement des gens lorsque beaucoup d'argent passait entre leurs mains. Les raisonnements étaient déviés, l'égoïsme exacerbé et le mensonge l'art le plus efficace pour assurer sa pérennité. Cette réflexion amena une nouvelle question.

— Pourquoi tu es si différent de ta famille ?

— Disons que j'ai compensé mon incompétence au combat en m'instruisant sur des sujets parfois loin des stratégies martiales.

Chapitre 7

— Si tu ne veux pas répondre, tu n'as pas besoin de mentir, se vexa Ashtiri.

Pithana lui jeta un regard offensé, sans doute plus par le ton que par le discours.

— Pardon ?

— Si tu étais incompétent dans les choses militaires, le chef de ton armée ne serait pas venu en personne saluer ton départ.

— Il m'apprécie, c'est tout.

— Ces gens-là aiment ceux qui partagent leurs idéaux. Ma question te gêne ?

L'homme soupira, un peu défait.

— Qu'importe que tu le saches, après tout. Disons qu'enfant, je voyais la vie comme un tableau sans relief. Grâce à l'érudition de ma mère, j'ai su que ma vision en était incomplète, alors j'ai appris davantage de choses sur le monde. À ce moment-là, la vie n'était plus un tableau plat mais un jardin dans lequel je pouvais me promener pour en saisir toutes les subtilités. Dès lors j'ai compris qu'une épée était un vulgaire outil et que c'était à la main qui la tenait de choisir de s'en servir pour couper une rose ou une tête. Mon père veut forger plus d'épées, je veux éduquer la main.

— Et ton connétable t'approuve ?

— Éduquer les soldats faciliterait leurs mouvements et l'organisation sur un champ de bataille. Nous espérons aussi limiter les dommages collatéraux sur les populations en travaillant la tolérance et l'empathie.

— C'est pour ça que tu ne nous as pas traitées avec mépris.

— J'ai essayé. Ma vision des esclaves est encore biaisée par le fait que j'ai grandi avec eux et les ai toujours connus esclaves, peu importe leur origine.

— Hmm.

— Tu ne me fais pas confiance ? devina Pithana.

— Pas du tout. Et toi ?

— Non plus, mais je crois que je préfère ça à voyager seul.

Ashtiri approuva cette fois-ci. Pithana avait raison : quitte à partir, autant être accompagné. Une présence était un point d'ancrage, un élément constant devenant, au fil des jours, une certitude rassurante. Si les deux compagnons pouvaient se permettre pour quelques jours de douter l'un de l'autre, ils n'auraient plus ce loisir une fois en Rhouti.

Extrait de *Ofayne, les dessous d'une puissance économique* par l'historien Sonibert De Sauvin

« Dryane, second pays des royaumes frères, situé à l'ouest d'Ofayne et de Tiyane, est l'ancienne terre des Kussars, peuplade que nos livres présentent comme non civilisée et composée de petites tribus. Depuis l'arrivée des Ofayniens, les Kussars se sont vus refuser le droit de parler leur langue natale, de pratiquer leurs cultes, de vénérer leurs dieux et d'apprendre leur Histoire au profit de la culture ofaynienne.

Depuis cent vingt ans, le pays est gouverné par les D'Atrinda, cousins des D'Alinda d'Ofayne.

Les Kussars sont encore pour la plupart considérés comme des esclaves même s'ils n'en ont plus le statut officiel depuis l'arrivée des Narabiens. Certaines familles ont tout de même récupéré les droits sur leur terre et la cultivent librement, notamment au sud-ouest du pays, dans les régions d'Hubishua et d'Ahhiyawa. »

Chapitre 8

Le cor de Dryane avait résonné toute la journée dans la région d'Hubishua. Les soldats aux traits tirés chevauchaient de cabanes en fermes et de maisons en manoirs pour presser les habitants au départ. Ce soir, les démons marcheraient sur eux. Préparer des affaires, habiller les enfants, abandonner le bétail et les terres, et avec eux l'espoir d'un endroit où rentrer. Les gens partaient, arpentant les chemins cahoteux de l'Ouest dryanien vers des villes qui ne supporteraient pas longtemps l'exode massif. La nouvelle du Fléau avait fui des terres peu peuplées de l'extrême ouest pour répandre une vague de terreur sur tout le continent.

Au milieu de la démence se dressaient des irréductibles, courageux pour certains, fous pour tous les autres. Parmi eux se trouvait Duhepa, descendante kussar, veuve et mère de trois enfants. Dès le premier chant du cor la femme avait ordonné à ses parents et à sa sœur Henti de fuir avec ses enfants tandis qu'elle resterait sur son lopin de terre pour protéger les quelques bêtes capables d'assurer un avenir à sa descendance. Tout le monde était parti à l'exception d'Henti. Ensemble, toute la journée, elles avaient consolidé étable et maison, en avaient fermé chaque interstice et renforcé chaque porte en guettant la course menaçante du soleil vers l'horizon. Avant la décrue de la lumière les bêtes avaient été rentrées puis enfermées.

— Duhepa ! cria la voix d'Henti rendue aiguë par l'inquiétude.

Son aînée fixa l'ouest où un brouillard verdâtre assombrissait plus encore le ciel. Au milieu se mouvaient des silhouettes deux fois plus grandes qu'un humain, à la démarche désarticulée et aux bras si longs qu'ils effleuraient le sol.

— À l'abri !

Les sœurs détalèrent vers la maison de laquelle elles condamnèrent la porte quand la brume fut sur elles. Elles entassèrent tout ce qu'elles purent devant, se munirent de fourches affûtées et, dos à dos, attendirent la mort. Elle avait une épaisse odeur âcre de cendres, un goût collant de pourriture et râlait son éternelle agonie.

Le brouillard frottait le sol, trimballant le chuintement des démons tout autour de la maison, hérissant d'angoisse le poil des fermières. Les griffes raclaient le bois qui ne résisterait pas longtemps. À cette idée, Duhepa et Henti raffermirent leur prise sur leur arme de fortune. Les griffes harcelèrent les parois, les sifflements s'amplifièrent. Au loin les bêtes beuglaient et hennissaient de démence ; elles étaient encore en vie.

Un coup sur la porte fit sursauter les sœurs sans pour autant les faire reculer. Les coups se répétèrent, plus forts à chaque fois. Le bois lacéré grinça ; les monstres allaient entrer !

Chapitre 8

Soudain, un hurlement strident crispa chaque muscle des proies terrifiées, puis ce fut le calme. Le frottement s'en alla, les créatures allèrent traîner leurs carcasses puantes plus avant dans les terres. Les beuglements et les hennissements tombèrent, écrasés par une chape de silence irréel. De longues minutes s'égrainèrent sans que les femmes osent bouger, puis des heures.

Enfin, l'aube se leva avec paresse, inconsciente du sang versé cette nuit. Henti fut la première à s'animer et à grimacer quand ses membres raidis furent sollicités. Aidée de sa sœur, elle déblaya l'entrée et sortit. L'étable était intacte et les animaux bien vivants.

— Qu'est-ce qui s'est passé ? demanda Henti.

Duhepa se tourna vers sa maison, de nouveau vers l'étable et comprit.

— Ils ne peuvent pas rentrer… Les démons ne peuvent pas rentrer dans les maisons fermées.

— Tu penses ?

— Personne ne verrouille rien ici. Ils ne peuvent pas rentrer, sinon pourquoi sommes-nous encore en vie ?

— Je ne sais pas… Tu as peut-être raison.

Des hennissements lointains portés par la brise chuchotèrent aux oreilles des sœurs. Henti fila chercher une longue-vue, héritage d'un grand-père navigateur, que Duhepa déplia. Venue des anciennes gorges glaciaires d'Ahhiyawa au sud-ouest, une armée aux armoiries inconnues dessinant la silhouette d'un démon approchait.

— Les démons ne sont pas seuls, des humains les talonnent.

— Voilà comment ces monstres traversent les cours d'eau, s'épouvanta Henti.

— Oui. Et le moment venu, l'armée pourra aussi ouvrir les portes. Il faut le dire aux autres. Va te changer !

LE DERNIER LION D'ALBÂTRE

Duhepa fila vers l'étable en contrebas de leur colline pendant qu'Henti courut passer des vêtements de voyage. Lorsqu'elle revint, leur meilleur cheval était sellé.

— L'armée est trop loin de nous, elle n'a pas pu nous voir, alors file. Tu es une excellente cavalière, petite sœur, continua Duhepa en lui présentant l'animal. Galope tout le jour, tu rejoindras les soldats dryaniens à l'est.

— En espérant que les démons disparaissent bien avec le jour, sinon je me jetterais droit dans leur gueule. Et toi ?

— Le chemin le plus facile pour une armée est de contourner notre terrain trop pentu, je risque peu de choses si je ne me montre pas.

Henti monta, les rênes tenues ferme dans ses mains rompues aux travaux de la ferme.

— Vole.

Duhepa frappa l'arrière-train de l'entier[1] qui fila comme un trait vers le vermeil de l'est.

---

1. Cheval mâle non castré, au caractère vif et résistant.

Chapitre 9

Malgré un départ fastidieux, Ashtiri était définitivement parvenue à tirer Pithana de son mutisme, mesurant ainsi l'abysse entre leur savoir respectif et profitant avec joie de pouvoir le combler. Chaque nouvelle pierre apportée à l'édifice de ses connaissances l'émerveillait, faisant d'elle une agréable interlocutrice car si la voleuse ne savait rien des grandes choses, elle saisissait les subtilités de l'âme humaine mieux que Pithana n'y parviendrait jamais. Les nuances qu'elle peignait sur le tableau de son monde enchantèrent son compagnon de voyage plus qu'il n'eut l'honnêteté de l'avouer. La première journée de voyage passa ainsi, agréable, leur faisant oublier leurs soucis pour quelques heures.

Le soleil frôlait le lointain horizon lorsqu'ils approchèrent de Terrsemence, grand village doté d'une auberge où les voyageurs fatigués passeraient la nuit. Pithana fit approcher son cheval de celui d'Ashtiri.

— Je sais que tu ne vas pas aimer l'idée mais il serait plus sage que, durant notre présence ici, tu te conduises comme mon esclave. Les gens…

— Hors de question.

La réponse claire contraria Pithana. Elle n'arrangeait visiblement pas ses projets, pourtant il n'insista pas de peur de braquer sa compagne de route pour de bon.

— Comme tu le souhaites, mais laisse-moi parler. Personne ne doit savoir qu'un prince voyage sans escorte.

— Ils le sauront dès que tu ouvriras la bouche avec ton langage de cour royale.

Pithana lui jeta un regard froissé ; ce devait être la première fois qu'on lui reprochait son verbe. Ashtiri lui renvoya un haussement d'épaules indifférent avant de porter son regard sur la rue principale où s'endormaient les commerces pendant que les lieux à boire ouvraient grand leurs yeux vitreux.

L'auberge de *L'Agneau Fringant* présentait bien avec sa belle façade en bois rehaussée de balcons et son garçon d'écurie qui conduisit les chevaux se reposer une fois délestés de leur cavalier. Chargés de leurs bagages, ces derniers furent accueillis dans la salle principale par le murmure de discussions calmes. Il y flottait une odeur de gibier cuit, reste du dîner, et d'alcool fort sorti pour la soirée. Ashtiri détailla l'endroit, accusant à chaque table le regard méprisant des bonnes gens propres sur elles. Au lieu de baisser les yeux, l'adolescente bomba le torse tandis que Pithana demandait deux chambres au patron.

— Allons mon bon monsieur, nous savons vivre ici, lui répondit l'homme. Prenez une seule chambre et faites dormir votre esclave à l'étable, ça ne vous coûtera rien !

Choquée, Ashtiri fixa le vieux bonhomme qui ne la voyait même pas. Le ton enjoué de son propos ne le rendait que plus monstrueux. Soufflée par cette violence ordinaire, l'adolescente n'eut même pas le réflexe de réagir. Envolée la fierté ; sa poitrine s'abaissa jusqu'à compresser son cœur asphyxié plus encore par le silence de Pithana. Malgré ses belles paroles, il restait un puissant d'Ofayne indifférent aux autres.

— C'est un cadeau pour un ami, l'entendit-elle répondre enfin. Il fait frais la nuit, je ne voudrais pas la lui offrir en mauvais état.

— Je ne peux pas réserver une chambre à une esclave au détriment d'honnêtes gens qui s'arrêteraient ici. Notre étable est fermée et les animaux tiennent chaud.

— Dans ce cas donnez-moi une chambre, elle dormira par terre.

Le regard de l'aubergiste s'anima quand il lui sembla comprendre la pensée profonde de son client. Il se pencha vers Pithana ; Ashtiri se rapprocha.

— Vous y tenez. Dites-moi, elle est pure, c'est ça ? Vous avez raison d'en profiter avant de l'offrir à votre ami, j'aurais fait pareil.

Ashtiri se sentit insultée et salie. Le dégoût marqua même son visage encore juvénile.

— Dans ce cas je peux compter sur votre discrétion ?

— La plus totale, mon bon monsieur. Voici votre clé.

— Merci. Portez-moi votre meilleure nourriture dès que possible.

Des pièces sonnèrent par dizaines sur le comptoir, puis Pithana saisit par le bras la voleuse hébétée et, sous les rires gras de certains clients, la guida jusqu'à la chambre. S'il remarqua son état, il ne fit aucun commentaire. Écœurée, Ashtiri s'assit dans un coin de la pièce, la tête protégée du monde par ses bras tremblant plus de rage que de peine. La guerre pouvait bien les décimer tous, elle ne risquerait pas sa vie pour eux !

Des coups cognèrent la porte que son compagnon de voyage ouvrit. L'odeur du repas, au lieu d'éveiller l'appétit de la voleuse, lui donna envie de vomir.

— Tu vas me laisser manger seul ?

Surprise par la douceur dans la voix de Pithana, Ashtiri émergea un peu de derrière sa protection de fortune pour voir l'homme assis à même le sol, un plateau garni posé entre eux deux. Dessus il y avait des fraises, belles et rouges comme les aimait Riniri. Tant que son amie et sa sœur seraient prisonnières d'Ofayne la mort les guetterait. Elle devait ramener le Lion d'albâtre même s'il lui fallait pour cela oublier jusqu'à sa dignité. Ensuite seulement elle laisserait les ordures d'Ofayniens être vidés de leur sang pour expier les horreurs de leur règne.

— Il va de soi que tu dormiras dans le lit, ajouta le prince entre deux copieuses bouchées. Argumenter avec cet imbécile n'aurait servi à rien sinon à éveiller les soupçons. Je suis désolé que tu aies dû entendre ses propos, ils étaient répugnants.

— Tu dis ça pour que, une fois dans le désert, je ne te laisse pas derrière.

— Crois ce que tu veux mais mange. Affaiblie, tu ne serviras la cause de personne.

L'adolescente hésita, avant de s'asseoir pour lui faire face. Parmi les mets, son choix se porta également sur la viande, ingrédient presque introuvable à Tyniry-nord. Savourer sa nourriture n'empêcha pas Ashtiri d'observer Pithana à nouveau renfermé derrière son silence imprenable. Dans son esprit, les paroles de l'aubergiste tournaient en boucle comme une rengaine assourdissante qui poussa l'adolescente à éclaircir un point.

— J'ai un sommeil très léger, si tu tentes quoi que ce soit je t'égorge.

Chapitre 9

À son grand étonnement, la menace dont le sérieux ne faisait aucun doute fit rire Pithana. Ashtiri avait subi les regards lubriques et les gestes déplacés de tellement d'hommes qu'elle savait être à leur goût, en particulier car son jeune âge laissait deviner une virginité tant convoitée. Alors pourquoi l'homme face à elle réagissait-il ainsi ?

— Tu ne m'en penses pas capable ?

— Ce n'est pas ça. Disons que de tous les hommes, je suis celui de qui tu as le moins à craindre.

— Je ne comprends pas.

Le sourire de Pithana s'étiola. L'homme semblait plongé dans une profonde réflexion. Au sujet de quoi ? La réponse vint quand il reprit :

— Il arrivera un moment où nous serons obligés de nous faire confiance pour survivre, tu ne crois pas ?

— Je ne vois pas d'autre solution.

— Dans ce cas, peut-être apprécieras-tu que je fasse le premier pas en ce sens. L'un de nous doit bien commencer.

— C'est vrai. Mais je ne vois pas le rapport avec ce dont nous parlions.

— Je ne suis pas une menace pour toi car je préfère les hommes aux femmes.

Ashtiri resta bête le temps d'assimiler la révélation.

— Tu te moques de moi ? finit-elle par articuler.

— Pourquoi le crois-tu ?

— Parce que si c'était vrai, ça voudrait dire que tu viens de donner à une parfaite étrangère une information qui pousserait tout ton royaume à te répudier[1] comme prince si elle était répétée. Ofayne déteste les couples de même sexe presque autant que les femmes.

---

1. Rejeter.

— C'est ma marque de confiance à ton égard. Comprends bien que mon seul désir est de vivre le reste de mon âge. Et pour cela, je dois revenir. Ce qu'il se passera après n'est qu'un détail. De toute façon mon père trouvera un moyen pour m'éloigner du palais, que ce soit à cause de ça ou d'autre chose.

— Ton détachement est effrayant, avoua l'adolescente. Je n'arrive pas à savoir si tu as un cœur ou non.

— Qu'importe tant que j'ai les mêmes intérêts que toi, répliqua l'homme avant de se lever en abandonnant son repas.

Il prit un oreiller ainsi que l'une des couvertures sur le lit, s'aménagea une couche de fortune sur laquelle il s'allongea et ne bougea plus. Son dîner terminé, Ashtiri se coucha aussi. Au chaud dans les draps, elle repassa dans sa tête les événements des deux derniers jours. Tout était allé si vite que cela lui laissait une impression de rêve désagréable, comme si elle pouvait se réveiller à tout moment et perdre sa sœur en même temps que la liberté promise. Lorsque le sommeil vint, les paroles immondes de l'aubergiste se penchèrent sur elle avec l'intention de la tourmenter jusque dans ses rêves.

La voleuse se réveilla en sursaut, grimaçant de douleur à cause de ses cuisses et de ses mollets courbaturés. Elle n'aurait jamais imaginé un tel contrecoup après une seule journée à cheval. L'adolescente se redressa tant bien que mal, tirée de son sommeil par l'impression d'avoir perçu du mouvement. Un regard vers Pithana l'assura de son sommeil. Attentive, elle écouta mais n'entendit rien. Tout était calme dans l'auberge. Sans faire de bruit, Ashtiri s'extirpa des draps malgré les protestations de ses membres puis chercha par la fenêtre une indication sur l'heure : la nuit palissait à l'est. Bonne nouvelle, car elle n'avait plus du tout sommeil. Si la teneur de ses rêves lui échappait, elle les devinait encore dérangeants, aussi voulut-elle chasser cette sensation en se rendant utile. Après s'être lavée et changée dans une pièce dédiée, elle revint dans la chambre ranger ses affaires avant de descendre aux écuries d'une démarche laborieuse. Demander au palefrenier de seller les chevaux maintenant leur permettrait de partir plus vite. La porte ouverte de l'étable la poussa à entrer pour trouver le responsable du lieu afin de lui transmettre ses directives. L'odeur d'urine et de crottin agressa son odorat. Elle trouva un jeune homme occupé à changer la paille de la première stalle tandis qu'à côté de lui patientait son occupant tranquille.

— Oh ! Garçon ! héla-t-elle.

Le concerné se redressa en lui renvoyant un regard peu amène. Encore influencée par le ressenti négatif de ses cauchemars, Ashtiri n'en chercha pas la raison. Après tout, elle ne le dérangerait pas longtemps.

— Tu pourrais seller nos chevaux ? Nous devons repartir vite.

— Eh ben, v'là ti pas que maintenant le bois d'ébène donne des ordres. L'aurait pu se déplacer ton maître. S'prend pour le roi ou quoi ?

La voleuse serra les poings.

— Et pourquoi tu caches ton collier, hein ? Tu crois que comme ça les gens vont t'prendre pour une dame ?

Le garçon d'écurie s'esclaffa de sa propre raillerie. Ashtiri s'apprêta à répliquer lorsqu'une main brusque la poussa contre une stalle à laquelle elle se cogna. La douleur du choc se répandit dans tout son bras et lui tira une grimace.

— Dégage de là, gronda la voix du palefrenier bien bâti et bien portant. C'est pas une porcherie ici.

Hors d'elle, Ashtiri se redressa.

— Le seul porc ici c'est toi !

La masse de l'homme ne laissa pas présager de la dextérité avec laquelle il fit volte-face et gifla l'insolente. Le coup la mit à terre, la laissant à moitié consciente, et l'empêcha de résister quand le butor l'agrippa par ses tresses pour la jeter dehors. Le nuage de poussière soulevé encombra les bronches de la voleuse dont la toux réveilla sa concentration. À quatre pattes, elle vit les badauds l'encercler.

— Depuis quand les porte-bâts[1] ça s'rebiffe ? Tu parles qu'si on t'y autorise.

Ashtiri se releva.

— Je parle quand je veux, que ça te plaise ou non.

Des huées montèrent de la foule. Un garçonnet lui jeta un caillou dans la cuisse. L'impact vif lui mordit la chair.

— Qu'est-ce que tu fous, toi ? aboya-t-elle si fort que l'enfant apeuré trouva refuge derrière la jupe de sa mère.

— Je vais la dresser, la tigresse ! entendit-elle crier.

Quand elle se retourna vers le palefrenier, ce fut un poing qui filait vers son visage. Ashtiri amorça un mouvement pour l'esquiver mais le coup percuta tout de même sa pommette. L'adolescente tomba à la renverse puis s'abattit sur elle, portée par la vindicte populaire, une pluie de cailloux. Son seul réflexe fut de se replier en position fœtale et de protéger sa tête avec ses bras. Aux projectiles s'ajoutèrent les insultes de ceux qui, méprisés par les nobles, auraient dû faire montre de compassion à son égard. À la place, ils cherchaient plus miséreux qu'eux afin d'amoindrir leurs propres malheurs par peur d'en affronter les véritables responsables. Dans le sillon des larmes de la jeune fille resta la certitude viscérale qu'elle laisserait crever tous ces bâtards haineux.

1. Bête de somme.

Chapitre 9

Soudain, une voix tonitruante s'éleva au-dessus de ce charivari. Le tenancier de l'auberge dispersa la foule à grands cris avant d'admonester son palefrenier. Ravagée autant par la peur que par la haine, Ashtiri ne bougea pas. Il fallut que l'aubergiste l'attrape par le bras et la fasse monter de force sur son cheval harnaché. Pithana attrapa les rênes du bai brun :

— Ç'aurait dû être à moi et à moi seul d'intervenir, aubergiste, le tança le prince. Si c'est là la manière dont sont reçus vos plus généreux clients, soyez sûr que je ferai courir partout le bruit qu'ici nos affaires sont traitées avec la plus intolérable négligence. Lorsque mon richissime ami verra son cadeau ainsi abîmé, je lui dirai de demander des comptes au tenancier de *L'Agneau Fringant*.

Ce dernier eut beau se confondre en mièvres excuses et insulter son domestique pour donner l'apparence d'une saine autorité, Pithana ne lui accorda aucune grâce et s'en alla sans dédire sa terrible promesse.

Chapitre 10

Sa connaissance des terres permit à Pithana de trouver un ruisseau loin de la piste où Ashtiri put se soigner à l'abri des regards. Empêtrée dans sa solitude ravageuse au bord de l'eau, l'adolescente planifiait l'extermination de ces erreurs de la nature qui n'avaient d'humain que l'apparence. Si elle faisait en sorte que le prince ne survive pas dans le désert, elle serait libre de trouver le dernier Lion d'albâtre et, s'il vivait encore, de lui demander le rapatriement de Riniri, Senel et elle en Naraba, avec ou sans collier. Le vieux Lion n'avait pas à connaître le danger qui gangrenait les royaumes frères. Alors, tous périraient et avec eux s'achèveraient des décennies d'horreur.

Ashtiri ne devait pas sauver les trois royaumes de la guerre, mais le monde des trois royaumes.

Après avoir lavé et pansé ses plaies, l'adolescente prit le chemin qui la ramena vers les chevaux. Cachée par les troncs, elle s'immobilisa pour observer son compagnon de voyage plongé dans l'étude de parchemins. L'un d'eux présentait la carte d'un pays inconnu. Peut-être était-ce Rhouti, peut-être pas. Le continent était absent des rares livres imagés passés un jour entre ses mains, comme si leurs créateurs avaient voulu effacer Rhouti du monde en l'effaçant des pages d'Histoire. Quel genre de barbare mutilait la mémoire des peuples ?

— Celui qui asservit juste parce qu'il en a le pouvoir, chuchota-t-elle. Tu fais partie de ceux-là, prince Pithana ?

Son indifférence face aux épreuves de sa vie le rendait inhumain, presque artificiel. Y avait-il réellement un cœur dans sa poitrine ou était-il un pantin ramené à la vie par quelque magie noire ? Ses preuves de confiance étaient-elles véraces ? Sans doute pas. S'il la traitait avec égard c'était par peur de mourir dans le désert, pas par gentillesse, encore moins par respect. Ashtiri reprit courage en songeant que Rhouti serait le tombeau de tous ces vaniteux.

La voleuse rejoignit l'homme à pas de loup au point de le faire sursauter en s'arrêtant près de lui. Il rangea les documents et se leva, donnant le départ du reste de leur voyage.

Deux jours à peine qu'ils arpentaient les paysages d'Ofayne et Ashtiri se lassait déjà. Pithana et elle n'avaient échangé aucun mot depuis leur départ de Terrsemence à l'aube, le temps lui semblait long. Parfois, elle en venait même à somnoler sur son cheval en attendant l'arrêt suivant qui lui permettrait de se dégourdir les jambes afin de minimiser les courbatures dues à la monte. Aussi s'amusait-elle à chaque halte à grimper aux arbres afin d'étirer ses muscles ou à visiter les maisons proches – délestant sans honte leurs habitants de tout ce qui lui plaisait – car perdre son agilité serait perdre son plus grand atout. L'effort physique lui permettait en sus d'évacuer sa colère de même que le ressentiment qu'elle traînait depuis le départ de Miayny.

Chapitre 10

Son esprit était envahi d'inquiétudes. Riniri et Senel, les esclaves, sa liberté, le Fléau, sa mission… Ses idées passaient d'un sujet à un autre sans jamais l'apaiser. À cela s'ajoutait la prochaine nuit. Dormiraient-ils encore dans une auberge ? Devrait-elle subir une nouvelle humiliation contre laquelle elle ne pourrait rien ? Car à Terrsemence sa soif de liberté ne l'avait pas empêchée d'être mise à genoux. Qu'aurait-elle pu faire face à tous ces villageois ?

Ces questions assombrirent davantage son humeur déjà maussade.

Il lui fallut attendre le soir pour retrouver un peu de paix lorsque Pithana s'éloigna de la piste menant au village pour s'enfoncer dans un bois clairsemé jusqu'à une clairière où ils mirent pied à terre.

— On fait quoi ? demanda-t-elle quand le prince déchargea son cheval.

— Nous nous arrêtons pour la nuit.

— Pour t'éviter d'avoir encore honte de moi devant ton peuple ?

L'homme entreprit d'installer son bivouac sans prendre la peine de lui répondre ni même de la regarder, ce qui exaspéra la concernée. Consciente que malgré tout l'homme était son meilleur – son seul – allié pour le moment, elle retint ses paroles blessantes et s'installa elle aussi.

Le feu qu'Ashtiri alluma crépita bien vite, réchauffant peu à peu les voyageurs aux corps alanguis par la fraîcheur de la nuit. Leur repas se passa dans un silence complet qui n'aida pas l'adolescente à faire le point sur ses sentiments. Un instant elle voulait la mort des royaumes frères, un autre elle souhaitait les épargner pour laisser vivre les innocents prisonniers eux aussi de la tyrannie des puissants. Être indécise à ce point ne faisait que l'énerver davantage.

— Quel âge as-tu ?

La question soudaine de Pithana surprit Ashtiri. Le jeune homme observait le feu sans exprimer aucune émotion.

— Dix-sept ans, presque dix-huit. Et toi ?

— Vingt-six. Tu te souviens bien de ton pays ?

Un sourire nostalgique releva les lèvres de la Narabienne.

— Comme si je ne l'avais jamais quitté.

— Tu étais jeune, c'est étonnant.

— Pas tant que ça. Quand on m'a forcée à partir, je me suis raccrochée à ce que j'ai pu. Encore aujourd'hui je m'enferme dans les souvenirs de mon pays et de ma famille quand je me sens seule.

— Je comprends.

Ashtiri faillit répliquer qu'elle en doutait mais s'abstint. Un désaccord supplémentaire ne servirait à rien.

— Comment est-ce ? demanda Pithana.

— Dans ma tête ?

— Naraba.

— Oh, eh bien, effrayant et fascinant à la fois. Le désert n'est pas un ami, il tue avec bien trop de facilité.

— Vous en avez peur ? s'étonna-t-il.

— Bien sûr. Il faut être inconscient pour ne pas le craindre. Mais parce qu'il est fascinant nous le respectons.

— Comment y vivez-vous ?

La question anodine réveilla toutes les réminiscences de l'adolescente. Lorsqu'elle posa son regard sur le feu, la couleur comme le mouvement des flammes lui rappelèrent les pans de tissu des tentes flottant au gré de la brise sèche. Devant ses yeux hypnotisés se dessinèrent les visages de ses parents, le sourire de son père lui disant de courir rejoindre Senel pour garder les chameaux. Ensemble, elles tenaient les bêtes tranquilles.

Chapitre 10

Tout l'automne et l'hiver, sa famille suivait le chemin des pâturages. L'été, elle rejoignait d'autres clans près des grandes oasis les protégeant des chaleurs insoutenables. Ashtiri et Senel retrouvaient leurs amis et jouaient à l'ombre des hauts palmiers après s'être raconté leurs longs mois à cheminer. L'odeur des épices et du thé montait jusqu'aux cieux, honorant les esprits des anciens penchés sur eux avec bienveillance. La vie s'écoulait ainsi, au rythme des grains de sable filant entre les doigts des enfants heureux. Ce fut leur existence, jusqu'à l'arrivée des marins marchands et des Narabiens des côtes.

De jour comme de nuit, ils attaquaient les petits clans pour leur arracher leurs membres. L'après-midi où Senel et elle furent enlevées lors d'un rapt[1] éclair, ils avaient attendu qu'elles s'isolent près des chameaux comme elles avaient l'habitude de le faire. Les fillettes s'étaient tant débattues entre les bras de leurs ravisseurs que leurs cris avaient agité le troupeau. Malgré l'alerte donnée par les blatèrements des animaux, personne ne put leur venir en aide, si bien qu'elles disparurent derrière les dunes.

Une larme sortit Ashtiri de son récit. Elle l'essuya puis regarda ses doigts humides, surprise par son émotivité.

— Qu'est-il arrivé à Senel ? demanda Pithana après un silence.

— Nous avons été achetées à Shri'Mta par l'intendant[2] du duc De Valdore venu avec l'un de ses esclaves en guise de traducteur. Lorsque notre escorte fut sur le point de longer les abords de Tyniry, ce dernier nous parla à travers notre cage à poules de la partie nord de la ville et du fait que des esclaves pouvaient y vivre libres. Nous avons profité d'une escale de

1. Enlèvement.

2. Employé d'une personne fortunée qui gère ses biens, sa maison, ses richesses.

nuit pour tenter de nous enfuir par un trou dans le grillage de notre prison que nous avions mis des jours à faire.

— Comment ?

— Avec un couteau que j'avais volé dans la confusion du port. Nous étions apeurées, trop pour avoir pensé à vérifier la taille du trou. Je suis passée, pas Senel. Alors elle a… Elle s'est…

— Je comprends.

— Comment on en arrive à asservir des êtres humains, prince d'Ofayne ? questionna Ashtiri, les lèvres tremblantes de rage. Senel a la plus belle âme du monde et les tiens l'ont brisée. Pourquoi ?

— Je ne sais pas. Tu peux me regarder avec toute la haine dont tu es capable, ça ne changera rien au fait que je n'ai pas instauré l'esclavage et que je ne pourrai pas l'abolir.

— Tu as essayé, au moins ? Est-ce que tu en as seulement envie ?

— Souviens-toi de la raison pour laquelle je suis ici, et imagine maintenant si, plus que de tenir tête à mon père, je lui avais dit de se séparer de ce qui faisait la richesse de son royaume et donnait tant d'importance à son règne. À ton avis, aurais-je vécu jusqu'à aujourd'hui ? Cela aurait-il changé quelque chose à la situation des esclaves ?

— Tu es un lâche.

— Et toi une gamine au grand cœur qui ne voit pas au-delà des limites de son tableau. Je ne sais pas ce que je pourrais faire tant que je n'aurai pas compris les zones d'ombre du passé d'Ofayne.

Ashtiri se leva, toisant d'un regard venimeux l'homme assis.

— Je comprends pourquoi ton père te souhaite mort. Tu ne sers à rien.

Chapitre 10

Sa cruelle vérité assénée, la voleuse se réfugia dans sa tente sans se soucier des conséquences de sa sentence.

Durant la fin de leur périple en terres ofayniennes, Pithana ne décrocha plus un mot. De toute façon la colère d'Ashtiri était telle qu'elle ne souhaitait plus entendre le son de sa voix. Il le fallut bien, pourtant, lorsque les voyageurs atteignirent le port et son effervescence. D'un côté, les navires arrivaient du Tjo et de Shana les entrailles pleines de merveilles orientales tandis que de l'autre, les équipages des vaisseaux se préparaient au départ vers des mers lointaines. Sur les quais, les travailleurs se mêlaient aux marins et coudoyaient les passants, rendant l'avancée pénible pour les chevaux. Ces derniers furent de toute façon confiés aux soldats chargés de les ramener au palais. Ce fut d'ailleurs sur un bâtiment militaire gréé en voiles carrées et auriques[1] d'un blanc éclatant qu'embarquèrent les compagnons d'infortune.

Sur le pont de la goélette, tandis que Pithana saluait le capitaine qui comptait visiblement parmi ses amis, Ashtiri observa le port dans lequel elle était arrivée sept ans auparavant ; rien n'avait vraiment changé. Ce constat la ramena à cette époque-là, sensation si dérangeante que l'adolescente la chassa en s'intéressant à la conversation des deux hommes près d'elle.

— Il sera fait selon vos ordres, s'inclina le capitaine à la barbe blanche bien taillée.

L'homme fit ensuite face à Ashtiri et, d'un signe de main, lui montra le chemin des cabines.

— Suivez-moi, demoiselle. Une cabine vous est réservée.

Ashtiri resta bête face à l'invitation dénuée de mépris.

1. En forme de trapèze.

Après une hésitation trop longue pour être polie, elle suivit l'officier qui la conduisit en personne, faisant taire d'un regard toutes les remarques de ses matelots. Sa cabine attitrée était exiguë mais possédait tout le confort attendu sur un navire militaire. La propreté des draps sur sa couche donna l'irrépressible envie à Ashtiri de se blottir dedans pour n'en plus sortir jusqu'à leur arrivée. Mais avant cela, elle fit face au capitaine à qui l'air ravi de son invitée n'avait pas échappé.

— Merci, monsieur.

Le sourire de l'homme marqua toutes les rides d'expression de son visage buriné.

— Je ne suis monsieur qu'à terre, jeune fille. Ici, je suis capitaine, seul maître à bord même en présence d'un prince.

L'idée qu'il existe en Ofayne un endroit où la richesse n'avait aucun pouvoir émerveilla Ashtiri.

— C'est vrai ? s'entendit-elle demander.

— Bien sûr, et je vous laisse deviner à quel point cela procure un agréable sentiment de toute-puissance. Malgré tout, je tiens ce prince-ci en haute estime, alors j'avoue écouter avec attention ses recommandations.

— Il en a donné ?

— Oui, pour vous. Il m'a prié de rappeler à tout mon équipage que vous deviez être traitée comme la seule personne capable de sauver leur famille. Et la mienne. Jeune demoiselle…

Le capitaine marqua une pause, entra dans la cabine au seuil de laquelle il était resté et ferma la porte sans toutefois faire un pas vers Ashtiri.

— J'ai beaucoup voyagé, reprit-il. J'ai tant appris le goût de la liberté que je refuse l'idée d'en priver une personne, même d'une autre culture. Pourtant je sers Ofayne, parce que je suis persuadé qu'il est capable d'être grand même sans esclave. Je sais comment mon pays vous apparaît, comment ses habitants ont dû vous traiter mais je vous en prie, de tout mon cœur, sauvez-nous.

La désarmante sincérité de la requête souffla Ashtiri qui ne sut pas quoi répondre. Son interlocuteur dut prendre son silence comme une hésitation car il continua :

— Soyez meilleure que nous. Soyez la bonté qui nous fait défaut, le courage qu'il nous manque, l'âme que nous n'avons plus.

— Si je le fais, Capitaine, qu'est-ce que ça changera pour les miens ? Si je sauve Ofayne, je ne lui donnerai rien d'autre que le loisir de continuer à asservir mon peuple.

— Dans ce cas, écoutez bien. Je fais ici la promesse solennelle que si vous revenez victorieuse, je mettrai mon pouvoir et mon influence au service de votre cause.

— Le dernier Ofaynien qui m'a fait une promesse – votre roi – l'a trahie le lendemain.

— Je ne suis pas un noble, jeune fille. Je suis un soldat habitué à risquer sa vie pour défendre autrui. Ce que je dis, je ne le dédis jamais.

— Pardonnez-moi mais j'ai du mal à croire que vous soyez prêt à aller contre votre roi et des décennies de tradition.

— Si c'est le prix à payer pour protéger les miens soyez assurée que je le ferai. Je suis né en Ofayne, ça ne veut pas dire que je suis aveugle face aux travers de mon pays ni que je suis incapable d'admettre ses torts. Et puis, je crois que vous oubliez une chose importante.

— Ah bon ? Laquelle ?

— Si le dernier Lion d'albâtre existe bien, plus que les royaumes frères ce sont les vôtres qu'il sauvera.

LE DERNIER LION D'ALBÂTRE

— Et s'il n'existe pas ?

En posant cette question, Ashtiri anticipa toutes les horreurs qu'elle laissait présager. S'il n'existait pas…

— Alors les morts se compteront par dizaines de millions, jeune demoiselle.

Extrait d'une lettre de l'historien Sonibert De Sauvin
à son mentor, Ydège D'isari

« On m'a toujours appris que les royaumes frères étaient trois monarchies fondées sur les ruines des terres kussars et biryaniennes, qu'elles étaient nées à quelques années d'intervalles grâce à la supériorité d'Ofayne, le premier des trois royaumes dont étaient issus les trois frères de la lignée D'Alinda.

Or, certaines rumeurs qui circulent parmi les esclaves kussars viennent contredire ces faits et livrent une version de l'histoire moins glorieuse. On dit que l'un des frères se serait associé à un mage pour faire tomber les Lions d'albâtre de Rhouti et détruire les Kussars. L'allégation est bien sûr sans fondement. Est-ce à dire que la magie existe, et par conséquent, que l'histoire des royaumes frères serait en partie affabulée ? Je n'en crois rien. »

Chapitre II

À l'allure du grand largue[1], le bateau filait vite sur les eaux calmes du sud. La température commençait à monter de manière significative, rappelant à Ashtiri qu'elle était à présent loin du maudit Ofayne. Le vent marin dans ses longs cheveux tressés lui donna le goût de la navigation au point de lui faire gagner une place de choix près de la barre où elle apprit les bases de cet art. Son entrain revenu en même temps qu'une certaine sérénité la rendit curieuse des choses de la mer. Elle ne put rêver meilleur professeur que l'érudit capitaine Ravenald auprès duquel elle apprit le nom des mâts, des voiles, des allures et des îles que le vif *Chant-de-Bouc* croisait. Avec l'océan à perte de vue, Ashtiri songea que la liberté devait lui ressembler, jusqu'à l'odeur revigorante d'iode.

En fin de journée, l'adolescente quitta la compagnie du capitaine pour aider les matelots à la manœuvre. Sous la surveillance des gabiers[2], elle explora les haubans[3] et découvrit

1. Allure marine avec un vent de trois-quarts arrière.
2. Matelots affectés à la mâture, aux voiles.
3. Cordes qui tiennent le mât.

l'infini depuis la hune[1]. Puis, le soir après souper, les marins chantèrent leurs légendes, approuvés par l'œil bienveillant de leur capitaine. Pour la première fois depuis son arrivée dans ce coin du monde, Ashtiri fut traitée comme l'une des leurs car passés les préjugés des soldats, ces derniers s'étaient attachés à cette bonne humeur ambulante aussi agile qu'un chat. Ainsi mesura-t-elle le fossé existant entre les Ofayniens côtoyant l'esclavage au quotidien et ceux qui en vivaient loin, embarqués toute l'année ou presque sur l'océan.

Le matelas sur lequel se détendit le corps d'Ashtiri au cœur de la dernière nuit lui parut d'un confort sans pareil. Allongée là, harassée mais heureuse, l'adolescente pensa à Pithana demeuré invisible depuis leur départ du port. Il n'avait pas non plus réapparu pour les repas. Était-il souffrant ? Ou plongé dans ses documents ? Elle n'avait même pas pensé à se renseigner sur leur contenu. De plus, le prince ne lui en avait touché aucun mot. Il n'avait rien dit depuis les reproches qu'elle lui avait adressés. Peut-être la fuyait-il, après tout ? Alors pourquoi avoir demandé à l'équipage de la traiter avec égard ? Cet homme était vraiment étrange…

Ce fut avec cette pensée qu'elle s'endormit.

Les mouvements anormaux et répétés de son épaule finirent par réveiller Ashtiri qui ouvrit ses yeux collants pour les poser sur le capitaine Ravenald. Un grognement assura l'homme d'avoir l'attention de l'adolescente. Se sentir en sécurité sur le navire lui avait donné un sommeil de plomb.

— Nous sommes arrivés.

Ashtiri essuya d'un geste discret le filet de bave sur sa joue avant de se lever pour rassembler ses affaires. Elle rejoignit le

1. Petite plateforme intermédiaire située dans les mâts.

pont puis la proue depuis laquelle la vue lui coupa tout élan. À l'horizon, bien au-delà du port de l'île où le navire mouillait à cet instant, les doux rayons rosés de l'aube dévoilaient les eaux calmes du delta ainsi que les courbes lointaines des dunes de Rhouti.

— C'est beau, n'est-ce pas ? demanda le capitaine.

— Oui. Le *Chant-de-Bouc* ne peut pas aller plus loin ?

— Personne ne navigue au-delà de cette île, c'est trop dangereux.

— Pourquoi ?

— Débarquons, les pêcheurs de Lazur vous expliqueront.

« Vous » ?

Ashtiri pivota pour croiser le regard de Pithana qui détourna aussitôt la tête avant de rejoindre le ponton craquant. La solitude du prince lui apparut pour la première fois depuis leur rencontre, ce qui l'attrista. Peut-être avait-elle manqué d'empathie à son égard ?

Soudain, une idée lui traversa l'esprit. Immobilisée par ses réflexions, elle courut pour rattraper le capitaine déjà à terre.

— Pourquoi vous l'estimez ?

— Qui donc ?

— Pithana. Vous avez dit le tenir en haute estime. Votre confrère le connétable pense pareil, n'est-ce pas ? Pourquoi ?

— Cela semble t'étonner.

— Il a l'air si détaché de tout. Rien ne l'atteint, comme s'il n'avait pas d'âme.

— Oh, il en a une, et une magnifique, répondit Ravenald en fixant le dos du jeune homme. Ne prends pas pour toi son détachement, il y a simplement beaucoup d'affaires qui accaparent son attention. Le Fléau n'est que le dernier problème d'une longue liste.

— Mais il n'est pas héritier. Je croyais qu'il n'avait aucun pouvoir.

— En effet. C'est pour cela qu'impulser des changements lui demande beaucoup de temps et de chemins détournés.

— Le connétable et vous ?

— Entre autres.

— Quels changements ?

— Plein de choses ennuyantes pour toi mais une qui te tient à cœur : en apprenant que les marchands d'esclaves s'intéressaient depuis peu à d'autres pays, il s'est mis en tête de mettre fin au commerce de Shri'Mta. Cela va trop loin. Et le seul moyen pour cela est que l'île ne trouve plus le moindre client.

— Mais leur client, c'est les royaumes frères. C'est Ofayne.

— Oui.

Ravenald laissa passer un silence durant lequel Ashtiri réfléchit aux causes ayant poussé un prince comme des officiers à envisager de se séparer d'une main-d'œuvre gratuite. Puisqu'elle ne trouva aucune explication logique, elle posa la question au capitaine.

— Le prince Pithana n'a jamais aimé l'idée de l'esclavage, lui confia le marin. Mais ce qui l'a poussé à anticiper la mise en application de ce changement de politique, et qui nous a poussés à le suivre, ce sont les révoltes des esclaves. Elles sont de plus en plus nombreuses, même sur Shri'Mta, et de plus en plus violentes. Ce n'est pas viable, il est temps d'y mettre fin avant qu'il y ait trop de morts des deux côtés.

— Ça n'aurait même jamais dû commencer, reprocha-t-elle à Ravenald.

Au regard mortifié de l'homme, elle comprit qu'il le regrettait. Ashtiri n'eut pas le cœur de lui en vouloir. Non seulement Ravenald n'était en rien responsable de cette situation, mais en plus il agissait à sa hauteur pour essayer de changer les choses. Tout comme Pithana. Peu importaient leurs raisons, seul comptait le résultat.

Ravenald se racla la gorge pour se redonner une contenance, se redressa comme à son habitude et reprit :

— À présent, comprends-tu les difficultés auxquelles le prince fait face seul ? Car crois-moi, seul, il l'est plus qu'il n'est humainement possible de l'être.

— Je comprends, oui. Le roi sait ce qu'il fait ?

— Non. Le roi constate seulement l'influence que le prince Pithana a sur ses plus prestigieux officiers et il déteste ça car il redoute un coup d'État.

— Je ne sais pas ce que c'est.

— Le roi a peur que le prince Pithana prenne le pouvoir par la force. Mais tu as d'autres préoccupations pour le moment, dit-il en la guidant sur la passerelle qui s'enfonçait à présent dans une végétation luxuriante.

Ashtiri ne remarqua qu'à cet instant les hautes plantes aux larges feuilles d'un vert éclatant. Les fleurs déployaient leurs pétales chatoyants et leur parfum envoûtant. Des myriades d'oiseaux chantaient dans cet environnement foisonnant de vie. Ashtiri s'émerveillait des plumages multicolores lorsque des farés[1] se dressèrent au milieu de la verdure. Parmi les villageois allant et venant, Ashtiri remarqua Pithana en compagnie d'un Lazurien. Le prince semblait contrarié lorsque l'adolescente et le capitaine le rejoignirent.

— Le vieux pêcheur qui connaît le fleuve de Rhouti est encore en mer, annonça-t-il.

— Ils savent quand il rentrera ? s'enquit Ravenald.

— Non. Il nous faut nous montrer patients.

---

1. Habitation traditionnelle de Tahiti.

Ashtiri ne fit pas attention à la suite de la conversation. Elle ne pouvait s'empêcher d'admirer les tenues colorées et les tatouages caractéristiques des gens d'ici. Les peaux burinées par le soleil portaient avec fierté des symboles géométriques complexes représentant des éléments naturels, des visages ou des animaux. Sans même faire part de ses intentions au prince et au capitaine, Ashtiri s'en alla explorer les alentours.

Bien que Lazur soit sous domination ofaynienne, et que sa langue d'origine ait été interdite, l'adolescente l'entendit plus d'une fois lorsqu'elle fut suffisamment éloignée de Pithana et de Ravenald qui sans être malvenus étaient tous deux tenus à l'écart. Au contraire, Ashtiri allait où bon lui semblait sans être arrêtée. Elle vit un jeune homme se faire tatouer pour la première fois, des femmes tresser des paniers et des enfants jouer comme le font tous les enfants du monde. Un détail chez ces derniers attira l'attention de l'adolescente : l'un d'eux portait une crinière de tiges blanchies par le soleil. Elle l'interpella, attirant de ce fait l'attention de toute la bande sur elle.

— C'est une crinière que tu portes sur la tête ? demanda-t-elle en ofaynien.

— Ben oui.

L'évidence de sa réponse fit rire ses camarades. Ashtiri s'en amusa.

— Mais il y a des lions sur votre île ? précisa-t-elle.

Les enfants pouffèrent.

— Bah non, répondit une petite fille. C'est ceux de Rhouti.

— Les Lions d'albâtre, renchérit le garçon au couvre-chef. Tu connais pas ?

— Si, je connais le conte. Je suis juste étonnée que vous aussi.

Ashtiri fut stupéfaite de la portée de cette légende, de constater que l'espoir qu'elle incarnait touchait autant de peuples, autant d'enfants, qu'ils soient d'Ofayne ou de Lazur.

— Le vieux Taneuri dit que c'est pas un conte, protesta une deuxième fillette. Que ses parents ont vu les Lions d'albâtre.

— C'est vrai ? s'étonna Ashtiri.

— Oui. Il a plus de cent ans, le vieux Taneuri, il s'en souvient. Pourquoi tu caches ton cou ?

— Pour rien. Je peux voir le vieux Taneuri, vous croyez ?

Une fillette lui prit la main en guise de réponse, et toute la délégation se dirigea bruyamment vers un faré un peu en retrait entouré d'une myriade de fleurs colorées. Un seul enfant entra dans l'habitation de laquelle il ressortit une minute plus tard pour autoriser Ashtiri à entrer à son tour. Le changement brusque de luminosité immobilisa l'adolescente un instant. Puis elle vit un vieil homme au regard encore vif assis dans un coin, et une femme d'âge mûr qui accueillit la visiteuse.

— Mon grand-père ne parle pas ofaynien, expliqua-t-elle. Venez vous asseoir, je traduirai.

Ashtiri obéit. Les présentations faites, elle aborda sans détour le sujet qui l'intéressait.

— Est-ce que les Lions d'albâtre ont existé ?

L'homme approuva, puis parla dans sa langue maternelle. Malgré une voix tressaillante, son propos semblait clair car la femme n'eut aucun mal à le traduire.

— Aussi sûrement que vous et moi. Ils étaient trente-deux, comme les trente-deux battements de cœur du Lion cosmique. Ils étaient des guerriers puissants et des mages justes, qui venaient parfois aider les Lazuriens lorsque des conflits éclataient, qu'ils soient petits ou grands.

— Alors qu'est-ce qui leur est arrivé ?

— Ses parents lui ont raconté la grande guerre contre Rhouti. Ils ont vu arriver les navires d'Ofayne et de Tiyane, puisque Lazur est sur la route du désert. Son père est parti avec deux autres pêcheurs prévenir les Lions, mais ils furent rattrapés et tués par les Blancs. Personne ne sait ce qu'il s'est passé là-bas. On sait seulement que quand Ofayne est reparti, les Lions ont disparu les uns après les autres.

Le vieil homme parla.

— Sauf un, ajouta sa petite-fille.

— Est-ce qu'il est toujours en vie ?

— Les Lions sont mortels, alors personne n'est sûr. Si le cœur du Lion cosmique bat encore, peut-être en reste-t-il un dernier.

Le vieux Taneuri voulut s'allonger, sa petite-fille l'y aida.

— Vous savez, reprit-elle à l'intention d'Ashtiri, Rhouti s'est coupé du monde depuis cette période. Avant, Lazur lui vendait du bois pour ses bateaux, parce que c'est une ressource rare dans le désert, mais le commerce s'est arrêté du jour au lendemain. Personne ne sait plus ce qu'il se passe derrière ces dunes.

— Les Lions… Vous pensez qu'ils ont vraiment existé ?

— Malgré son âge avancé, la mémoire de mon grand-père est bonne alors oui, je crois qu'ils ont existé.

— Mais la magie n'existe pas, elle, si ? En Naraba, ce n'est pas le cas. De ce que j'ai vu, en Ofayne non plus.

— Peut-être qu'elle n'existe plus. Comme nous, peut-être naît-elle et meurt-elle, avant de renaître puis de mourir encore ?

— Je n'avais pas pensé à ça, avoua Ashtiri.

Alors, les démons décrits par Pithana étaient peut-être de vrais démons. Cette idée fit frissonner Ashtiri de terreur.

Chapitre 12

Précédée par Pithana, la délégation d'Ofayne entra dans le plus grand faré du village où s'étaient réunis des pêcheurs lazuriens. Tout le monde s'assit dans un bel ensemble autour d'une table basse où était déroulée une carte maritime de la région. Ashtiri reconnut sans mal l'île au nord et l'impressionnant Rhouti au sud – Pithana en avait bien une copie. Son delta était composé d'une dizaine de bras principaux. Le courant n'y était pas fort, rendant l'avancée moins compliquée. Les hippopotames et les crocodiles – animaux que l'adolescente n'avait jamais vus – n'étaient pas une menace non plus sur le fleuve Hâpy tant que les voyageurs n'entraient pas sur leur territoire situé le long de certaines rives.

D'après un vieux pêcheur, le danger principal venait de ruines présentes dans l'eau. Le niveau du fleuve était au plus bas au printemps, avant la crue de l'été, laissant d'anciennes statues écroulées à moitié émergées. L'eau était si basse que celles sous la surface représentaient une menace même pour une felouque[1]. Leurs angles éventraient sans mal toutes les coques sous la ligne de flottaison et quiconque passait par-dessus bord était dévoré par les crocodiles. Et si le malheureux leur échappait, il mourait tué par les hippopotames ou dans les dunes proches mangé par les lions. Malgré les ruines sous-marines, le fleuve demeurait le seul itinéraire sûr pour trouver la légendaire cité originelle.

— Sauriez-vous où elle se trouve ? demanda Pithana au vieux pêcheur.

— Non. Nos légendes parlent de la Grande comme se dressant majestueusement sur la rive sud du Hâpy, mais je ne saurai vous en dire plus.

— Pourquoi vous l'appelez comme ça ? intervint Ashtiri pour qui toutes les villes étaient grandes.

— Parce que ses statues et ses monuments s'élevaient si hauts qu'on les disait visibles à dix lieues. La Grande est la première cité, mère de toutes les autres.

Ashtiri leva un sourcil plein de scepticisme quant à la taille des constructions. Après tout, les légendes n'embellissaient-elles pas tout ? Son doute fut oublié lorsque les préparatifs du voyage furent abordés. Les pêcheurs leur prêteraient une felouque chargée de vivres et d'eau même s'ils pourraient refaire leur réserve grâce à l'eau douce du Hâpy. Les détails nécessaires à la navigation furent notés sur la carte de Rhouti en possession de Pithana. Grâce à Ravenald et à ses matelots, Ashtiri comprit mieux les indications que son compagnon de route. Ce fut d'ailleurs à elle que s'adressait le capitaine chaque fois qu'il complétait les informations données par le vieux pêcheur.

Ceci fait, le Lazurien et le militaire guidèrent l'expédition jusqu'au port sud afin de leur présenter le bateau à voile long

1. Petit bateau effilé typique de la Méditerranée.

de huit mètres. Les amarres larguées, les deux jeunes gens seraient seuls, livrés à une mort plus que certaine. Cette idée fit peur à Ashtiri : naviguer sans aide, trouver la Grande sans guide, survivre sans connaître la réelle nature du danger et, plus que tout, être incapable de sauver Riniri et Senel…

Elle devait revenir.

Elle reviendrait.

Arriva l'au revoir. Ravenald salua avec la plus intense chaleur son prince en le confiant à la protection de tous les dieux, fussent-ils d'antan ou de l'instant. Ainsi protégé, Pithana embarqua.

Debout sur le ponton, Ashtiri, envoûtée par Rhouti, tourna son visage inquiet vers le généreux capitaine. Sous le coup de toutes ses émotions, elle l'enlaça franchement, attendrissant l'homme plus qu'elle ne le fit rire. La voix chevrotante, Ashtiri s'ouvrit sans honte.

— Merci de m'avoir traitée comme l'une des vôtres, Capitaine.

L'homme s'autorisa à lui caresser les cheveux d'un geste affectueux.

— À terre je suis monsieur, en mer je suis capitaine, pour toi je suis Willias. Tu trouveras à ton retour mon serment envers toi intact, alors reviens. Sois la paix dont le monde a besoin.

Ashtiri resserra ses doigts sur l'uniforme de l'officier pour contenir ses sentiments. À lui seul, cet homme au grand cœur venait de donner à l'adolescente l'envie de réussir sa mission pour sauver bien plus que sa sœur et son amie. Peut-être fallait-il seulement aux Ofayniens une personne capable de leur ouvrir les yeux sur leurs erreurs ? Si elle avait la possibilité de contribuer à rendre tout un peuple meilleur, elle devait le faire. Même si tout échouait, elle irait jusqu'au bout.

— Merci, Willias.

Aussi vite qu'elle avait couru dans ses bras elle s'en échappa pour prendre la barre de la felouque, effrayée de laisser derrière elle un monde connu et un ami rassurant. Lorsque la voile gonflée par le vent poussa le bateau sur les eaux turquoise, Ashtiri salua les hommes à terre d'un geste ample de la main, avant de s'en détourner pour affronter l'horizon terrifiant de l'impitoyable Rhouti. Entre lui et elle se tenait Pithana, plus inquiet que jamais.

Ils croisèrent les plongeuses de Lazur occupées à scruter le fond du lagon à la recherche d'algues, de coquillages et de perles qu'elles revendraient ensuite au plus offrant. Puis arrivèrent les eaux profondes qui les rapprochaient de leur destination. Ashtiri sut à cet instant qu'elle serait incapable d'abandonner le prince à la mort, même s'il était peu loquace. Cette idée donna naissance à une réflexion qu'elle partagea.

— Tu m'as menti.

— Décidément, je n'ai que des défauts avec toi, répliqua-t-il sans même la regarder. Menteur, lâche, inutile… Quoi d'autre ?

Piquée, Ashtiri fit la moue. Elle clarifia sa pensée sur un ton un peu revêche.

— Tu as affirmé que tu ne mettrais pas fin à l'esclavage mais ce n'est pas ce que m'a dit Willias.

Le prince daigna enfin lui faire face.

— Sois réaliste, je n'ai aucune chance d'y parvenir.

— Tu es horripilant, décréta-t-elle.

— Si tu veux que je dise uniquement ce que tu souhaites entendre, parler est inutile.

— Pourquoi tu es si désagréable ?

— Réfléchis. Si tu ne trouves pas, laisse-moi tranquille.

Chapitre 12

Il se tourna vers la proue, tuant ainsi la réplique acide de sa compagne de voyage. Malgré tout, son irritation retomba vite lorsqu'elle entreprit de se remémorer le début de leur voyage. Pithana s'était toujours montré amical et patient avec elle, jusqu'au jour où elle avait asséné son horrible jugement. Elle le savait faux depuis sa discussion avec le capitaine Ravenald, pourtant elle avait négligé de faire une chose importante.

— Je suis désolée, Pithana. J'étais en colère contre ceux de Terrsemence, contre ceux qui avaient fait du mal à Riniri et ceux qui avaient asservi Senel. Contre ton père, aussi, et contre les gens qui m'ont arrachée à ma maison. En fait, j'ai rejeté toute ma haine sur toi alors que tu as été le premier à me respecter.

Le jeune homme se tourna vers elle, le regard dépourvu de rancune.

— N'importe qui m'aurait reproché toutes mes erreurs en réponse, pas toi, reprit l'adolescente. Je sais maintenant que si tu es resté muet c'est parce que tu es quelqu'un de bien mais…

— Mais quoi ?

— Tu m'as parlé de l'Histoire, du monde, de ton royaume mais je ne sais presque rien de qui tu es. Tu connais ma vie, ma sœur, ma meilleure amie, ce que je pense du monde, des gens, que je trouve cette mission folle et que je doute de l'existence d'un soi-disant mage… Toi, à quoi tu penses ? Et à quoi tu pensais en disant que tu devais comprendre les zones d'ombre du passé d'Ofayne ?

— J'étais persuadé que tu n'entendais pas.

— Si, j'entendais. J'ai juste mis un peu de temps à écouter.

Un silence suivit la phrase d'Ashtiri. Pithana était pensif, peut-être hésitant, alors l'adolescente joua sa dernière carte.

— Nous sommes aux portes de Rhouti. Il est temps de se faire totalement confiance.

L'argument fit mouche puisque le prince inclina la tête en signe d'approbation, avant de se lancer dans le récit de ses découvertes.

Éduqué et instruit par Nikkalmati, sa mère, érudite parmi les érudits, Pithana avait appris d'elle tout ce qu'il avait pu, en particulier son amour des langues et des études de textes d'autres peuples. Ce fut ainsi que, à l'annonce du Fléau et face à la nécessité de trouver le dernier Lion d'albâtre, le jeune homme s'était retrouvé devant de rares récits conservés jalousement par le roi.

Habitué à croiser les témoignages pour étudier les points de vue sur un même événement selon les spécificités culturelles, morales et idéologiques de chaque spectateur dudit événement, Pithana en avait fait de même avec ceux des tribus kussars et des Ofayniens contemporains des Lions d'albâtre. Il avait ainsi découvert une zone d'ombre dans l'Histoire : la disparition pure et simple des récits traitant de près ou de loin des Lions. Cela ne signifiait qu'une seule chose : quelqu'un avait fait détruire ces textes et, par la même occasion, l'existence avérée des Lions d'albâtre dont la légende avait survécu grâce aux transmissions orales. Cela voulait sans doute dire également qu'à l'époque, la cause de la mort des mages-guerriers n'était peut-être pas si ignorée que cela et qu'il avait fallu la cacher à tout prix. Restait à savoir qui, et pourquoi.

Parmi les textes kussars était décrit le penchant des scribes de Rhouti pour la conservation du savoir. Si cette connaissance survivait quelque part dans la cité originelle, Pithana la trouverait pour ramener les Lions à la vie et rétablir l'ordre dans le monde, en plus de combattre le Fléau dont il n'avait aucune nouvelle depuis des jours.

Un détail fit douter Ashtiri à la fin de l'explication.

Chapitre 12

— Tu sais lire la langue de Rhouti ?

— Pas du tout, mais j'ai été formé à la linguistique depuis mon adolescence, j'ai bon espoir de pouvoir traduire les textes si j'ai de quoi comparer leur langue à d'autres. Mais d'abord, il faut les trouver. Pour ça, j'ai besoin de toi.

— Tu penses vraiment qu'on trouvera la cité ?

— Je ne sais pas. Parfois je me dis que c'est possible, d'autres fois que c'est un rêve irréalisable. Il arrive que trop penser ne soit pas bon car cela nous empêche d'avancer. La seule chose que nous puissions faire c'est de continuer toi et moi, pas à pas, et de voir où tout cela nous mènera.

— Je comprends. Pour être honnête, hier encore j'étais tellement en colère que j'ai songé à te laisser mourir dans le désert.

— C'est censé me rassurer ?

L'air soudain inquiet de Pithana fit sourire Ashtiri.

— J'en aurais été incapable. Ne t'inquiète pas, je veillerai sur toi.

Son compagnon de voyage dut être touché par la promesse car le remerciement qu'il formula était doux comme la brise gonflant leur voile éclatante sur cette mer azur. L'entrée du delta se rapprochait et avec elle la peur de l'inconnu alimentée par les légendes de ce continent sauvage. Plus personne ne pouvait leur venir en aide à présent.

Chapitre 13

Ashtiri scrutait avec attention les rives végétales du fleuve Hâpy avec l'espoir – et l'appréhension – d'y voir quelque animal inconnu à la superbe sans pareille, or tout était calme. Les hautes herbes n'étaient dérangées ni par des habitants ni par le vent, détail qui avait poussé la navigatrice à baisser la voile et incité son matelot à sortir une rame. La felouque avançait lentement à contre-courant, étirant le temps de manière désagréable. Au-delà de la zone fertile s'étendaient les hautes dunes, menaçantes, cachant sans doute de redoutables prédateurs. Ce fut pourtant dans l'eau qu'un mouvement attira l'attention d'Ashtiri. Curieuse, elle se pencha pour voir glisser sous la surface une masse écailleuse presque aussi longue que le bateau. Tout son corps se crispa comme en réponse à un danger imminent.

— Pithana, y a quelque chose dans l'eau.

Le concerné se pencha au moment où le monstre disparaissait dans le ventre du fleuve.

— C'est un crocodile.

— Il ne risque pas d'attaquer ?

— Pas tant que nous restons sur le bateau. Essaie de ne pas tomber à l'eau.

La remarque fit sourire le jeune homme mais pas sa camarade qui lui renvoya une grimace de désapprobation. L'embarcation continua sa route dans le silence. À quelques kilomètres, pourtant, la vie sembla émerger au détour d'un coude formé par le fleuve. Des hérons et d'autres échassiers côtoyaient d'étranges animaux semblables à des barils sur pattes, à la peau grise, aux petites oreilles et à la grande gueule. Sans doute des hippopotames, l'autre animal du Hâpy à craindre en raison de sa corpulence et de la taille de ses canines.

Loin du territoire de ces créatures à l'air pataud se prélassaient au soleil d'énormes lézards comme celui croisé quelques instants auparavant. Ils avaient l'air lents sur terre mais nul doute qu'ils devaient être vifs dans l'eau. À dire vrai, Ashtiri n'était pas pressée de vérifier sa théorie et préférait garder les yeux rivés devant elle, guettant les ruines immergées tant redoutées.

Pour le moment, l'embarcation n'avait croisé aucun signe de civilisation présente ou passée. Pithana usait de sa rame autant pour faire avancer le bateau que pour sonder les alentours des œuvres vives[1] à la recherche du moindre obstacle. Ici le fleuve était sauvage, tout y était ordonné et précis comme une partition de musique car la vie y jouait son air millénaire. Il fallut naviguer plusieurs heures pour assister au changement de rythme lorsque des silhouettes de pierre se dessinèrent, imposantes, couchées sur les rives ou noyées dans le fleuve. Autour des constructions en trop bon état pour s'être affaissées sous le poids du temps, s'élevaient les restes

1. Partie immergée de la coque d'un bateau, celle sur laquelle il s'appuie pour naviguer.

d'un édifice presque deux fois plus grand : une porte fluviale dont il ne restait que deux interminables colonnades de part et d'autre du Hâpy. À sa grande époque, avec ses sculptures encore debout, elle avait dû être impressionnante.

La première statue sur leur chemin, celle d'une femme, fascina Ashtiri qui se sentit minuscule face à ce géant d'une autre époque. Les couleurs saturées n'avaient pas encore toutes été effacées, laissant voir le noir des yeux et des longs cheveux, le rouge des lèvres, le vert et le bleu de la robe au drapé bien rendu, ou encore le doré du plastron et des bijoux. Avec son bateau comme repère, l'adolescente calcula la taille de la statue au fur et à mesure qu'elle la longeait. Elle la quitta vingt mètres plus loin sans savoir quoi dire tant la précision de la sculpture l'hébétait encore.

Une autre statue à moitié immergée, d'homme cette fois, obligea la felouque à virer à bâbord[1] pour l'éviter. Pithana veillait à la proue, déviant lorsque sa rame rencontrait un bloc sous-marin. La faible vitesse du bateau les rendait moins dangereux mais pas inoffensifs. À la moindre erreur, le repas des crocodiles serait servi.

Les statues renversées, à présent de taille plus modeste, se succédaient sur les deux rives et, parfois, des ruines de bâtiments sortaient la tête du sable, dans les dunes. Sans doute d'anciens avant-postes. Quelque chose dans le paysage dérangeait Ashtiri. Elle mit le doigt dessus lorsqu'elle jeta l'ancre le temps du déjeuner avec Pithana alors qu'ils n'avaient pas encore dépassé la porte fluviale. Elle s'en ouvrit à lui pour chasser son incertitude.

— Tu ne trouves pas ça bizarre toutes ces statues dans l'eau ?

---

1. Désigne la gauche dans le langage maritime.

— Si, en effet. Tous leurs socles sont intacts et semblent solides, pourtant les statues sont écroulées…

— Comme si on les avait fait tomber, compléta Ashtiri. Durant un conflit ?

— C'est une possibilité, même si je ne vois pas pourquoi un ennemi de Rhouti aurait fait cela. Les faire basculer a dû demander un effort colossal nécessitant beaucoup de monde, en plus de rendre cette partie-là du fleuve impraticable.

— Et si ça avait été le but ? Tout le monde dit que Rhouti s'est refermé il y a plus d'un siècle. C'est peut-être eux qui ont fait ça pour empêcher des étrangers de venir ?

— Des étrangers ?

— Ofayne, précisa Ashtiri.

L'hypothèse laissa Pithana songeur durant quelques secondes.

— Compte tenu des pratiques de mon pays envers les autres et de ce que suggèrent les textes kussars que j'ai pu lire, ce n'est pas impossible. Tous les royaumes frères sont peut-être concernés, d'ailleurs. Cela semblerait plausible s'ils étaient la cause de la disparition des Lions d'albâtre. C'eût pu être vécu par Rhouti comme une trahison. On se renferme toujours après avoir été trahi de peur de souffrir de nouveau.

La dernière phrase du jeune homme était trop affectée pour ne faire référence qu'à Rhouti. Avait-il déjà été ainsi blessé ? Quel genre de faille traînait-il dans son ombre ? L'adolescente n'eut pas le courage de le lui demander de peur de réveiller des plaies douloureuses.

Après avoir avalé un peu d'eau, des lentilles et de la viande séchée, l'expédition repartit. Sans vent porteur, la felouque avançait presque au pas, de quoi mettre les nerfs à rude épreuve lorsqu'on savait chaque nuit mortelle en Dryane, et bientôt en Ofayne.

Chapitre 13

Quand les voyageurs atteignirent enfin l'extrémité de la porte fluviale, ce qu'ils avaient redouté se produisit : trois statues étaient couchées en travers du fleuve réduit à cet endroit à quelques dizaines de mètres de large seulement. Ashtiri prit la direction de la rive gauche avec l'intention manifeste d'accoster. Pithana douta de l'idée mais à part hisser le bateau de l'autre côté du barrage par miracle, les options étaient restreintes. L'adolescente rassura le prince en lui expliquant qu'ici la nuit tombait d'un coup et que le feu les protégerait des prédateurs, car même les lions de Rhouti devaient en avoir peur.

Les compagnons passèrent leur tunique et leur turban puis rassemblèrent leurs affaires avant de descendre à terre. Loin de l'eau la chaleur se ressentirait de manière plus significative, leur tenue leur serait très utile.

— Devons-nous marcher le long du Hâpy ? se renseigna Pithana.

— D'après ce que j'ai vu, il vaut mieux s'en éloigner, surtout que le point d'eau attire tous les prédateurs. Ne traînons pas, il nous faut un campement avant la tombée de la nuit car sans lune, l'obscurité nous égarera.

Sur cette recommandation, l'expédition repartit, déambulant avec prudence dans la végétation de la rive fertile. Machette à la main, Ashtiri ouvrait le passage, scrutant l'horizon et les herbes assez hautes pour dissimuler le danger. Tout était calme. Sans baisser sa vigilance, elle s'éloigna si bien du fleuve que ses pieds foulèrent bientôt le sable chaud du désert. Plus loin au sud, des rochers surplombant la vallée leur offriraient un lieu idéal pour installer leur bivouac dès qu'ils l'auraient gagné, ce qui prendrait sans doute le reste de la journée.

LE DERNIER LION D'ALBÂTRE

Le promontoire atteint aux premières minutes du crépuscule, Pithana alluma un feu après avoir rejeté son turban en arrière. Ashtiri observa durant un long moment les étoiles apparaître dans le ciel, identiques à celles d'Ofayne et de Naraba, milliards d'astres à l'éclat rassurant dans la nuit. Puis elle s'assit à côté du jeune homme dont la lumière des flammes dessinait des ombres tranchées sur son visage et ses longs cheveux blonds.

— À quoi tu penses ? s'enquit Ashtiri.

— Au fait que nous n'aurons pas assez de vivres si la cité se trouve à plus de deux jours de marche.

— Ta carte n'indique rien d'utile ?

— Non, répondit-il en la déroulant. C'est une reproduction faite selon les témoignages de certains Kussars. Comme tu peux le voir, il n'y a ni oasis ni ville et le tracé du fleuve est incomplet. D'après la carte, il ne possède même pas de rive sud, seulement celle de l'est et de l'ouest.

— Ce voyage est du suicide, soupira Ashtiri désabusée.

— Sans doute, mais il est également notre seule chance. Cela montre bien à quel point nous sommes démunis, et à quel point nous avons peur.

Ashtiri hésita avant de répliquer après cet aveu. Il n'y avait pas grand-chose à dire maintenant qu'ils étaient perdus ici.

— Va te coucher, je prends le premier quart. Demain nous partirons au lever du soleil. Il vaut mieux éviter de voyager au cœur de la journée.

Pithana acquiesça avant de disparaître dans la tente, laissant Ashtiri seule face au désert, ce redoutable ami. La fraîcheur de la nuit, le sable entre ses doigts et le vent frôlant les dunes lui rappelèrent Naraba, sa maison, sa famille, sa liberté. Son cœur battait de joie face au firmament de diamants et la pensée de se trouver sous le même ciel que ses parents l'apaisa. Ici tout était immense, brûlant et assommant. Pourtant l'infini y ouvrait son giron paré d'or, créant un pont mystique entre ce désert et l'autre, un passage au bout duquel les gens chers à son âme la saluaient d'un signe de la main. La sensation était si agréable qu'elle mouilla ses longs cils noirs tandis qu'au loin résonna le rugissement des chasseurs nocturnes. Ce ne fut pas suffisant pour l'effrayer car le feu veillait, sentinelle infaillible, sur les humains esseulés.

Chapitre 14

À l'approche de l'aube, les voyageurs plièrent bagage. Avant d'éteindre le feu, chacun s'alluma une torche car le danger rôdait – les lionnes chassaient la nuit ou aux premières heures du jour et en se déplaçant, ils devenaient des proies repérables.

En tête de file, Ashtiri guettait l'horizon mouvant. Des silhouettes furtives se déplaçaient, cherchant dans l'air leur prochain festin. Ce matin-là, le vent portait l'odeur des humains loin des prédateurs, mais il pouvait tourner à tout moment et les trahir. S'ils étaient pris en chasse, s'enfuir serait inutile.

Le soleil se leva, la température augmenta et bientôt les lions les inquiétèrent moins que la chaleur étouffante bien plus forte qu'en Naraba. Marcher dans le sable était épuisant pour qui n'avait pas l'habitude. Les pieds s'enlisaient sur la crête des dunes, obligeant les marcheurs à fournir plus d'efforts encore. Ashtiri se retournait à intervalles réguliers pour surveiller Pithana dont les yeux clairs plissés souffraient davantage de la luminosité que ceux sombres de la Narabienne. L'air salutaire qui s'engouffrait sous leur tunique leur permit de tenir jusqu'aux heures les plus chaudes durant lesquelles ils trouvèrent refuge sous leur tente ouverte au vent. Dans le désert, elle ne servait pas à se calfeutrer mais à constituer un abri aéré. Frappée par les rayons du soleil, la toile emmagasinait de la chaleur. L'air ainsi réchauffé s'élevait alors, créant par convection[1] un courant d'air qui aspirait de l'air extérieur. Ce procédé expliquait également les amples vêtements foncés portés par les nomades.

Ashtiri et Pithana reprirent la route en fin de journée, abrutis par les rayons ardents d'un astre vénéré en tout lieu. Au crépuscule, ils s'arrêtèrent de nouveau, puis repartirent le lendemain. À la fin de cette nouvelle matinée, l'adolescente dut se résoudre à ralentir l'allure que l'Ofaynien ne supportait plus. Elle-même peinait davantage qu'elle ne l'aurait imaginé. Pithana endurait son calvaire sans la moindre plainte pourtant son corps tout entier trahissait son état de fatigue. Aussi dut-il accueillir la nouvelle nuit comme une délivrance car dès que le feu fut allumé, il s'écroula sur le sol près d'Ashtiri et s'endormit. L'adolescente se retrouva seule face à ses doutes ; la quantité de vivres s'amenuisait sans qu'elle soit en mesure de la réapprovisionner pour continuer ou faire demi-tour. En Naraba elle savait comment vivre et, surtout, elle n'était jamais seule. Là-bas, toutes les tribus s'entraidaient alors qu'ici, l'absence de vie humaine rendait claustrophobe. S'ils s'entêtaient trop longtemps à chercher la cité originelle, ils ne pourraient plus retourner jusqu'au bateau. Alors, seule la mort les attendrait.

Pithana eut du mal à réveiller Ashtiri au moment de partir – elle avait laissé son compagnon dormir deux heures de plus. En dépit d'une fatigue tenace, ils levèrent le camp.

---

1. Échange de chaleur entre une surface et un fluide mobile (par exemple le vent).

Chapitre 14

Ashtiri se dirigeait bon gré mal gré en suivant une piste qui les rapprocha du Hâpy et de sa végétation. En la voyant au loin, l'adolescente fit halte.

— Qu'est-ce qu'il y a ? s'inquiéta Pithana.

— Les herbes hautes sont dangereuses.

Il avança pour les observer sous la lumière croissante du jour : rien ne bougeait.

— Les lionnes s'y cachent pour guetter leur proie, reprit Ashtiri.

— Ne pouvons-nous pas contourner ?

— Le détour pourrait prendre une heure ou un jour, c'est tout aussi risqué. On peut tenter de traverser maintenant ou attendre les fortes chaleurs lorsque les lionnes se reposeront.

Pithana soupira d'épuisement :

— Tu es sûre qu'elles sont là ?

— Non, mais on a le vent dans le dos, ça m'étonnerait qu'elles ne nous aient pas flairés.

— Je ne sais pas. Je te fais confiance quoi que tu décides.

Ce chemin-ci étant le plus court, Ashtiri fit demi-tour, Pithana sur ses traces, avant de rejoindre une formation rocheuse croisée plus tôt. Là, ils montèrent de nouveau la tente et patientèrent jusqu'au début d'après-midi.

En sortant de leur abri, ils plièrent sous le poids écrasant du soleil. Démonter la tente leur coûta un effort presque surhumain, traverser les hautes herbes sous les assauts des moustiques plus encore. Un stress intense banda les muscles d'Ashtiri quand l'adrénaline se répandit dans son organisme. Le mouvement frénétique de ses yeux détaillait chaque brin d'herbe tandis que son acuité auditive captait tous les sons, du clapotis de l'eau au chant des oiseaux.

Elle avait d'instinct allégé son pas tout en raffermissant ses appuis à chaque foulée, prête à fuir au moindre danger. Seulement il y avait Pithana, moins agile et plus lourd, qui serait sans doute celui des deux à servir de repas. Cela ne devait pas arriver, elle avait besoin de lui pour comprendre ce qui était arrivé aux Lions d'albâtre.

Avec cette certitude en tête, Ashtiri continuait d'avancer, prudente et protectrice, jusqu'à ce que, les hautes herbes loin derrière, elle respire à nouveau. Son apaisement fut de courte durée car le soleil qui avait poussé les prédateurs au repos obligea les humains à boire plus, si bien que leurs réserves se tarirent avant la fin de l'après-midi, les obligeant à un détour pour puiser de l'eau dans le Hâpy. Malgré tout, la fatigue se faisait plus pesante et augmenta jusqu'à la nuit.

Le lendemain, la piste les éloigna encore du fleuve. Leur démarche devint laborieuse jusqu'à ce que, exténués, leur corps les abandonne. Pithana s'écroula le premier sur le sable brûlant. Ashtiri voulut l'aider à se relever mais l'effort lui coûta tant que sa tête douloureuse lui tourna. Des vertiges la prirent. Hors de contrôle, ses muscles cédèrent sous son poids. Avant que sa conscience ne sombre, elle ne vit rien d'autre qu'un ibis majestueux penché sur elle.

Extrait de *Légendes des marins kussars* par Hantili

« Il y a un récit que les marins kussars voguant sur la mer Blanche aiment plus que tout raconter : celle de la mystérieuse bibliothèque de brume. La légende raconte qu'Aruna, le dieu des océans, ouvrit les flots entre ses yeux pour permettre aux mages-bâtisseurs kussars de l'édifier, à condition que la bibliothèque fût dédiée à son âme sœur, la déesse Urunzimu, maîtresse du monde d'en bas. Ainsi, le bâtiment se trouverait sous la surface de la mer, de sorte que son plafond ne laisserait pas voir le ciel mais les eaux et les poissons.

Des sages et des érudits kussars y auraient accumulé durant des siècles des textes venus du monde entier, sur tous les sujets, de toutes les époques. Là-bas point de censure ou de tabous, disent les marins. Les erreurs, comme les réussites, sont gravées dans l'argile ou la pierre. “Que celui qui a honte de son passé ne vienne jamais dans la bibliothèque de brume, ajoutent-ils, ou il repartirait plus accablé encore.” »

Chapitre 15

Henti avait galopé tout le jour. Sur son chemin, elle n'avait trouvé que mort et désolation, croisant la route de centaines de corps exsangues jetés au sol la gorge ouverte.

Elle atteignit enfin la ville où s'amassaient les exilés dryaniens dans le chaos le plus total. La panique rendait les gens agressifs, déclenchant des altercations régulières heureusement sans gravité. Des enfants pleuraient d'être bousculés par les adultes qui forçaient le passage pour faire partie des premiers à quitter la ville avant que les ponts à l'est ne soient détruits dans le but de ralentir l'avancée des démons. Du haut de son cheval, Henti remarqua un détail : les personnes que les soldats faisaient partir d'abord étaient toutes de descendance ofaynienne. Les héritiers kussars comme elle, aux cheveux noirs bouclés et à la peau mate, étaient repoussés par les soldats dryaniens, ceux-là mêmes qui auraient dû les protéger au péril de leur vie. Henti serra de colère les rênes en cuir et pour ne pas céder à l'envie d'insulter les militaires, elle partit en quête d'un gradé.

Sa monture avait parfois du mal à se frayer un chemin entre les passants abrutis par la terreur. Plus loin dans une rue secondaire, elle dénicha des soldats parmi lesquels se trouvait un capitaine. Elle démonta de cheval pour l'apostropher.

— Capitaine, j'ai des informations importantes sur les démons !

Elle s'était approchée pour se faire entendre au milieu du vacarme qui noyait les rues mais fut repoussée par une main méprisante.

— Encore une folle, cracha le capitaine. Dégage, Kussar !

Tant d'hostilité paralysa Henti de stupeur durant quelques secondes. Quand les subordonnés de l'homme se mirent à l'insulter à leur tour, elle remonta à cheval sans rien dire et reprit ses recherches, la poitrine compressée dans un étau de rage.

Le soleil déclinait.

Déterminée, Henti parcourut toute la cité à la recherche d'officiers tandis que les rues se vidaient doucement. Tout le monde ne partirait pas à temps. À force d'insistance, la cavalière trouva près de la rivière est un important groupe de soldats. Échaudée par sa première tentative, elle descendit de cheval et avança au plus près des hommes pour les observer un instant sans se faire voir. La discussion semblait tendue, et bien vite cinq soldats sous les ordres d'un lieutenant[1] d'origine kussar se détachèrent de l'ensemble.

— Vous resterez pour tenir la position, disait un capitaine. C'est un ordre.

— Il nous faut plus d'hommes ! s'énerva le lieutenant. En laisser soixante ici est stupide !

— Nous partons tous pour la frontière avec Ofayne afin d'ajouter nos forces aux leurs. Ce qui ne laisse plus que vous

1. Chef de dix lances, soit soixante hommes.

et vos lances[1], lieutenant Aliya.

— C'est ça, votre plan ? Laisser tous ceux qui sont vaguement kussars nourrir les démons à votre place ?

Son insolence valut au lieutenant une gifle rabaissante. Elle fit aussi office de conclusion puisque le plus grand groupe s'en alla en direction du dernier pont encore debout. Henti n'attendit pas davantage pour sortir de sa cachette.

— Lieutenant, j'ai des informations importantes sur les démons.

Le gradé et ses subordonnés la regardèrent d'abord avec surprise, puis avec une méfiance teintée de contrariété.

— On n'a pas le temps pour les héroïnes, lui répondit le lieutenant. Mettez-vous à l'abri.

Puis les hommes la contournèrent sans lui accorder plus d'attention. Les poings serrés d'agacement, Henti se retourna pour crier :

— Les démons ne peuvent pas rentrer dans les maisons calfeutrées !

Le groupe s'arrêta dans un bel ensemble avant de lui faire face.

— Comment ça ?

Satisfaite d'avoir retenu leur attention, Henti les rejoignit pour leur expliquer la manière dont sa sœur et elle avaient survécu au passage du Fléau. Comme attendu, elle accusa des mines dubitatives mais le temps n'était plus à l'hésitation. Le crépuscule serait là dans moins d'une heure.

— J'ai du mal à croire que ce soit aussi simple, confia le lieutenant.

— Ça le sera moins quand les humains qui accompagnent les démons décideront de les précéder pour ouvrir le chemin,

1. Lance : unité militaire de six/sept hommes ou huit chevaux selon les époques.

nuança Henti. Hier soir ce n'était pas le cas, ils marchaient derrière. Ce sera peut-être pareil aujourd'hui.

— On ne risque rien à suivre ses directives, lieutenant, intervint l'un de ses subordonnés. Rien, à part mourir cachés au lieu de mourir au combat, mais personne ne s'en souciera, nous les premiers.

Le lieutenant considéra avec intérêt les paroles de son compagnon d'armes. Après une réflexion supplémentaire et un coup d'œil à la course du soleil, il abonda dans son sens. Il ordonna que le groupe se sépare pour prévenir le reste des soldats en place ainsi que le maximum de personnes dans la ville. Henti remonta à cheval avant de prendre la direction de la rue principale où attendaient encore des centaines de gens, pour la plupart d'origine kussar. Elle les poussa à trouver des maisons vides dans lesquelles se réfugier. Après tout, il y en avait beaucoup. Tandis qu'elle remontait l'avenue au son des détonations qui firent s'effondrer le dernier pont menant vers l'est, Henti reconnut dans la foule ses voisins d'Hubishua. Elle se précipita vers eux dans l'espoir d'obtenir des nouvelles de ses parents.

— Ils se sont réfugiés chez le cordonnier, là-bas, lui indiqua le patriarche d'un doigt tremblant.

— Venez avec moi, nous allons les rejoindre et vous mettre à l'abri.

Elle ne descendit pas de cheval, utilisant l'animal pour ouvrir la voie malgré des rues de plus en plus vides. Sans moyen de traverser la rivière, il ne restait aux malheureux qu'à se cacher. Au détour d'une ruelle, Henti vit son père barricadant les fenêtres d'une maison. Elle mit aussitôt pied à terre et lui sauta dans les bras. L'étreinte de l'homme hésita entre joie et appréhension car le soleil touchait désormais l'horizon.

Chapitre 15

— Rentrez tous, ordonna Henti à son voisin et à sa famille. Je vais aider mon père à tout fermer.

Lorsque le moindre interstice de la maison et de la remise où avait été enfermé le cheval fut calfeutré, un épais brouillard se levait à l'ouest. Un peu apaisée, Henti emprunta des habits pratiques dans la maison abandonnée de son propriétaire, un peu de nourriture et sortit malgré les protestations de sa famille. Dehors, elle s'assura que la porte d'entrée était de nouveau bien fermée. Là, le lieutenant Aliya la retrouva pour l'exhorter à rester à couvert. La jeune femme refusa :

— Pour connaître le fonctionnement de cette armée je dois l'observer. Immergée dans la rivière je ne risquerai rien et je pourrai voir comment les humains font traverser les monstres.

Il la dévisagea, surpris sans doute par autant de courage – ou de stupidité.

— Alors dépêchons-nous.

L'homme, sans même prendre des vêtements de rechange, entraîna Henti jusqu'à la rivière, vers les ruines du plus grand pont. Là, ils descendirent dans l'eau fraîche qui leur arracha des frissons, se dissimulèrent derrière des rochers et levèrent les yeux vers l'artère principale, chemin le plus court pour traverser la ville. Puis ils attendirent.

Au loin le chuintement monta, sourd et oppressant. Sous un fin croissant de lune pâle, l'air se teinta de vert pourriture tandis que l'odeur âcre de cendre fit presque étouffer les espions tant elle obstruait leurs poumons. Le brouillard verdâtre traînait sa masse sur le sol dans un bruit râpeux irritant, harcelant leurs nerfs déjà à fleur de peau. Les démons grattaient les portes des maisons dans l'espoir d'y rentrer, cherchant sans doute le moindre interstice par lequel se faufiler. L'idée de savoir du sang frais derrière des murs inexpugnables les mire dans une telle rage qu'ils hurlèrent comme des déments. Des milliers de déments assoiffés de mort qui montrèrent leurs silhouettes cauchemardesques aux bras démesurés au bord de la rivière.

Un frisson d'effroi poussa Henti et Tudh à se coller davantage à leur rocher, mince rempart face à l'horreur. De près, les démons avaient l'apparence de cadavres desséchés à la peau tirée sur leurs os à la limite de la déchirure. Leurs lèvres nécrosées dévoilaient des dentitions pourries aux canines proéminentes encore maculées de sang. Leurs trop longs – et dérangeants – bras se terminaient par des doigts noueux armés de griffes courbées. Aucun ne portait d'arme ni d'armure, aussi rudimentaires soient-elles, comme si leur force brute et leur sauvagerie seules suffisaient à décimer la vie.

En dépit de cela, ces monstres se voyaient arrêtés par une petite rivière calme dont le cours tranquille snobait avec majesté le pire des Fléaux de la Terre. Quel genre de magie créait de pareilles créatures ? Henti aurait aimé partager ses questions avec son compagnon d'infortune mais elle avait peur que le moindre chuchotement attire le trépas sur eux. Alors elle garda le silence et observa les démons se tourner d'un même mouvement vers quatre soldats qui s'avancèrent parmi eux. Chaque homme était en possession d'un bâton gravé de runes brillant d'un vert vif. Les orbites vides des démons semblaient craindre les objets plus que les humains. Ces derniers ne quittaient pas des yeux leurs cauchemardesques alliés, de peur de se faire sucer le sang jusqu'à la moelle.

Deux bâtonnistes avancèrent vers le bord de la rivière, assez près des espions qui les entendirent. Si le lieutenant Aliya ne comprit rien des échanges, ce ne fut pas le cas d'Henti car

Chapitre 15

les ennemis s'exprimaient en kussar. Depuis que cette langue avait été interdite par l'envahisseur ofaynien voilà plus d'un siècle, elle avait continué à être pratiquée dans l'intimité des chaumières, mais pas en dehors. Henti n'aurait jamais cru entendre un jour une armée entière la parler. Ce qui voulait dire que les démons tant redoutés, que tous ces morts, étaient l'œuvre de l'un des siens.

— Tu penses que ça passe ? demanda un bâtonniste.

— La rivière a l'air de mesurer moins de vingt mètres de large, donc oui. Ce sera plus compliqué avec les fleuves.

— J'ai reçu des directives pour ça, nous verrons lorsque nous y serons. Fais-les traverser, ils me fichent la chair de poule.

— Pourquoi ? se moqua l'autre. Parce que si on n'avait pas nos bâtons, ils nous boufferaient aussi ?

— Garde tes railleries pour toi, grogna son camarade, et prie pour ne jamais lâcher ton sceptre en leur présence. Fais-les traverser, que nos hommes puissent avancer aussi.

Son subordonné tendit son bâton devant lui et, en quelques mots incompréhensibles même pour Henti, matérialisa un pont d'un vert translucide si large qu'il recouvrit aussi la jeune femme et son comparse, jetant sur eux des reflets couleur de moisissure. Les autres porteurs de bâton s'alignèrent sur les bords de l'immense édifice, puis les démons, non sans hésitation, traversèrent.

Même après leur passage, le chemin demeura. Pire, il s'élargit encore. Les bâtonnistes attendaient le reste de l'armée, la seconde ligne, humaine celle-là. Le son reconnaissable des sabots martelant le sol et des pas lourds de soldats en armure avait quelque chose de rassurant en ces circonstances ; la preuve qu'Henti et Tudh n'avaient pas basculé en enfer.

LE DERNIER LION D'ALBÂTRE

Fantassins[1], archers et cavaliers traversèrent à leur tour, si nombreux que le défilé n'en finissait pas, donnant des nausées aux observateurs furtifs. Comment les royaumes frères pensaient-ils s'en sortir vainqueurs ? Avaient-ils seulement la moindre idée de la manière d'aborder cette guerre qui ne faisait des victimes que d'un seul côté ? C'était impossible. Ils allaient tous mourir, à force, car même si les petites villes ne semblaient pas intéresser l'ennemi, nul doute qu'il en serait autrement une fois les trois pays sous leur domination. Il devait bien exister un moyen de les contrer. Ne pas savoir lequel glaça Henti d'effroi.

Enfin, quand plus un soldat ne resta, les bâtonnistes traversèrent à leur tour puis le pont disparut, réanimant les discrets témoins pour qui le temps semblait s'être figé. Petit à petit, le brouillard s'engouffra à la suite des armées, balayant sur son passage les traces de cet étrange moment. La lumière de la lune perça à nouveau les fins nuages, le silence s'installa en maître et les secondes passèrent. Assurée que plus un ennemi ne traînait dans les parages, Henti fut la première à sortir de l'eau, suivie aussitôt par l'officier. Elle passa ses habits secs tandis que le lieutenant, le dos tourné, lui demanda si elle avait compris les échanges des bâtonnistes. Henti les lui résuma, à la suite de quoi un court silence s'installa.

— Qu'est-ce que tu penses de tout ça ? demanda finalement le lieutenant.

— Je ne sais pas vraiment, répondit-elle en bouclant une ceinture autour d'un pantalon trop grand. Si le chef des hommes aux bâtons a reçu des directives c'est qu'il existe au-dessus de lui un décideur qui ne semble pas voyager avec ses soldats.

---

1. Membres de l'infanterie (combattants à pied).

Chapitre 15

— D'où pourrait venir une armée qui parlerait kussar ?

— Des régions reculées d'Hubishua ou d'Ahhiyawa, à l'extrême ouest du continent. Les colons ne s'y sont jamais vraiment installés.

— C'est une zone immense. Trouver leur point de départ est presque impossible sur cette unique base.

— Sans doute. Moi, ce qui m'inquiète vraiment, c'est la magie.

Ce mot sonnait étrangement, prononcé à haute voix. Sans doute parce que personne n'avait cru à la réalité de cet art. Même après l'avoir vue à l'œuvre, Henti elle-même peinait à l'accepter.

— Les magiciens n'étaient censés être que des personnages inventés, rebondit le soldat, pourtant ils semblent bien réels. Tu as fini ?

— Oui, confirma Henti en remballant ses affaires avant de lui emboîter le pas. Tu en sais davantage ?

— Je sais seulement qu'Ofayne veut opposer un mage aux démons. Il a envoyé une expédition en Rhouti pour trouver le dernier Lion d'albâtre dont parle la légende. Il serait le seul à pouvoir arrêter le Fléau.

— Le créateur de ces monstres doit aussi être un mage. Un mage kussar. L'armée en sait-elle plus sur cette pratique ?

— Non. En Dryane ou en Ofayne, aucun écrit n'en parle. Les Kussars ne possèdent-ils pas de grandes bibliothèques ?

— On a tout perdu quand la dynastie d'Ofayne a colonisé notre pays. Pour nous rendre inoffensifs ils ont détruit nos lieux de connaissances. Tu devrais le savoir mieux que personne.

La pointe de reproche dans son intonation n'échappa pas au lieutenant qui baissa les yeux, gêné par son ignorance de l'Histoire de ses ancêtres. Malgré tout, Henti le lui pardonna sans mal car ce qui était prisonnier des cordages du Temps ne pouvait être délivré.

— Au fait, je m'appelle Henti.

— Tudh. Tu peux oublier le « lieutenant ».

— Très bien, Tudh. J'ai peut-être une idée pour trouver des informations sur les mages. S'ils existent, peut-être que d'autres légendes sont réelles également. Je dois parler à ma mère.

Ils retournèrent à la maison du cordonnier où on finit par les laisser entrer. Après des embrassades et des larmes de soulagement, la peur reflua chez chacun. Henti attendit de savoir sa mère plus sereine avant de l'assaillir de ses questions.

— Qu'est-ce que tu sais sur le dieu Aruna ?

— Ce n'est pas le moment.

— C'est peut-être important, contra sa fille.

Surprise par le ton sec de son enfant, la femme reprit après un instant de réflexion :

— Pas grand-chose. C'était le dieu protecteur des marins. On le représentait avec deux visages : l'un souriant quand il offrait de belles prises aux pêcheurs, l'autre terrifiant quand il déchaînait les vents et les océans.

— Avait-il un lieu de culte dédié ?

— Je ne sais pas.

— Existe-t-il un endroit portant son nom ou y faisant référence ?

— Je ne crois pas. Où veux-tu en venir, Henti, à la… Tu cherches la bibliothèque de brume, comprit alors sa mère. Ce n'est qu'une histoire !

— Comment ne pas y croire quand les cauchemars tuent chaque nuit ?

Chapitre 15

Cette fois, le ton froid de la jeune femme coupa toute tentative de réplique.

— Si on veut arrêter les démons, on doit en apprendre plus sur eux ou sur la magie qui leur donne vie, poursuivit Henti. Le seul endroit qu'Ofayne n'a pas saccagé, c'est la bibliothèque de brume. Je dois la trouver.

— Henti…

— Préparez vos affaires, nous rentrons en Hubishua. Duhepa a conservé tous les carnets de bord et les cartes de grand-père, je trouverai peut-être un indice.

— Tu comptes faire monter autant de personnes sur ton cheval ? intervint Tudh.

— Il n'a pas tort, Henti, approuva sa mère.

La jeune femme ne répliqua pas, occupée à chercher une solution à ce problème. Tudh lui vint en aide.

— Il y a un cheval de trait et une charrette chez le maréchal-ferrant. Il est trop vieux, il ne l'a pas emmené.

— Il n'ira pas assez vite, opposa Henti.

— Si tu dois partir devant, pars, intervint son père. Nous, nous ferons la route de retour à notre rythme.

— Quant à moi, je vais prévenir mes confrères, informa Tudh avant de s'en aller.

Henti pria ses parents de partir au plus vite avant de les abandonner. Elle rejoignit la remise mitoyenne où se reposait son cheval depuis à peine six heures ; il ne tiendrait pas le rythme d'une journée complète de voyage mais elle n'avait que lui. Submergée par la culpabilité de mettre sa santé en péril, elle s'apprêta à le seller lorsqu'un autre cheval piaffa dehors. Henti découvrit devant la porte un entier majestueux à la vive robe alezan fauve qui, à la lumière de la lanterne, parut mouchetée de discrètes taches rouges comme des pétales de rose. L'animal haut au garrot était si puissant qu'il devait valoir une fortune. Quel genre d'inconscient laisserait derrière lui un trésor pareil ? Parfois, Henti ne comprenait pas les hommes. Pourtant, ce soir elle les remercia car la bête tiendrait la distance sans la moindre difficulté, à condition qu'elle se laisse monter.

Une fois l'harnachement en mains, la jeune femme aborda le cheval avec douceur, lui présenta l'équipement, puis entreprit de le lui passer. L'animal ne bougea pas même lorsque sa cavalière le monta. Confiante, elle rejoignit ses parents avec son nouvel ami afin de les prier d'emmener avec eux son cheval. Une fois leur promesse reçue, elle lança sa monture au galop.

À la sortie de la ville, un cheval noir et son cavalier la rejoignirent dans sa course sans la freiner : Tudh semblait décidé à se joindre à elle.

— Qu'est-ce que tu fais ? s'enquit-elle en haussant la voix pour se faire entendre.

— Si la bibliothèque de brume peut nous sauver, mon devoir est de t'aider à la trouver.

Faire route avec un homme dont elle ne savait rien et à qui elle n'avait rien demandé contraria Henti. Pourtant elle ne pouvait pas l'empêcher de l'accompagner car elle n'avait pas le droit de lui interdire de tout faire pour sauver son royaume. Lui aussi devait avoir des proches à protéger.

Chapitre 16

Quand Ashtiri reprit connaissance, elle était allongée dans un décor inconnu bien loin des dunes arides. Le sol bougeait un peu, la berçant au point de lui faire fermer les yeux un instant. Même si elle avait soif, elle se sentait bien. Lorsqu'elle se décida à examiner l'endroit, elle découvrit la cabine d'un bateau richement décorée de tissus splendides. L'adolescente n'était pas prisonnière à en juger par la porte ouverte et l'absence de liens. À côté d'elle dormait Pithana et entre eux se dressait une carafe débordant presque d'eau. Malgré son corps douloureux, Ashtiri se mut jusqu'à elle et y but directement de longues gorgées. Il faudrait un moment à son corps pour se remettre, temps qu'elle lui offrit en se réinstallant sur sa couche de lin et en se rendormant.

Elle fut réveillée par une sensation agréable de fraîcheur sur sa peau. Une femme d'une beauté sans pareille, coiffée d'or sur ses longs cheveux noirs, aux lèvres vermeilles et aux yeux maquillés de noir, humidifiait son visage. Ashtiri la dévisagea, arrachant un sourire à sa bienfaitrice.

— Vous êtes une déesse ? demanda-t-elle naïvement sans même savoir si l'inconnue parlait l'ofaynien.

Cette fois, la femme rit doucement, preuve qu'elle avait compris.

— Tu m'honores mais non, je ne suis pas une déesse.

— Vous parlez ma langue ?

— J'en parle six en tout.

— Le narabien aussi ?

— Non. L'absence d'écrits la rend difficile à apprendre pour qui ne la côtoie pas. Tu me l'enseigneras ?

— Vous m'avez sauvé la vie, alors oui. Je m'appelle Ashtiri. Lui, c'est Pithana, ajouta-t-elle en désignant le jeune homme toujours endormi.

— Je suis Maanebet, grande prêtresse de Hereret-Niout.

S'il n'y avait pas de prêtres et de prêtresses en Naraba, Ashtiri en avait déjà assez entendu parler en Ofayne pour savoir que les personnes portant ce titre étaient toujours importantes, aussi mesura-t-elle sa chance d'avoir été secourue par une telle femme. Cette dernière lui expliqua que son équipage avait trouvé les voyageurs inconscients et les avait embarqués. À présent, le bateau faisait route vers cette Hereret-Niout où Ashtiri et son compagnon recevraient de meilleurs soins. Rassurée par la perspective de rencontrer enfin d'autres humains, toujours fatiguée par l'épreuve récente, l'adolescente céda une fois encore au sommeil qui vint la chercher sans qu'elle veuille lutter.

Une langueur presque mélancolique étreignit Ashtiri lorsqu'elle s'éveilla à nouveau. Elle se découvrit allongée dans une chambre ouverte sur un jardin où fleurissaient des arbres inconnus. Derrière ce havre de paix coulait de l'eau, sans doute celle du fleuve. Tout autour, les murmures d'une ville en pleine effervescence créaient un bruit de fond rassurant.

Les couleurs vives des dessins sur les murs attirèrent alors l'attention de l'adolescente avant qu'elle se porte sur sa tenue : ses deux couches de vêtements avaient laissé place à une robe près du corps aux motifs colorés et dont les bretelles couvraient à peine ses seins. En revanche, son foulard noir cachait toujours son collier. Qu'on l'ait lavée et changée l'intrigua. Qui s'était attelé à cette tâche ? Elle espérait qu'il s'agissait des femmes sous les ordres de la grande prêtresse.

Encore assommée, Ashtiri trouva la force de s'asseoir sur sa couche de lin. Une brise légère rafraîchie par l'eau proche caressait sa peau noire pour en calmer les dernières flammes du feu solaire. Cela lui rappela à quel point elle avait soif, aussi se servit-elle à boire à la carafe près d'elle. Ce fut une fois désaltérée qu'elle nota l'absence de Pithana. Ashtiri se décida à le chercher après s'être levée avec précaution, appréciant le contact de ses pieds nus contre le sol. Elle suivit l'immense couloir aux colonnes soutenant un haut plafond en s'émerveillant devant les symboles gravés partout dans la pierre, représentant des objets, des animaux ou des humains de profil, qui se répétaient sur les parois de manière aléatoire, lui semblait-il. Tout ici était coloré et réalisé avec une précision stupéfiante.

La lumière du soleil s'échappant d'une porte attira Ashtiri dans la pièce : Pithana était assis à même le sol, face au jardin paré de jaune et de mauve. Contrairement à elle, le prince était toujours vêtu de ses habits de voyage salis par le sable. L'adolescente approcha de son habituel pas silencieux. L'homme sursauta dès l'instant où Ashtiri entra dans son champ de vision. La frayeur passée, elle s'enquit de son état.

— Je vais bien, la rassura-t-il. Je suis venu te rendre visite mais tu dormais encore.

— Tu as vu quelqu'un ?

— Non. Je ne sais même pas comment nous sommes arrivés là. Je ne me souviens que de la chaleur.

Ashtiri s'assit à ses côtés afin de lui parler de Maanebet et de cette cité répondant au nom de Hereret-Niout. Son compagnon douta sur un point : pourquoi avait-il lui aussi été amené dans une pièce si soigneusement décorée qu'on ne pouvait douter d'une utilité prestigieuse ? Ce détail le tracassait tant qu'il confia son doute à Ashtiri.

— Il n'a pas pu leur échapper que je venais des royaumes frères.

— À en juger par ton état lamentable, je crois qu'ils l'ont deviné, en effet.

— Dans ce cas, pourquoi m'amener ici ?

— Ils ne voulaient peut-être pas nous séparer. Et puis tout le monde n'est pas aussi méprisant que les Ofayniens, ne put retenir Ashtiri.

La remarque lui valut un regard de reproche de la part de Pithana qui aurait répliqué si un ibis sacré ne s'était pas approché d'eux. La tête noire de l'échassier était décorée de symboles dorés semblables à ceux gravés sur les murs du couloir. Face à l'oiseau, Ashtiri s'anima :

— Cet ibis était là quand j'ai perdu connaissance dans le désert !

— Si quelqu'un a peint ces symboles, il doit être domestiqué.

— C'est peut-être grâce à lui que l'équipage de la grande prêtresse nous a trouvés.

— Peut-être…

Après un court silence, Ashtiri se leva sous le regard interrogateur de son compagnon de voyage. Malgré le cadre agréable, rester assis n'aiderait personne, aussi voulait-elle retrouver Maanebet pour l'interroger sur le dernier Lion d'albâtre. Une femme de son importance devait sans aucun doute savoir où le mage-guerrier se trouvait s'il existait. Pithana l'accompagna et, ensemble, ils déambulèrent dans les beaux couloirs où l'Ofaynien expliquait à Ashtiri le peu qu'il comprenait, à commencer par les motifs représentant du papyrus, du lotus – identique à celui de sa robe – et des divinités à tête d'animal, toutes représentées de profil. Les autres dessins qu'Ashtiri avait crus aléatoires n'étaient autres que des hiéroglyphes, l'écriture de Rhouti d'après le jeune homme. La Narabienne ne l'écoutait pas vraiment. Elle était fascinée par l'originalité de ce système tout comme par l'imagination de ceux l'ayant inventé, sans oublier la maîtrise et la précision avec lesquelles il avait été gravé puis peint dans des teintes saturées envoûtantes. Perdue dans la contemplation de cet éventail de couleurs, Ashtiri fut ramenée à la réalité lorsqu'elle se retrouva face à la représentation d'un immense lion blanc. Il lui fallut reculer au maximum pour l'avoir tout entier dans son champ de vision.

— C'est le Lion d'albâtre ? demanda-t-elle à Pithana.

— Plutôt le Lion cosmique, le père des Lions d'albâtre. Vu sa taille ce doit être une divinité majeure, sans doute la plus importante de leur panthéon.

Un silence s'installa, puis le chuchotis d'une conversation courut dans le couloir. Les deux étrangers la suivirent, bifurquèrent à droite à un croisement marqué par de hautes plantes vertes et se figèrent en apercevant Maanebet en pleine discussion avec un homme d'à peine trente ans, dont la forme du visage, les simples paupières et l'habit étrange le rendaient intrigant.

— C'est un homme du Tjo, expliqua Pithana. Son vêtement est un kimono et à en juger par l'arme à sa ceinture je dirais que c'est un guerrier.

— Je ne savais pas que les hommes du Tjo ressemblaient à ça. La frontière est loin du sud de Naraba, et aucun étranger ne s'aventure jamais dans le désert. Toi, comment tu sais ça ?

— Ma mère était en charge des relations commerciales avec son pays dont elle était amoureuse. Lors de son premier voyage, elle en est revenue avec un kimono et des livres dont elle m'a fait cadeau.

— Tu parles aussi leur langue ?

— Oui, ma mère l'adorait. De mon côté, je n'ai pas vraiment d'attirance pour ces gens-là, ils sont beaucoup trop fermés à mon goût.

— En tout cas il est impressionnant, s'extasia Ashtiri.

— Si tu le dis…

Sous l'impulsion de sa bonne humeur insufflée par toutes les nouveautés autour d'elle, l'adolescente s'approcha de Maanebet et de son fascinant interlocuteur qui, de près, se révéla un peu plus grand que Pithana, et donc beaucoup plus qu'elle-même. Chose étrange, une courte corde attachée au poignet du guerrier pendait sans rien tenir. Ashtiri en comprit l'utilité lorsque, la conversation terminée, un gros chien noir semblable à un loup, à la tête décorée de symboles dorés, attrapa l'extrémité du lien pour guider l'homme dont les yeux ne voyaient plus. Ashtiri se retourna sur son passage et le regarda s'éloigner en direction d'un Pithana qui le dévisagea d'un air peu aimable.

— Comment te sens-tu ? entendit-elle demander soudain.

Ashtiri fit volte-face, Maanebet lui souriait, toujours majestueuse avec sa coiffe protégeant ses cheveux noirs de sa paire d'ailes dorées.

— Bien, grande prêtresse. Qui était cet homme ? demanda-t-elle lorsque Pithana la rejoignit.

Chapitre 16

— Shiro est un guerrier du Tjo.

— Exilé, vu ses yeux, précisa Pithana.

L'intervention lui valut un regard sévère de la part de Maanebet.

— Je suis surprise que vous connaissiez les coutumes du Tjo, reprit-elle avec une pointe de dédain.

— Moi je ne les connais pas, informa Ashtiri.

Maanebet reporta son attention sur elle, l'expression adoucie.

— Shiro a accepté de subir la sentence réservée à son maître afin que ce dernier ne soit pas déshonoré. Alors ses pairs lui ont coupé les cheveux, l'ont rendu aveugle et exilé. Mon frère, en voyage là-bas à cette période, lui a offert l'asile. Ici, son courage fait de lui un homme respecté au point de s'être attiré l'amitié du chien sacré Sed.

— Votre frère ? nota Ashtiri. C'est lui qui dirige la cité ?

— Non. Mon frère et moi sommes aux ordres de Pharaon. C'est lui qui gouverne Rhouti. Est-ce pour parler politique que tu me cherchais ?

— Non, je…

Ashtiri hésita sur la manière d'aborder le but de sa présence ici avant d'opter pour la manière concise :

— Une armée de prétendus démons sème la mort dans les royaumes frères. Nous avons besoin de l'aide du dernier Lion d'albâtre pour les arrêter. Est-ce qu'il existe ?

Maanebet éluda la question.

— Quelle raison as-tu d'aider ceux qui t'ont tant fait de mal ? questionna-t-elle à la place en retirant le foulard noué au cou d'Ashtiri.

Cette dernière porta ses mains au collier ambré dans le vain espoir de le dissimuler. Elle surprit le regard noir de la grande prêtresse pour Pithana dont le silence avouait tous les torts de sa nation.

— Ma sœur et ma meilleure amie sont retenues par le roi d'Ofayne, reprit la Narabienne. Si je ne reviens pas avec le dernier Lion d'albâtre, soit il les exécutera sans aucun doute, soit le Fléau les tuera.

— Je comprends. Viens avec moi. Pas toi, arrêta-t-elle l'Ofaynien. Seule Ashtiri est ici la bienvenue.

Sans rien ajouter, la femme entraîna son invitée qui ne put s'empêcher d'adresser un air désolé au prince dont la solitude lui apparut à nouveau, monstrueuse cette fois-ci. Sans qu'elle sache l'expliquer, une colère soudaine la submergea au point d'arrêter son pas. Surprise, Maanebet l'interrogea du regard.

— Pithana est quelqu'un de bien, vous ne pouvez pas le laisser planté là et détourner votre regard comme s'il n'existait pas.

— Les Ofayniens font face au mépris qu'ils méritent, se justifia la grande prêtresse sans lâcher le bras de son invitée. Ton peuple est loin d'être le seul à avoir souffert de leur prétention. Pour l'empêcher de nous réduire en cendres, nous avons dû condamner la porte fluviale nord du pays voilà plus d'un siècle.

— Je comprends, mais s'il est là c'est parce qu'il veut essayer de réparer les erreurs de son royaume en cherchant dans vos écrits les pans d'Histoire qui ont été effacés des siens.

— Ce ne sont pas mes affaires.

— Bien sûr que si ! Comment vous pouvez attendre des autres qu'ils s'améliorent si vous ne leur offrez pas votre aide quand ils en ont besoin ?

— Je suis une grande prêtresse…

— Arrêtez ! s'emporta Ashtiri en dégageant son bras. Vous êtes comme les Ofayniens, à vous cacher derrière un titre pour justifier votre désintérêt. Vous oubliez que vous avez le pouvoir que les vôtres vous donnent, que le jour où ils vous tourneront le dos, vous ne serez plus rien.

— J'ai été choisie par les dieux pour…

Le claquement de la gifle qu'Ashtiri lui administra explosa dans le silence du bâtiment. Maanebet porta une main à sa joue tout en lançant un regard courroucé à la jeune insolente.

— Lequel de vos dieux a retenu ma main pour vous éviter l'affront ?

Maanebet ne répondit pas, alors Ashtiri reprit :

— Vos bijoux et vos beaux vêtements ne vous rendent pas meilleure ou plus importante. Il n'y a que vos actes qui en soient capables.

Le geste, bien qu'extrême, eut le bienfait de faire décroître la colère d'Ashtiri. En revanche, le sourire de la grande prêtresse fit naître chez elle l'incompréhension, sentiment qui grandit en même temps que se redressait Maanebet. Un éclat de malice passa dans ses yeux sombres lorsque ses lèvres vermeilles laissèrent échapper une phrase sibylline dont les implications échappèrent à la Narabienne.

— Je comprends pourquoi Tu as tenu à la sauver, Thot.

Ashtiri pivota pour voir l'interlocuteur de la grande prêtresse : l'ibis sacré se tenait au bord d'un coin d'ombre dans cette partie ouverte du couloir. Les rayons du soleil se déversaient sur lui comme pour exhiber sa divinité dessinée sur son plumage sous la forme de hiéroglyphes dorés.

— À présent, reprit Maanebet, à toi de trouver la place qu'elle tiendra dans l'Histoire, petit frère.

Ashtiri plissa les yeux pour apercevoir une silhouette tapie dans l'obscurité à côté de l'ibis. Cette dernière s'anima et avança ; alors le soleil sembla plus éclatant encore lorsqu'il caressa le torse aux muscles dessinés d'un jeune homme de haute stature au chendjit[1] richement ouvragé. Pourtant, plus que tout, ce furent les yeux et la chevelure de l'individu qui captivèrent Ashtiri car le soleil ne les frappait pas, il semblait émaner de leur couleur d'un blanc pur. Si les cheveux, telle la crinière d'un lion, étaient fascinants par leur forme et leur contraste avec la peau basanée, les yeux dont on ne distinguait ni l'iris ni la pupille étaient dérangeants.

— Ashtiri, je te présente Padiguem, le dernier Lion d'albâtre.

1. Pagne traditionnel du costume égyptien.

Chapitre 17

Les voyageurs furent conduits sur la terrasse réservée à la grande prêtresse. Appuyée contre la balustrade décorée comme le reste du bâtiment, la Narabienne jeta un regard au fleuve en contrebas au bord duquel jouaient des femmes, des hommes et des enfants, avant de reporter son attention sur Padiguem en train de caresser la tête de l'ibis Thot.

L'homme semblait avoir le même âge que Pithana, assis sur une chaise près de Maanebet, et n'avait pas décroché un mot depuis leur présentation. Le mage-guerrier n'avait rien d'un mage ou d'un guerrier, à part un corps solide, preuve d'un effort physique régulier. En dehors de cela, difficile de deviner sa fonction et ses capacités. Cet homme était-il réellement investi de grands pouvoirs ?

Ashtiri peinait à croire être parvenue à trouver le dernier Lion. C'était ce sentiment d'incrédulité qui la tenait dans le silence, le même qui poussait Pithana à détailler l'objet de leur quête. Si être face à Padiguem ne leur ôta aucun de leurs doutes, cela ne changerait rien à la mission d'Ashtiri : ramener le dernier Lion d'albâtre en Ofayne, ce qu'elle comptait faire sans tarder. Senel et Riniri seraient bientôt libres, chez elles en Naraba. À cette pensée, l'adolescente se sentit pousser des ailes.

Comme pour ne pas déroger à la règle du silence, ce ne fut pas le Lion qui mit fin au moment de flottement mais sa sœur.

— Nous avons été mis au courant du Fléau mais en l'état actuel des choses, Padiguem ne peut rien y faire.

L'affirmation tomba comme un couperet, mettant à mal les espoirs du prince de sauver son royaume.

— Pourquoi ? demanda Ashtiri sans quitter le concerné des yeux. Il n'a pas de pouvoirs ?

— Bien sûr que si, mais ils lui sont donnés par le cœur du Lion cosmique, un orbe[1] magique qui a été dérobé durant la grande guerre contre les royaumes frères.

— Quelle guerre ? s'étonna Pithana.

Sa question lui valut un regard sidéré de la part de Maanebet et de Padiguem.

— La guerre menée par les royaumes frères contre Rhouti, précisa la grande prêtresse.

— Tu n'es pas au courant ? s'étonna Ashtiri. Comment ça se fait ? Même les Lazuriens la connaissent.

Pithana garda un instant le silence, plongé dans ses réflexions. Quand il reprit la parole, ce fut pour en arriver à une conclusion.

— Cette guerre doit être la raison pour laquelle les écrits d'Ofayne ont été manipulés.

— Pourquoi ? demanda l'adolescente.

— Pour que tout le monde oublie qu'ils y avaient participé.

— Nous n'avons jamais eu la preuve qu'Ofayne avait volé l'orbe, affirma Maanebet. Tout ce que nous savons, c'est que

1. Globe, et par extension tout corps circulaire.

dès cet instant, il ne resta qu'un seul Lion avec des pouvoirs très limités.

— Quand était-ce ? questionna Pithana.

— Il y a cent vingt ans.

— Padiguem ne semble pas si vieux.

— Mon frère a vingt-huit ans. À la fin de la vie de chaque Lion, ses pouvoirs diminuent encore, et cette part manquante est offerte à son successeur. Une fois ce dernier formé, le vieux Lion meurt pour permettre au jeune de vivre. Padiguem…

L'homme soupira de lassitude avant de poursuivre d'une voix chaude et ouverte.

— Mon mentor est décédé voilà onze ans en me laissant la mission qui incombe à tous les derniers Lions d'albâtre : retrouver l'orbe pour rétablir l'ordre. J'ai passé les dix années suivantes à voyager d'un continent à un autre sans rien trouver.

— Comment quelqu'un a pu le voler ? interrogea Ashtiri. Étant donné son importance, il n'était pas gardé ?

— Les Lions étaient trente-deux contre deux armées aux effectifs complets, répliqua Padiguem. Le voleur a agi si vite que personne ne sait comment il a fait. Sans doute était-il magicien lui aussi.

— Y avait-il eu des signes avant-coureurs de cette guerre ? intervint Pithana.

— Aucun. Nous avons été pris au dépourvu.

— À quoi tu penses ? demanda Ashtiri à son compagnon de voyage.

— À la lumière de ce qu'explique Padiguem, il se pourrait que mes ancêtres aient en effet voulu dissimuler l'identité du voleur. Si ce n'était pas eux, sans doute connaissaient-ils le coupable.

— C'est une grave accusation que tu portes contre ton propre pays, nota Maanebet.

— Elle est peut-être infondée, nuança Pithana.

La grande prêtresse ne répondit pas au jeune homme mais accorda un regard sans équivoque à Ashtiri : elle comprenait à quel point son jugement sur l'Ofaynien était juste. Elle se leva.

— Ashtiri m'a dit que tu aimerais apprendre notre langue.

— C'est exact mais le délai imparti est trop court.

— Je t'adjoindrai les services d'une traductrice qui étudiera nos textes avec toi. Malgré tout, avoir des bases pourrait s'avérer utile, alors suis-moi.

Déstabilisé par la proposition soudaine, Pithana hésita à se lever. Il fallut un encouragement muet de la part d'Ashtiri pour qu'il se décide à suivre Maanebet, abandonnant ainsi sa jeune amie aux phrases laconiques du dernier Lion d'albâtre.

L'adolescente s'assit sur la balustrade, ses jambes balançant doucement tandis qu'elle réfléchissait à tout ce qu'elle venait d'apprendre. En l'état actuel des choses, elle ne possédait pas assez d'informations pour créer des liens entre chaque événement. De toute façon, elle n'était pas ici pour cela. Sa mission principale était de ramener le Lion avant que le Fléau n'arrive, sans quoi Senel et Riniri seraient perdues. Son défi, à présent, consistait à convaincre l'homme face à elle de l'accompagner. En apprendre plus sur sa mission paraissait être un bon début :

— Et moi, qu'est-ce que je deviens ?

— Je ne sais pas.

Ashtiri attendit une suite qui ne vint pas. C'était agaçant !

— Et donc ?

— Je ne sais pas.

— C'est noble d'avouer sans honte votre ignorance mais

ça ne m'aide pas à comprendre. Je ne sais absolument rien de Rhouti et des lois qui le régissent. Expliquez-moi.

Un nouveau silence découragea Ashtiri. Avait-il si peu l'habitude de parler ou détestait-il simplement cet exercice ? Elle se posait encore la question lorsque Padiguem reprit enfin :

— Thot est un animal sacré, presque une divinité. Le fait qu'il a guidé ma sœur jusqu'à toi pour qu'elle te sauve signifie que tu as de l'importance. Mais Thot ne parle pas, donc je ne sais pas à quel titre. As-tu un lien avec les royaumes frères ?

— Aucun à part ça, rétorqua-t-elle en pointant du doigt son collier ambré.

— Cette horreur…

Padiguem délaissa l'ibis sacré puis combla la distance entre Ashtiri et lui. L'adolescente en était encore à analyser son mouvement quand il posa ses mains sur le collier qu'il descella de son cou. Ashtiri sentit d'abord le poids s'enlever, puis l'air caresser sa peau, avant de poser un regard hébété sur les deux parties prisonnières des larges mains de Padiguem. Le geste avait été si soudain, si inattendu et si simple qu'Ashtiri ne s'y était pas du tout préparée ; elle ne put retenir les larmes qui lui échappèrent lorsqu'elle comprit enfin tout ce que cela impliquait. Elle était libre ! Et elle n'avait plus besoin d'amener sa sœur et sa meilleure amie sur Shri'Mta, elle n'avait qu'à leur amener le Lion. Inutile d'attendre, ils pouvaient partir maintenant !

Ashtiri sauta sur ses deux pieds et attrapa les mains de Padiguem, les yeux cette fois-ci remplis d'espoir.

— Venez avec moi en Ofayne et libérez ma sœur et mon amie !

Son timbre vibrant de joie fit hésiter Padiguem qui l'observa quelques secondes.

— Non, ma mission est plus importante que deux vies.

Elle le lâcha, l'air mauvais, et serra les poings de colère. Comment osait-il minimiser ainsi le prix de la vie de deux femmes ?

— Le Fléau vient de quelque part et possède une volonté que son invincibilité actuelle ne fait que renforcer nuit après nuit, reprit-il. Il ne s'arrêtera pas aux royaumes frères, il ravagera le monde. Croire que tu pourras y échapper où que tu sois est une illusion. Si tu veux vraiment aider ta famille, aide-moi à trouver l'orbe et le rôle que tu dois jouer.

— Je n'ai aucun rôle à jouer ! s'emporta Ashtiri, brûlée vive par l'injustice du mage-guerrier. Je suis là uniquement pour sauver Senel et Riniri, pour rien d'autre ! Comment voulez-vous qu'une gamine qui ne sait ni lire ni écrire et qui a passé sa vie à voler puisse être d'une quelconque aide, triple idiot !

— Cela me semble compliqué, en effet.

Ashtiri repoussa l'homme avec rage avant de s'enfuir, et le bruit du collier tombant sur le sol résonna comme un glas. Tant de pensées horribles tournaient dans sa tête qu'elles arrêtèrent sa course plus loin dans le bâtiment. Elle n'arrivait plus à réfléchir, elle sentait seulement une vérité affreuse cogner aux portes de sa conscience, une vérité qu'elle ne voulait pas admettre.

— Ashtiri ?

L'adolescente sursauta : Pithana se tenait près d'elle. Il essuya l'une de ses larmes.

— Qu'est-ce qu'il se passe ?

— J'y arriverai pas, gémit-elle. Padiguem n'a pas de pouvoir… Personne ne peut arrêter le Fléau. Quoi que je fasse, je ne pourrai pas sauver Senel et Riniri.

Le menton et les épaules tremblantes, Ashtiri se sentit mal, pourtant la main ferme du prince sur son bras la maintenait dans la réalité.

Chapitre 17

— Tu sais très bien que personne ne peut prévoir ce qu'il se passera demain. De plus, même si nos efforts sont vains, rien ne nous empêche de les fournir. Nous n'avons pas le droit d'abandonner. Nous avons le devoir d'essayer.

Ashtiri acquiesça en silence, reprenant peu à peu le contrôle d'elle-même. Son calme retrouvé n'échappa pas à Pithana.

— Maanebet m'apprend leur langue, viens avec moi, cela pourrait aussi t'être utile.

Que Pithana la pense capable d'apprendre à lire la flatta, pourtant sa seule envie était de refuser, par manque de courage. Puis elle se souvint des paroles de Padiguem, alors elle se jura de combler la moindre de ses lacunes le temps de son séjour ici.

Chapitre 18

Le soleil se coucherait bientôt, mais avant de songer au sommeil, Ashtiri eut le loisir et le plaisir de se détendre dans un bain pris sans l'aide des servantes de Maanebet. La voix de cette dernière résonnait encore dans sa tête. Apprendre une langue était difficile sans aucune base, elle en prenait conscience, en particulier par comparaison avec Pithana qui, habitué à cet exercice, comprenait plus vite qu'elle. Combien de temps lui faudrait-il pour parvenir à lire les hiéroglyphes ? À ce rythme cela prendrait des années ! L'imaginer lui donna le tournis.

Elle sortit de son bain afin de couper court à ses pensées. Une fois séchée et habillée pour la nuit, elle trouva son lit bien plus confortable qu'au matin. Il fallait dire que la longue journée avait été chargée en découvertes, révélations et émotions. Sa peur de ne pouvoir sauver Senel et Riniri se terrait dans un coin de son esprit, guettant sans doute le prochain instant de faiblesse de l'adolescente pour resurgir. À ce moment-là, elle ne devrait pas la laisser prendre le dessus au risque de perdre tous ses moyens. Ce qui s'était passé après son échange avec Padiguem ne devait pas se reproduire. Ce fut la promesse qu'elle se fit, la dernière pensée qu'elle eut avant de se laisser aller au sommeil, bercée par la brise et les rayons splendides d'un croissant de lune naissant.

Cette nuit-là, ses rêves la hantèrent. Tout y était ténèbres, infini et silencieux, glacé comme la mort. Il y avait autour d'elle un brouillard épais verdâtre, des silhouettes monstrueuses, une brume tachée d'encre et quelqu'un qui l'observait. Elle sentait une présence écrasante autour d'elle, un être inhumain qui la jaugeait, la défiait. Soudain elle vit ses yeux, immenses et noirs comme le néant, qui la précipitèrent dans un abîme dans lequel elle chuta pour l'éternité.

Ashtiri se réveilla dans un sursaut spectaculaire, le cœur cognant contre ses côtes et la gorge sèche. Son angoisse enfla quand elle fut incapable de reconnaître l'endroit où elle était car les murs de sa chambre avaient laissé place à un ciel vertigineux aux nuances rouges et roses. La respiration rapide, elle détailla l'endroit avec frénésie, peinant à fixer son regard sur un point pour se repérer dans l'espace. Elle ne distinguait même plus le haut du bas, jusqu'à ce que le vol d'un oiseau l'apaise étrangement. Thot se posa devant elle et tout revint à sa place.

Ashtiri se trouvait en hauteur sur ce qui ressemblait à une place. Perdue, elle se leva et tourna sur elle-même. Là, dans son dos, s'élevait la statue d'un lion en albâtre si grande que la spectatrice dut reculer de vingt pas pour l'apprécier dans son intégralité. L'animal était immense, imposant et si blanc qu'il accrochait la lumière de l'aube à l'en faire rayonner. Elle se tourna vers Thot.

— Qu'est-ce que je fais là ?

Chapitre 18

Naïvement, elle espéra une réponse mais l'ibis sacré ne lui en apporta aucune.

— C'est une excellente question, convint une voix qu'Ashtiri reconnut sans mal.

Padiguem la rejoignit, la mine fatiguée due à son réveil récent, et demanda à l'adolescente ce dont elle se souvenait. Elle lui parla de son rêve et de son réveil ici mais fut incapable de lui dire autre chose. Le Lion l'observait tout en réfléchissant. Son regard nivéen[1] sur elle mit Ashtiri mal à l'aise. Padiguem porta alors son attention sur Thot occupé à lisser ses plumes puis sur la statue du lion, avant de revenir sur Ashtiri.

— Faisons les choses dans l'ordre, reprit le mage-guerrier. Avant d'essayer de comprendre ce qu'il s'est passé je dois clarifier mon propos d'hier qui t'a mise en colère. Ce n'est pas ton manque d'instruction qui m'a fait douter, c'est ton manque de confiance en toi. A-t-il toujours été là ou s'est-il manifesté depuis ta rencontre avec Pithana ?

La question eut l'effet d'une révélation pour l'adolescente. À Tyniry, Ashtiri n'avait besoin que de son agilité, de son audace et de sa débrouillardise pour survivre. Depuis le début de son voyage, tous les nœuds étaient liés à des textes, au passé, et à toutes ces choses que son absence d'instruction l'empêchait d'appréhender. Inconsciemment, elle n'avait eu de cesse de se comparer à Pithana en oubliant ses propres forces.

— Je… Pithana est très intelligent.

— Il n'y a pas de raison que tu le sois moins que lui, et si vos naissances avaient été inversées tu aurais son instruction. Vos vies sont différentes, ne les compare pas. Ne te compare pas non plus à lui, ni à ma sœur, ni même à moi. Tu comprends ?

— Je dois être moi-même.

---

1. Qui évoque la blancheur de la neige.

— Oui. Nos congénères ne nous sont pas précieux parce qu'ils sont comme nous, mais bien parce qu'ils ont des qualités et des défauts différents des nôtres. Chaque être vivant existe pour compléter la vie des autres, c'est ainsi que nous grandissons.

Ashtiri prit le temps d'assimiler les paroles de Padiguem afin de les comprendre. L'homme n'était en fin de compte pas si antipathique dès lors qu'il prenait le temps d'expliquer les choses. Et il savait, en quelques mots, remettre les gens à leur juste place. Encore fallait-il savoir quelle était celle d'Ashtiri.

— Tu sais ce qu'il m'est arrivé, alors ? Pourquoi je me suis réveillée ici ? osa-t-elle demander, abandonnant au passage le ton formel du vouvoiement.

— Avec certitude et précision, non. Ton rêve présente des références à tout ce qui t'inquiète, je doute qu'il ait un autre sens. En revanche, que tu sois venue ici est déterminant même si je cerne mal pourquoi.

— Déterminant ? Parce que c'est la statue du Lion cosmique ?

— Oui, et parce que cette statue est unique. C'est la seule. Toutes les autres représentations du dieu sont dessinées. L'explication la plus simple de ta présence ici est que le Lion cosmique veut te dire quelque chose. Sans doute que tu as un lien avec nous.

— Nous ?

— Les Lions d'albâtre.

La révélation prononcée à voix haute parut ridicule à Ashtiri parce qu'elle affirmait qu'un dieu était entré en contact avec elle pour la guider vers une sculpture. Il était plus probable que l'arrivée dans un nouveau pays et l'enchaînement des événements récents lui aient causé de simples troubles du sommeil. Elle avait déjà entendu parler des somnambules.

Chapitre 18

Face à son air sceptique, Padiguem leva sa main devant lui.

— La magie existe même si tu n'y crois pas. Mais y croire, c'est lui ouvrir la porte de ton âme.

À cet instant, de l'eau venue de nulle part s'enroula autour de ses doigts solides sous les yeux stupéfaits d'Ashtiri.

— C'est impossible. C'est une illusion, se convainquit-elle.

Elle s'approcha doucement des filets aqueux, persuadée de voir un mirage. Mais dès qu'elle plongea sa main dedans, le froid humide chassa tous ses doutes, la laissant époustouflée.

— C'est impossible, répéta-t-elle.

— Non. Le monde a simplement oublié que c'était possible.

Padiguem chassa l'eau d'un mouvement de la main, geste qui fit reprendre pied à Ashtiri. Malgré la démonstration, elle peinait à accepter la réalité de ce à quoi elle venait d'assister.

Le silence s'étira sur de longues secondes durant lesquelles l'adolescente commençait à mettre en doute ses certitudes concernant l'inexistence des mages.

— Si tout ça est vrai et que je suis liée aux Lions… Pourquoi ? Je veux dire, je n'ai pas de pouvoir. Je ne suis pas non plus un homme, ni par mon sexe ni par mon genre.

— Justement. Connais-tu un seul endroit où il n'y ait naturellement pas de femme ?

— Non, concéda Ashtiri. D'ailleurs, une personne qui n'est ni homme ni femme peut faire partie de ton ordre ?

— Si iel se considère plus proche d'un homme, oui. Il est peut-être temps d'y ajouter la seconde partie de l'humanité. En revanche tu as raison, tu n'as aucun pouvoir et je ne peux pas partager les miens avec toi. Du moins pas sans mourir ensuite comme cela est arrivé pour mon mentor.

— Non !

La réaction vive de l'adolescente fut motivée par la perspective de perdre son ultime espoir d'aider tout le monde. Sans Padiguem, elle ne sauverait personne.

Ce dernier la dévisageait, une expression indéchiffrable peinte sur le visage. À quoi pensait-il ? L'air dubitatif d'Ashtiri ne dut pas lui échapper car il se redressa avant de prendre la direction du nord de la place. Ashtiri lui emboîta le pas.

— Voudrais-tu suivre l'enseignement des Lions ?

— Oui.

— Tu es bien sûre de toi.

— Parce que ma différence pourra peut-être t'aider.

Padiguem sourit.

— Tu apprends vite.

Il s'arrêta au commencement d'un interminable escalier où la vue était telle qu'elle coupa le souffle d'Ashtiri. En contrebas, au cœur de la ville, s'étendait un complexe de bâtiments immenses baigné par la lumière de l'aube mourante. Deux pyramides s'élevaient si haut de chaque côté d'une allée principale que leur silhouette lisse et claire semblait disparaître dans le ciel, et les statues étaient si nombreuses un peu partout, géants de pierre guettant l'horizon, qu'on aurait dit une armée de veilleurs endormis. Les eaux du Hâpy brillaient au loin, la végétation s'éveillait dans chaque recoin et la brise regonfla d'espoir la jeune Narabienne déterminée à se surpasser.

Qu'il vienne, le Fléau. Elle se dresserait devant lui.

Chapitre 19

Lorsque Henti et Tudh arrivèrent à la ferme de Duhepa, ils trouvèrent cette dernière en plein nettoyage de l'étable, preuve indéniable qu'elle et les bêtes allaient bien. L'instant de retrouvailles entre les sœurs fut rapide car une fois Duhepa assurée que toute la famille allait bien et se trouvait sur le trajet du retour, Henti lui fit part de ses découvertes et de son désir de trouver la bibliothèque de brume.

— J'aimerais croire que tu as perdu l'esprit, confia Duhepa, mais j'ai peur que ton idée étrange soit la plus sensée de toutes. Les affaires de grand-père sont dans la remise. Allez-y, je vous rejoindrai dès que j'aurai terminé ici.

Henti prit sans attendre le chemin de la maison, Tudh sur ses talons. Dans le petit local dont la porte devait être ouverte d'un coup de hanche tant elle bloquait, des cartes et des carnets poussiéreux sommeillaient sur des étagères. Le manque de lumière dans la pièce les incita à transférer le tout dans la maison, ce qui leur permit de faire un premier tri dans les nombreux documents, notamment entre ceux écrits en ofaynien et ceux, plus rares, rédigés en kussar dont Henti prit la charge. Ce n'étaient pour la plupart que des notes en cunéiforme inscrites dans un coin de parchemin concernant la localisation des endroits poissonneux ou encore insistant sur les dangers de la mer. Mais il y en avait qui complétaient le texte principal par des références qu'Ofayne n'aurait pas tolérées : courtes prières aux dieux ou anecdotes sur des personnages et des lieux kussars.

Comme promis, Duhepa rejoignit sa sœur et Tudh une fois son travail terminé afin de les aider, mais les recherches furent interrompues par l'arrivée du reste de la famille en fin de journée. Ce soir-là, chacun s'accorda une pause bienvenue autour d'un repas chaud. Il sembla à Henti n'avoir plus fait de vrai dîner depuis une éternité, et elle avait tant eu peur pour les siens qu'elle profita comme jamais de leur présence à ses côtés. Le reste pouvait attendre quelques heures.

Le lendemain, Henti se leva avant l'aube à cause de cauchemars peuplés de démons et de cadavres. À la lumière d'une lampe à huile, elle s'était à nouveau attelée à ses recherches, examinant encore et encore l'héritage de son grand-père.

— Tu vas bien ? lui demanda une voix douce.

Surprise, Henti sursauta avant de porter une main à son cœur. Sa mère lui souriait tendrement.

— Je ne sais pas, et le fait de ne rien trouver ne m'aide pas.

Sa mère prit place à table, puis attira vers elle un tas de cartes représentant des régions détaillées de la mer Blanche, au sud, sur laquelle son père avait passé la majeure partie de sa vie.

— Henti, tu crois vraiment pouvoir trouver la bibliothèque ?

Chapitre 19

— Oui. Je suis sûre qu'elle est là, quelque part dans ces feuillets. Grand-père connaissait la mer Blanche mieux que personne.

— Il n'en parlait pas beaucoup, confia sa mère en dépliant une carte au hasard. Il devait penser que son travail ne nous intéressait pas. Aujourd'hui, je regrette de ne pas l'avoir incité à se confier mais je suis contente que Duhepa et toi ayez passé du temps avec lui, sur son bateau.

Elle replia la carte et en prit une autre.

— J'adorais naviguer avec grand-père, se souvint Henti avec mélancolie. Il aimait plus que tout le monde de la mer. Et les histoires !

— Tous les marins aiment les histoires. C'est sans doute pour ça que le dieu Aruna était important pour eux, en particulier pour les pêcheurs. Ils le célébraient au début du printemps, tu sais, quand les poissons étaient en abondance.

— Où ?

— Il y avait des fêtes un peu partout sur les côtes.

— Non. Où les poissons étaient-ils en abondance à ce moment-là ? précisa Henti.

— Je ne me rappelle pas.

Henti se mit aussitôt à chercher cette information, sans doute écrite en kussar puisque touchant à un dieu païen.

— Pourquoi ça t'intéresse ? demanda sa mère.

— La légende dit que la bibliothèque se trouve entre les yeux du dieu Aruna, c'est peut-être un endroit où il donnait beaucoup de poissons.

Avec cette idée en tête, Henti fouilla partout quand une note retint son attention. Elle était inscrite près d'un groupe d'îles formant des yeux au-dessus d'un sourire.

— Là ! s'exclama Henti. Grand-père note qu'il y a beaucoup de poissons dans cette région mais qu'à un point précis difficile d'accès, pile entre les deux îles qui ressemblent à des yeux, les eaux sont noyées sous un brouillard compact. Personne n'osait s'y aventurer. Et si c'était ça ?

— Henti…

L'expression de sa mère se para d'inquiétude.

— Tu ne peux pas aller dans un endroit aussi dangereux juste sur une intuition.

— Pourquoi ? Je sais plutôt bien naviguer.

— Et s'il n'y a rien ?

— Maman, si on veut des informations pour arrêter les démons, je dois y aller même s'il n'y a rien. Si je ne tente pas, qu'est-ce que je peux faire d'autre ?

— Nous aider ici.

— Je refuse de reprendre le cours de ma vie si j'ai la moindre chance d'aider à épargner celle des autres. Désolée, maman, mais je partirai dès que je serai prête.

— Dans ce cas, je viens aussi, affirma un timbre grave.

Henti et sa mère tournèrent la tête vers le lit de fortune de Tudh. Assis sur sa couche à même le sol, le lieutenant semblait avoir entendu toute leur conversation. La confiance qu'il plaçait dans les décisions d'Henti lui faisait une drôle de sensation. Elle n'était pas habituée à ce qu'on la suive, mais cela n'était pas désagréable.

Le reste de la journée fut donc consacré à la préparation des affaires : cartes, compas, gourde pour chacun, nourriture, couvertures et cordes. L'itinéraire tracé, les chevaux nourris, Henti et Tudh partirent après une nouvelle nuit de sommeil pour la côte sud et y trouvèrent une embarcation prêtée par des pêcheurs – puisque les rivages avaient été épargnés par les démons. Les chevaux furent laissés au soin des gens de la région, en attendant le retour de leur propriétaire, fait dont

Chapitre 19

Tudh peinait à se remettre tant il tenait à Réglisse, son étalon. Il embarqua malgré tout à la suite d'Henti avec la certitude que le plus dur restait à venir.

Henti ralentit l'allure de sa chaloupe à l'approche d'un banc de brouillard. À l'ouest de la mer Blanche, le long du rivage est de la péninsule de Dryane, les eaux cachaient de terribles écueils[1]. Grâce aux cartes maritimes de son grand-père, Henti en connaissait l'emplacement approximatif mais elle n'était pas assez bonne navigatrice pour tenter de traverser à l'aveugle, et Tudh ne pouvait en rien l'aider, lui qui n'était jamais monté que sur un cheval. Il se rendait utile à sa hauteur en l'épaulant pour manœuvrer le bateau, c'était déjà beaucoup.

Bientôt, l'imprenable forteresse de brume engloutit les voyageurs. L'air humide piquait les peaux et les bruits de l'eau heurtant la coque et les écueils gagnaient en épaisseur, comme étouffés par le brouillard. Les deux jeunes gens imaginèrent des murs se dresser autour d'eux, les prenant au piège pour leur couper toute retraite. Ils avaient l'impression de suffoquer au milieu de cette prison blafarde.

— Qu'attendons-nous ? la questionna Tudh.

— Que le brouillard se lève.

— Tu ne penses pas qu'il y a une bonne raison pour que la bibliothèque de brume porte ce nom-là ?

Henti se pinça les lèvres en réfléchissant. Bien sûr, le lien lui était apparu évident ; malgré tout, sa raison lui commandait de ne pas avancer par ce temps. S'ils coulaient, elle mourrait car elle ne savait pas nager.

— Nous n'arriverons à rien en restant ici, insista Tudh.

---

1. Roches à fleur d'eau.

Piquée, Henti se vexa que l'homme se sentît obligé de lui présenter des évidences comme si elle était incapable de les voir par ses propres moyens.

— Je ne t'ai jamais demandé de me suivre, répliqua-t-elle. Si tu penses faire mieux, fais-le de ton côté et laisse-moi tranquille.

— Très bien.

Le lieutenant se leva, ôta son épée, ne garda qu'un couteau et sans un mot, sauta par-dessus bord. Henti se précipita vers le bastingage auquel elle s'appuya pour scruter les flots. Ce soldat était inconscient !

— Tudh ! appela-t-elle.

Sa voix lui revint en échos sinistres. Aucune réponse. La panique commença à la gagner. En dépit d'un caractère déterminé, Henti n'avait jamais eu à affronter la moindre épreuve seule. Se retrouver sans présence près d'elle lui fit peur, autant que d'imaginer le lieutenant noyé dans ces eaux poissonneuses. Après un nouvel appel sans réponse, elle se décida à faire avancer sa chaloupe en suivant scrupuleusement les indications laissées par son grand-père sur ses cartes. Tudh avait beau avoir le don de lui hérisser le poil, il ne lui était pas antipathique au point de le laisser mourir.

Henti surveillait tous les côtés de l'embarcation, observant même en hauteur où, parfois, émergeait de la brume la silhouette acérée d'un rocher. Pour se rassurer et chasser sa solitude, elle appelait le lieutenant à intervalles réguliers dans l'espoir de l'entendre répondre et de le voir remonter à bord.

Soudain, un bruit affûta son ouïe. Concentrée, elle tendit l'oreille quand il recommença :

— Oh hé !

Le cœur d'Henti bondit de joie.

Chapitre 19

— Tudh !

Il ne devait pas être loin s'il était à portée de voix. Cela se confirma quand il cria à nouveau, guidant ainsi le bateau jusqu'à lui. Tudh, trempé de la tête aux pieds, se tenait debout sur un ponton appartenant à une île absente des cartes. La brume s'épaissit davantage lorsqu'Henti accosta, aidée par le lieutenant qui noua l'amarre pour permettre à la jeune femme de descendre à terre. Ici, on n'y voyait pas à un mètre devant soi. S'y retrouver ne serait pas aisé dans ce brouillard de plus en plus épais. Tudh avait malgré tout déniché un chemin escarpé montant à flanc de falaise et, puisque cela semblait être la seule piste, convainquit Henti de tenter son ascension. Tudh enfila des vêtements secs, puis ils se chargèrent tous deux de leurs sacs de voyage. Le lieutenant changé en éclaireur, ils s'élancèrent dans le passage.

Au fur et à mesure de la montée la visibilité diminuait encore, ce qui poussa Henti à nouer une corde – toujours en avoir dans sa besace disent les marins – autour de leur taille, à Tudh et elle, pour leur éviter de se perdre et matérialiser la présence silencieuse de l'autre. La jeune femme redoutait de se retrouver seule au milieu d'un environnement capable de la priver de ses repères visuels.

Les explorateurs montaient, montaient et montaient, tant et si bien qu'Henti s'attendait à tout moment à toucher la nue[1]. Imaginer le sol si loin derrière elle comme le vide abyssal à moins d'une foulée de ses pieds lui donna le vertige au point de rendre son pas hésitant. La tension sur la corde alerta Tudh qui rejoignit sa compagne à laquelle il dut presque se coller pour distinguer son visage mat, ses cheveux bouclés et ses yeux noirs.

---

1. Terme vieilli pour désigner les nuages.

— Comment tu fais ? demanda-t-elle au soldat. Moi j'étouffe.

— Je suis entraîné depuis dix ans à garder le contrôle dans ce genre de situation. Ferme les yeux et écoute.

Henti fixa le jeune homme dont la pondération lui apparut pour la première fois salutaire et obéit. Sa prison de brume s'érigea encore dans son esprit, imposante et imprenable. Puis le bruit du ressac élargit sa vision mentale. Elle vit le ponton, la chaloupe brimbalée, l'eau se brisant sur la coque. Le chant des oiseaux lui ouvrit la vue sur le ciel loin au-dessus de sa tête tandis que le vent portait une odeur d'iode venue d'autres mers. Non, le monde ne s'était pas renfermé sur elle ni n'avait disparu ; il était bien là, vaste comme lui seul pouvait l'être. Si ses yeux ne savaient le voir, son cœur le leur montrerait.

Une inspiration profonde, puis Henti descella ses paupières en se raccrochant à sa sensation d'apaisement. Tudh était toujours là, le regard attentif posé sur elle dans l'attente d'une parole rassurante. Lorsqu'elle la lui donna, ils reprirent ensemble l'ascension de leur défi. La montée n'en finissait pas au point que la nuit tomba sur leur étroit sentier, les obligeant à s'arrêter pour se nourrir et dormir. Il leur fallut s'installer sur un espace large d'un pied et demi. Sans bois, impossible d'allumer un feu pour chasser le froid de l'humidité. Tudh déplia sa couverture, s'assit dos à la falaise et tendit la main à sa camarade qui loucha dessus.

— J'ai ma propre couverture, lui rappela-t-elle.

— Le tissu n'est qu'un isolant, il ne te réchauffera pas si ta température est basse. En revanche, deux corps produisent plus de chaleur qu'un seul. Tu comprends ?

— Oui, mais je n'ai pas confiance.

La réplique gela l'expression du jeune homme qui, visiblement blessé, ramena sa main près de lui.

Chapitre 19

— Je comprends.

Ce furent ses derniers mots car il s'emmitoufla dans sa couverture pour ne plus bouger. Henti s'installa comme lui et si au début elle ressentait seulement le froid, elle se mit vite à grelotter de tout son corps car sa couverture, en plus de ne pas la protéger, était humide au point de lui paraître collante.

Toute la nuit elle tenta de trouver le sommeil, lançant des regards envieux au soldat habitué à se reposer dans n'importe quelle circonstance car le sommeil était le plus indispensable de tous les besoins. Sans lui, corps et esprit cédaient à une vitesse inouïe, état de fait dont Henti fit l'expérience le jour suivant quand, fatiguée par une nuit blanche, elle dut marcher toute la journée. Pour avoir vécu cette situation avant elle, Tudh s'employa à alléger le fardeau de la jeune femme sans parvenir à éviter que ses nerfs lâchent chaque fois qu'elle s'impatientait d'atteindre le sommet. Cette falaise devait bien se terminer un jour !

Cela ne semblait pas être le cas puisque la nuit les accula sur le flanc de la falaise. Après un dîner frugal composé de viande séchée et de fèves, chacun s'installa pour la nuit mais cette fois encore, impossible pour Henti de dormir. Ses sentiments dominés par l'énervement puis par la colère lui tirèrent des larmes discrètes. Au milieu de la nuit, n'y tenant plus, elle réveilla Tudh dont le sommeil léger lui permit de vite émerger. La jeune femme n'eut pas besoin de parler, ses traits tirés par la fatigue s'exprimaient pour elle. Le lieutenant lui ouvrit ses bras, invitation silencieuse à la chaleur, et Henti y trouva refuge avec soulagement, sentiment amplifié lorsqu'après quelques minutes, le froid recula au rythme de la respiration lente du soldat. La jeune femme ferma les yeux et, à peine eut-elle soupiré d'aise, s'endormit.

LE DERNIER LION D'ALBÂTRE

L'humidité agressa son visage lorsqu'Henti ouvrit les yeux au matin. Elle l'enfouit par réflexe dans un endroit protégé, à l'abri du cou de Tudh. Elle n'avait pas besoin de regarder autour d'elle pour savoir que la brume était toujours là, spectre pâle échappé de son tombeau gelé. Il lui sembla avoir oublié la chaleur d'un soleil d'été, le vert tendre de l'herbe des pâturages et les teintes saturées des pétales de fleurs. Tout était gris, fade, triste et collant au milieu d'une montagne qui n'en finissait pas de s'étirer vers le ciel comme pour décourager les intrus.

Peut-être était-ce vrai, en fait. L'île n'était répertoriée sur aucune carte, apparaissant et disparaissant à son gré pour se cacher aux yeux des importuns. Peut-être arpentaient-ils depuis deux jours le même petit bout de chemin répété à l'infini ? Sentier maudit ne menant à rien sinon à leur perte car plus que leur courage, c'étaient leurs vivres qui diminuaient. S'ils s'entêtaient, il ne leur resterait pas de quoi faire le chemin à l'envers jusqu'à la côte. Découragée, Henti laissa échapper un long soupir las avant de confier ses réflexions au soldat qui posa la seule question pertinente :

— Que fait-on ?

— Je ne sais pas. Le sommet peut être à trois jours de marche ou à trois mètres.

— Est-il sage de risquer davantage nos vies pour une légende ? Quand bien même la bibliothèque de brume existerait, nous ne saurions pas quoi y chercher. Il n'y a peut-être dans ses archives nulle information sur les mages. Alors, nous aurons perdu un temps précieux. Si je ne peux pas aider les miens ici, je dois retourner sur le champ de bataille. C'est là-bas que je dois mourir.

Le dernier mot du lieutenant glaça Henti de peur. Était-ce de perdre le jeune homme ou l'armée, dernier rempart contre le Fléau ? Elle ne sut pas le dire, mais elle comprenait Tudh. Elle comprenait qu'il veuille se battre, pas qu'il soit prêt à connaître le trépas. Au moment du combat, les soldats pensaient-ils à la mort ou juste à la victoire ? Elle ne souhaitait pas connaître la réponse, encore moins la vivre. Perdue dans ses pensées, Tudh l'en sortit en s'enquérant de sa décision quant au chemin à prendre. Après une longue hésitation, elle opta pour tenter l'ascension, juste quelques heures, après quoi ils rebrousseraient chemin s'ils ne trouvaient rien. La décision sembla contrarier le jeune homme qui, en dépit de ses doutes, fit le choix, une fois encore, de suivre Henti jusqu'au bout.

Leurs affaires pliées, les voyageurs repartirent sans entrain, plus fatigués que jamais. Plus désabusés également. La jeune femme avait tenu à passer la première, songeant qu'avoir Tudh dans son dos la rassurait davantage que d'y imaginer le vide. Une main sur la paroi rocheuse afin de ne pas s'en éloigner, elle avançait à pas prudents mais sûrs, ce sentiment de claustrophobie encore présent dans ses entrailles. En tendant le bras devant elle, il disparaissait dans le brouillard. La sensation était désagréable au possible. Pourtant l'avancée ne s'arrêta pas.

Après plusieurs heures de marche cependant, une main à la peau fraîche lui attrapa le bras. Collé à nouveau à elle, le lieutenant lui signifia silencieusement que le temps du retour était arrivé.

— Encore un peu, l'encouragea-t-elle. Juste un peu.

— Tu y crois toujours ?

— Oui.

Tudh hésita, avant de conclure :

— Je te suis.

L'affirmation aux airs de promesse rendit Henti étrangement heureuse. D'ordinaire, c'était à elle de suivre sa sœur Duhepa. Alors qu'une personne soit prête à faire confiance à la petite fermière kussar qu'elle était lui fit chaud au cœur, et cette chaleur se répandit dans tout son corps pour le réchauffer comme l'aurait fait un grand soleil. Elle crut même le sentir sur sa peau algide[1].

— Henti, regarde.

Tudh montrait du doigt la suite du chemin. Lorsqu'Henti se retourna, la première chose qu'elle vit fut un ciel bleu infini, avant de remarquer la fin du sentier. Le son du ressac attira son attention en arrière là où, à seulement quelques dizaines de mètres en contrebas, mouillait sa chaloupe bercée par les vagues. Tout n'avait été qu'une illusion, une manière pour l'île de se protéger des intrus, ce que les jeunes gens n'étaient plus. Euphorique à l'idée d'avoir gagné le respect d'un lieu magique, Henti dénoua la corde à sa taille, imitée par son compagnon, puis avala les dernières foulées la séparant du sommet où elle imaginait s'élever un magnifique bâtiment sorti d'un autre temps. Le cœur battant, le souffle court, elle arriva sur un plateau verdoyant sur lequel une brise faisait onduler des fleurs violettes. De grands nuages blancs glissaient sur l'horizon, mais nulle trace d'une bibliothèque ; il n'y avait là qu'une ridicule cabane en bois à peine assez grande pour abriter deux personnes.

— C'est une plaisanterie ? entendit-elle.

La voix de Tudh portait toute sa désillusion. Dépité, défait, le jeune homme se passa les mains dans ses courts cheveux bruns comme si le destin lui portait l'estocade. Avant qu'il perde tout courage, Henti agrippa son uniforme bleu nuit :

— Une telle magie n'aurait pas été mise en place pour protéger une simple cabane, tu ne crois pas ?

---

1. D'une froideur glaciale.

Chapitre 19

— Si, sans doute, répondit-il en baissant les bras.

— Allons à l'intérieur, je suis sûre que nous y trouverons quelque chose.

Le silence du lieutenant était éloquent : il en doutait.

— Crois-y encore. S'il te plaît, Tudh. Nous sommes arrivés jusque-là, n'est-ce pas ?

— C'est vrai… Très bien, allons voir.

Henti lui attrapa la main, car l'épreuve traversée ensemble avait transformé l'étranger en ami, et avança vers la cabane, le cœur gonflé d'espoir d'y trouver un moyen d'arrêter les démons qui, ce soir encore, feraient des morts par centaines.

Chapitre 20

À force de frotter le sol, les tendons de la main de Senel brûlaient sous sa peau noire. Dix jours avaient passé depuis leur arrivée, à Riniri et elle, dans la maison du forgeron Lampron. Chaque jour, sa compatriote, devenue une amie intime, apprenait à forger au prix de sa sueur, sacrifiant à l'acquisition de ce nouveau savoir une bonne partie de son sommeil. Cette assiduité lui avait valu ce qu'on pouvait considérer comme une forme de respect de la part de Gontran car depuis quelque temps, il n'avait plus pour elle aucun mot méchant.

Quant à Senel, tout était différent. Plutôt, tout demeurait inchangé.

La dame de la maison avait d'abord douté de la capacité de la jeune femme à effectuer des tâches ménagères avec une seule main. En apprenant que la nouvelle venue savait tenir le rythme imposé par la vie d'un château comme celui des De Valdore, elle avait accepté de lui confier quelques basses besognes. Soucieuse de participer à la tenue de la maison dans laquelle on l'hébergeait, Senel s'était pliée à tous les ordres. Trop bien, sans doute, car en comprenant que l'efficacité de la Narabienne lui permettait de vaquer à des occupations autrement plus agréables, Luzette avait fini par lui déléguer toute la gestion de la demeure tandis qu'elle sortait la journée, ne revenant qu'aux heures des repas pour se montrer à sa place en présence de son époux.

Cela faisait donc quatre pénibles jours que Senel restait seule durant des heures interminables et ne revoyait un visage amical qu'au déjeuner et au souper. Le travail physique exigeant fatiguait Riniri au point d'absorber toutes ses forces, même celle de parler plus de quelques merveilleuses minutes avec elle le soir, dans la pénombre de leur chambre.

Son quotidien ressemblait au carrelage gelé d'un cellier.

Au onzième jour, le lieutenant Céleste partagea le repas du midi avec sa famille. S'il s'enquit d'abord de la santé de tout le monde, Senel et Riniri comprises, il enchaîna bien vite sur les sombres nouvelles arrivant de l'ouest : le Fléau continuait sa route sans que personne ne soit en mesure de l'arrêter. Malgré tout, un soldat dryanien avait redonné un peu d'espoir au continent en découvrant l'incapacité des démons à pénétrer dans les maisons calfeutrées. Cette information avait sauvé des vies là où elle avait circulé. Autour, il ne restait qu'une odeur répugnante de mort. Relent nauséabond qui s'étendrait davantage dès l'entrée en jeu des autres cohortes ennemies, humaines celles-là.

En dépit de cela, l'armée s'organisait en Ofayne. Le roi fit le choix de ne point envoyer de renforts en Dryane – ce serait perdre de précieux soldats pour rien. Sa stratégie était de laisser avancer le Fléau chez son cousin tandis qu'ici, son armée se renforçait et s'équipait. Cela permettait aux forgerons de forger et aux recrues d'être formées car beaucoup étaient des adolescents n'ayant jamais tenu une épée.

Ce détail laissa Senel songeuse. Un songe désagréable puisqu'il lui remit en mémoire des moments dégradants vécus dans la salle d'armes du palais des De Valdore où l'héritier et ses amis s'amusaient à l'humilier à grand renfort d'épées en bois. Ils lui avaient donné sa propre lame d'entraînement non pour lui offrir une chance de se défendre, mais pour lui prouver leur supériorité toutes les fois où elle ne parvenait pas à parer leurs attaques. Ils ignoraient que Senel possédait une vivacité d'esprit dont l'envergure se déployait face à l'adversité. Elle avait subi les assauts pendant de longs mois durant lesquels son envie farouche d'éviter la douleur de chacun des coups adverses avait enflé dans son ventre. Sa seule solution pour cela avait été d'apprendre à manier l'arme en imitant ses tortionnaires jusqu'à être capable de leur tenir tête. Alors, ils lui avaient retiré le droit à un moyen de défense.

La pensée que ces instants ignobles de sa vie la rendent aujourd'hui aussi compétente en art martial que les futurs jeunes soldats du royaume l'aurait fait sourire si elle n'avait pas fini par se convaincre, aidée par ses bourreaux, qu'elle ne valait rien. Celle qui avait de l'importance était Ashtiri. Son amie aussi, depuis qu'elle forgeait. Une fois formée, son savoir la rendrait précieuse. Senel, elle, n'était rien, à tel point que, prises dans le cours de leur nouvelle vie, Ashtiri et Riniri finiraient par l'oublier en chemin.

Ce fut avec ce regard triste sur sa vie qu'elle monta se coucher, ce même regard qu'elle posa sur la silhouette de sa camarade endormie sous sa couverture. Debout dans le silence, immobile dans l'indifférence, les bribes de son courage lui échappèrent sans qu'elle puisse – sans qu'elle veuille – les retenir. Le destin s'était mis en marche pour Riniri, pour Ashtiri et pour tout un continent. Elle, elle arrivait au bout du voyage.

Persuadée de ne jamais pouvoir rentrer en Naraba ni prétendre à une vie meilleure, Senel se dirigea vers la lucarne d'accès dont elle ouvrit la fenêtre d'un geste assuré. Elle enjamba le chambranle, offrant son visage à la claque du vent. Ses pieds nus se posèrent sur les tuiles froides et rugueuses, chemin tracé vers le sommet du toit à l'extrême bord duquel elle s'arrêta. Le tissu de sa robe malmenée par les rafales fouettait ses jambes. En contrebas, le sol lui apparut comme un hypnotisant espoir de paix séparé d'elle par une simple foulée. À un pas de la liberté, des larmes mouillèrent ses joues.

Sa décision était prise.

Senel releva la tête, le regard déterminé. Le torse en avant, elle écarta les bras comme les ailes d'un oiseau majestueux. Peu importe qu'elle vole ou qu'elle chute, son seul rêve s'appelait délivrance.

— NON !

Une main sûre se referma soudain sur son bras amputé. Lorsque Senel tourna la tête vers Riniri apeurée, le vent emporta ses larmes dans sa course, diamants brillants sous une lune livide.

— Laisse-moi…

— Non ! Si tu fais ça, ce sont eux qui gagnent, pas toi !

— Il n'y a ni gagnant ni perdant, juste des choix. Seulement mon choix.

La prise de Riniri devint douloureuse. Le travail physique lui avait fait gagner en force au point que Senel ne put résister lorsque la femme l'attira contre elle et l'enlaça.

— Je ne sais pas pourquoi c'est ton choix, confia Riniri, mais je vais te dire pourquoi je ne l'aime pas. Parce que tu es chaque jour mon moment de bonheur, mon instant de répit. Parce que même si l'on ne parle pas, ta présence me rappelle la raison pour laquelle je tiens bon coûte que coûte.

Les doigts de Riniri étaient agrippés à ses vêtements. La gorge de Senel était un brasier lancinant.

— J'en ai assez d'être seule, continua-t-elle. Depuis notre rencontre, je ne le supporte plus.

Elle reprit son souffle.

— Je me moque de ce que pense le monde. Ceux qui te rabaissent le font parce que ta dignité leur fait peur. S'ils s'acharnent à la briser c'est parce qu'ils la savent capable de les faire tomber. Ne les laisse pas gagner.

Riniri la serra un peu plus.

— Je veux de toi dans chaque minute de mon existence. Ne me laisse pas seule.

Si Senel avait pu passer outre le feu de sa gorge, elle lui aurait demandé à quoi ressembleraient les lendemains que sa condition lui promettait. Alors, Riniri n'aurait pas pu répondre, tout comme elle était incapable de lui promettre que le bonheur viendrait, que la liberté se souviendrait de son nom. Là où le ciel de son amie se dégageait, le sien s'assombrissait.

— Je ne vois rien…

La voix chevrotante de Senel surprit Riniri qui la fixa sans la lâcher de peur qu'elle s'envole.

— Je ne vois rien pour moi ; que du noir taché de sang et de pleurs.

Riniri essuya ses larmes d'un geste bien trop tendre pour n'être qu'amical. Et il y avait dans son regard tant de douceur que Senel se surprit à rêver de s'y blottir.

— Laisse-moi une chance d'éclaircir ton ciel pour qu'un jour je puisse te voir debout sous un soleil éclatant.

Senel secoua la tête de droite à gauche comme pour chasser l'espoir que les mots de Riniri faisaient renaître en elle. La peur d'un retour de flamme plus violent que l'actuel l'effraya. Ses lèvres pleines tremblèrent.

— Si tu sautes, Senel, je saute avec toi.

Perdue dans l'ouragan de ses sentiments, elle fut incapable de résister lorsque Riniri, pas après pas, la ramena à l'intérieur de leur grenier où elles devinrent l'une pour l'autre ce rempart capable de les protéger de tous les maux du monde.

Chapitre 21

Puisque Riniri se levait toujours avant elle, Senel ouvrit les yeux le lendemain sur une pièce vide. Le regret de ne pas avoir sauté la veille l'étreignit avec tant de force qu'elle se leva pour le faire taire. Elle était vivante, elle devait faire avec, le temps que Riniri la croie remise et baisse sa garde, sans quoi elle ferait échouer toutes ses tentatives si elle les présentait.

Soudain, la voix tonitruante de l'ouragan Jolinette se fit entendre dans l'escalier :

— J'en ai rien à faire que t'aies prévu autre chose, c'est ta maison, tiens-là !

Le pas lourd de l'adolescente témoignait de son mécontentement, sentiment que son visage encore juvénile, qui apparut par la trappe, confirma. La vision de Senel levée le chassa aussitôt. Jolinette l'attrapa par la main et fila vers l'étage inférieur.

— Qu'est-ce qui se passe ? s'inquiéta Senel.

— On travaille dur à la forge, elle a besoin d'être nettoyée. Aujourd'hui tu restes avec nous !

— Mais la maison… Ton père est d'accord ?

Jolinette se planta en bas des marches et lui retourna une mine malicieuse :

— Tu n'as pas remarqué ? Ici, c'est moi qui décide.

Le clin d'œil qu'elle lui offrit la fit sourire. Ce fut d'elle-même que Senel la suivit.

De la porte charretière aux imposants vantaux ouverts sur la rue s'échappait le souffle incandescent de la forge. Contigu à la maison, l'endroit résonnait de coups de marteaux sur le fer chaud. Au fond de la pièce, côté rivière, la force hydraulique faisait mouvoir les soufflets, épargnant cette tâche au forgeron occupé à travailler son minerai avec l'aide de Riniri. Lorsque cette dernière aperçut la nouvelle arrivante, son regard s'attarda sur elle plus que de raison au point de remplir la poitrine de Senel d'une onctueuse chaleur. La sensation soudaine la troubla, aussi détourna-t-elle la tête.

Des outils s'alignaient sur les murs près des enclumes. Dans un coin s'entassait une impressionnante montagne de bois, de l'autre des épées, des lances et des haches. Tellement peu que c'en était effrayant. Jolinette remarqua le regard sceptique de Senel posé sur les armes car elle lui expliqua que leur capacité à en forger dépendait des ressources en minerai et en bois.

— Nos seigneurs tirent la tronche, intervint Gontran en trempant le métal. Au lieu de leur rapporter gros comme bois de construction, leurs beaux arbres brûlent dans tous les bas fourneaux du pays.

Cette perspective semblait le réjouir. À en juger par son commentaire à leur arrivée chez lui, il ne semblait pas porter la noblesse en très haute estime.

— Mon père est un butor, confia Jolinette à Senel sur un ton bas. Pas très futé, mais qui donnerait tout pour Céleste et moi. Il tient le roi comme responsable de l'entrée de mon frère dans les rangs. Son Altesse fait miroiter richesse et gloire éternelle aux soldats venus des quartiers pauvres, tandis qu'il remplit les poches déjà pleines des chevaliers, tous fils de grands seigneurs.

— En excluant les femmes ?

— Pour la plupart, les officiers sont incapables de les commander, alors ils les rabaissent et les excluent. C'est plus facile.

— Et toi ?

— Un jour je commanderai. En attendant, j'ai bien l'intention de me placer sous les ordres de Céleste.

La capacité de cette adolescente à ne douter de rien était admirable. Senel en vint même à l'envier.

— Pas le temps de rêvasser ! grogna Gontran en prenant une épée terminée. Range ça avec les autres.

Il jeta l'épée à Senel sans se soucier de la savoir capable de la rattraper ou non. Aussi, quand sa main gauche la saisit, son adresse n'échappa ni à lui ni à sa fille. Si l'homme ne dit rien, Jolinette, curieuse comme un chat, la poussa à résumer en substance la raison pour laquelle manier une épée lui était familier. Son récit terminé, l'adolescente ne dit d'abord rien, mais Senel vit à ses yeux brillants de ruse qu'une idée avait germé dans son esprit. Après un instant supplémentaire de silence, la jeune fille se livra :

— Je joue du tambour dans la fanfare de cavalerie lors de la foire annuelle. Tu sais monter ?

— Non, répondit Senel en rangeant l'épée.

La logique du raisonnement de Jolinette lui échappa au point qu'elle se tourna pour lui demander des explications ; la brise amicale était retournée au travail avec son père et Riniri.

Senel commença alors son œuvre en gardant ancrée en elle la certitude que l'adolescente fomentait quelque chose.

Lorsqu'arriva la nuit, Senel fut soulagée de retrouver sa couche sur laquelle elle s'allongea avec plaisir. Riniri s'assit à côté d'elle afin de la rassurer sur un point.

— J'ai seulement dit à Jolinette que tu étais capable de plus que simplement entretenir une maison. C'est une personne bonne, elle t'a donné une chance. Ce n'était pas trop dur ?

— Mon corps me fait mal depuis si longtemps que je n'y fais plus guère attention. Mon moral en revanche a apprécié être avec toi.

Riniri caressa son visage du bout des doigts avant de retirer vivement sa main, surprise par l'impulsivité et la douceur de son propre geste. Senel ne disait rien. Son amie hésita un instant, avant de se pencher sur elle. Les lèvres de Riniri effleuraient les siennes au moment où les marches de l'escalier craquèrent. Elle se rejeta en arrière quand Jolinette montra sa chevelure châtain, puis son visage souriant.

— Senel, t'as encore un peu de courage ?

Cette dernière ne répondit pas tout de suite car quelques secondes lui furent nécessaires pour calmer le rythme effréné de son cœur et remettre en place ses idées désordonnées.

— Un peu. Pourquoi ? demanda-t-elle lorsqu'elle fut plus sereine.

— Pour un duel à l'épée. Je t'attends dehors près de la rivière. Viens aussi Riniri, mais ne faites pas de bruit.

Intriguées l'une comme l'autre, pressées de mettre fin à l'instant gênant, les deux jeunes femmes rejoignirent l'adolescente le long de l'eau qui chantait la nuit sa plus belle mélodie. Toutes trois étaient fatiguées par une épuisante journée de labeur, aussi

Chapitre 21

Jolinette tendit-elle sans attendre une arme d'entraînement à Senel, avant de porter le premier coup que son adversaire para. Quelques passes supplémentaires révélèrent l'honnête maîtrise de la Narabienne pour qui Jolinette avait une ambition.

— Mon frère n'en a rien dit mais l'armée manquera vite de bras. C'est triste à dire mais cette guerre pourrait bien être la seule chance pour des femmes de rejoindre les rangs. Je vais saisir cette occasion, et tu devrais faire pareil.

Face à l'air dubitatif de Senel, elle continua.

— Je pourrai te forger un bouclier adapté à ton moignon. Quant au cheval, le mien est dressé pour être guidé par les jambes de son cavalier, ce serait parfait pour toi. Tu imagines ? demanda-t-elle en écartant les bras. L'une des premières guerrières d'Ofayne sera une esclave qu'aucun bourreau n'aura su mettre à terre !

— C'est ridicule.

— Je ne crois pas. Tu es là depuis dix jours à peine, pourtant tu as su t'imposer au sein d'une maison qui n'est pas la tienne.

— Ta mère a juste vu en moi ce que je suis : une esclave capable d'effectuer les tâches ingrates à sa place.

— Esclave ou pas, elle n'aurait jamais couru le risque de quitter son foyer la journée, contra Jolinette. Si elle le fait c'est parce que tu as pris le dessus sur elle en faisant preuve d'initiative, elle n'a pas supporté au point de se sentir inutile dans son propre foyer. De l'ordre, de la méthode, de la patience et de l'observation… tu feras une excellente guerrière, une de celles qu'Ofayne ne verra jamais naître. Ici on brise les esprits forts, en particulier ceux des femmes.

— Tu t'en sors plutôt bien, alors, remarqua Riniri.

— Je suis la sœur de l'un des capitaines les plus prometteurs du royaume. En s'attirant les bonnes grâces du prince Pithana,

Céleste s'est fait remarquer du connétable et de ses généraux. Il a été facile pour moi de m'épanouir à l'abri de sa réputation mais je suis une exception. Et en tant que telle, j'ai le devoir de montrer la voie à mes sœurs puisque j'en ai la possibilité.

Senel observa Jolinette avec intérêt. Loin d'être en dehors de la réalité, elle était en fait en plein dedans. Elle la voyait même avec une complexité rare. C'était admirable. Ou juste fou.

— Prends le temps d'y réfléchir, Senel. Si tu es partante, je t'entraînerai.

— Moi aussi ? intervint Riniri.

— Si tu veux. Céleste a été un professeur impitoyable avec moi, je ferai pareil avec vous !

Jolinette leur décocha un sourire sincère, puis elle récupéra les épées avant d'aller se coucher. Malgré tout, quelque chose dans son attitude laissait deviner qu'elle n'avait pas dit son dernier mot.

Senel aidait encore à la forge pour la journée, prise au piège entre les regards répétés de Riniri et de Jolinette ; les premiers tendres, les seconds insistants.

Quelque chose d'étrange s'était produit depuis l'avant-veille, comme si sa tentative de suicide avait mis en mouvement des événements latents. Il lui sembla être arrivée à un moment de sa vie où ses choix, quels qu'ils soient, influenceraient ces forces d'une manière ou d'une autre.

Pour quoi faire, au juste ?

Entrer dans l'armée ? Vraiment ? La chose paraissait folle et pourtant, une voix au fond d'elle lui murmurait de faire confiance à Jolinette, cette même voix qui l'avait incitée à pousser Ashtiri vers Rhouti. Un instinct ? Une prescience ? La réponse ne l'intéressait pas, seule comptait sa décision. En regardant Riniri et l'adolescente battre le fer au prix de leur sueur, le souvenir de son enfance lui revint. Cette Senel-là n'était peut-être pas morte. Et peut-être, oui, peut-être regagnerait-elle son courage d'antan en trouvant une nouvelle raison d'avancer. Si elle devait mourir, autant le faire de manière grandiose.

Ce fut ainsi qu'après la journée de travail, Senel alla trouver Jolinette pour relever avec elle le défi d'ébranler les traditions ofayniennes.

Quitte à mourir, elle brillerait une dernière fois.

Chapitre 22

Ashtiri passait ses journées entre les enseignements de Maanebet et ceux de Padiguem. Si elle pouvait compter, pour les premiers, sur l'aide de Pithana, elle se retrouvait seule face au Lion d'albâtre dont la présence et l'aura ne cessaient de la fasciner et de l'intimider. Padiguem était insaisissable. S'il était patient, attentif et empathique lors de leurs tête-à-tête, il devenait taciturne et distant dès lors qu'il quittait son habit de précepteur ; et ce changement d'attitude intriguait Ashtiri au point qu'elle dut se faire violence pour s'empêcher d'espionner l'homme en dehors de leurs heures passées ensemble. Ainsi donc attendait-elle chaque séance avec impatience, espérant en apprendre plus sur le mage-guerrier ainsi que sur les nombreux sujets abordés dans ces moments-là.

Padiguem avait en commun avec Pithana la curiosité pour les autres cultures. À la différence du prince, il avait en prime l'expérience du terrain grâce à ses nombreux voyages. Rencontrer des peuples différents lui avait permis de modifier et d'adapter son jugement sur les événements en le complétant par d'autres façons de penser. Ce qui pouvait sembler bien dans son pays n'était pas nécessairement perçu comme tel ailleurs. Afin de comprendre comment chacun réagissait dans une situation donnée, il fallait à Ashtiri connaître, ne serait-ce qu'un peu, l'environnement dans lequel l'individu avait grandi et avait été éduqué, ceci afin de porter un regard juste sur le monde.

Ce jour-là, Padiguem prit en exemple la cohabitation imaginaire entre un Ofaynien et un Narabien. Il avait ainsi exposé une situation à Ashtiri :

— Si un Ofaynien vient te trouver pour se plaindre qu'un Narabien a bu à sa source, que ferais-tu ?

— L'eau potable n'appartient à personne. Les ressources doivent être partagées.

— Tu donnerais raison au Narabien ?

— Bien sûr.

— Sais-tu que les propriétaires terriens, en Ofayne, payent au roi le droit de jouir de leur terre ?

— Et alors ? Ils ont les moyens grâce aux esclaves.

— Je ne te parle pas des nobles ou quelques grands domaines, je te parle des petits paysans qui se tuent toute l'année au travail pour nourrir leur famille et payer leur droit de vivre là, avec leur source pure qui les met à l'abri des maladies. C'est comme si une tribu volait tes chameaux car les animaux n'appartiennent à personne. Alors, à qui donnerais-tu raison ? À celui qui veut protéger ce qu'il a durement gagné ? Ou à celui qui prend sans se soucier des autres ?

La certitude d'Ashtiri vacilla face à ce retournement de situation. À présent, elle doutait. La survie des Narabiens dépendait des chameaux ; les voler était les condamner. Le voleur serait en tort, ici, donc le Narabien assoiffé l'était-il aussi ? Son incertitude la mit vite dans une position inconfortable. Si elle était habituée à son ignorance, elle ne l'était pas à douter de son jugement. La sensation était dérangeante.

Après une longue réflexion, elle avoua ne pas savoir. Malgré tout, le Lion ne lui confia pas la solution de son problème : ce devait être à elle de la trouver. Ainsi, ce fut sur cette énigme qu'il mit fin à la séance, au grand dam d'Ashtiri. Cette dernière l'observa avec attention lorsqu'il prit congé. Hors de question qu'elle le laisse disparaître comme ça. Elle sauta sur ses deux pieds et fila pour le rattraper. Elle y mit tellement d'énergie que Padiguem ne la vit arriver qu'à l'instant où elle se calqua sur son pas.

— Tu as une question ? demanda-t-il.

— Non. Je me sens bien, ici. J'aurais aimé que tu me fasses visiter. La cité doit être grande.

— Elle l'est mais je n'ai pas le temps. Maanebet te trouvera un guide. À présent, excuse-moi.

Vexée et blessée par le peu de considération dont faisait montre le Lion à son égard, alors même qu'il la pensait liée à son ordre, Ashtiri se figea, les yeux rivés sur le dos musclé de l'homme. Sa décision était prise : elle le suivit. Ce serait une bonne occasion de voir si elle avait ou non perdu sa discrétion de meilleure voleuse de Tyniry-nord.

Ce fut ainsi que la monte-en-l'air, qui avait depuis son deuxième jour ici troqué sa robe moulante contre un chendjit pour le bas et une simple bande de tissu nouée pour le haut, mesura la taille du bâtiment. Elle en découvrit des parties grandioses, comme des salles au parterre de granite rose soutenant des statues au réalisme sans pareil, ou des terrasses fleuries longeant le Hâpy. Sur les murs, les hiéroglyphes s'enchaînaient sans discontinuité, révélant une Histoire si longue qu'elle en était vertigineuse. La Narabienne aurait tout donné pour savoir ce que racontaient ces pans du passé. Un jour le découvrirait-elle, peut-être.

Padiguem s'entretint au début avec différentes personnes dont les vêtements raffinés désignaient comme des notables de Hereret-Niout. La conversation la plus longue se tint avec un homme vêtu d'une robe blanche de lin et portant au cou une figure en pierre précieuse représentant une déesse à la tête surmontée d'une plume. Padiguem lui en avait parlé : Maât, déesse de la justice, dont le nom désignait en Rhouti une philosophie de vie même, celle d'être bon avec autrui afin que la réciprocité soit vraie. « La récompense de celui qui agit est qu'on agit pour lui ; c'est ce qu'est Maât. » Faire le bien auprès des hommes garantissait qu'après sa mort, on prononcerait encore son nom et le rendrait immortel par le biais de la mémoire collective[1], car la vie terrestre n'était qu'un temps court qu'il fallait employer à préparer le temps impérissable de l'au-delà.

La grandeur morale avec laquelle était dirigée la société en Rhouti rendait Ashtiri admirative, en particulier lorsqu'elle lui opposait le tyrannique Ofayne. Ici, même les femmes étaient traitées avec un égard proche de celui des hommes.

Ashtiri resta à couvert le temps de la conversation dont elle ne comprit pas un traître mot, avant de suivre à nouveau le Lion dans ce labyrinthe de couloirs innombrables, de portiques tout aussi nombreux et de défilés de colonnes toutes plus impressionnantes et colorées les unes que les autres. Pithana avait su par Maanebet qu'en dessous du bâtiment se trouvaient mille cinq cents chambres contenant les momies des crocodiles de Hereret-Niout, car la cité se trouvait sur

1. Représentations qu'un groupe partage de son passé.

Chapitre 22

le territoire dédié à Sobek, le crocodile sacré de Rhouti, protecteur de la cité. Si le complexe servait habituellement aux Lions, il accueillait pour chaque assemblée politique de Pharaon les députés de tous les nomes – les régions administratives – afin que rien ne puisse échapper à la sagesse des mages-guerriers. C'était également le moment pour eux de se montrer aux personnes les plus influentes du pays, et de réaffirmer leur soutien et leur protection à la population.

Ici, tout était pensé pour inclure les Lions d'albâtre dans chaque instant de la vie du pays, qu'importait qu'ils fussent originaires du monde entier. L'ordre était né en Rhouti, ses membres étaient formés à Hereret-Niout, cela suffisait.

Après un dernier échange avec un notable, Padiguem se rendit à l'extérieur, dans un jardin bordé d'arbres en fleurs, où il retrouva l'homme du Tjo à côté duquel dormait le gros chien noir sacré Sed. L'espionne grimpa dans un arbre, habile et silencieuse, puis s'allongea sur une branche au moment où Sed regardait dans sa direction. Ashtiri crut être repérée mais l'animal aux longues oreilles pointues n'esquissa aucun mouvement, jusqu'à ce qu'il se réinstalle.

Padiguem et Shiro plaisantèrent ensemble quelques minutes avant de se mettre côte à côte. Si le guerrier tira son katana du fourreau, le Lion fit apparaître un khépesh[1] dans sa main. La facilité et la nonchalance avec lesquelles il avait accompli ce prodige émerveillèrent l'adolescente qui se surprit à rêver d'un pouvoir similaire.

En regardant les deux hommes enchaîner des mouvements identiques, Ashtiri songea aux responsabilités qui pesaient sur les Lions, et sur Padiguem aujourd'hui. Même diminuée, sa magie l'obligeait-elle à veiller sur les autres ? Ou le faisait-il

1. Sabre en bronze traditionnel égyptien.

par ambition de la justice, de la Maât ? Et à quels sacrifices consentait-il pour aider son prochain ? Car une telle mission se conjuguait mal avec une vie ordinaire, une routine coutumière induisant un égoïsme nécessaire pour la mener au mieux. Penser ainsi lui fit peur. L'idée qu'autant de vies dépendent de ses décisions, qu'il existe une telle pression sur chacun de ses choix, la terrifia au plus haut point car la moindre erreur de sa part pourrait conduire des gens à la mort. Elle n'était pas certaine de vouloir prendre ce risque. Pour le bien de tous, on ne devait pas lui donner autant de pouvoir, elle ne le méritait pas.

Cette idée tourna dans sa tête le temps que dura l'entraînement des deux guerriers, puis vint l'heure du repas. Malgré les protestations de son estomac, la curieuse ne rejoignit pas Pithana avec qui elle dînait d'ordinaire mais continua sa filature jusqu'aux appartements de Padiguem fermés par une double porte, détail si extraordinaire ici, où nul passage n'était obstrué par d'aussi imposants battants, qu'il intrigua Ashtiri. Dès l'instant où les vantaux se fermèrent à la suite du Lion, elle sortit de derrière une haute plante pour s'en approcher avec l'intention d'y coller son oreille. Son geste entamé, la porte se rouvrit, la surprenant dans une position que le regard sévère de Padiguem condamna :

— À des fins personnelles, suivre quelqu'un sans son consentement est déplacé.

Piquée dans son orgueil, Ashtiri se tassa, consciente d'avoir mal agi.

— Je suis désolée. Ça a toujours été pratique pour moi, c'était comme ça que je vivais.

— Que tu vivais, non que tu vis. Ici cela ne te servira à rien sinon à rendre les gens méfiants à ton égard, moi le premier.

Chapitre 22

— Je voulais…

— Je m'en moque. Ton bon vouloir ne prévaut pas sur ma liberté.

— Je comprends. Pardon. Je ne le ferai plus.

— Je te crois. Je pense qu'il est néanmoins nécessaire que je t'avertisse : mes appartements sont privés, personne ne doit y entrer, surtout la nuit. Je te fais confiance pour respecter toi aussi cette règle.

— Je m'y tiendrai.

— Je t'en remercie. À présent, va manger.

Sans même attendre de la savoir partie, le Lion disparut dans ses quartiers. Le silence étrange de l'instant mit Ashtiri mal à l'aise. Peu rassurée, elle s'en alla en courant.

Chapitre 23

Après un repas substantiel, Ashtiri resta un moment dans la chambre de Pithana afin de parler. Le prince savait pour le rêve de sa jeune amie, ainsi que pour son escapade nocturne au pied de la statue blanche du Lion cosmique. Lui aussi tentait de déchiffrer les signes avec l'espoir de découvrir la raison pour laquelle Ashtiri était réellement ici, en vain.

Ainsi, leur conversation dévia sur l'apprentissage de Pithana dont le visage affichait un bonheur réel. Découvrir une nouvelle langue, aux racines communes avec celle de sa mère, le rendait heureux et le faisait apparaître pour la première fois comme différent d'un prince d'Ofayne : un homme passionné. Ashtiri se surprit à l'apprécier davantage ainsi et à ne plus jamais vouloir voir son expression désabusée d'héritier accablé par un fardeau trop lourd pour lui.

Pithana lui apprit également qu'avec l'aide d'une traductrice missionnée par Maanebet, il avait pu commencer à étudier l'Histoire du pays remontant à la période de la chute des Lions : ses recherches s'avéraient pour le moment infructueuses. Il espérait avoir plus de chance durant les prochains jours.

Bientôt, le chant des oiseaux couvrit le silence installé entre les deux jeunes gens. Cela donna à Ashtiri l'occasion de repenser à l'énigme posée par Padiguem, quelques heures plus tôt, et par extension à son pays natal. Une question lui vint :

— Pourquoi mon peuple ?

— Je ne comprends pas, concéda Pithana.

— Pourquoi c'est mon peuple qu'on asservit ?

— Parce que c'est le plus faible de ceux ayant une autre culture qu'Ofayne, celui qui n'a pas les moyens de se défendre. Tjo et Shana sont des nations militairement puissantes, Rhouti est un piège mortel et les autres pays, sans être redoutables, savent se protéger… même si cela ne les épargnera pas longtemps.

— On ne fait de mal à personne, pourtant.

— Il n'y a aucune notion de mérite ou de justice dans l'horreur de l'esclavage, seulement de pouvoir. Ofayne a besoin d'esclaves et ton peuple vit dans une région assez accessible pour Shri'Mta mais pas assez favorable à la sédentarisation et à la constitution d'une armée. Ça suffit à certains pour vous considérer comme inférieurs à eux.

— On l'est vraiment ?

— Tu connais la réponse.

— Je veux ton avis.

— Est-il devenu si indispensable pour toi ?

Ashtiri hésita à peine car l'individu lui inspirait désormais toute confiance :

— Il l'est, oui, parce que je te respecte et que j'espère un jour pouvoir t'avoir comme ami.

La réponse spontanée, presque candide de l'adolescente surprit le prince, avant de le faire sourire.

Chapitre 23

— Merci, Ashtiri. Je l'espère aussi.

— Alors dis-moi, nous sommes inférieurs ? Je pense savoir mais mon avis avantage les Narabiens, il n'est pas neutre.

— Si je suis ton raisonnement, le mien ne l'est pas non plus.

— Toi tu es un homme bien.

— Et toi une fille bien, raison pour laquelle nous savons tous les deux que les Narabiens ne sont ni inférieurs ni supérieurs aux autres. Chaque peuple s'adapte à son environnement, développe ses forces et ses faiblesses, se construit une histoire, des légendes et, plus que tout, cherche le bonheur. Au fond, c'est ce que nous désirons tous : être heureux d'exister, non ?

— Si, je crois. On peut tous l'être ? Heureux ?

Le visage de Pithana se ferma. Ashtiri s'en voulut en songeant au devoir qui lui incombait malgré les risques, malgré la promesse faite par son père de le renier à la moindre occasion.

— Non, on ne peut pas tous l'être parce que certaines choses ne dépendent pas de nous. Vouloir ne suffit pas. Si c'était le cas, cela placerait notre volonté au-dessus de tout, nous serions des dieux. Or nous ne sommes que des humains, des êtres fragiles soumis aux aléas de la vie, qu'on tue sans mal, qu'on blesse plus facilement encore. Nous sommes prisonniers d'un monde qui tourne sans nous ; nous pouvons juste faire de notre mieux.

Sa jeune amie posa sa main sur celle de Pithana dans un élan de compassion. Un geste, si simple, qui leur fit prendre conscience qu'agir au mieux était exactement ce qu'ils étaient en train de faire, en dépit du Fléau avançant nuit après nuit, lequel assombrissait leur horizon.

Ashtiri se réveilla en sursaut au pied de la statue du Lion cosmique, déboussolée. Thot était là. L'ibis sacré la regarda se relever, un peu tremblante. De froid à cause de la brise nocturne, mais surtout d'angoisse. Celle d'être capable de venir si loin de sa chambre sans en garder le moindre souvenir, d'être liée au Lion cosmique sans savoir comment, de faire face à ce malaise seule et de rester dans l'ignorance d'une chose cruciale la concernant.

Égarée au milieu de ses pensées nébuleuses, Ashtiri ne songea qu'à obtenir des réponses pour calmer son anxiété. D'un pas mal assuré à cause de ses jambes en coton, Ashtiri prit la direction des appartements de Padiguem, son avertissement flottant à mille lieues de son besoin vital de l'instant. Thot la suivit.

— Si tu sais ce qu'il m'arrive, pourquoi ne pas m'aider ? demanda-t-elle par réflexe à l'oiseau.

Bien sûr, il ne répondit pas, et cela créa un vide immense en Ashtiri qui ne disparut pas même lorsqu'elle fit face à la porte close des appartements de Padiguem. Incapable de faire preuve de mesure ou de bon sens, poussée uniquement par un instinct de survie étrange, l'adolescente entrebâilla un battant et se glissa à l'intérieur. La lumière d'une lune gibbeuse montante éclairait le corps endormi de Padiguem et accrocha le pelage immaculé d'un imposant lion. Ashtiri se rejeta contre la porte quand le prédateur leva sa lourde masse couchée près de l'humain. Pétrifiée de peur, la Narabienne ne bougea pas car le moindre mouvement inciterait l'animal à la tuer. Elle regretta pourtant sa prudence quand les babines de la bête se relevèrent sur ses crocs mortels.

Le lion allait attaquer.

Extrait de *Mémoires* par le mage Labarna

« Aujourd'hui, les livres d'Histoire des royaumes frères apprennent aux enfants que les Kussars n'étaient qu'une peuplade dispersée, des tribus sans lien, sans civilisation, sans éducation. Ils disent que mon peuple n'était pas capable d'écrire, de créer, de bâtir, et cela me fait enrager tant il n'y a rien de plus faux !

Grâce à l'aide des mages-bâtisseurs, les Kussars ont fondé un empire qui a duré plus de mille ans. Ils ont élevé des temples, des bibliothèques, des lieux de transmission dont les universités ofayniennes si prestigieuses ne sont qu'une pâle copie ! Nous avons entretenu des traditions durant des siècles, porté notre identité en étendard, et voilà que par un complot obscur ourdi dans notre ombre, nous, les Kussars, sommes tombés, massacrés par les Ofayniens qui ne craignaient plus la colère des Lions d'albâtre, éteints eux aussi.

Ofayne nous a tout pris, jusqu'à notre langue. Depuis ma cité en Ahhiyawa, je rumine ma rage.

Cette période de grand bouleversement, je ne l'ai pas vécue bien qu'elle ne soit pas si éloignée dans le temps. Du moins, je ne m'en souviens pas. Quand j'ai repris connaissance, il était trop tard.

Et, parfois, je me demande si je ne suis pas le vrai coupable de l'arrivée des Ofayniens sur mes terres. »

Chapitre 24

Perchée sur son plateau verdoyant, la cabane s'était dévoilée à Henti et à Tudh dans toute sa minuscule simplicité : elle ne renfermait qu'une cheminée et un tabouret, rien d'autre, pas même le moindre meuble où s'attabler. Les deux jeunes gens avaient échangé un regard sceptique et un peu découragé, avant de décider d'un commun accord d'examiner l'endroit avec minutie. Henti avait raison : pourquoi cacherait-on une cabane derrière un sort puissant si elle ne représentait rien ?

Elle devait avoir un lien avec la bibliothèque de brume ; intuition qui devint certitude lorsque les visiteurs devinèrent un peu partout un motif de volutes de brouillard : sur la cheminée, les murs et le plafond. Ce dernier retint toute leur attention en raison d'une carte du ciel peinte dessus. L'exécution était remarquable de précision mais sans indication supplémentaire, le dessin ne servait à rien. Cet état de fait laissa les aventuriers songeurs, en particulier Henti, habituée par son grand-père à s'orienter grâce aux étoiles. Sans un endroit terrestre où aller, savoir se repérer n'avait aucune utilité.

La jeune femme détaillait encore le plafond quand une idée traversa son esprit : si les étoiles étaient représentées en haut, y avait-il quelque chose en bas ? Ses yeux suivirent sa déduction en se posant sur le sol terreux. Du pied, elle en balaya un coin, découvrant des dalles de pierre gravées. Elle se mit à quatre pattes afin de nettoyer le parterre et, avec l'aide de Tudh, mit à jour une carte terrestre de Dryane dans son ancienne configuration ; l'empire kussar y apparaissait à son apogée.

— Cette carte est fausse, affirma Tudh. Les Kussars étaient des tribus.

— Mais non, le contredit Henti. Qui t'a dit ça ?

— C'est ce que Dryane et Ofayne enseignent. Tu n'es pas allée à l'école ?

— Elle est interdite aux familles d'esclaves, même affranchie comme la mienne. Ce sont mes grands-parents qui ont fait mon éducation. Cette carte est probablement la seule que les royaumes frères n'aient pas détruite. C'est la dernière qui rappelle que les Kussars ont fondé un empire.

Face à ce pan glorieux de son Histoire, Henti se sentit émue sans trop savoir pourquoi. Peut-être parce qu'elle avait enfin la preuve que son peuple avait été grand ? Sans doute, oui. Le lieutenant à ses côtés la tira de ses pensées en faisant remarquer que cette trouvaille, aussi étonnante soit-elle, ne leur était d'aucune utilité en l'état. Sans vraiment l'écouter, sa compagne observait alternativement la terre et le ciel avant de remarquer un détail capital :

— La carte terrestre est à l'envers par rapport à l'autre.

— Qu'est-ce qui te dit que ce n'est pas le contraire ?

La question fit douter Henti qui fusilla l'officier du regard, lui signifiant sans ambiguïté qu'elle détestait quand il compliquait une situation. Le seul argument de défense de l'homme fut un sourire sincère désarmant puisqu'inattendu. En dépit des sombres événements, Henti s'apaisa avant de se mettre à chercher quelle carte était bonne. Celle du ciel correspondait aux vrais alignements, c'était forcément elle.

Peut-être le géorama[1] était-il une énigme ? Dans ce cas, par où commencer ? Sans la moindre piste de départ, impossible d'espérer la déchiffrer. À court d'idées, Henti tenta d'appuyer sur certains hexagones parmi les centaines composant la carte au sol sans parvenir à enclencher le moindre mécanisme. Alors elle s'aida d'un vieux tabouret pour examiner la carte du ciel : rien non plus.

L'énervement la gagna.

— J'ai besoin d'air.

Sans rien ajouter, elle trouva la solitude au bord de la falaise. Assise, les bras autour de ses jambes repliées, la jeune femme laissa le mouvement hypnotique des vagues calmer son irritation. La couleur de la mer se distinguait du bleu de l'azur par ses liserés d'écume allant et venant sous le souffle du vent. Les embruns iodés l'incitèrent à fermer les yeux pour apprécier le son apaisant du ressac en contrebas. Parfois, l'herbe haute s'inclinait, effleurant sa peau mate qui frémissait sous la caresse.

Le calme ambiant fut un peu troublé lorsque Tudh s'assit à ses côtés, si proche qu'elle sentit la chaleur de son corps et la protection contre le vent qu'il lui offrit. Le soldat resta silencieux, ce qu'Henti apprécia. Après quelques secondes, un frottement régulier lui fit ouvrir les yeux. Une feuille et un crayon à la main, le lieutenant était absorbé par son entreprise.

— Qu'est-ce que tu fais ? l'interrogea-t-elle.

— C'est ma dernière feuille, j'attendais de voir quelque chose d'exceptionnel pour l'utiliser, répondit-il en la lui

1. Représentation en relief d'une partie ou de l'ensemble de la surface terrestre à une plus ou moins grande échelle.

montrant. On est peut-être les seuls depuis un siècle à être parvenus jusqu'ici.

Le croquis d'un dessin représentant l'île sur laquelle ils se trouvaient tenait toute la page. Henti l'attrapa pour l'admirer à loisir. Le trait énergique était précis, la gestion des ombres et des lumières conférait à l'illustration une touche féerique.

— C'est impressionnant ! Où as-tu appris ?

— Un peu partout, en recopiant ce que je voyais. Quand j'étais gosse je rêvais d'ouvrir une école d'art pour que tous les gamins comme moi puissent apprendre même s'ils n'avaient pas d'argent.

— Pourquoi avoir rejoint l'armée, alors ?

— Parce que je ne suis pas riche.

Sa réponse amère attrista Henti et la fit culpabiliser d'avoir posé la question. Elle savait très bien que l'art était réservé à une élite dont ni elle ni son compagnon de voyage ne faisaient partie. Pourtant son rêve était beau et elle comprit qu'il n'était pas éteint lorsque Tudh récupéra son croquis d'un geste trop affecté pour un espoir abandonné.

— Je retourne à l'intérieur.

Henti le regarda s'éloigner, le cœur serré, avant de reporter son attention sur la mer. La vie était cruelle de donner des rêves pour les broyer ensuite sous une réalité sans pitié. Malgré les contraintes de son existence, Tudh avait gardé sa passion intacte, c'était admirable en comparaison des ambitions inexistantes d'Henti. La petite fermière n'avait jamais eu de grands rêves. Jusqu'à aujourd'hui. Depuis sa rencontre avec Tudh, elle se surprenait à vouloir dépasser ses limites, à vouloir aller plus loin que ne l'y autorisait la raison. C'était bien pour cela, en définitive, qu'elle avait entrepris la recherche de la bibliothèque de brume. Pour se prouver qu'elle en était capable.

Soudain, l'appel de son nom la mit en alerte. Elle se releva d'un geste preste et se tourna vers la cabane : Tudh lui faisait signe de le rejoindre.

— J'ai trouvé quelque chose, confia-t-il quand Henti arriva.

Ils s'agenouillèrent sur la carte du sol dont certains hexagones en pierre, larges d'un pouce, pouvaient être déchaussés de leur emplacement.

— Peut-être que quelque chose n'est pas à sa place sur la carte, émit Tudh.

— Et il faudrait le remettre au bon endroit pour trouver la bibliothèque. Ça fait sens. Ainsi, seul un Kussar peut ouvrir l'accès.

Henti observa avec attention la carte de l'empire de ses ancêtres où étaient représentés des villes et des temples, ces derniers étant désignés par l'animal lié au dieu vénéré.

— Tu vois ce que ça pourrait être ? s'enquit Tudh.

— J'y aurais sans doute vu plus clair si les royaumes frères n'avaient pas fait détruire nos écrits pour nous imposer leur culture. Je n'ai que les histoires de mon grand-père pour me souvenir de cette période, et lui n'avait que celles de ses propres parents pour le faire.

— On a lu tous ses carnets de bord et ses journaux, on devrait pouvoir trouver. Ça doit être une chose importante.

— À quel point ?

— Au point de fédérer un empire.

— La capitale ?

— Non. La politique divise et l'administration ennuie. On se rassemble autour d'une chose qui rend fier, dans laquelle le plus grand nombre se reconnaît. Ce peut être un monument, un dieu ou un lieu historique.

— Tarhu, annonça Henti en posant son index sur un taureau. Le dieu de l'orage était le dieu des dieux, son culte s'étendait à travers tout l'empire.

La jeune femme ferma les yeux afin d'amplifier les souvenirs qui effleuraient la surface de sa mémoire lorsque, enfant, son grand-père lui racontait les légendes d'un autre temps. Tarhu, le grand, le puissant. Tarhu et son culte, Tarhu vénéré dans le temple éponyme, inénarrable bijou posé sur le mont Zaliyanu.

Henti observa à nouveau la carte : le taureau ne se trouvait pas sur une montagne mais dans une plaine. Elle délogea l'effigie de son emplacement avec ses ongles tout en confiant à Tudh ce dont elle se souvenait. Le défi, à présent, était de trouver le bon endroit où la placer. Les chaînes de montagnes ne manquaient pas dans la région mais les monts esseulés n'étaient pas légion et il semblait bien à la jeune femme garder l'image d'un temple sur une unique montagne, quelque part au nord du pays. Les yeux plissés par la concentration, elle trouva enfin ce qu'elle cherchait. Henti déchaussa un hexagone vierge au-dessous d'un mont pour le remplacer par celui du taureau.

Rien ne se passa.

— On a raté quelque chose, comprit Tudh.

— Quel esprit d'analyse, répliqua Henti.

La pique fit mouche ; c'était de bonne guerre mais cela ne les avançait pas davantage. Un nouvel examen ne permit pas de trouver d'erreur supplémentaire, du moins pas à la connaissance d'Henti. Il restait également le problème d'alignement entre la carte terrestre et céleste, point qui retint l'attention des jeunes gens en priorité.

— Pour pouvoir les aligner, il faut que l'une des deux puisse bouger, réfléchit Henti. Je doute que ce soit le cas de celle du plafond.

Chapitre 24

— Ne reste que celle au sol. Essayons de nettoyer plus de surface, on verra bien ce qu'on trouve.

Ce fut à quatre pattes que les compagnons repoussèrent la poussière et la terre vers l'extérieur du géorama délimité par une bordure en relief, puis par une rainure visiblement profonde. Henti et Tudh se relevèrent pour prendre du recul avant d'échanger un regard complice.

— Tu penses à la même chose que moi ? demanda-t-il.

— Un disque amovible.

Ils s'accroupirent chacun d'un côté et poussèrent de concert. Le mécanisme résista d'abord, avant de tourner lentement dans un bruit minéral sourd. Au signal d'Henti, ils immobilisèrent le disque et attendirent avec appréhension que quelque chose se produise, le souffle rendu court par l'effort bref mais intense.

Une secousse alerta les jeunes gens qui se rapprochèrent l'un de l'autre au milieu de la carte. Le tremblement s'arrêta, avant de reprendre plus fort, puis le sol s'affaissa morceau par morceau en spirale autour du disque de pierre, modelant un escalier plongeant au cœur de la butte.

Malgré l'ouverture évidente de l'accès à la bibliothèque, Henti et Tudh ne se risquèrent à bouger qu'une fois le calme revenu. Une hésitation supplémentaire les retint avant qu'ils se décident à descendre sans même savoir s'ils verraient convenablement sans torche. Henti la première s'enfonça dans le noir quand elle se rappela, dès que le passage se referma derrière le soldat, qu'être privée de sa vue l'angoissait.

Extrait de *Lieux légendaires et artefacts divins*
par Hantili

« On dit qu'en un temps où les dieux se préoccupaient encore des humains, il leur arrivait de confier à ces derniers des artefacts divins, des objets dotés d'une infime partie de leur pouvoir. Les humains en leur possession devaient alors accomplir une tâche précise imposée par la divinité et, quand l'œuvre était menée à bien, l'artefact retournait sommeiller dans l'écrin de son temple attitré, jusqu'au jour où on aurait de nouveau besoin de lui.

Parmi les artefacts le plus souvent cités dans les textes, on en retrouve un lié à la déesse Urunzimu : son épée, qu'on dit à l'abri dans la bibliothèque de brume dédiée à la déité, permettrait de renvoyer les démons et les esprits dans le monde d'en dessous. »

Chapitre 25

Marche après marche, l'avancée vers la bibliothèque était lente mais sûre dans l'obscurité, jusqu'à ce que des reflets bleutés ondulent sur les murs. D'abord discrets, ils furent bientôt suffisants pour voir la fin de l'escalier et, après lui, en contrebas, une immense salle dont le plafond, situé sous la surface de la mer, ouvrait la vue sur les eaux et leurs habitants, myriade d'éclats argentés en mouvement. L'endroit était enchanteur, façonné grâce au génie d'une magie oubliée, décoré de colonnes aux chapiteaux à protomés[1] de créatures mythologiques, de mosaïques colorées dessinant des motifs géométriques et de bas-reliefs[2] présentant des personnages assurément grandioses. Au milieu de l'espace dans lequel tout être vivant était minuscule, des tablettes gravées d'Histoire s'alignaient par milliers sur les étagères de pierre.

Émerveillée, Henti ne savait plus quoi observer tant tout ici était beau. Les légendes sur son peuple ne s'étaient réduites qu'à cela pour elle : des inventions. Mais face à ce trésor et à son écrin d'un autre temps immergé dans les flots, elle prit

1. Représentations sculptées d'un buste d'animal ou d'humain.

2. Sculptures ou modelages avec un faible relief.

conscience que tous les contes narrés par son grand-père étaient vrais. Cette pensée la remplit tout autant de fierté que de curiosité car elle avait enfin la possibilité d'en apprendre davantage sur ses ancêtres.

Perdue dans la contemplation des lieux, elle revint à la réalité lorsque de la lumière dans son dos attira son attention : le passage vers l'extérieur était à nouveau ouvert. Tudh passa sa main devant un disque qui s'illumina d'un éclat violet et le chemin se referma. Nouvelle tentative : il se rouvrit.

— C'est pratique, commenta le lieutenant. J'ai eu peur un instant que nous soyons incapables de remonter. Quoiqu'à la vue de la zone de recherche, j'ai peur que nous mourions de vieillesse avant de trouver le moindre indice.

L'homme s'appuya sur une rambarde de pierre car les visiteurs se trouvaient sur un balcon surplombant la bibliothèque. À leurs pieds, elle s'étendait dans toute sa vastitude, décourageant ainsi les jeunes gens pour qui chaque minute était comptée. Habitué à l'action, Tudh avoua supporter de moins en moins son absence du champ de bataille. Cette mission commençait à lui apparaître comme une perte de temps ; temps dont ils ne disposaient pas. Ce fut pourquoi Henti dévala l'escalier en spirale menant au cœur de la bibliothèque, inspectant les étagères dans l'espoir de dénicher une indication susceptible d'élucider les mystères de la magie. Peut-être celle des Kussars ? Après tout, l'armée venait de la région d'Ahhiyawa et parlait leur langue.

Tout en examinant les tablettes de terre cuite les unes après les autres, la jeune femme prit pleinement conscience de l'inconséquence de sa décision de venir ici au lieu de rester près de sa famille, car les textes traitant des mages et de leur magie se comptaient peut-être par centaines. Trouver ce qu'elle cherchait allait lui demander des semaines ; Tudh n'attendrait pas.

Chapitre 25

Pourquoi était-il venu, au juste ? Avait-il seulement eu l'accord de sa hiérarchie ou avait-il déserté ? Le lui demander ne lui avait jamais paru utile et ne l'était pas plus à présent. Elle ne l'avait pas invité à la suivre, à lui d'assumer ses choix. Avec cette conviction ancrée en elle, Henti chercha les archives datant de la chute de l'empire kussar, puis commença sa longue entreprise tandis que Tudh, incapable de lire sa langue malgré des ancêtres en commun, s'occupa comme il put.

Plusieurs dizaines de minutes s'écoulèrent dans un silence studieux jusqu'à ce que le lieutenant revienne de sa première exploration pour en faire le résumé à Henti. Elle l'écouta d'une oreille distraite parler d'un lieu de vie aménagé au fond du bâtiment, d'une cascade d'eau pure provenant de la mer, d'une épée qu'il avait prise quand son socle avait cédé, de plusieurs avens[1] transcendant la mer afin d'amener l'air jusqu'ici ainsi que d'un jardin d'intérieur dont il ne savait pas comment il pouvait pousser avec si peu de soleil. La jeune femme, absorbée par sa lecture, s'était contentée d'hocher la tête sans même prendre la peine de répondre. Alors, Tudh s'en était allé.

Les heures passèrent, faisant défiler sous les yeux d'Henti quantité de textes relatant des événements politiques et des guerres sans jamais vraiment évoquer les mages sinon en les effleurant. Quand son ventre gargouilla à lui en donner la nausée, la jeune femme fit une pause pour manger un bout de viande séchée. La question des vivres devait d'ailleurs être abordée mais Tudh n'était pas là. Henti fit le tour de la bibliothèque, pensant qu'il devait l'explorer encore, et découvrit les endroits dont il lui avait parlé.

---

1. Puits naturel aux parois abruptes.

Près de la cascade d'eau pure s'enfonçant loin sous la terre se trouvait un socle d'épée brisé, sur lequel était gravé un nom : Urunzimu, Déesse-Soleil de la Terre, maîtresse du monde d'en dessous.

Non loin se déployaient les plantes du jardin mais aucune trace de Tudh, alors la jeune femme remonta à la surface. Il n'était pas non plus dans la cabane, ni sur le plateau où le vent faisait onduler l'herbe comme les vagues de la mer, charriant dans son souffle des relents peu agréables. Intriguée, Henti se tourna vers l'ouest où apparaissaient les contours des anciennes gorges glacières d'Ahhiyawa. Au-dessus de l'horizon, d'épais nuages noirs ramassés sur eux-mêmes rendaient l'air électrique. Étrange orage. Il lui ficha des frissons d'angoisse, la pressant afin de retrouver Tudh.

Ce fut un peu trop inquiète que la jeune femme descendit jusqu'au ponton où son corps s'immobilisa malgré elle : la chaloupe n'était plus là. Henti courut au bout de la passerelle pour observer le large à la recherche de la silhouette du bateau qu'elle ne vit nulle part, preuve que Tudh était parti depuis un moment. Elle douta, d'abord, de l'endroit où était l'homme, puis elle eut peur, ensuite, en songeant à son aveu, à son envie de retourner dans les rangs. Il n'y avait qu'un seul bateau. Se savoir bloquée sur cette île sans aucun moyen de demander de l'aide la mit en colère. Une rage qu'elle évacua en criant au vent que Tudh était un lâche.

Sans décolérer, la jeune femme retourna dans la bibliothèque, réfléchissant en chemin à mille et une choses, comme au fait qu'elle avait été naïve et stupide de faire confiance à un homme qu'elle connaissait à peine. Elle n'aurait jamais imaginé qu'il puisse l'abandonner ici sans vivres. Combien de temps tiendrait-elle avant de mourir de faim ?

Chapitre 25

Henti se réinstalla devant ses tablettes qu'elle ne parvint pas à lire à cause de son agitation. Fatiguée, elle joua avec une de ses mèches bouclées afin de retrouver son calme. Enfant, c'était ainsi que sa mère apaisait ses peurs.

Après un instant, la Kussar reprit courage en se persuadant qu'elle finirait par découvrir une information déterminante.

En dépit de sa foi, les heures passèrent à nouveau. Henti avait épluché tellement de textes que les écritures cunéiformes et les glyphes[1] restaient imprégnés sur ses rétines lorsqu'elle fermait les yeux. Malgré tout, son acharnement commençait à payer puisqu'elle avait trouvé les archives consacrées aux mages de l'empire de ses ancêtres.

À une époque lointaine, les Lions d'albâtre n'étaient pas les seuls humains capables de manipuler la magie. Il en existait dans tous les peuples, certains possédant des pouvoirs plus ou moins étendus, les plus puissants étant les Lions. Les Kussars avaient donc leurs propres mages amateurs d'une magie de dissimulation et de construction – ils avaient d'ailleurs offert une statue de lion en albâtre à Rhouti. L'existence de la bibliothèque de brume devenait logique.

Henti apprit aussi que les humains cohabitaient avec des esprits de la Nature parfois bons, parfois mauvais. L'empire kussar avait les siens, créatures fantastiques demeurant pour la plupart dans des endroits reculés. Certaines d'entre elles apparaissaient redoutables à l'image de l'esprit maléfique Akvan décrit dans le texte qu'Henti avait sous les yeux : « Akvan est sans doute l'esprit le plus mauvais de la Terre sombre. Il demeure sous la surface, domaine d'Urunzimu, et cherche par tous les moyens à s'échapper d'en bas pour

1. Représentations graphiques d'un signe typographique.

dominer le monde vivant en acquérant le plus de pouvoir possible. Sa nature d'esprit le contraint à prendre possession d'un hôte qui n'a pas forcément conscience de sa présence, car Akvan sait altérer la mémoire.

Capricieux, l'esprit se met en colère sans signe avant-coureur lorsqu'il rencontre la moindre opposition.

Il est l'antagoniste légendaire d'Urunzimu et de son cheval Rakhsh. »

Songer que ce genre d'esprit existait était effrayant.

Dans un autre texte, Henti apprit que les mages kussars avaient eu leur cité, Hattusa, située dans les anciennes gorges glacières d'Ahhiyawa, sur la côte est de la péninsule de Dryane.

C'était de cette région qu'était arrivé l'ennemi, armée guidée par un chef absent qui devait se terrer quelque part. Quelle meilleure cachette qu'en retrait de l'avancée des démons ? Et si le Fléau était invincible, peut-être n'était-ce pas le cas de ce mystérieux individu ? Sinon, pourquoi se cacherait-il ?

Le seul moyen d'en être sûr restait d'envoyer quelqu'un à l'est d'Ahhiyawa. À elle de trouver une manière de prévenir l'armée afin qu'elle y dépêche des hommes.

Ses pensées revinrent inévitablement vers Tudh et sa fuite, sur la manière dont il avait abusé et abandonné la jeune femme. Pourvu qu'Aruna le noie et que les requins le dévorent ! Et dire qu'elle commençait à beaucoup l'apprécier… Belle erreur.

Agacée par ses idées noires, Henti délaissa la lecture – elle aurait de toute façon beaucoup de temps à lui consacrer – afin d'explorer avec soin le bâtiment. Au-dessus d'elle, les bancs de poissons s'enfuirent quand les instruments rêvés de sa vengeance apparurent : deux grands requins nageaient avec tant de grâce et de souplesse qu'ils en étaient hypnotisants de beauté. Mais ils passèrent sans la voir et s'en allèrent eux aussi, laissant l'humaine seule avec son sentiment de désarroi. La mort dans l'âme, elle rebroussa chemin jusqu'au balcon où une odeur de poisson grillé la fit saliver. Le passage ouvert laissa apparaître Tudh, des brochettes improvisées de merlu dans chaque main.

— Anura était avec moi, sourit-il.

— Aruna, le corrigea Henti par réflexe.

— Ah… Il a dû me pardonner d'écorcher son nom parce que j'ai fait une belle prise !

Le lieutenant était fier de lui, sans doute car, n'étant pas pêcheur, il avait dû douter de pouvoir attraper ne serait-ce qu'un poisson. Il n'imaginait pas un instant les conséquences pour Henti de son départ soudain. Tout en donnant une brochette à sa camarade, il lui raconta son aventure sur la mer, ses nombreux échecs puis sa joie d'avoir pu ramener de la nourriture fraîche pour lui faire une surprise.

— Et toi ? s'enquit-il, une fois son récit terminé.

La vérité resta bloquée dans sa gorge. Avouer qu'elle s'était crue abandonnée aurait trahi son attachement à l'officier. Elle ne le voulait pas. À la place, elle s'installa à même le sol pour manger son poisson frais et raconter, entre deux bouchées, ses découvertes concernant les mages et les esprits, sans oublier ce qu'elle savait de l'épée trouvée par son compagnon de route. Tudh écouta avec attention et gravité les révélations faites par Henti. Lorsqu'elle eut fini, une seule option s'imposa à lui.

— On doit rentrer au plus vite. Mes supérieurs doivent se tenir prêts depuis mon départ de Dryane, des hommes partiront dès mon retour.

— Il va faire nuit, naviguer est trop dangereux. Surtout que l'orage couve.

Tudh lui lança un regard interrogateur sans équivoque, avant d'ajouter :

— Quel orage ?

— Tu n'as pas vu les nuages à l'ouest au-dessus d'Ahhiyawa ? Il y avait aussi une odeur bizarre, comme l'haleine d'un monstre.

Cette fois, le soldat était franchement dubitatif.

— Je n'ai rien vu, affirma-t-il. Ni senti. Puis l'orage aurait déjà dû être là. C'était vers la péninsule ?

— Oui. Le vent d'altitude a dû le dévier. Dans tous les cas, mieux vaut partir à l'aube.

Tudh approuva. Jusqu'à leur départ, Henti avait bien l'intention de faire de nouvelles recherches, quitte à y passer la nuit.

Henti et Tudh durent louvoyer vers le nord pour regagner la côte sud de Dryane et le village de pêcheurs où ils retrouvèrent leurs chevaux. Tandis qu'ils les harnachaient, le lieutenant s'enquit des projets d'Henti. La jeune femme hésita, songeant un instant à accompagner le soldat, avant de décider que sa place n'était pas sur un champ de bataille et que personne là-bas ne la laisserait de toute manière rejoindre les rangs. Elle serait plus utile en retournant faire ce pour quoi elle était née, car le rêve d'aventure, un temps grisant, prenait fin sur cette côte. Elle n'était qu'une fermière. Une simple fermière.

— Je rentre chez moi, annonça-t-elle quand Tudh monta en selle.

— Tu es certaine ?

Non, elle ne l'était pas, et son indécision l'agaçait. La raison la poussait à rentrer. Son cœur, lui, lui commandait d'aller en éclaireuse à Hattusa. Mais c'était insensé. C'était déraisonnable. C'était dangereux. De plus, sa famille attendait son retour, alors…

— C'est le mieux à faire, se résigna-t-elle en enfourchant sa propre monture.

Du moins s'en persuada-t-elle jusqu'à ce que, les rênes en mains, une étrange sensation se répande en elle. La certitude de faire erreur l'étreignit avec tant de violence qu'elle en eut mal au ventre.

— Tu pourrais rester avec moi, proposa Tudh.

Elle ne l'écouta pas car *quelque chose* lui hurla d'aller à Ahhiyawa.

Maintenant !

Dès que les pêcheurs eurent terminé d'accrocher un sac de vivres à sa selle, Henti lança son cheval au galop en direction de l'ouest. L'animal partit comme un trait, surprenant Tudh qui le suivit en devinant sa direction. Focalisée sur l'empressement soudain et inexplicable dont elle était l'objet, Henti l'entendit à peine lui dire qu'aller là-bas seule était du suicide. Elle remarqua à peine que sa monture galopait plus vite qu'elle n'aurait cru, au point de distancer son poursuivant en une minute à peine. Ce dernier avait sa propre mission, celle de transmettre ses découvertes à l'armée. Le temps comptait pour chacun ; celui de se séparer était venu.

Chapitre 26

Un grognement rauque roula dans la gorge du lion, incitant Ashtiri à se recroqueviller sur elle-même avec l'espoir d'être épargnée. Elle n'osa pas appeler Padiguem par crainte de la réaction du prédateur, alors elle se protégea derrière ses bras, l'esprit encore trop perturbé pour se rendre compte que son geste ne dissuaderait jamais l'animal. Consciente qu'un simple coup de griffe lui déchirerait la peau, Ashtiri garda tout de même la position comme si, ainsi, elle pouvait être invisible. La bête approcha si près que son haleine chaude brûla presque l'adolescente qui sortait tout juste du maelström de ses émotions, assez pour s'apercevoir que le lion ne grognait plus.

Après plusieurs secondes de silence à reprendre enfin pied, elle trouva le courage de regarder le félin en face : il la fixait d'un air assez tranquille pour la convaincre de baisser les bras. Alors, l'animal frotta son énorme tête contre son torse. La peur électrisa l'humaine sidérée qui n'osa pas bouger. Elle ne comprenait pas le comportement du prédateur. Qu'attendait-il pour attaquer ?

Un long moment passa sans que l'adolescente ne se décrispe malgré la douleur naissante dans ses muscles. À présent, le lion ne se frottait plus mais gardait sa tête appuyée contre l'humaine. Et il ronronnait.

Cette constatation détendit un peu Ashtiri. Elle se réinstalla avec prudence. Le lion resta immobile. Était-il domestiqué ? L'adolescente tenta de caresser d'un geste hésitant la crinière fournie d'une pureté nivéenne. Le ronronnement du félin s'intensifia.

Domestiqué ou pas, il ne montrait plus aucun signe d'agressivité.

Son angoisse tempérée, ne restaient à Ashtiri que des questions. L'une d'elles trouva sa réponse dans la logique : si le lion blanc se trouvait dans les appartements de Padiguem – qu'il devait tenir privés pour empêcher l'animal de se promener dans le complexe – c'était qu'ils étaient liés, comme ils devaient l'être au Lion cosmique. Et si Ashtiri avait été épargnée, il paraissait indéniable qu'elle soit elle aussi liée à la déité féline. Mais comment ?

— Est-ce que toi, tu peux me dire ce qu'il m'arrive ?

Sa supplique avait été murmurée d'un timbre vacillant, à l'image des certitudes de la jeune égarée. Le lion la fixa de ses dérangeants yeux blancs puis alla s'asseoir à l'extrémité de la chambre, là où elle était ouverte sur la verdure du fleuve. Sous les rayons d'une lune montante, il s'échappait de l'être une nitescence[1] irréelle, presque fantomatique, qui n'effraya pourtant pas l'humaine. Même si elle ne comprenait pas la nature de l'animal, elle décida de s'en approcher lorsqu'il l'invita à le faire d'un signe du museau. Ashtiri se releva, découvrant ses jambes flageolantes, et se tint debout face au lion. Ce dernier baissa la tête sur sa gauche, désignant le sol où il n'y avait rien.

1. Lueur.

Chapitre 26

— Qu'est-ce que je dois voir ? demanda Ashtiri après un instant de flottement.

La bête réitéra son geste, alors l'adolescente observa le sol plus longuement. Elle s'agenouilla même et caressa la pierre lisse sur laquelle la lune projetait leur ombre. Il n'y avait rien. Perdue, elle interrogea silencieusement le lion qui se coucha avec l'intention de reprendre sa nuit.

Ashtiri resta immobile longtemps, jetant de temps en temps des regards à Padiguem toujours endormi, paisible. Le calme ambiant la fit papilloter des paupières. Peu désireuse de traverser les nombreux couloirs seule, elle s'allongea contre le flanc du lion deux fois plus grand qu'elle. Enveloppée dans la chaleur de son pelage, elle s'endormit vite.

La dormeuse se réveilla quand elle tomba soudain sur le sol. Le lion n'était plus là mais Padiguem s'était redressé sur sa couche et la fixait d'un air hébété. Ashtiri se releva en même temps que l'homme.

— Tu n'es pas blessée ? s'enquit-il avec tant d'empressement qu'elle ne pouvait douter de sa sincère inquiétude.

Elle répondit par la négative d'un simple mouvement de la tête, accentuant de ce fait l'étonnement de Padiguem. Par peur de faire face à ses reproches, Ashtiri s'empressa d'expliquer les raisons de sa présence ici : le rêve avait recommencé et, désorientée, elle n'avait pu obéir qu'à son instinct et son besoin de réponse, chose que le Lion fut une fois encore incapable de lui donner. Il n'y avait pas de précédent sur lequel s'appuyer, il leur faudrait donc être patients. Frustrée par son horripilante ignorance, Ashtiri interrogea le mage-guerrier sur le lion qu'elle avait trouvé dans ses appartements.

— Tu ne m'as rien appris sur la magie des Lions.

— C'était un peu tôt, argumenta Padiguem en s'asseyant, imité par son invitée. Du moins le pensais-je mais au vu de ta rencontre nocturne, je me suis trompé.

Padiguem marqua un temps mort, cherchant ses mots, avant d'expliquer à son apprentie que le lion n'était autre que la personnification de son pouvoir. Cela se produisait chaque fois que le mage-guerrier était endormi ou, de manière générale, vulnérable. Le pouvoir ainsi matérialisé protégeait son hôte de tous dangers ce qui équivalait, dans les faits, à repousser chaque individu s'approchant de lui. Puis, dès que ce dernier se réveillait, le lion disparaissait jusqu'à la fois suivante.

— S'il t'a épargnée c'est que tu es bien liée de manière étroite au Lion cosmique. En revanche je ne comprends pas son comportement. Peux-tu me montrer ce qu'il s'est passé exactement ?

Ashtiri l'amena où le lion s'était tenu dans la nuit puis reproduisit la scène. L'adolescente guettait la réaction de Padiguem avec attention, jusqu'à y percevoir un changement quand il fixa soudain le ciel bleu sans nuage.

— Quoi ? s'alarma-t-elle.

— Ce n'est pas logique… Le Lion cosmique est une divinité solaire qui représente le jour, la lumière. Il représente le vivant. Thot, lui, est un ibis sacré lié à la lune, et c'est à cet astre que t'a exposé le lion cette nuit. C'est aussi par un rêve que tu as été amenée aux pieds de la statue… Je vais devoir faire des recherches dans les écrits de mes prédécesseurs. Si le Lion cosmique a un pouvoir lunaire, il y sera mentionné. Profite de ta journée pour te promener dans la cité, nous reprendrons ton apprentissage demain.

Malgré la permission, Ashtiri ne bougea pas.

Chapitre 26

— Tu ne m'en veux pas ? D'être entrée malgré l'avertissement ?

— Il était là pour t'éviter d'être blessée, ce qui n'est pas arrivé. De plus, tu étais désorientée et effrayée. Ce serait injuste de ma part de te reprocher d'avoir cherché de l'aide. Pour cette fois, je ne dirai rien.

Padiguem restait fidèle à lui-même : bienveillant mais ferme. Ashtiri le remercia d'un signe de tête avant de se retirer. Elle avait assez abusé de sa gentillesse.

L'adolescente songea en premier lieu à aller confier à Pithana les événements de la nuit, avant de se raviser. L'apparition du lion blanc l'avait rendue curieuse des pouvoirs de Padiguem, de son histoire et de sa vie. Si Ashtiri était liée au mage-guerrier d'une manière ou d'une autre, elle devait en apprendre davantage sur lui. Ce fut pour cela qu'elle se mit à la recherche de Maanebet qu'elle trouva sur sa terrasse privée, entourée de montagnes de papyrus, submergée par la gestion de ses concitoyens. Aussi la grande prêtresse accueillit-elle avec plaisir la visite impromptue d'Ashtiri.

— Tu as l'air bien sérieuse, nota Maanebet.

— Un peu, avoua l'adolescente en s'asseyant sur la rambarde colorée. Tu sais pour mes rêves ?

— En effet.

Ashtiri lui raconta alors ce qu'il s'était passé cette nuit. La nouvelle laissa Maanebet dubitative, elle formula d'ailleurs les mêmes pensées que son jeune frère. La situation était étrange pour tout le monde.

— Si quelqu'un peut trouver une réponse à ce qui t'arrive, c'est mon frère, la rassura Maanebet.

— Je sais.

La grande prêtresse s'appuya contre la rambarde à côté de sa visiteuse.

— Dans ce cas, pourquoi venir me voir ? demanda Maanebet sans préambule.

— Comment Padiguem est devenu Lion d'albâtre ?

La femme détourna la tête, et quand son regard se perdit dans ses souvenirs, elle esquissa un sourire tendre.

— Il n'y a eu aucun signe avant-coureur, confia Maanebet. Un soir, lorsqu'il avait dix ans, un immense lion blanc est apparu à côté de lui. Quand mon frère s'est réveillé au matin, ses cheveux et ses yeux étaient devenus totalement blancs.

L'expression tendre s'étiola, ne laissant derrière elle que la réminiscence d'une tristesse âpre.

Le lion blanc s'était matérialisé pour protéger Padiguem de tout. L'animal sacré, plus qu'un protecteur, symbolisait aux yeux de Maanebet une barrière entre elle et son puîné qui prit corps dès le lendemain lorsque le garçon fut envoyé de son village natal à Hereret-Niout où il suivrait l'enseignement du dernier Lion d'albâtre. Bien décidée à ne pas abandonner Padiguem, Maanebet avait rassemblé des affaires à la hâte puis l'avait accompagné, justifiant son choix à ses parents par sa volonté de devenir prêtresse. C'était un mensonge, le seul qu'une fille de treize ans avait pu trouver pour échapper à la tutelle de ses parents. Pourtant, en arrivant à la capitale, elle n'eut que cette alternative pour vivre décemment et espérer rester proche de son petit frère.

Elle s'était pliée durant de longues années à l'enseignement exigeant et à la discipline stricte des prêtresses. Son opiniâtreté lui avait valu l'attention et l'affection de certains animaux sacrés comme l'ibis Thot, le chat Bastet ou le milan Isis, annonçant son futur rôle de grande prêtresse protectrice de Hereret-Niout. Tandis qu'elle gagnait en reconnaissance, sa liberté de mouvement se voyait de moins en moins entravée au point qu'à l'aube de ses vingt et un ans, elle put renouer avec Padiguem qui avait, de son côté, subi un enseignement encore plus exigeant.

Mais alors que l'adelphie[1] savourait enfin ses retrouvailles, le vieux Lion mourut, léguant à Padiguem, à peine âgé de dix-huit ans, la lourde tâche de retrouver l'orbe et, s'il n'y parvenait pas, d'éduquer le prochain jeune Lion. Padiguem partit le jour où elle devint grande prêtresse, en lui faisant la promesse qu'il reviendrait quoi qu'il arrive.

Et il revint… presque dix ans plus tard.

— Ça a dû être douloureux, compatit Ashtiri.

L'adolescente ne put s'empêcher un parallèle avec Senel et elle. Vivre sans savoir si l'autre allait bien était un calvaire quotidien.

— Mon rôle de grande prêtresse m'a heureusement tenue très occupée. Malgré tout, ce furent les pires années de ma vie. Padiguem est revenu il y a moins d'un an. Je t'avoue que l'idée de le perdre me terrifie. C'est pour cela que je suis heureuse de ta présence. Tu es quelqu'un de bien, Ashtiri. Je sais que tu veilleras sur mon frère peu importe ce qu'il se passe.

— Mais je ne suis rien.

— Tu es toi. C'est amplement suffisant.

Maanebet s'en retourna à ses papyrus.

— Thot est un messager, reprit-elle en dépliant un rouleau. S'il est venu jusqu'à toi, c'est qu'un dieu le lui a demandé. Peu importe ce qui t'attend, tu en vaux la peine.

Se l'entendre dire de la part d'une femme aussi remarquable que Maanebet rendit Ashtiri étrangement confiante. Le plus dur serait de conserver ce sentiment intact comme cela semblait être le cas pour la grande prêtresse. Elle aussi attisait sa curiosité.

1. Ensemble composé des enfants (frères et sœurs) d'une même famille.

— Maanebet… Tu as des pouvoirs, toi aussi ?

— Non, répondit-elle sans lever les yeux de sa lecture. En revanche, mon statut me permet d'emprunter les pouvoirs des animaux sacrés de Rhouti pendant une courte durée, et avec leur accord.

— Comment ça ?

— Je peux par exemple avoir des visions de ce qu'il se passe au-delà de nos frontières grâce à Thot.

— C'est lui qui a les pouvoirs, alors ?

— En effet.

Maanebet était valeureuse, il n'y avait rien d'étonnant à ce que des animaux sacrés lui confient d'aussi grandes aptitudes. Elle connaissait bien les responsabilités. D'ailleurs, Ashtiri la laissa à sa paperasse, préférant aux méandres de l'administration une simple balade en ville.

Légende de Rhouti : la naissance de l'univers

« En des temps immémoriaux, il sortit des eaux originelles une Lionne représentant le néant primordial. Son pouvoir était si grand que nulle vie n'était possible en sa présence. Alors les eaux donnèrent naissance au Lion cosmique, frère de la Lionne, pour contrebalancer sa puissance. Le Lion était si flamboyant qu'il devint une boule lumineuse accrochée dans le ciel. Pour se protéger de sa lumière, sa sœur créa la lune afin de se cacher derrière.

Depuis, la Lionne est l'espace dans lequel baignent tous les astres, et son frère la lumière créatrice de vie.

On dit que si les humains vénèrent le Lion, c'est parce qu'ils sont incapables de voir la Lionne car elle reste sans cesse cachée dans l'ombre de son frère. Pourtant elle est là, et elle guette. »

Chapitre 27

Après une légère collation, Pithana passa une nouvelle matinée à suivre les cours de Maanebet et une après-midi à étudier les archives de Rhouti.

Si son apprentissage de la langue suivait doucement son chemin, les recherches, elles, offraient des informations parfois stupéfiantes, au point de remettre en cause la vision que le prince s'était faite du passé. Il avait toujours appris que les Kussars ne représentaient rien de plus qu'un ensemble de petites tribus alors qu'ils avaient construit un empire millénaire, berceau de mages bâtisseurs et d'esprits séculaires, se partageant le continent actuel des royaumes frères avec l'empire biryane. Depuis cette découverte, Pithana ne pouvait s'empêcher de se demander pourquoi sa mère, descendante kussar, ne l'avait jamais détrompé ?

Pithana en était encore à cette réflexion quand Séshathotep, la traductrice, s'enquit de son choix quant au sujet d'étude du jour. L'homme laissa son regard errer sur les milliers de papyrus, ainsi que sur les tablettes et les livres venus d'autres pays, sans parvenir à se décider. Les récits de Rhouti datant de la chute des Lions n'étaient d'aucune utilité puisque l'attaque des royaumes frères étant une surprise, rien ne leur avait permis d'en analyser les motivations ni les instigateurs. Ce n'était qu'une impasse de plus. Devait-il aller plus loin dans l'histoire du pays ? Si oui, jusqu'où ?

Son questionnement s'envola lorsqu'il entendit Séshathotep saluer un nouvel arrivant. L'homme du Tjo – dont il avait oublié le nom – s'avança, toujours guidé par le chien noir sacré, et échangea quelques mots avec la femme. Pithana ne maîtrisait pas assez la langue de Rhouti pour suivre toute la conversation mais il en saisit certains mots, en plus d'être certain qu'on parla de lui à un instant. Le prince fronça les sourcils, agacé comme il l'était chaque fois qu'il ne comprenait pas quelque chose, aussi se permit-il d'intervenir dans la langue de l'homme.

— Vous parlez le tjol ? s'étonna la traductrice en l'imitant.

— J'ai eu à le côtoyer.

— Comment ? demanda le guerrier, le regard aveugle fixé dans la direction de Pithana. Les Ofayniens qui le parlent sont rares.

— Je l'ai appris aux côtés de la reine Nikkalmati D'Alinda.

— Vous êtes diplomate ?

Ici, Pithana ne s'était jamais présenté par son titre. Son niveau d'instruction laissait deviner sa condition aisée, pas son ascendance royale. Et le fait que l'homme le croie diplomate signifiait qu'il connaissait la fonction de sa défunte mère. Mieux valait être prudent.

— Elle m'a enseigné mais je n'ai jamais eu l'occasion d'embrasser la fonction. Vous la connaissiez ?

— Mon maître dirigeait la contrée ouest du Tjo, c'est lui qui l'accueillait à son arrivée. J'ai appris son décès juste avant mon exil, j'en ai été peiné. C'était l'un des plus beaux esprits que j'ai rencontrés. Je vous présente mes condoléances pour cette perte, termina l'homme en s'inclinant.

Le profond respect avec lequel le guerrier avait parlé de sa mère rendit Pithana fier et le poussa à revoir son jugement sur la froideur des gens du Tjo. Peut-être était-il tombé dans le piège d'un jugement trop hâtif à leur égard ? Celui-là méritait une chance.

— Nous n'avons pas été présentés. Je me nomme Pithana.

— Je suis Shiro.

— Shiro est friand de mythologie, intervint Séshathotep, mais depuis son arrivée il y a presque un an je n'ai jamais eu le temps de lui faire découvrir nos mythes fondateurs.

— Je ne veux pas t'embêter, répliqua le guerrier. Je sais aussi que vous êtes tous les deux très occupés en ce moment, Padiguem m'a expliqué.

— À dire vrai je m'enlise dans mes recherches, avoua Pithana, et j'avoue être assez curieux au sujet du Lion cosmique donc…

Séshathotep attrapa le bras de Shiro et le fit asseoir à côté du prince, libérant ainsi le chien Sed qui put vaquer à d'autres occupations. Les humains se plongèrent dans les eaux originelles du monde desquelles naquirent le Lion et sa sœur, la Lionne maîtresse de l'espace et de ses astres.

Pithana se redressa soudain sur son siège, geste qui interrompit Séshathotep dans son récit. Se pourrait-il que…

— Que se passe-t-il ? s'étonna Shiro face au silence.

— Je ne sais pas, avoua la conteuse. Pithana ?

— La Lionne cosmique n'est représentée nulle part, se souvint ce dernier. Pourquoi ?

— Si. Elle est partout.

— Je suis sûr de ne pas l'avoir vue.

— Suis-moi.

La femme prit Shiro par la main afin de le guider aussi jusqu'à la représentation du Lion cosmique devant laquelle Ashtiri s'était arrêtée quelques jours auparavant. Il n'y avait aucune trace d'une quelconque lionne.

— Observe l'ombre du Lion, conseilla Séshathotep.

Pithana ne remarqua ce détail gravé autour de l'animal qu'à cet instant tant il était discret. Et en l'inspectant davantage, il n'y vit pas une ombre mais bien la silhouette d'une lionne. Ce n'était pas le sol que le lion de Padiguem avait montré à Ashtiri mais son ombre, et si Thot l'avait sauvée c'était en raison de son affinité avec la lune.

Ashtiri n'était pas liée au Lion. Elle l'était à la Lionne !

— Séshathotep, pourrais-tu aller chercher Padiguem et lui demander de nous attendre aux archives ?

— Pas sans une excellente raison.

— Dis-lui que j'ai un début de réponse pour Ashtiri. S'il te plaît.

La femme opina d'un geste volontaire de la tête avant de filer accomplir sa mission, laissant le prince seul avec Shiro privé de guide. Pithana devait aller chercher son amie mais abandonner le guerrier seul ici serait insultant. Voyant que Sed ne venait pas aider l'homme, le prince lui saisit la main et l'entraîna avec lui à la recherche de la voleuse.

Chapitre 28

Ashtiri ne pouvait s'empêcher de sourire aux dieux lorsqu'elle suivit Pithana et Shiro jusqu'aux archives, les bras chargés de fruits dont l'odeur sucrée la faisait saliver d'envie. Sa promenade l'avait emmenée dans les rues commerçantes où les habitants l'avaient dévisagée quelques instants à cause de sa couleur de peau et de sa tentative de vouloir payer alors qu'il n'existait pas de métaux monnayés en Rhouti. Mais la surprise passée, tout le monde avait voulu lui faire découvrir un bout de leur pays, essayant tant bien que mal de communiquer, et avait fini par lui donner de quoi enchanter ses papilles.

Ce fut donc dans d'excellentes conditions qu'elle s'assit dans la salle après avoir déposé ses cadeaux sur une table près d'elle. Sa bonne humeur retomba un peu face à la mine perdue de Padiguem et de Maanebet, ainsi qu'à celles sérieuses de Séshathotep, de Pithana et de Shiro. Ce dernier souhaitait être présent même si la conversation se tiendrait en ofaynien, langue qu'il ne connaissait pas, car la traductrice lui résumerait l'essentiel de l'échange.

— Nous voilà tous réunis, introduit Maanebet. Qu'as-tu trouvé, Pithana ?

— Séshathotep m'a dit que le Lion cosmique avait une sœur, liée à la lune, et représentée partout comme l'ombre de son frère.

Padiguem comprit alors où voulait en venir l'homme. Il écarquilla les yeux de stupeur face à une évidence qu'il avait été incapable de voir. Aussitôt, il envoya sa traductrice chercher un papyrus dans son bureau et profita de l'attente pour expliquer à Ashtiri le mythe de la création du Lion et de sa sœur, tandis que Thot faisait discrètement son entrée. L'ibis inspectait les fruits ramenés par l'humaine lorsque Séshathotep revint. Le papyrus vierge laissa apparaître un texte lorsque Padiguem tendit une main enflammée au-dessus.

— Qu'est-ce que c'est ? questionna Ashtiri.

— Le traité des Lions. Tout ce qui concerne notre magie y est inscrit.

— Ça parle de la Lionne ? s'enquit Maanebet qui n'osa pas poser les yeux sur un texte sacré.

— Non.

Un objet tomba soudain. L'attention de tout le monde se porta sur Thot, avant de suivre la course de la grenade qu'il venait de pousser. Le fruit roula doucement jusqu'à l'ombre du papyrus : du texte y apparaissait, et il était différent du premier.

— Tout est question d'ombre, comprit Padiguem. La Lionne est partout où est le Lion.

— Séshathotep peut retranscrire le second écrit, proposa Pithana.

— Seules les personnes à qui il est destiné peuvent le lire, expliqua la concernée. Le pouvoir des dieux n'est pas à la portée de tous.

Chapitre 28

Ashtiri rejoignit Padiguem avec l'intention de lui demander des précisions. Son regard tomba malgré elle sur l'ombre du parchemin sur laquelle les hiéroglyphes aux contours vaporeux se détachaient en doré. Ils parlaient en effet de la Lionne.

L'adolescente se figea, surprise d'avoir eu cette pensée. Comment était-ce possible puisqu'elle ne savait pas lire ?

Elle ne comprit pas tout de suite ce qu'il se passait. Puis enfin, l'évidence la frappa.

— J'arrive à lire le traité des Lionnes !

Oui, elle y parvenait, elle qui n'avait jamais lu la moindre phrase de sa vie. C'était comme si les hiéroglyphes étaient vivants et lui parlaient, comme s'ils dessinaient leur sens directement dans son esprit. Ils lui racontaient qu'ensemble, le Lion et la Lionne avaient créé l'équilibre parfait. Pour le maintenir, le premier avait enfanté les mages-guerriers, gardiens de son monde de lumière, et la seconde avait caché dans leur ombre, en contrepoids parfait, de puissantes mages-guerrières qui s'éveilleraient le jour où l'équilibre arriverait à son point de rupture. Il fallait, pour cela, que la première d'entre elles trouvât le cœur dans l'ombre.

Mises au monde, les Lionnes seraient l'Espace infini, autrefois néant stérile, aujourd'hui berceau de milliards de vies. Elles seraient le Temps, rythme de l'existence, et déverseraient le feu lunaire là où le solaire ne pourrait rien. Si les Lions étaient la force visible, les Lionnes étaient l'invisible.

Ashtiri reprit connaissance comme si elle l'avait perdue un instant. Tout le monde l'observait dans l'attente, semblait-il, d'une explication.

— Qu'est-ce qui s'est passé ? demanda-t-elle.

— Tu as dit pouvoir lire le texte puis tu as eu une absence, résuma Padiguem.

— De quoi cela parle-t-il ? la pressa Pithana.

— Euh… Je dois trouver le cœur de la Lionne parce que je crois être la première mage-guerrière de son ordre.

Prononcer cette phrase lui permit de la rendre réelle et d'esquisser lentement toutes les implications qu'une telle révélation allait avoir sur sa vie, et sur celle de millions d'autres. Cette responsabilité lui fit peur au point qu'elle leva vers Padiguem un regard brillant, confirmant son inquiétude. Les flammes moururent autour de la main gauche de l'homme qui confia son papyrus redevenu vierge à sa traductrice.

— Si la Lionne t'a choisie c'est que tu es capable de le faire.

— Je ne crois pas, non.

— C'est normal de douter. Il y a quelques jours à peine tu étais une simple enfant de Naraba et aujourd'hui on te destine à protéger les continents, mais tu ne seras pas sans aide. Je serai là, puis viendront les autres Lionnes et si nous récupérons le cœur du Lion, mes confrères seront avec toi aussi. Personne ne te demande de supporter le monde seule.

Même rassurantes, les paroles de Padiguem ne parvenaient pas à l'apaiser. On ne devait pas lui donner autant de pouvoir, pourtant l'homme insista :

— Sais-tu où est l'orbe de la Lionne ?

Ashtiri secoua la tête, incertaine.

— Peut-être cachée dans la statue ? hasarda-t-elle.

— Elle est dédiée au Lion, c'est le seul endroit où la Lionne n'est pas représentée.

— Pourquoi elle m'y a emmenée si elle n'a aucune importance ?

L'argument pertinent fit douter Padiguem.

— Si la Lionne se cache dans l'ombre, peut-être devrions-nous aller voir, proposa Maanebet.

— C'est vrai, approuva son jeune frère. Allons-y.

Chapitre 28

Séshathotep reprit sa place de guide pour Shiro avant de suivre le groupe jusqu'à la place où trônait l'effigie du dieu félin. L'ombre de la statue projetée sur le sol par un soleil déclinant était bien celle du Lion. Alors chacun entreprit d'examiner le socle haut comme trois hommes sur lequel était gravé le mythe fondateur. Shiro, dont l'acuité tactile était plus affûtée depuis la perte de sa vue, détaillait les hiéroglyphes qu'il avait appris à lire grâce à Maanebet et à tous les murs où ils étaient tantôt gravés, tantôt sculptés.

Malgré l'effort de chacun, les recherches restèrent vaines. La Lionne attendait peut-être juste le bon moment pour se révéler à Ashtiri. En tout cas, ce fut la conclusion de Padiguem sur le moment. L'arrivée impromptue de Sed sur la place signa la fin de la réunion ainsi que la dispersion du groupe. Le chien attrapa la corde pendant au poignet de Shiro tandis que Maanebet et Séshathotep retournèrent à leurs occupations. Pithana devança Ashtiri lorsque Padiguem demanda à s'entretenir en privé avec elle.

Dès l'instant où ils furent seuls, le mage-guerrier tenta une fois encore de la rassurer en lui promettant que quoi qu'il advienne, il resterait près d'elle. Ashtiri prit à cet instant conscience que l'air détaché du Lion n'était qu'une apparence. Sans jamais l'exprimer, il était parvenu à la comprendre en apprenant à la connaître.

Cette dernière pensée en amena une autre dont elle lui fit part :

— L'Ofaynien et le Narabien…

— Tu as trouvé ?

— Il n'y a pas une seule façon de régler leur problème. Pour choisir la meilleure, il faut écouter chacun d'eux. Je comprends pourquoi apprendre à connaître les autres est vital. Mais résoudre un problème prend du temps, alors.

— Certaines choses ne peuvent pas aller vite, c'est pour cela qu'un ordre supplémentaire ne sera pas de trop.

— Tu m'en crois vraiment capable ?

— La vraie question est : t'en crois-tu capable, toi ?

— Je ne sais pas.

— La Lionne attend peut-être ta décision pour t'apparaître.

— J'ai le choix ? s'étonna Ashtiri.

— C'est une déesse bienveillante, bien sûr que tu as le choix. Mais si elle t'a désignée c'est qu'elle te sait capable de devenir la première Lionne.

Padiguem marqua une pause, l'air pensif, avant de reprendre :

— L'ordre appelé à naître sera composé uniquement de femmes. La Lionne a choisi pour être la première d'entre elles une enfant de Naraba dont la société est exclusivement matriarcale.

— J'ai vécu dix ans seulement dans mon pays, je serai incapable de mettre en place une organisation identique.

— Dix ans, c'est plus long que tu ne penses, même au début d'une vie. Prends le temps d'y réfléchir au calme, et tu trouveras ta réponse. En attendant, voudrais-tu partager mon repas ?

— J'aurais aimé mais je ne veux pas laisser Pithana seul.

L'insistance de sa réponse étonna le Lion :

— Pourquoi ?

— La solitude l'a éteint et je pense que notre voyage ensemble lui a fait retrouver le goût des choses. Je ne m'aperçois que maintenant des raisons de ses confessions : il cherchait une amie. J'espère la lui avoir donnée, c'est pour cela que je ne veux pas lui fausser compagnie alors qu'il m'attend.

— Sa confiance t'importe ?

Chapitre 28

— Oui. Plus que je ne l'avais imaginé.

Le jeune homme s'inclina. Ainsi se séparèrent-ils.

Absorbé par ses recherches concernant tout ce qui avait trait à la Lionne cosmique, Padiguem toucha à peine à son repas. Il avait beau lire et relire les textes, rien concernant le pendant de son ordre n'était consigné, comme si ses prédécesseurs n'avaient jamais su que la déesse primordiale avait créé ses propres mages-guerrières. Avec le recul et ce qu'il était advenu de l'orbe du Lion, en cacher l'existence s'avérait avoir été une excellente décision. Grâce à elle, le monde pourrait affronter la menace actuelle et les Lions d'albâtre renaîtraient de leurs cendres.

Padiguem repoussa les papyrus et soupira de lassitude. Plus que la fatigue des derniers jours, c'était celle d'une vie passée sur les routes à la recherche d'un artefact dont il avait fini par douter de la réalité. Deviner la fin de cette longue quête le soulageait autant que cela l'inquiétait car lui non plus n'avait aucune idée de ce qu'il deviendrait une fois ses pleins pouvoirs acquis. Il savait pouvoir manipuler tous les éléments mais dans les faits, seule une partie de sa maîtrise de l'eau, élément originel du Lion cosmique, et du feu, élément secondaire, était à sa disposition. Que pourrait-il faire contre une armée de démons en sachant à peine lancer une boule enflammée ? Les éclabousser ? C'était ridicule.

Maanebet coupa court à ses moroses pensées en faisant irruption dans son bureau. Sa sœur semblait fatiguée, preuve qu'elle venait de réaliser une prière à Thot afin de connaître les nouvelles du monde, car l'ibis sacré était aussi un précieux messager capable de voir au-delà des océans. Grâce à lui, Rhouti suivait l'avancée du Fléau dans les terres dryaniennes depuis la première nuit. En dépit de la menace, ce ne fut pas le premier sujet abordé par Maanebet.

— Tu as l'air triste, s'affligea-t-elle en caressant les longs cheveux blancs de son puîné.

— J'aimerais seulement retrouver l'orbe pour ne plus être seul à porter le fardeau que j'ai promis d'éviter à Ashtiri.

— Ai-je si peu d'importance dans ta vie pour que tu en viennes à parler de solitude ?

Padiguem attrapa les bras de sa sœur pour les nouer autour de son cou :

— Tu m'es précieuse, mais pendant dix ans j'ai bien été seul sur les routes, à chercher ce que j'ai vite renoncé à trouver. Si j'y avais cru davantage, peut-être aurais-je réveillé mes frères et évité la naissance du Fléau.

— Ou peut-être que malgré toute ta volonté tu n'aurais su le retrouver car la déesse primordiale avait d'autres projets ? Ne t'accable pas trop, tu as fait au mieux. L'heure des Lionnes est simplement venue.

— Tu as sans doute raison… Quelles sont les nouvelles ?

— Le Fléau sera demain aux portes d'Ofayne, bloqué pour quelques jours par le fleuve Pyane en Dryane. De l'autre côté l'attend l'armée ofaynienne. Une ligne de navires de guerre se prépare à couler les embarcations ennemies.

— Cela va-t-il les arrêter ?

— Non. Cela nous laisse seulement quelques jours de sursis.

— Nous ? nota Padiguem.

— Tu as raison, rester en retrait ne nous est plus permis. Le Fléau ne doit pas arriver jusqu'ici, les dégâts seraient incommensurables.

Chapitre 28

— C'est le mieux à faire. Qu'en est-il des pertes ?

— Les dégâts sont concentrés sur le passage de l'armée. La vraie cible semble être Ofayne.

L'information laissa Padiguem songeur un instant. Le royaume avait une histoire si sanglante qu'elle était source d'un nombre incalculable de rancœurs. La vengeance guettait depuis des siècles la lignée D'Alinda dont les membres actuels étaient si égoïstes qu'ils n'avaient même pas envoyé de renforts en Dryane. Compter sur leur soutien était vain, mieux valait envoyer la grande prêtresse de Rhouti pour ralentir l'armée le temps pour Ashtiri et lui de trouver l'instigateur de tout ceci. Mais pour cela, il fallait d'abord que la première Lionne s'éveille.

— Je vais profiter du sursis pour entraîner Ashtiri, annonça Padiguem à sa sœur qui s'asseyait sur une banquette. Elle doute trop, raison pour laquelle la Lionne ne s'est pas encore montrée à elle. Vas-tu parler de la situation à Pithana ?

— Oui, c'est son pays.

— Lui as-tu demandé qui il était ?

— Sans doute personne d'indispensable s'il a été envoyé ici, déduisit Maanebet, car celui qui l'a fait était persuadé qu'il y mourrait. Néanmoins il connaît son pays, son savoir pourra être utile s'il me fallait aller en Ofayne.

— J'y pensais à l'instant. Tu serais capable de ralentir l'armée ?

— En empruntant les pouvoirs d'un animal sacré, oui, mais pas longtemps.

Ce ne serait pas l'idéal mais peut-être cela serait-il suffisant. C'était en tout cas leur seule option viable.

— Autre chose, reprit Maanebet. Henti.

— Qui est-ce ?

— Une descendante kussar qui chevauche vers Ahhiyawa.

— En quoi est-elle importante ?

— Je ne sais pas mais il y a une âme puissante à ses côtés.

— Bonne ou mauvaise ?

— Je ne sais pas bien, elle se cache…

Le contrecoup de la prière se fit sentir chez Maanebet qui peinait à garder les yeux ouverts. Padiguem abandonna ses recherches afin de porter sa sœur à présent endormie jusqu'à ses appartements. Là, il lui ôta ses sandales, ses bijoux et sa perruque noire couvrant un crâne rasé où ne demeurait que la mèche de l'enfance[1]. Puis il la quitta afin d'aller s'enfermer dans sa propre chambre. Les prochaines journées seraient longues et fatigantes, du repos était nécessaire.

1. Dans l'Égypte antique, la mèche de l'enfance était portée par les enfants royaux (fille ou garçon) sur un crâne rasé. Il semble qu'elle était généralement coupée à la puberté.

Chapitre 29

L'épée en bois fonçant sur elle obligea Ashtiri à contracter ses muscles endoloris pour la parer. Le coup suivant, vif, la frappa au flanc. Épuisée, essoufflée, l'adolescente tomba à quatre pattes sur le sol, accablée par une chaleur insoutenable en plein effort malgré l'heure matinale. Des gouttes de sueur mouillaient ses tempes et sa nuque avant de couler le long de sa peau noire et de s'écraser sur le sol brûlant.

Elle avait avoué à Padiguem son inaptitude au combat à l'épée, lui préférant celui à mains nues bien plus utile à Tyniry, alors pourquoi s'échinait-il à vouloir l'entraîner ? C'était comme apprendre à voler à un chameau !

— Ça fait… deux jours… J'suis nulle.

— Tu n'es pas nulle justement parce que ça ne fait que deux jours. Tu ne seras pas une épéiste aguerrie à la fin de l'entraînement, ça te prendra des années. Pour l'instant, la base suffira.

— Pourquoi… si j'dois avoir… des pouvoirs ?

— Pour pallier l'éventualité où tu ne pourrais pas t'en servir.

Et pour que tu arrêtes de douter de toi.

— C'est raté.

— Debout.

Il lui fallut puiser dans ses dernières volontés pour contraindre son corps à lui obéir. Lorsqu'elle fut debout, tous ses muscles devinrent lave ardente tant ils la brûlaient. Elle leva devant elle son épée qui lui sembla de plomb, les bras tremblants à cause de l'effort.

— Prête ?

— J'ai envie de vomir.

Padiguem attaqua. Ashtiri put esquiver grâce à ses réflexes affûtés par ses années à voler et rendit les coups sans trop savoir ce qu'elle faisait. Elle le tenait à distance mais elle se sentait vraiment mal, au point que son corps poussé à bout refusa net de continuer. De violents spasmes contractèrent soudain son estomac, lui laissant à peine le temps de trouver un endroit pour régurgiter le peu qu'il contenait. Quand le pic de la crise passa, Padiguem déposa un linge mouillé sur sa nuque et lui en donna un second avec lequel elle put se rafraîchir le visage, sensation ô combien agréable alors que tout son corps tremblait de fébrilité. Puis elle but, beaucoup, pour chasser le désert de sa gorge.

— La Lionne se trompe sur moi, affirma Ashtiri.

— Tu peux marcher ?

À bout de forces, elle n'eut même pas le courage de demander pourquoi. Elle se contenta de répondre d'un mouvement du menton que non, elle ne le pouvait pas. Padiguem l'aida à se relever avant de la porter, geste si inattendu qu'il crispa la Narabienne qui se retrouvait dans cette position pour la première fois.

— L'eau du Hâpy te fera du bien, se justifia le Lion.

Chapitre 29

À côté du jardin intérieur où s'était déroulé leur entraînement se trouvait un bassin relié au fleuve. Un petit escalier blanc se jetait dans les flots, permettant aux humains de se baigner. Ashtiri se crispa davantage :

— Il n'y a pas de crocodiles ?

— C'est le bassin personnel de Sobek, le crocodile sacré de Rhouti, aucun autre n'y vient, rassure-toi.

Une fois dans l'eau, Ashtiri quitta les bras de l'homme et nagea jusqu'au rebord autour duquel courait une assise immergée sur laquelle elle prit place, avant de s'autoriser à se détendre.

— Je suis étonné qu'une Narabienne soit si à l'aise avec la nage.

— J'ai été obligée d'apprendre à Tyniry, expliqua-t-elle. Je n'étais pas très douée quand j'ai commencé à voler. J'étais lente, maladroite, imprudente et sans doute trop naïve, alors je me suis fait prendre par la Dague d'or, la pègre de la ville. Ils se doutaient qu'une enfant du désert ne savait pas nager, ils m'ont jetée dans la rivière.

— Comment as-tu survécu ?

— Le courant m'a emportée et à force de m'époumoner quelqu'un m'a repêchée avant de me chasser à coups de bâton en voyant mon collier.

— Donc tu as appris à nager ?

— En regardant faire les autres et en essayant, oui.

— As-tu réussi en deux jours ?

Ashtiri le fixa en comprenant où il venait en venir.

— Es-tu devenue la meilleure voleuse de Tyniry en deux jours ? demanda encore Padiguem.

Non, bien sûr. Apprendre à nager lui avait demandé des mois et devenir la meilleure voleuse, sept ans. À l'époque elle n'avait jamais douté car elle n'avait pas le choix : soit elle apprenait, soit elle mourait.

— Tu n'avais aucune prédisposition pour ces compétences pourtant tu les as maîtrisées parce que tu t'en es donné les moyens. Et si tu doutes, en sus, de ta capacité à écouter et à comprendre les autres, souviens-toi qu'aujourd'hui l'une des personnes que tu estimes le plus appartient à l'engeance qui réduit ton peuple en esclavage.

— Pithana est quelqu'un de bien.

— Tu aurais pu faire le choix de l'ignorer. La plupart des gens auraient agi ainsi, le condamnant sans chercher à le connaître sous prétexte qu'il est ofaynien et, de ce fait, coupable des mêmes crimes que ses pairs.

— C'est ce que j'ai fait.

— Jusqu'à ce que tu comprennes ton erreur. Jusqu'à ce que tu comprennes qu'il y avait surtout dans cette nation des individus écrasés par des puissants qui les privaient volontairement de tous moyens de compréhension, de compassion et d'empathie, ceci afin de servir leurs propres intérêts. Non, Ashtiri, la Lionne ne s'est pas trompée. En vérité, elle n'aurait pas pu faire de choix plus judicieux.

Ashtiri ne sut pas quoi répondre, ni même si cela était nécessaire. Le fait que Padiguem insiste autant pour la rassurer la questionna sur les raisons de ses doutes. Depuis son départ d'Ofayne, elle avait découvert un monde si vaste qu'il lui donnait la possibilité de choisir, et donc le loisir de douter. Dès lors, elle n'avançait plus, restant immobile dans sa vie de peur de la voir lui échapper. Pourtant, ce que les mots du Lion signifiaient vraiment, c'était qu'elle était libre. Libre de choisir et de permettre aux autres, en tant que Lionne, d'être libres à leur tour. Mais comment pouvait-elle avoir la certitude, en exerçant son pouvoir, de ne blesser personne ? Pithana le lui avait dit : tout le monde ne pouvait pas être heureux et l'idée même de participer à la souffrance d'autrui la paralysait d'effroi.

Ses réflexions lui échappèrent lorsque le Lion sortit du bassin. En haut des marches, un crocodile long comme une felouque et arborant des hiéroglyphes dorés sur la tête prenait le soleil. Padiguem caressa le dessous de son museau sans quitter Ashtiri des yeux.

— Prends le temps d'y penser. Sobek va rester près de toi, tu n'as rien à craindre de lui.

— Euh… D'accord.

Ashtiri garda l'animal à l'œil même après le départ du mage-guerrier. Elle se détendit un peu quand elle vit qu'il ne bougeait pas du tout. Un silence rythmé par le clapotis de l'eau s'installa. Dans ce calme propice à l'introspection, les paroles de Senel émergèrent soudain des tréfonds de sa mémoire : « Tu reviendras plus forte. Tu as le cœur d'une lionne de Rhouti. » Se pourrait-il que sa grande sœur ait réellement su ce qu'il adviendrait d'elle ? Si tel était le cas, sa vision la montrait en Lionne. Peut-être devait-elle, avant tout, le faire pour les gens qu'elle aimait ? Les autres viendraient petit à petit.

Ce fut avec cette idée en tête qu'elle sortit à son tour du bassin. Ses muscles se remirent à la brûler dès que l'eau ne la porta plus, et ce fut grimaçante qu'elle grimpa les marches. Elle trouva néanmoins la force de regagner sa chambre après avoir remercié Sobek de lui avoir donné accès à son antre.

Ashtiri s'étendit sur son lit à côté duquel avaient été déposés des mets qu'elle attrapa à bout de bras, l'entraînement l'ayant laissée incapable de bouger pour un instant. Une fois rassasiée, elle rejeta toutes ses questions et ses doutes loin d'elle pour ouvrir grand la porte au sommeil.

LE DERNIER LION D'ALBÂTRE

Un glapissement étrange la réveilla en sursaut peu avant midi. La lutte pour sortir son esprit embrumé des limbes de sa conscience fut rude, celle pour distinguer l'origine du bruit plus encore. Elle se retourna et vit à deux mètres d'elle une tache floue dans le jardin, silhouette sombre sur le décor clair. Elle plissa les yeux afin de mieux la distinguer, découvrant un animal proche d'un chacal au corps élancé. Des hiéroglyphes dorés ceignaient sa tête : un animal sacré. Il lui sembla même l'avoir souvent croisé dans les leçons de Maanebet comme le gardien du Bel Occident, le pays des morts.

— Anubis, murmura-t-elle.

Le chacal inclina la tête en signe d'affirmation avant de glapir à nouveau comme pour exhorter l'adolescente à se lever. Ashtiri ne connaissait pas bien le rôle de ces animaux sacrés mais ils semblaient guider les humains, à l'instar de Thot, bien que leurs réelles intentions demeurent obscures. Dans le doute, elle s'extirpa de son lit avec un soupir de douleur en raison de ses muscles encore brûlants puis rejoignit Anubis.

Le chacal sacré au pelage uni sombre la conduisit dans le complexe avant de l'emmener dans les rues de Hereret-Niout où chaque habitant courba l'échine sur son passage, preuve indéfectible du respect que la population lui témoignait. D'avenues en ruelles débordantes de végétation, à l'ombre d'étoffes tendues ou le long de chemins au ras de l'eau, Ashtiri marchait dans les pas de l'animal jusque sur une embarcation qui se mut sans la moindre intervention de l'adolescente, comme poussée sur le fleuve par une main invisible. En posant le pied sur le sol rocailleux de la rive opposée, Ashtiri regretta de n'avoir prévenu personne de son escapade.

Les collines sur lesquelles elle évoluait étaient une barrière naturelle entre le fleuve à l'est et le désert à l'ouest. Malgré la hauteur, ici aussi le sable recouvrait tout, gardien immortel de secrets enfouis oubliés de tous, si bien dissimulés qu'Ashtiri ne vit rien venir. Un instant, elle foulait le sol rude ; le pas suivant, elle ne rencontra que du vide. Déséquilibrée, elle chuta dans un orifice dissimulé par le désert. Elle atterrit un peu plus bas sur un monticule de sable dont le grain souple amortit son corps mais ne lui évita pas un gémissement de douleur.

Cette journée était décidément trop longue à son goût.

Ashtiri observa l'endroit où elle se trouvait pour comprendre ce qu'il venait de lui arriver. Elle était tombée par un trou dans le plafond d'une salle appartenant sans doute à d'anciens bâtiments abandonnés ensevelis sous les dunes. Malgré son état de fatigue, l'adolescente se releva et tourna sur elle-même afin d'embrasser la pièce du regard. Ici le temps avait fait son œuvre, déshabillant les murs de leurs habits de couleurs, effritant les hiéroglyphes jusqu'à effacer des pans entiers de texte. Encore un morceau de mémoire tombé dans l'oubli. Cela la peina mais elle n'eut pas le loisir de le regretter car le glapissement étrange d'Anubis se fit entendre, déformé en échos par les murs nus de la salle. Le chacal se tenait à l'entrée d'un couloir dans l'attente d'un mouvement de sa part, semblait-il.

— Comment tu as fait pour descendre ?

Sa question n'obtint aucune réponse. L'animal glapit à nouveau, provoquant des frissons d'angoisse à l'adolescente qui se hâta de le suivre. Sur les pas de l'animal sacré, Ashtiri restait prudente. Le vent s'engouffrait par quelques ouvertures, sifflant dans ses oreilles. Sa vue peina à s'habituer à la pénombre jusqu'à ce qu'au fond du couloir jaillisse un rayon de soleil là où une colonne tenait en appui contre le mur opposé.

LE DERNIER LION D'ALBÂTRE

Derrière le pilier, une lumière mouvante violine attira son attention, occultant tout son environnement. Plus de vent ni d'odeur de poussière, juste l'envoûtant éclat qui l'attira. Elle s'immobilisa, ébahie, devant une pierre noire veinée de violet, haute comme elle, lévitant au-dessus d'un socle bas. Rassurée par le calme d'Anubis assis à ses côtés, Ashtiri tendit le bras. Ses doigts effleurèrent le minéral.

Chapitre 30

Le décor du temple de la nécropole se mit à tourbillonner. Lorsqu'il s'arrêta soudain, Ashtiri n'était plus au même endroit. Point de vieille pierre abîmée ou de sable, l'adolescente se tenait dans un champ de blé sur les terres d'un noble Ofaynien dont le magnifique palais se dessinait à l'horizon. En cherchant Anubis, volatilisé, Ashtiri remarqua quelques esclaves kussars et des dizaines de Narabiens s'affairer autour d'elle, les colliers ambrés de ces derniers brillant à la clarté. Penchés pour confectionner les fagots, le dos cassé sous la chaleur du plein été, le visage trempé de la sueur de leur labeur, ils travaillaient sans même un regard aux autres, comme si détourner les yeux de leurs frères et sœurs revenait à les détourner de leur propre souffrance.

Soudain, une violente douleur fouetta Ashtiri aux reins. Elle s'écroula à moitié dans une flaque, un instant paralysée par les vagues de souffrance allant et venant le long de son échine. Quand ses yeux se posèrent sur l'eau boueuse, ce ne fut pas l'intendant derrière elle qu'elle fixa hébétée, mais son propre reflet : ce visage, c'était celui de Senel jeune !

— Puisque tu as si peu de travail que tu prends le temps de rêvasser, Lythia, tu iras aider aux écuries dès que tu auras terminé ici.

Lythia… Ce simple prénom rappela à Ashtiri que l'intendant du duc leur avait à toutes deux imposé un nom ofaynien et un numéro de matricule, parce qu'un esclave n'était pas un humain, c'était un meuble. Il n'avait droit ni à une identité, ni à une culture, ni à la moindre croyance sinon celle de ses maîtres. Ce souvenir fit monter la colère en elle. Quand Ashtiri se redressa avec l'intention de riposter, son dos – du moins celui de Senel – lui fit horriblement mal. Une brûlure intense ravageait sa colonne vertébrale entre ses omoplates. Elle gémit en se relevant mais l'homme n'était plus là. À la place, le décor se brouilla.

Ashtiri se retrouva dans les écuries où s'activaient deux Narabiens. Son dos la faisait encore souffrir et à cela s'ajouta une faim si tenace que l'envie de vomir menaçait. L'adolescente tenait une fourche qu'elle peina à manier d'une seule main. Ses doigts serrés autour du manche étaient rigides, presque de glace tant l'effort intensif répété les meurtrissait. Comment pouvait-on supporter une telle douleur chaque jour ? Et dire qu'elle se plaignait des entraînements avec Padiguem…

— C'est donc vrai, lança une voix qui tétanisa Ashtiri d'effroi.

Non, c'était le corps de Senel qui réagissait. C'était Senel qui ressentait cette peur viscérale. Ashtiri dut lutter contre elle pour parvenir à se tourner vers le jeune homme dont la mise impeccable dénotait de son appartenance à la noblesse. La mémoire de Senel lui souffla même son titre : l'héritier De Valdore. Pourquoi sa sœur en avait-elle autant peur ?

Chapitre 30

— Tu rêvasses, chiabrena[1].

Il lui arracha la fourche de la main et la poussa sur un tas de paille souillé d'urine. Les relents acides agressèrent l'odorat d'Ashtiri qui vit à peine le noble prendre une pelle. Sous l'indifférence de deux esclaves présents, il la remplit de purin puis versa le tout sur l'adolescente. Cette fois, elle ne retint pas le haut-le-cœur qui contracta son estomac vide. Il se pencha vers elle, ses boucles brunes tombant sur son front pâle, et lui adressa un sourire méprisant :

— Un retour aux sources bienheureux, n'est-il pas ? Puisque tu rechignes à accomplir ton devoir envers la famille qui te nourrit et te donne un toit, reste donc dans les excréments d'où tu viens.

Ashtiri peinait à calmer les spasmes douloureux de son estomac. Elle entendit l'héritier rire aux éclats lorsqu'il quitta les lieux, puis le silence qui lui donna le courage de s'extirper du purin. Ses compatriotes prenaient soin de ne pas la regarder, sans doute pour ne pas succomber à la tentation de lui venir en aide. Autrement, ils s'attireraient les foudres du maître dont le fouet se repaissait de leur sang avec trop de facilité. Dans ce cas, elle se débrouillerait seule. Ashtiri avait toujours fait ainsi, Senel également. Mais là où sa sœur avait perdu toute volonté de défendre sa dignité, la voleuse enrageait. Le magma de sa colère grondait dans son ventre, lui faisant peu à peu perdre tout sens moral.

Un bon esclavagiste était un esclavagiste mort.

Un nouveau tournoiement emporta soudain le décor.

Une dizaine de rires odieux l'accueillit dans une salle d'entraînement au cœur du palais. La pièce ne comportait

1. Insulte médiévale en rapport avec les excréments.

aucun meuble, seulement des armes et des monstres se riant d'elle. Agenouillée sur les dalles du sol, une épée en bois dans la main, elle vit ses bras recouverts de nombreux hématomes.

— Debout, chiabrena ! fanfaronna l'héritier.

Le corps de Senel obéit sans l'accord d'Ashtiri. À peine fut-elle droite que, chacun leur tour, les amis du noble l'attaquèrent, se moquant de ses parades maladroites offertes par un bras anémique. Leurs lames, bien que factices, heurtaient sa peau, meurtrissaient sa chair, la laissant de plus en plus désemparée.

Et ça les faisait rire.

Ils disaient qu'elle n'était pas humaine, qu'elle ne ressentait ni la chaleur, ni l'épuisement, ni la douleur pourtant tout son corps n'était que souffrance. Ils disaient qu'elle était moins qu'une bête.

Et ça les faisait rire.

La rage accumulée par Ashtiri surpassa les sentiments de Senel. Mais avant qu'elle n'explose, le décor vacilla.

Ashtiri fut repoussée en arrière sur le sol sableux du temple. Ses yeux étrécis de fureur remarquèrent à peine l'absence de la pierre et d'Anubis car sur leur rétine demeurait imprimée l'image du fils De Valdore. Elle n'avait qu'une envie : lui faire payer ce qu'il avait osé infliger à sa sœur.

Les membres gonflés par une haine immonde, Ashtiri se releva. Le cri sourd qui passa ses lèvres ourlées était autant de souffrance que de courage pour affronter les protestations de son organisme. Au premier pas, une onde ardente remonta le long de sa jambe. Elle gémit mais avança sans même avoir conscience que son esprit ne faisait pas encore la différence entre ses ressentis et ceux de sa grande sœur. Tous étaient mélangés, amplifiés par le sentiment d'injustice qui prenait Ashtiri à la gorge. Elle en oublia le Fléau, sa mission, Padiguem et la Lionne ; ne resta que la vengeance, sentiment corrosif capable de transformer l'humain en l'exact opposé de tout ce qu'il a toujours été.

Blessée dans son corps et dans son âme, l'adolescente prit appui sur un mur pour avancer dans le dédale des couloirs sombres. La poussière blanchit sa main comme elle avait blanchi ses habits.

La lumière déclina.

L'obscurité la dévora.

Un bruit de chaîne retentit dans le silence assourdissant du temple. Ashtiri s'immobilisa, l'ouïe attentive. Les fers tintèrent encore. Elle se redressa, délaissant le mur à l'instant où la pièce s'illumina : en son centre, une épée affûtée ; attaché à un mur, l'héritier De Valdore.

— Aide-moi, la supplia-t-il.

Ashtiri sentit ses mâchoires se crisper à la limite de la brisure. La violence de ses bas instincts la rendait sourde à toute compassion. Oubliant la douleur, elle s'élança, attrapa l'arme dans sa course puis hurla de rage en la brandissant.

— Aide-moi !

La lame projeta son ombre entre les yeux horrifiés du jeune homme, puis elle s'abattit.

Se défendre, ne jamais tuer.

Ashtiri retint son geste au dernier moment. Le fil de l'épée entailla le front du prisonnier, un liseré de sang coula. Face à l'idée même de meurtre, l'adolescente se heurta à sa conscience, à ses convictions, et leur impitoyable duel lui arracha des larmes d'impuissance. Elle se rejeta en arrière et hurla de tout son souffle. Le sentiment d'être faible la fit s'agenouiller dans le sable irritant. Non seulement elle était incapable de sauver Senel, mais elle était tout autant incapable de la venger. Quelle sœur était-elle ? Quelle Lionne deviendrait-elle ?

Pour le bien de tous, on ne devait pas lui donner autant de pouvoir.

— Tu as épargné le bourreau de ta sœur car tu sais que le droit de vie et de mort ne t'appartient pas.

Surprise qu'on lui parlât, Ashtiri releva la tête. L'image de l'héritier De Valdore s'estompait comme un mirage.

— Pas un mirage, mais une épreuve, continua le jeune homme. Tu avais le pouvoir sur l'objet de ta haine, pourtant tu as choisi la droiture.

L'adolescente confuse essuya ses larmes d'un revers de main fébrile. L'illusion sourit tandis qu'elle s'effaçait davantage.

— Au contraire, Ashtiri ; pour le bien de tous, l'on doit te confier autant de pouvoir. Te confier, pas te donner, car tu devras prendre soin de ce cadeau.

L'illusion disparut aussi vite qu'une flamme mouchée par le vent. De l'étrange instant ne subsista ni Ofaynien ni épée, uniquement la solitude. Et la voix d'une conscience contradictoire trop bavarde. Tantôt encourageante, tantôt méprisante, elle la disait capable de grandes choses, idiote, courageuse, lâche, généreuse, égoïste, attentive, sourde…

Non.

Elle était certes tout cela, mais elle possédait plus de courage que de lâcheté, plus de générosité que d'égoïsme, plus d'empathie que d'intolérance. Si elle n'avait pas choisi les ingrédients du mélange de son âme, elle était en revanche seule capable de les doser au long des jours, des ans, rectifiant la recette jusqu'à faire d'elle une femme dont elle serait fière. Dont Senel serait fière, pour que sa grande sœur, son immortelle gardienne, ne regrette jamais le jour où elle avait perdu sa main pour la sauver.

— Je veux la rendre heureuse, gémit Ashtiri.

Elle baissa la tête, et ses larmes s'écrasèrent sur le sable à côté de ses mains tremblantes.

— Je veux que Senel soit heureuse.

Deux pieds nus s'arrêtèrent dans son champ de vision. Son regard se leva vers une main d'homme tendue, puis vers un torse portant une tête de chacal.

Anubis.

Nimbé d'une aura divine majestueuse, l'hybride l'encouragea à ne rien abandonner.

— Garde espoir, l'entendit-elle dire d'une voix aérienne.

Étrangement, cela chassa toute angoisse chez Ashtiri. Alors elle referma ses doigts sur les siens, et tout devint noir.

Chapitre 31

Le premier battement de cœur dont Ashtiri prit conscience lui fit atrocement mal au point de l'effrayer. Pourtant la panique mourut aussitôt car ses fonctions vitales retrouvèrent vite un rythme normal. En revanche, sa tête en désordre était noyée dans des souvenirs et des sentiments si opposés qu'ils ne pouvaient cohabiter dans un seul corps. Au milieu du maelström, une voix s'éleva :

Garde espoir.

La promesse de ces deux simples mots calma son angoisse, et la paix supplanta tout. Ainsi rassérénée, Ashtiri trouva la force de se relever du sol où elle était couchée. Les montagnes et la nécropole avaient disparu. Elle se tenait à l'entrée du complexe de Hereret-Niout. Le soleil déclinant lui fit comprendre qu'elle avait passé plus de huit heures dans le désert, pourtant elle ne ressentait ni faim ni soif, simplement une assommante fatigue. Sur le chemin la ramenant à sa chambre, l'adolescente prit conscience de la réalité des événements survenus tantôt, de toutes les visions de la vie de Senel. Les mots d'Anubis brûlaient au creux de son être, réchauffant ses rêves d'une vie meilleure. Pour elle, pour Riniri, pour Senel, et pour tous ces enfants qui ceignaient leurs têtes d'une crinière de paille.

Une vie meilleure qui ne serait possible qu'avec la naissance de l'ordre des Lionnes, et de la première d'entre elles.

Si elle s'endormit le soir sur sa couche, Ashtiri se réveilla debout devant la statue du Lion cosmique. Cette fois-ci nul trouble, nulle angoisse, mais une étrange fascination pour l'animal d'albâtre sur lequel une pleine lune déversait sa lumière argentée. Tout en haut du socle supportant la sculpture, Thot observait l'humaine.

La Lionne était proche.

Ashtiri escalada l'édifice sans trop de difficulté afin de rejoindre l'ibis sacré. Debout près de lui, elle l'imita lorsqu'il regarda la place en contrebas sur laquelle l'astre nocturne projetait l'ombre immense de la statue féline : ce n'était pas celle du Lion, mais celle de la Lionne. La déesse était là, plus noire que le noir, et dans la silhouette de sa poitrine brillait un cœur immobile emprisonnant le firmament. Face à la déité primordiale, Ashtiri n'avait pas peur car son choix était fait. Sans la moindre défiance, l'adolescente sauta du socle jusque dans l'ombre de la Lionne qui l'engloutit tout entière.

Sa chute s'arrêta sans même que son corps ait touché le sol. Ashtiri n'était plus à Hereret-Niout. Elle était au milieu de l'espace et de ses astres, dans un silence assourdissant et baignée dans un froid qui couvrit sa peau de frissons. Ses poumons ne fonctionnaient plus mais ses yeux, eux, voyaient. Dans cet infini dépourvu de haut, de bas et d'horizon, les étoiles étaient des milliards de fois milliard, mouvantes, tournantes, vivantes. Ainsi lui apparut la réelle nature de son existence : si insignifiante que si l'univers avait été un humain, elle aurait été moins d'une seconde de sa vie.

Elle n'était rien.

« Tu le deviendras. »

La voix venait de partout, pourtant ce fut dans son champ de vision que se dessinèrent les contours de la majestueuse Lionne cosmique dont le port altier accentuait son regard tranchant baissé vers Ashtiri.

« Marche à côté du Lion, ensemble vous êtes un. »

L'orbe de la déesse apparut, forme fantomatique auréolée d'un éclat violet. L'humaine tendit les bras et, du bout des doigts, effleura le premier battement de cœur.

Ashtiri sentit soudain le contact de ses pieds avec le sol et gonfla ses poumons d'air. Sous l'œil impassible de la lune, des influx noirs s'échappèrent de l'artefact puis s'enroulèrent autour d'elle, en elle, faisant affluer dans son organisme les pouvoirs de la déité. Le froid laissa place à une chaleur agréable, la fatigue reflua face à une énergie vivifiante tandis que son sang bouillait d'une puissance insoupçonnée. La magie de l'Espace et du Temps inscrivit dans sa mémoire chacune de ses particularités, de son usage à ses limites afin que la Lionne nouveau-née sache tout d'elle. Car l'ignorance était le véritable fléau du monde.

À l'instant de suprématie succéda le bien-être lorsque les influx regagnèrent l'orbe avant qu'il ne disparaisse en même temps que la silhouette de la Lionne, créant un vide en Ashtiri qui, même les paupières closes, le savait réel. Seule, elle ne le resta pas car bientôt une présence familière approcha. Alors la Lionne ouvrit les yeux et vit comme jamais auparavant. Elle voyait en même temps Padiguem devant elle et la statue dans son dos, et au-delà d'eux l'espace et ses astres. Tous, y compris ceux de l'autre côté du monde.

— T'habituer à ta nouvelle vision demandera un peu de temps, l'avertit Padiguem d'un ton soulagé.

— Toi aussi tu vois derrière toi ?

— Oui. Avantage appréciable, surtout lorsqu'une curieuse se met en tête de me suivre.

— Tu vois les astres ?

— Seulement ceux qui produisent de la lumière.

— Pourquoi nous voyons aussi loin ? questionna Ashtiri, perplexe.

— Pour ne jamais oublier notre place. Sans ça, notre pouvoir deviendrait poison et altérerait notre perception du monde. Nous nous proclamerions supérieurs aux humains sans pouvoir et aux autres mages, puisque nous le sommes en termes de puissance. Voir la réalité nous rappelle à chaque instant que nous ne sommes en fait pas grand-chose, et que pour l'univers nous sommes nés et morts en même temps tant notre vie est insignifiante à son échelle.

— Mais elle compte pour l'humanité car nous sommes à sa taille.

— Et grâce à toi, nous allons enfin pouvoir la protéger.

Ashtiri n'était pas encore sûre d'être prête à relever le défi, mais elle ferait tout pour être à la hauteur de la confiance que tant de personnes avaient placée en elle.

PARTIE 2

La Première Lionne d'ébène

Chapitre 32

Tout était noir.

Dans l'infini du néant, Ashtiri percevait la silhouette ténébreuse de la Lionne cosmique. Entre ses pattes se faufilaient les filaments galactiques dont la petitesse révélait l'immensité de l'animal.

— Est-ce que tu la sens ? demanda Padiguem.

— Oui.

Ashtiri ressentait comme jamais la présence de la prédatrice qui tournait autour d'elle. Elle s'impatientait de voir sa protégée déployer toute sa puissance, celle-là même qu'elle avait glissée en elle la veille.

— Tu es prête ?

Pour toute réponse, Ashtiri ouvrit ses yeux dont la noirceur absorbait la moindre lumière, là où ceux entièrement blancs de Padiguem semblaient la diffuser. Elle sentait la magie pulser en elle et l'énergie de l'espace se répandre dans son organisme. Une sensation grisante de puissance la rendit certaine d'arriver à plier même le Temps entre ses doigts.

Mais aussitôt eut-elle cette pensée que la magie lui échappa comme emportée par un vent inéluctable. Le vide qui suivit la laissa démunie.

— Tu l'as perdue.

La constatation de Padiguem la remplit de honte.

— Ce n'est pas grave, ajouta-t-il.

Ashtiri baissa le regard vers ses mains, offrant le rose de ses paumes à la caresse de la brise. Le chant des oiseaux et des insectes la ramena en totalité sur Terre. Loin des étoiles, elle sentait la chaleur du soleil sur sa peau noire, l'odeur des fleurs et du repas qu'on préparait pour midi. La terrasse dallée où Padiguem l'entraînait se trouvait dans un coin isolé du complexe des Lions d'albâtre. Ici, seule la végétation abondante observait les échecs successifs de la nouvelle Lionne.

— Je ne comprends pas, avoua-t-elle. Je sais que je connais tout de la magie de la Lionne cosmique, mais j'ai l'impression de ne pas être capable d'accéder à ce savoir, comme s'il était derrière une porte que je n'arrivais pas à ouvrir.

— C'est normal. Ne pas nous y donner accès tout de suite nous permet de nous exercer. Un tel pouvoir entre les mains d'une personne mal préparée peut être dévastateur en dépit des limites de la magie.

Les derniers mots de Padiguem rendirent Ashtiri curieuse. Elle s'approcha de lui tandis qu'il leur servait de l'eau.

— Quelles limites ?

— Celles qui nous empêchent d'utiliser nos pouvoirs pour détruire le monde.

Padiguem vida son verre, imité par sa consœur, avant de se tourner vers elle, la main levée. Au bout de ses doigts apparurent de brefs éclats de lumière si vifs qu'ils attirèrent des petits monarques par dizaines. Les papillons aux ailes orange tachées de rouge et de noir tournoyèrent autour du Lion avant de se poser avec légèreté sur sa main solide.

— Que se passera-t-il si j'enflamme ma main ?

— Les papillons mourront.

— Nous allons voir.

La perspective de ce que Padiguem s'apprêtait à faire horrifia Ashtiri. D'un geste réflexe, elle attrapa le poignet de son parèdre[1] afin de le dissuader. Les papillons s'envolèrent.

Padiguem ne commenta pas l'intervention d'Ashtiri. Il se contenta de rappeler les papillons, un sourire indéchiffrable sur les lèvres. Puis, délicatement, il ôta la main d'Ashtiri et enflamma ses doigts.

Ashtiri mesurait tout le danger du brasier à la chaleur qu'il dégageait, au contraire des papillons sereins au milieu des flammes. La Lionne approcha ses doigts mais recula quand la morsure du feu la menaça.

— Pourquoi ça ne leur fait rien alors qu'à moi si ? demanda-t-elle.

— Parce que tu es face à la limite la plus importante de la magie : celle manipulée par les humains ne peut blesser ou tuer que les humains.

La révélation laissa Ashtiri dubitative.

— Je ne comprends pas. Pourquoi nous donner autant de pouvoir si c'est pour le limiter à ce point ?

— Nos pouvoirs sont là pour nous permettre d'aider les autres. S'ils sont ainsi limités, c'est parce que nous sommes des humains. Un mage ne peut pas exterminer toute une population de prédateurs pour le confort économique de son affaire. Aucun ne peut faire disparaître des hectares de forêt pour accroître sa richesse. Aucun mage ne peut tuer un cheval

1. Forme de sexe opposé que peut prendre une divinité.

sur un champ de bataille, car l'animal n'a rien à voir avec le conflit humain.

La nature œuvrait à maintenir un équilibre aussi parfait que possible. Cela passait par les pouvoirs qu'elle octroyait mais également par une série de systèmes de sécurité destinés à préserver la délicate balance du vivant. Ces contraintes étaient si nombreuses et variées que personne ne les connaissait toutes.

— La magie nous est prêtée, elle ne nous est pas soumise. Elle fait les règles, nous les respectons.

— Et si nous ne les respectons pas ?

— Elle reprend ce qu'elle a donné, d'une manière ou d'une autre. Ses influences et ses formes sont plurielles.

— Je comprends mieux. Mais en ce qui concerne le Fléau ? Les démons peuvent utiliser la magie ?

— Non. Les créatures nées de la magie ne peuvent pas la manipuler. Elles doivent pour cela trouver un substitut, souvent un mage dont elles prennent le contrôle afin de s'approprier ses pouvoirs.

Au fur et à mesure des explications du Lion, Ashtiri tentait d'en trouver un écho en elle, par-derrière cette porte close. Pour l'instant, l'essai n'était pas concluant. Elle avait conscience d'avoir besoin d'établir un lien entre elle et la magie de la Lionne ; elle ne savait simplement pas comment y parvenir.

Afin de changer les idées à sa consœur, Padiguem lui demanda de se mettre en position défensive, bien plus facile à maîtriser que l'offensive car se défendre tenait de l'instinct de survie le plus basique. Avant de lancer sa première attaque, le Lion rappela à Ashtiri :

— Ma magie est liée à la vie, à la Terre et à ses éléments. La tienne est liée à tout le reste.

Chapitre 32

— C'est vaste.

— Je sais. Mais si tu veux réussir à utiliser tes pouvoirs, tu dois être capable de manipuler tes propres éléments.

— Qui sont… ?

— Je ne sais pas. À toi de le découvrir.

Ashtiri esquissa une moue dépitée. Vivement qu'elle puisse ouvrir cette maudite porte !

— En position. Concentre-toi.

Sa parèdre obéit. Elle ferma à nouveau les yeux avec l'intention de se reconnecter à la magie de la Lionne cosmique. Quand elle fut prête, elle hocha la tête pour prévenir Padiguem.

Le Lion prépara une attaque de feu. La portée de la chaleur était telle qu'Ashtiri la sentit à trois mètres. Inconsciemment, ses muscles se gonflèrent, son cœur battit un peu plus vite tandis que son ouïe s'affûta : son organisme s'apprêtait à riposter au danger. Il fallut pourtant à Ashtiri contraindre son corps à ne pas fuir.

Une imperceptible variation dans l'air signala le départ de l'attaque. Ashtiri ouvrit les yeux. Le tourbillon incandescent qui fonçait à toute allure sur elle chassa sa raison au profit d'une peur primaire. Ashtiri érigea instinctivement un bouclier d'énergie. Durant une fraction de seconde, elle fut entourée par le crépitement intense de l'électricité de même qu'un feu dévié par son champ de force.

Aussitôt apparue, la protection disparut, laissant Ashtiri vidée de ses forces.

— Tu vas bien ? s'inquiéta Padiguem quand elle s'agenouilla.

— Oui, ça va. J'ai fait des éclairs !

— J'ai vu. Félicitations.

Préoccupé mais confiant, Padiguem lui apporta de l'eau.

— Maintenant, il va falloir apprendre à attaquer avec.

Chapitre 33

Le reflet dans le miroir aurait dû déranger Ashtiri. Ses longs cheveux crépus, d'ordinaire coiffés en tresses plaquées, avaient laissé place à une courte chevelure, signe d'appartenance à l'ordre de la Lionne cosmique. Sans parler de ses yeux noirs. Elle avait beau les observer dans les moindres détails, elle ne parvenait pas à en distinguer l'iris.

— Te sens-tu différente ? s'enquit Pithana dans la chambre duquel elle se trouvait.

— C'est étrange, je n'arrive pas à savoir.

Ashtiri approcha de l'homme penché sur ses nombreuses notes. À cause des entraînements avec Padiguem, elle n'avait pas eu l'occasion de suivre l'avancée de ses recherches ces derniers jours, pourtant il les avait passés avec Séshathotep et Shiro, ce dernier s'étant pris d'affection pour le prince et ses contes.

— Tu as trouvé quelque chose sur l'Histoire manquante ?

— Non. En revanche certains événements consignés par Rhouti divergent tellement par rapport à mon savoir que cela prouve la maîtrise de ma famille en matière de création de mémoire.

— Je ne comprends pas. On peut en créer une ?

— À un peuple, oui, par le biais des écrits qui la composent, ou qui en sont absents. Grâce à ceux qui restent, nous nous souvenons d'événements auxquels nous n'avons pas assisté, et parce qu'ils sont consignés nous les considérons comme réels et véridiques sans jamais chercher à les remettre en question.

— Mais les livres sont là pour dire la vérité.

— C'est justement parce qu'on nous l'apprend ainsi que nous ne nous méfions pas. Personne ne doute de leur contenu, hormis d'autres peuples, ou des personnes côtoyant d'autres peuples qui ont, eux, une vision différente des événements. Mais si tu ne possèdes aucun moyen de comparaison, déceler le mensonge est impossible.

— D'où l'importance des différences.

— Et de créer un lien entre elles. C'est lui qui leur donne toute leur importance. En le brisant en même temps que la mémoire des Kussars, les rois d'Ofayne ont réécrit l'Histoire à leur unique avantage, peu importe si pour cela il leur a fallu supprimer les personnes et les textes capables de les contredire. Ainsi, leur vérité est devenue la seule vérité, et leur vision des choses est devenue celle de leur peuple. Ils ont fait des autres nations soit des ennemis barbares menaçant la sécurité des Ofayniens, soit des sous-hommes indignes de respect. En créant de toutes pièces une mémoire collective, ma famille a offert à son peuple des esclaves à mépriser et, surtout, des méchants à haïr afin de justifier ses actes par le seul souci de les en préserver.

— Ce que tu dis est affreux.

Chapitre 33

— Tu le penserais davantage si ton propre père perpétuait l'imposture. Mais je ne parviens pas à comprendre pourquoi certains écrits concernant les Lions d'albâtre ont été conservés.

— Tes ancêtres savaient qu'ils en auraient besoin ? émit Ashtiri.

— Ça me paraît logique. Je commence à me dire que plus qu'un lien avec le vol de l'orbe, ils ont souhaité cacher leur participation. Ce que j'ai trouvé ici, et ce que laissaient deviner les écrits kussars détenus par mon père, c'est bien que les royaumes frères ont attaqué les premiers. Pourquoi sinon pour le dérober ?

— Alors ce sont eux qui l'ont ?

— Je ne sais pas… Je ne sais pas si mon père prendrait le risque de faire venir le Lion si tel était le cas. D'un autre côté, l'impasse de la situation ne lui laisse pas vraiment d'autre choix. Je dois retourner au palais, conclut-il en se levant.

Ashtiri le retint par le bras au moment où il voulut partir. Si elle ne connaissait rien aux choses de la politique, elle savait que les changements inévitables qui s'annonçaient allaient modifier la face d'Ofayne ainsi que de tous les royaumes frères.

— Je vais libérer les esclaves, annonça-t-elle. Qu'ils soient narabiens, kussars ou ofayniens.

Pithana l'observa. Il y avait dans son regard une perception redoutablement aiguë de la réalité. Plus que le savoir, il s'y était préparé.

— Si je me suis mis en tête d'arrêter le trafic de Shri'Mta c'est parce que j'ai réfléchi aux moyens nécessaires pour pallier l'absence des esclaves. J'aurais aimé avoir plus de temps car mon père, lui, n'a rien anticipé. Lorsque cela arrivera, son manque de préparation fera tomber le royaume. Même si l'imaginer me brise le cœur, ton devoir est de rétablir l'équité.

Ashtiri le retint encore :

— Willias a laissé entendre que tu pourrais prendre le pouvoir par la force. Est-ce que ça serait une si mauvaise chose ?

— C'est la vision qu'aura le peuple d'un tel acte qui le rendra bon ou mauvais puisque dans les faits, ce n'est qu'un moyen comme un autre. En l'état actuel des choses, mon père est un roi aimé puisque le royaume est prospère. Le peuple verrait d'un très mauvais œil l'arrivée au pouvoir par la force d'un homme qui leur annoncerait de profonds changements, parfois peu agréables même si nécessaires.

— Cette guerre ne pourrait pas tourner à ton avantage ?

— Seulement si mon père se montrait incapable d'arrêter l'armée ennemie au point qu'elle menace la capitale, mais cela signerait l'arrêt de mort de millions de mes sujets aux portes du royaume. C'est un prix que je refuse de payer.

— Tu es trop honnête pour un prince, répéta son amie en le libérant.

— C'est pour ça que mort, je le serai bientôt.

Le sourire résigné sur ses lèvres rendit sa prédiction cruelle. Se pourrait-il que malgré ses pouvoirs, Ashtiri soit incapable de le sauver ? La destinée de ce prince était-elle si éloignée de son devoir de Lionne qu'elle ne puisse avoir de prise dessus ? Peut-être était-ce le cas, mais elle se jura de tout faire pour le protéger, et cela commençait par une réunion dans le bureau de Padiguem où ce dernier patientait en présence de Maanebet et de Shiro. Ashtiri éveillée, le temps venait de faire le point sur la situation, que ce soit en Ofayne ou en Ahhiyawa, car la guerre semblait bel et bien se jouer sur ces deux terres.

Sur une table, une carte des royaumes frères était déroulée, laissant voir les déplacements du Fléau depuis son apparition au nord d'Ahhiyawa jusqu'à sa position actuelle près de la frontière ouest d'Ofayne.

Padiguem expliqua qu'à sa connaissance, le seul moyen de venir à bout des monstres était en contraignant leur créateur à les défaire. Trouver cette personne était donc la priorité des mages-guerriers, sans quoi la guerre serait perdue.

Mais en attendant de trouver l'instigateur, il importait de ralentir le Fléau sur les terres ofayniennes deux fois plus peuplées que celles de Dryane, et sur lesquelles avaient en prime afflué les exilés dryaniens. Cette tâche incomberait à Maanebet qui, grâce à son statut, possédait un lien privilégié avec les animaux sacrés auxquels elle était en mesure de demander de l'aide. Pour que son intervention soit efficace, il lui faudrait un lieu surélevé sur le chemin du Fléau, endroit que Pithana promit de lui trouver lors du trajet de retour puisqu'il profiterait du bateau de la grande prêtresse pour regagner Ofayne.

Quant à Ashtiri et à Padiguem, ils se rendraient en Ahhiyawa d'où était parti l'ennemi et où se rendait une jeune femme assez digne d'intérêt pour être apparue dans les visions de Maanebet. Cette partie du plan rendit la jeune Narabienne incertaine :

— Le roi d'Ofayne ne libérera ma sœur et mon amie que si tu te montres à lui, rappela-t-elle à Padiguem.

— Je ne peux pas. Faire le détour demanderait trop de temps, or il nous en manque.

— Avec ce qu'il se prépare, intervint Pithana, je doute que Senel et Riniri soient la priorité du roi.

Le regard insistant du prince rappela à Ashtiri que cette décision faisait partie des précautions qu'il avait lui-même prises avant leur départ. Aussi approuva-t-elle le plan proposé par le Lion même si elle doutait encore de ses réelles capacités de mageresse. Après tout, il pouvait y avoir un abîme entre savoir théorique et application pratique. Le fait était qu'elle ne connaîtrait jamais la pleine mesure de ses pouvoirs si elle ne se confrontait à aucun danger ; le destin lui offrait simplement le pire d'entre tous.

Padiguem s'apprêta à aller donner l'ordre de préparer les navires lorsque Shiro le retint avec une question remplie de tant de détermination qu'elle en était admirable :

— Comment puis-je me rendre utile ?

Tandis que le Lion hésitait sur la réponse à lui donner, Pithana prit l'initiative de traduire l'échange en tjol à Ashtiri.

— En restant ici, Shiro, confia Padiguem.

— Je suis un guerrier, j'ai fait le serment de mourir au combat, ne me fais pas l'affront de me laisser en arrière.

— Je te parle en toute honnêteté, mon ami, parce que je t'estime ; ta présence sur un champ de bataille n'annoncera pas un combat mais ton suicide. Comment pourras-tu vaincre des ennemis que tu ne vois pas ? Tu sais comme moi le vacarme des affrontements, tu n'entendras pas. Mourir pour mourir n'a rien d'honorable.

Affirmation à laquelle le guerrier du Tjo ne répondit pas. Quelque chose dans sa tenue intrigua Ashtiri qui n'avait pas besoin de comprendre la langue pour décrypter le langage. Son corps était parcouru d'une tension palpable, comme si l'homme pouvait opposer une réplique imparable aux arguments de Padiguem. Si tel était le cas, il ne la dévoila cependant pas, préférant négocier son embarquement sur le navire de Maanebet, arguant qu'à défaut de combattre il pourrait veiller sur la grande prêtresse jusqu'à son arrivée en Ofayne. Nul ne savait comment elle y serait accueillie.

Chapitre 33

— J'aimerais la protéger si elle m'y autorise. Ainsi que Pithana… puisqu'il est notre allié.

Au nom de l'Ofaynien, le visage contrarié de Padiguem s'adoucit.

— Padiguem, intervint Maanebet, je comprends ton envie de protéger ton ami, mais nous priver de son expertise dans un moment aussi singulier m'apparaît dangereux. Qu'il n'aille pas sur le champ de bataille, soit. Alors il restera au campement.

— Que se passera-t-il si l'armée d'Ofayne tombe ? opposa son frère.

— Si tel était le cas, Shiro ne serait en sécurité nulle part.

Les arguments de Maanebet parvinrent à infléchir la position de Padiguem. Shiro obtint finalement de lui l'autorisation de faire escorte. Les détails à présent réglés, le Lion alla donner ses instructions pour que les navires soient prêts au départ dès le lendemain matin au plus tard.

Chapitre 34

Au milieu de l'agitation qui régna dans le bâtiment le reste de la journée, Ashtiri fut un peu perdue. Ses quelques affaires rangées, elle chercha un moyen de se rendre utile autrement. Sur le chemin menant au bureau de Padiguem, l'adolescente fut interpellée par Séshathotep qui la conduisit, sur ordre du Lion, dans un atelier de tissage où elle fut invitée à choisir des vêtements en accord avec sa nouvelle fonction. Ashtiri fut étonnée du choix proposé, jusqu'à ce qu'on l'informe que l'instruction de les confectionner avait été donnée voilà trois jours, lorsque Padiguem avait compris le rôle d'Ashtiri. Ainsi donc, depuis le début, il avait cru en elle.

Cette pensée la toucha profondément, tout comme celle des ouvrières qui avaient travaillé sans relâche sur les tenues composées pour la plupart de luxueuses pièces existantes mais retouchées. Si Ashtiri songea refuser en première intention, elle comprit que son rôle, en tant que Lionne, était aussi de faire honneur au labeur des tisserandes car toutes attendaient avec impatience de connaître l'avis de la mage-guerrière.

Après un instant de réflexion, cette dernière jeta son dévolu sur une tenue bleu nuit composée de deux chendjits, celui de dessous long et plissé, celui de dessus court et composé de lanières de cuir entrecroisées. Ces mêmes lanières se retrouvaient sur le haut – celui d'une robe coupée dont on avait gardé la partie supérieure – au niveau de l'abdomen. Cette fois, les bretelles plus larges couvraient la totalité de ses seins. Enfin, on chaussa ses pieds de robustes sandales de cuir tressé. La première Lionne ainsi parée fut ensuite conduite jusqu'au bureau de Padiguem où Séshathotep l'abandonna.

— La tenue est nécessaire ? demanda Ashtiri.

— En Rhouti les Lions étaient la source d'une économie florissante. Depuis leur disparition, cette dernière s'est effondrée. Les tisserands ont pour la plupart fermé boutique, les forgerons également, la garde a été dissoute…

— La garde ?

— La garde des Lions d'albâtre. Elle était l'appui militaire des mages-guerriers. Avec leur renaissance et la naissance des Lionnes, toute cette économie va repartir alors oui, la tenue est nécessaire, tout comme ceci.

Padiguem lui tendit un khépesh :

— C'est étrange comme j'ai commencé à faire attention aux détails depuis quelques jours. Regarde le pommeau du tien et du mien.

Sur celui de l'homme apparaissait la moitié d'un soleil ; sur celui d'Ashtiri était gravé la moitié d'une lune. Depuis l'apparition de l'ordre des Lions, celui des Lionnes se préparait dans l'ombre.

— Tu t'es toujours senti légitime de porter ce titre ? questionna Ashtiri sans quitter des yeux son arme.

— Non.

Chapitre 34

Elle leva le regard vers lui.

— Après le décès de mon mentor, j'ai été obligé de prendre sa suite sans pour autant me considérer comme un mage-guerrier. J'étais simplement celui qui devait trouver l'orbe. À dire vrai, même si j'ai été éduqué depuis l'enfance, la portée de mon rôle ne m'est apparue clairement qu'à ton arrivée ici. Je suis heureux que tu sois là.

— Et moi rassurée de t'avoir pour guide.

La main que l'homme posa sur son épaule nue diffusa une chaleur rassurante.

— Fais de ton mieux et n'aie pas peur de te tromper.

Ashtiri acquiesça d'un signe de tête avant d'attraper la ceinture où pendrait son arme, puis elle suivit Padiguem le reste de la journée afin de le seconder et, ainsi, d'apprendre à mieux le connaître.

Le navire en partance pour Ahhiyawa fut apprêté après le coucher du soleil. Malgré l'heure tardive, le port ouest de Rhouti grouillait de vie sous la lumière d'innombrables torches et braseros. À l'horizon, la lune descendante éclairait les eaux du deuxième delta du Hâpy, unique porte sûre menant à Hereret-Niout depuis la fermeture de la porte fluviale nord.

Les yeux rivés sur la brillante Sothis, Ashtiri se saoulait au parfum du vent marin et de la graisse brûlée. L'eau s'écrasait contre les quais, l'équipage s'activait et les ordres fusaient dans la chaleur sèche de la soirée. Au fond d'elle demeuraient ses doutes quant à sa capacité à réussir sa mission qui lui apparaissait toujours floue et lointaine, comme si elle ne l'atteindrait jamais.

En dépit de cela, les paroles rassurantes de Padiguem faisaient peu à peu leur chemin, augmentant silencieusement sa détermination à donner le meilleur d'elle-même. Pour Senel et Riniri d'abord, pour tous les autres ensuite. Elle le savait, pour maîtriser ses pouvoirs et être à la hauteur de Padiguem, il lui faudrait retrouver l'assurance et l'audace qui avaient fait d'elle la meilleure voleuse de Tyniry.

— Tu doutes encore ?

La question fit sursauter Ashtiri – sa large vision ne lui servait à rien si elle ne restait pas concentrée. Sa frayeur passée, elle fit face à Pithana sur le visage duquel avaient disparu la joie et l'épanouissement retrouvés ici. À présent, c'était le retour en Ofayne qu'il redoutait. Parti d'un pays en paix, il regagnait un pays en guerre contre un ennemi que personne ne savait encore comment arrêter. La perspective de découvrir ses terres recouvertes de millions de cadavres devait lui donner des cauchemars, même éveillé. Malgré les temps sombres annoncés, le prince s'inquiéta d'abord pour Ashtiri. Ses incertitudes lui parurent dérisoires en comparaison de celles du jeune homme, alors elle lui sourit et le rassura.

— Et toi, comment tu te sens ?

— Je suis terrifié, avoua-t-il.

La pudeur autant que la sincérité avec lesquelles il le fit toucha sa jeune amie.

— On va retrouver l'orbe et arrêter le Fléau, lui promit-elle.

Pithana baissa la tête, geste si inhabituel chez lui qu'il lui serra le cœur. Quelque chose d'autre le tourmentait. Après un instant de silence, il se confia :

— Penses-tu que j'ai tort de croire que les Ofayniens ne sont pas nés avec la haine de l'autre ? Je suis persuadé que les instruire leur ouvrira les yeux… mais s'il n'en était rien ?

Ashtiri lui releva le menton du bout des doigts. Aujourd'hui, c'était à elle d'apaiser les doutes du prince.

Chapitre 34

— Tu es la preuve que les Ofayniens ne naissent pas avec la haine de l'autre. Quand le monde aura retrouvé la paix, nous bâtirons des ponts entre nos peuples. Les murs ont fait trop de mal.

Un sourire discret échappa à Pithana :

— Merci. Merci de pardonner aux miens les horreurs de ma lignée. Merci de me les avoir pardonnées à moi aussi.

— Je doute de l'avoir fait si tu avais pensé comme ton père.

— Si cela avait été le cas, nous n'aurions jamais voyagé ensemble, lui rappela-t-il.

Son ton redevenu léger ne parvint pas à faire oublier tout ce qui se cachait derrière la présence de Pithana ici : son père le considérait au-delà d'une gêne, comme une menace suffisante pour justifier sa mise à l'écart, fusse-t-elle impitoyable et définitive.

De la passerelle du navire, l'ordre fut donné d'embarquer. L'au revoir brisa le cœur d'Ashtiri car la peur de ne plus jamais revoir le prince lui apparaissait cruellement redoutable. Elle rejeta cette morbide pensée loin dans son esprit, fit promettre à Pithana de l'attendre et, avant que le courage ne lui manque, embarqua avec Padiguem. Ainsi s'en alla le dernier espoir, glissant sur les eaux miroitantes d'un futur incertain.

Chapitre 35

Les muscles du cheval produisaient une énergie phénoménale. Tudh la ressentait dans tout son corps tandis qu'elle propulsait l'animal sous une pluie battante. À cette vitesse, les gouttes étaient autant de fouets cinglant son visage marqué par la fatigue d'une chevauchée de plusieurs heures comme de jours entiers d'angoisse. Afin de contourner le danger efficacement, le lieutenant avait embarqué avec sa monture sur un navire de pêcheur qui l'avait débarqué au matin au sud d'Ofayne. Depuis, il filait à travers les grands domaines, la peur au ventre de se retrouver esseulé à la tombée de la nuit. Le ciel encombré de nuages noirs raccourcissait plus encore sa marge de manœuvre car rien ne disait que les démons ne sortiraient pas au couvert de la nue déchaînée.

Trempé de pied en cap, transi, il peinait parfois à garder le cuir des rênes serré dans ses mains gantées. L'épée récupérée dans la bibliothèque de brume pendait sur le côté de sa selle, cliquetant comme un métronome rythmant le temps avant le lever de la mort. Tudh en aurait été horripilé si le vacarme du déluge ne le rendait pas pratiquement sourd.

LE DERNIER LION D'ALBÂTRE

« On a vu les navires de guerre ofayniens près de Clairvendange. Sitôt passé la ville, vous ne pourrez pas les manquer. » Telles avaient été les paroles du pêcheur qui l'avait mené dans ce pays. Le pauvre homme, qui n'avait jamais connu dans sa vie que les chaloupes, avait vu glisser sur les eaux des monstres chargés de canons par dizaines et de soldats par centaines. Il ne les oublierait jamais.

Bon sang ! Il était à plus de cinq kilomètres de Clairvendange et rien ! Où était l'armée ? Les navires ne pouvaient pas être seuls face à l'ennemi, ils devaient forcément avoir un soutien terrestre plus loin. La luminosité baissait encore. Son courage s'échappait avec ses dernières forces lorsqu'à l'horizon, perçant le rideau épais de la pluie, apparurent des lumières, puis la silhouette terne de plusieurs tentes.

— Oh hé !

Une sentinelle d'Ofayne avait repéré le cavalier arrivant. Le cheval de Tudh freina si sec face au soldat qu'il patina un peu dans la boue. Le garde s'approcha et éleva la voix pour s'adresser à l'inconnu en selle :

— Ton nom, soldat.

— Lieutenant Tudh Aliya, sous le commandement du général[1] Vilbond Wilrose de l'armée de Dryane. J'ai des informations concernant l'ennemi.

La sentinelle se décala, le doigt tendu vers les abris :

— La tente de commandement avec les oriflammes rouges. Dépêche-toi.

Tudh lança Réglisse au galop sur ce conseil avisé. Il démonta à peine arrêté devant la tente, se présenta à nouveau aux gardes qui l'introduisirent auprès de la hiérarchie. Tudh claqua des talons et courba l'échine avant de se redresser, sa preuve de respect donnée

1. Chef de plusieurs compagnies.

aux deux officiers. Le général Wilrose, qu'il n'avait entraperçu que de rares fois, l'invita près de la table sur laquelle se jouait la vaine stratégie d'Ofayne dont il était venu grossir les rangs. L'assemblée attentive, Tudh leur révéla l'existence des mages, des esprits de la nature, et leur communiqua le lieu presque certain de résidence du chef ennemi, homme dont Tudh avait déjà attesté l'absence le soir de sa rencontre avec Henti, lorsqu'ils avaient ensemble espionné le Fléau depuis la rivière.

D'abord hébétés durant un instant, les deux généraux présents finirent par se lancer dans des conjectures sur la stratégie à adopter, puis vinrent les palabres inutiles, et Tudh s'impatienta de leur indécision. Après un quart d'heure à rester silencieux, le lieutenant osa les interrompre :

— Pardon, généraux, mais si on s'en tient à notre seule certitude, à savoir que nous ne pourrons jamais vaincre le Fléau, notre unique chance demeure de débusquer son chef et de le tuer en espérant briser, par là même, son enchantement macabre.

Loin de lui attirer la moindre remarque désobligeante, son intervention non sollicitée plongea ses supérieurs dans un silence studieux, chacun évaluant ses arguments avec soin. En l'état actuel de leurs connaissances, une chose était certaine : l'armée serait décimée jusqu'au dernier homme. Leur expérience de la guerre leur soufflait de grossir les rangs au maximum afin de tenir plus longtemps face à l'ennemi, mais la singularité de la situation nécessitait sans doute une autre approche. La magie obéissait à des règles séculaires, pour la majorité oubliées avec cet art d'un autre temps. En dépit de cela, certaines avaient traversé les âges sous forme de superstitions, comme celle disant que le seul moyen de rompre un charme était de neutraliser son lanceur. Ainsi donc, bien que folle, l'idée de Tudh semblait, à l'heure actuelle, la plus sensée.

Les généraux finirent par abonder dans son sens. Tous deux se penchèrent alors sur la carte sans donner le moindre ordre à Tudh qui resta donc immobile à sa place. La logistique fut la première chose abordée : combien d'hommes ? Où les faire débarquer ? Où les faire aller une fois en Ahhiyawa pour trouver cette fameuse cité d'Hattusa absente de leurs cartes ? La région, en plus d'être vaste, possédait des reliefs difficiles, alternant par endroits plaines désertes battues par le vent et montagnes acérées comme les dents d'un monstre millénaire.

Un monstre.

Une haleine de monstre.

La révélation frappa Tudh comme l'éclair frappe les arbres. Il fit un pas en avant tout en se raclant la gorge, assez fort afin d'attirer l'attention de ses supérieurs. Dès qu'il l'obtint, il désigna sur leur carte la péninsule faisant face aux îles du dieu Aruna en leur rapportant mot pour mot le témoignage d'Henti, lorsqu'elle avait vu des nuages inquiétants s'agglutiner au-dessus du bras de terre. Ils le jugèrent suffisamment pertinent pour décider le débarquement dans cette zone. Avaient-ils d'autre choix ? Bien trop, c'était là le problème. La situation pressait, il fallait agir. Le général Wilrose congédia ainsi son soldat après avoir demandé qu'on le conduise à une tente où il se rassasierait et se reposerait un peu, s'il le pouvait.

Sous la toile épaisse tendue, on n'entendait que le bruit de la pluie s'y fracassant. Tudh enfila des vêtements secs, avala un repas auquel il ne trouva aucun goût mais ne parvint pas à trouver le sommeil. Des soldats en armure étaient allongés près de lui, les yeux grands ouverts et l'esprit alerte, guettant tout autant qu'ils le redoutaient le hurlement du cor d'Ofayne. L'immobilisme et l'incertitude devinrent vite insoutenables au point que l'envie d'extérioriser ses sentiments démangea le lieutenant. Un de ses compagnons lui donna un livret de feuilles vierges ainsi qu'un crayon, et lui glissa que tous en passaient par là à un moment ou à un autre. Pour chasser l'angoisse, ou pour laisser une trace.

Tudh se réfugia dans un coin où il apprécia le sentiment de se sentir seul. Assis sur une caisse bancale, s'aidant de ses jambes repliées, il écrivit :

« *Chère Henti,*

Si cette lettre te parvient un jour, c'est que je serais mort, et tu te demanderas sans doute pourquoi elle t'est destinée, toi pour qui je ne suis rien... »

Il écrivit et, mot après mot, repoussa l'incertitude et la peur, remplissant tout son être de la présence diffuse de la Kussar. Un espoir irrationnel le rassurait sur le devenir d'Henti, comme si contrairement à lui elle avait un rôle déterminant à jouer dans ce moment singulier de l'Histoire. Plus qu'un espoir, sans doute était-ce un vœu, une prière, ou tout à la fois ?

Parce qu'il en était tombé amoureux.

Savoir qu'elle avait chevauché seule avec une armée ennemie dans son dos l'avait rendu admiratif. La voir se précipiter sans la moindre hésitation dans une rivière pour observer les démons l'avait subjugué. La suivre à travers terre et mer à la recherche d'une île légendaire dénichée uniquement grâce à sa capacité à y croire encore l'avait fasciné. Sur le plateau verdoyant et frémissant sous le vent, à l'ombre des nuages blancs glissant au-dessus d'eux, lorsqu'elle lui avait pris la main, il avait commencé à l'aimer. Et jamais il n'avait eu aussi peur qu'au moment où elle était partie seule vers Ahhiyawa, lui dont le plus fort désir était de lier sa vie à la sienne.

C'était son désir à lui, pas à elle. Ce fut en le comprenant qu'il trouva le courage de cesser la poursuite pour accomplir son propre devoir. Henti avait choisi un destin dont Tudh ne faisait pas partie. Pourtant il l'aimait, alors il déposa son cœur dans sa lettre, recommençant une page entière à la moindre rature car tout devait être parfait. Ce soir-là, sa pratique des arts lui sembla plus précieuse que jamais.

Des cliquetis tirèrent Tudh de son sommeil dans un sursaut. Le cœur affolé par l'appréhension d'une alerte, il força tous ses sens à sortir de leur léthargie. Il frotta ses yeux collants avant de les poser sur un capitaine d'Ofayne aux traits marqués par le manque de sommeil.

— Ils ont passé le fleuve ? s'inquiéta le Dryanien.

— Nous avons encore un jour à vivre. On te demande sous la tente de commandement.

Tudh eut un dernier instant de flottement puis se leva. Les feuillets noircis de charbon faillirent lui échapper mais il les retint de justesse. Les perdre après s'être autant appliqué à les rédiger serait une tragédie dont il ne se remettrait pas. Il les plia donc avec soin et les glissa dans la veste de son uniforme avant de rejoindre sa hiérarchie.

À l'extérieur, l'humidité du brouillard lui piqua le visage, achevant de le réveiller. Quelque part à l'est le soleil s'était levé, pourtant il était impossible de deviner où dans cette purée de pois. L'atmosphère était étrange : aucun homme ne parvenait à être heureux de vivre encore. Sans doute pressentaient-ils le carnage qui viendrait tôt ou tard du fleuve. Ce fut l'esprit tourmenté qu'il entra sous la tente de commandement où un troisième général dont il ne connaissait pas l'identité l'attendait. Tudh le salua avant d'écouter avec attention les paroles du haut gradé. Ce dernier combla la distance entre eux comme s'il s'apprêtait à parler à un ami, non à un subordonné, et cela surprit le lieutenant qui s'efforça pourtant de ne rien laisser paraître.

— Lieutenant Tudh Aliya, le général Wilrose ne tarit pas d'éloges à votre égard. Nos hommes non plus depuis que vous avez découvert les points faibles du Fléau ainsi que la localisation de leur chef.

Tudh cilla d'incrédulité. Bien qu'il n'y fût pas invité, il ne put s'empêcher de corriger l'information :

— Avec tout mon respect, mon Général, ces découvertes ont été faites par une jeune femme du nom d'Henti. J'étais seulement là par hasard.

— On s'en moque.

Le ton agacé de l'officier fit froncer les sourcils de contrariété à Tudh. Le général souffla de fatigue tout en se massant les tempes.

— Nous sommes tous épuisés, reprit-il, calmé. Dans une situation sans espoir, la seule façon de faire tenir les hommes coûte que coûte est de leur en redonner.

— Je ne comprends pas, Général.

Le militaire se redressa et posa sur son vis-à-vis un regard si triste que Tudh le soupçonnait d'être capable de pleurer d'un instant à l'autre.

— Les soldats ici mourront tous.

La morbide vérité lui serra le cœur à lui en faire mal.

— Vous, vous devez vivre car votre réputation a couru dans tout le pays : les hommes vous admirent. Vous avez survécu, vous êtes leur espoir. Vous *devez* rester en vie.

— Général…

— Vous partirez avec Wilrose avant le coucher du soleil, le coupa-t-il.

L'officier prit des galons sur la table de commandement.

— Vous chevaucherez en direction de la capitale en portant les nouvelles aux gens d'Ofayne et vous rejoindrez le gros de l'armée dans la province de Vivcollines, continua-t-il en accrochant les chevrons aux épaules de son uniforme.

Le contexte et la raison de sa montée en grade faillirent lui arracher une grimace de dégoût : sa valeur comptait moins que sa capacité à incarner un symbole dont les seuls traits auraient dû être ceux d'Henti. Il n'avait fait que la suivre. Comment pouvait-il se réjouir de pareille situation ?

— Ai-je été clair, Capitaine ?

— Très clair, Général.

— Bien. Vous nous excuserez pour les galons ofayniens, nous n'en avions pas de dryaniens sous la main.

La remarque légère ne parvint pas à faire sourire Tudh. Le général sembla s'en attrister. L'homme reprit place près de la table centrale sur laquelle il posa ses mains usées.

— Si cela peut vous rassurer, il est fort probable que les armées dryanienne et ofaynienne périssent toutes. Nous partirons juste les premiers. Gardez la rage qui vous fait serrer les poings pour le moment où vous serez face à l'ennemi. Rompez.

— Mon Général, le salua Tudh.

Dehors, le nouveau capitaine inspira l'air humide à pleins poumons avec l'espoir d'apaiser le sentiment d'injustice qui le prenait à la gorge. Dans le camp, les hommes s'autorisaient enfin à parler et à rire entre deux nuits d'angoisse. Les armures cliquetaient, la pierre râpait les épées qu'elle affûtait, les chevaux renâclaient et piaffaient.

Ils mourraient tous.

Une indicible peine abattit le jeune soldat. Ses compagnons d'armes, qu'ils soient ofayniens ou dryaniens, consentaient à ce sacrifice avec l'espoir enraciné en eux que leur pays survivrait. Tudh devait tout faire, à sa hauteur, pour que leur mort ne soit pas vaine. S'il devait incarner un dernier souffle de courage, il le serait, qu'importe si la tempête finissait par le balayer.

Extrait de *Panthéon kussar* par Huzziya

« Urunzimu est la Déesse-Soleil de la Terre, maîtresse de la Terre sombre, le monde d'en dessous, auquel on accéderait grâce aux puits, aux cavités ou aux cascades. Les démons et les esprits, bons ou mauvais, sont sous sa gouvernance.

Depuis toujours, Urunzimu est décrite comme étant proche des humains, leur dispensant régulièrement des faveurs.

C'est elle qui a en charge le choix des mages-bâtisseurs kussars.

Elle a pour compagnon le cheval légendaire Rakhsh, à la robe taché de pétales de rose, qui lui sert d'intermédiaire avec les humains. Aussi Rakhsh est-il considéré par les Kussars comme un guide. »

Chapitre 36

Après trois jours de chevauchée, Henti démonta de cheval en fin de matinée à l'est de la péninsule d'Ahhiyawa, à moins de deux kilomètres de la cité d'Hattusa. Le chemin devant elle plongeait dans des ténèbres inexplicables. Immobile à l'orée de la nuit, une main ferme sur les rênes de son compagnon, elle observait la forêt coupée en deux, vivante sous la lumière solaire, morte dans le noir perpétuel. L'obscurité laissait voir les étoiles dans le ciel pendant qu'un épais brouillard verdâtre traînait sur le sol dans un bruissement reconnaissable. Au souvenir de sa première rencontre avec les créatures dans sa ferme natale, Henti frissonna d'effroi. Des râles lointains la firent même reculer au contraire de son cheval qui ne bougea pas, coupant ainsi tout élan à sa fuite. L'attitude paisible de l'animal l'intrigua.

— Comment se fait-il que tu n'aies pas peur ?

Ses oreilles dressées montraient qu'il était attentif, rien d'autre. Henti observa à nouveau la forêt sombre devant elle. Le maître des démons se cachait là, c'était certain.

LE DERNIER LION D'ALBÂTRE

Même si les derniers jours lui paraissaient un peu flous, comme si elle avait voyagé de la côte jusqu'ici dans un état second, le plus important demeurait qu'elle était à la porte de l'ennemi et qu'elle ne pouvait pas reculer à présent. Entrer dans la nuit la conduirait peut-être à la mort. Sans doute, même, pourtant elle reprit courage et d'un pas décidé, plongea dans le brouillard épais, son cheval à ses côtés.

Plus que l'obscurité, ce fut l'absence de bruit qui perturba Henti. C'était la première fois de sa vie qu'elle n'entendait ni oiseau ni insecte. Même le vent soufflait en silence. Il n'y avait dans cette inertie hostile que des chuintements nuiteux appartenant à des monstres dont Henti devait s'éloigner. Seul cet objectif la guida dans les méandres de la forêt afin d'éviter les mauvaises rencontres. Sous ses sandales, branches et brindilles tombaient en poussière comme si le temps, ici, s'était arrêté voilà des siècles. Derrière elle, le cheval avançait avec une grâce et une légèreté exceptionnelles, conférant à sa démarche une allure fantomatique. La singularité de l'animal ne faisait aucun doute pourtant Henti se refusait à y voir un quelconque danger car à cet instant, il représentait son seul point d'ancrage dans cette nuit irréelle.

Un sifflement proche arrêta soudain Henti. L'oreille tendue, elle peinait à entendre autre chose que son cœur affolé et le sang battant sous ses tempes. Sous la lumière d'une lune à moitié pleine, elle aperçut une silhouette vive passer entre les troncs. Cette fois, elle retint même sa respiration tout en reculant ; le cheval impavide suivait toujours.

Des griffes lacérèrent un tronc non loin d'elle, là où des canines effilées accrochèrent la lumière. Un démon surgit alors, être décharné aux membres démesurés et à la peau grisâtre. Henti n'attendit pas l'attaque pour enfourcher sa monture qui fila comme un trait entre les arbres morts. Affolée, la cavalière jetait des regards frénétiques réguliers derrière elle, la peur au ventre de voir ses poursuivants la rattraper.

Personne ne la suivait.

Henti reporta son attention sur la trajectoire du cheval qui évoluait sur ce terrain difficile sans sembler peiner. Une silhouette rapide passa dans son champ de vision périphérique, lui faisant tourner la tête à temps pour voir l'un des démons se jeter sur elle. Un cri bref de terreur lui échappa. Le cheval donna une impulsion si puissante que les griffes du monstre effleurèrent le dos d'Henti sans parvenir à la faire chuter. La cavalière ne commit pas l'erreur de lâcher les rênes pour chercher la créature car au moindre mouvement brusque de sa monture, elle serait désarçonnée. Elle resserra ses doigts sur le cuir.

Une nouvelle accélération de l'étalon raviva la concentration d'Henti : une crevasse barrait le chemin. La jeune femme assura sa prise juste avant que le cheval saute. Le choc de la réception de l'autre côté la malmena et elle se félicita d'être excellente cavalière, sans quoi elle aurait servi de repas aux démons qui se rapprochaient encore, chuintant leur haine à ses oreilles. Si elle ne parvenait pas à les semer, fuir les épuiserait, son cheval et elle, jusqu'à en faire des proies faciles.

Les pensées d'Henti s'enchaînaient à une vitesse inouïe dans son esprit tandis qu'elle cherchait une solution pour rester en vie. Ce fut le chant lointain d'une eau joyeuse qui lui donna la solution. Sans attendre, elle guida sa monture vers la source de bruit, le cœur allégé par la perspective de se mettre à l'abri derrière un ruisseau. Le cheval bifurqua soudain à l'opposé du cours. Henti s'alarma.

La cavalière tenta par tous les moyens de contraindre l'animal à lui obéir car, à présent, des dizaines de silhouettes l'encerclaient. Leurs carcasses décomposées étaient si proches qu'une odeur de mort lui souleva l'estomac. Les battements de son cœur se calquèrent sur le martèlement des sabots sur le sol souple. Elle le crut être sur le point de lâcher lorsque des statues de sphinges[1] s'élevèrent de chaque côté du sentier. Henti ne les vit qu'en passant à leur côté, au moment où le cheval essoufflé s'arrêta net dans sa course.

L'affolement la gagna à l'idée que les monstres fondent sur elle.

Elle tenta de relancer l'animal au galop sans y parvenir. Paniquée, elle mit pied à terre, prête à fuir à toutes jambes, quand la tranquillité du lieu lui sauta au visage.

Le souffle rapide, elle pivota vers les statues devant lesquelles les démons se tenaient immobiles. Peu rassurée, Henti recula de quelques foulées sans les quitter des yeux. Ils ne bougeaient pas. Après quelques minutes supplémentaires à les observer, craintive, elle s'autorisa à détailler l'endroit, ses murs couverts d'écriture cunéiforme et, derrière elle, l'entrée sculptée d'une grotte. Au-dessus du passage était gravé un disque solaire.

— C'est un sanctuaire primitif kussar, dit-elle à voix haute afin de combler le désagréable silence de la forêt. Les démons ne peuvent pas le profaner, c'est celui de la Déesse-Soleil de la Terre. C'est un temple d'Urunzimu.

Prononcer le nom de la déité maîtresse du monde d'en bas la rassura plus qu'elle ne l'aurait imaginé, mais cela la questionna également. Elle fit face à l'étrange cheval et analysa à rebours les événements survenus depuis sa trouvaille dans les écuries. Comment un simple animal avait-il pu parvenir jusqu'à ce temple ?

---

1. Forme féminine du sphinx.

Chapitre 36

En attendant de le découvrir, elle décida de rester méfiante mais s'apaisa un peu en songeant que le cheval avait toujours agi pour la protéger.

Henti accorda une dernière attention aux sphinges de pierre et aux créatures immobiles, avant de leur tourner le dos pour entrer dans le temple après s'être allumé une torche, le cheval dans ses pas. Sur les parois rocheuses, des bas-reliefs et des fresques couraient le long du passage, narrant des scènes mythologiques d'un autre temps. Ici il y avait seulement du cunéiforme ancien qu'Henti ne savait pas lire, et qui faisait remonter l'origine de ce sanctuaire à mille ans. Sans doute était-ce un temple de l'aube de la civilisation kussar.

La jeune femme s'abîmait dans la contemplation des décorations lorsqu'une lueur devant elle attira son attention. Plus loin, un puits de lumière déversait les rayons argentés de la lune sur un piédestal nu. Henti tourna sur elle-même afin d'embrasser la pièce du regard : il y avait partout sur les murs la représentation d'un double hautbois[1].

— Grand-père me disait que nos ancêtres utilisaient la musique pour attirer l'attention des dieux sur les humains quand ils avaient besoin de leur aide.

Henti se retourna vers le socle et se figea : le hautbois double en bois y était apparu, couvert de lierre comme s'il y demeurait depuis des siècles. L'étrangeté de la situation l'incita à formuler ses pensées à voix haute afin de les ordonner – et de se rassurer :

— Je ne connais rien à la magie mais toutes les histoires mettent en garde les mortels qui voudraient s'emparer d'un objet divin. On ne touche à rien, d'accord ?

Elle se tourna par réflexe vers le cheval avant de lever les yeux au ciel face à sa naïveté : non, l'animal ne lui répondrait pas.

1. Instrument de musique à vent.

— C'était une question rhétorique, précisa-t-elle tout de même. Il y a un passage ici, allons-y. On trouvera peut-être une sortie.

Convaincue par son plan, elle se dirigea vers le corridor avant de s'immobiliser quand le bruit des sabots dans son dos ne se fit pas entendre. Henti pivota vers le cheval debout à côté du piédestal d'où le hautbois n'avait pas disparu. Lorsqu'une explication à la scène se dessina dans son esprit au souvenir de tous les contes racontés par son grand-père, elle la refoula sans hésitation :

— Non, non, non, je ne le prendrai pas. Je ne fais affaire avec aucune déesse, surtout si je ne la connais pas. Reste là si tu veux, moi, je continue.

Elle fit à nouveau quelques pas, avant de faire volte-face :

— De toute façon je ne sais pas jouer de cet instrument, je ne lui servirai à rien.

Henti conclut son monologue d'un hochement de tête entendu avant de reprendre son chemin dans les couloirs du sanctuaire. Elle distingua assez vite une éclatante lueur au bout du passage qu'elle suivit avec une certaine hâte. Le vent soufflait au-dehors, s'engouffrant entre les parois de pierre. Sa caresse sur son visage allégea l'humeur d'Henti qui pressa le pas. Pourtant il y avait dans le sillon des rafales une sensation à la fois électrique, lourde et collante qui la mit mal à l'aise, comme si à l'origine du vent s'élevait un dangereux monstre de magie. L'impression s'imprima si bien dans ses tissus qu'Henti ralentit l'allure à l'approche de la sortie, terrifiée comme jamais à l'idée de ce qu'elle trouverait au-delà.

Extrait de *Lieux légendaires et artefacts divins*
par Hantili

« Le hautbois d'Urunzimu est un artefact peu connu, cité dans un seul texte kussar narrant la légende d'un héros qui, pour démasquer un esprit mauvais caché dans le corps d'un roi, fit entendre le son de l'instrument car il permettrait de trouver la mélodie intime de chaque être vivant afin de connaître sa véritable nature. Une fois l'esprit mauvais hors du corps du roi, le héros put le renvoyer dans le monde d'en bas grâce à l'épée d'Urunzimu. »

Chapitre 37

Henti avança doucement vers l'extrémité du corridor, puis tendit le cou pour voir au-dehors : sous la clarté d'un soleil éclatant, au milieu d'un écrin de verdure, se dressait sur une haute butte une forteresse kussar.

Le ressenti désagréable s'intensifia. Henti observa ses bras se couvrir de chair de poule avec inquiétude. Plus aucun doute n'était permis : il y avait entre les murs de cette citadelle une concentration de magie jamais vue. La personne qui en était à l'origine ne devait avoir aucun mal à lever une armée de monstres et à plonger les alentours dans la nuit même en plein jour. D'ailleurs la limite entre la forêt nuiteuse et la vallée illuminée se distinguait, aussi nette que si elle avait été tracée par une main humaine, car il n'y avait rien de naturel là-dedans, ni dans la survivance d'une forteresse kussar, toutes détruites par l'empire ofaynien.

Du sommet de son promontoire, l'édifice était large et imposant à l'image des remparts qu'il exhibait comme un défi aux assaillants. Blocs d'argile claire sans la moindre fantaisie d'apparat, lourds et imprenables, ils étaient percés d'une entrée que leur grandeur transformait en trou de souris. On y accédait par un pont qui enjambait la vallée creusée par une ancienne rivière, rendant impossible toute approche discrète. La seule touche de couleur provenait de deux dattiers le long des remparts, sentinelles silencieuses s'élevant de part et d'autre de l'entrée trois fois plus petite.

Une redoutable évidence serra le cœur d'Henti : l'horreur qui se déversait sur le continent était non seulement le fait de l'un des siens, mais sans doute celui du dernier mage kussar. Était-ce tout ce qu'il restait du passé de son peuple ? Un monstre ? Cette idée l'abattit. Celle de ne pas savoir quoi faire à partir de maintenant également. Que pourrait une jeune fermière contre un être si puissant ? La difficulté et l'ampleur de l'aventure dans laquelle elle s'était jetée tête baissée affaissèrent ses épaules.

— J'aurais voulu qu'il soit là… Tudh me manque.

Elle l'avait quitté si vite et de façon si étrange qu'il lui était sorti de la tête durant son voyage, comme si l'oublier avait été le seul moyen pour elle d'atteindre cet endroit.

— Pourquoi ai-je cette impression ?

Elle se souvint alors de leur débarquement sur la côte sud de Dryane, comme s'il s'agissait d'un rêve dont elle se rappellerait des jours plus tard. Avant de partir… il lui avait demandé de venir avec lui.

Henti se redressa soudain, frappée de stupeur.

— Il voulait que je reste à ses côtés mais je ne pensais pas avoir entendu.

Avec le recul, elle fut certaine d'une chose : quitte à mourir, elle aurait aimé le faire aux côtés de l'homme dont elle était certaine à présent d'être tombée amoureuse. Qu'avait-il dû penser en la voyant partir ainsi sans même lui avoir donné une réponse ? Il devait la maudire, et il avait raison. Mais à partir de l'instant où elle s'était trouvée en selle, elle avait tout occulté. Si *quelque chose* n'avait pas accaparé ses pensées, elle aurait sans hésiter suivi Tudh et, de ce fait, ne serait pas ici.

Ce n'était pas elle qui s'était lancée dans ce voyage, on l'y avait poussée.

L'effarement écarquilla ses yeux noirs :

— J'ai été manipulée.

À la stupéfaction succéda la curiosité. Qu'est-ce qui se passait avec elle ? Qui était-elle pour faire l'objet d'une attention si particulière ?

Oui, qui était-elle ?

Une jeune femme descendante d'une civilisation bientôt éteinte, qui ne savait presque rien des siècles qui avaient façonné sa culture, celle-là même qu'elle pensait morte avec son grand-père. Pourtant toutes les histoires s'avéraient réelles : la bibliothèque de brume, Urunzimu, la cité d'Hattusa devant elle. C'étaient autant de preuves que sa culture survivait à l'abri d'Ofayne. Henti avait l'occasion unique de savoir qui elle était, elle ne pouvait pas passer à côté, même si elle devait mourir en bout de chemin.

Elle voulait connaître son passé.

Peut-être que la seule façon d'obtenir des réponses à toutes ses questions était de pénétrer dans la forteresse ? De toute façon elle se trouvait là, face à Hattusa dont les contours se dessinaient sur le ciel de l'est. Autant aller jusqu'au bout, cette fois-ci de sa propre volonté.

Henti tourna la tête vers l'intérieur du sanctuaire où se trouvait encore le cheval. Et s'il était là pour l'aider à affronter le monstre derrière ces remparts ? Et si le hautbois était la clé de l'histoire ? Le seul moyen d'en être certaine était encore d'essayer.

Il était temps qu'elle prenne en main la barre de son destin.

Accrochée de toutes ses forces à la paroi rocheuse de la butte, Henti tenta un regard en contrebas où la silhouette du cheval n'était qu'un point noir sur la terre claire. De sa position, elle pouvait également voir le temple à l'ouest au sommet du haut affleurement sculpté par l'ancienne rivière.

La jeune femme s'était lancée dans l'ascension du relief afin d'atteindre la porte principale d'Hattusa sans traverser la passerelle. Perchée à plus de trente mètres du sol, elle commençait à regretter son choix depuis que le vent s'était mis à souffler plus fort.

Henti fit à nouveau face à la paroi puis tira sur ses bras. L'effort faisait trembler ses muscles peu habitués à être sollicités ainsi. Quelques extensions supplémentaires lui permirent d'atteindre une corniche sur laquelle elle put se reposer. Par réflexe, elle vérifia la présence dans sa sacoche en cuir de l'instrument emprunté dans l'ancien temple. Rassurée de l'y sentir, elle s'adossa à la roche en poussant un long soupir de soulagement pour ne pas l'avoir perdue en route, et pour être encore vivante. Cette pensée lui fit lever la tête afin d'évaluer la distance restant à parcourir : une vingtaine de mètres, à vue de nez. Elle soupira de dépit.

— Par les haubans célestes, je suis la descendante d'une longue lignée de marins, je n'ai rien à faire perchée sur un gros rocher…

Sa plainte fut emportée par une rafale. Henti ferma les yeux le temps d'un battement de cœur, juste pour reprendre un peu de courage, avant de les rouvrir et de repartir. À nouveau accrochée à s'en faire mal aux doigts, ses boucles noires malmenées par le vent, elle vida son esprit pour se concentrer sur le moment présent car si elle anticipait son arrivée au sommet, elle perdrait toute volonté. Alors elle avança tant bien que mal, ahanant, tirant sur ses bras, poussant sur ses jambes. Encore, et encore.

Puis, enfin, ses mains tâtèrent les rebords du plateau sur lequel elle se hissa dans un dernier râle sonore. Henti s'allongea au pied des remparts pour laisser à son cœur le temps de retrouver un rythme normal et à ses muscles celui de se reposer. D'ici, la forteresse était encore plus imposante. La réelle hauteur des murs lui apparaissait infranchissable. Loin de se décourager, elle repartit à l'assaut de son défi une fois prête.

Puisque escalader les remparts ou passer par la porte était impossible, Henti dut faire preuve d'imagination afin de pénétrer dans l'enceinte d'Hattusa. Cela la conduisit vers les dattiers au feuillage fourni poussant à moins de deux mètres des murs. La jeune femme aurait râlé de devoir escalader encore si cette dernière ascension ne s'était pas terminée au milieu de dattes juteuses qu'elle prit le temps de goûter – à qui la faute si elle adorait ça ? Et puis, que pouvait-elle faire d'autre, perchée dans un palmier haut comme un rempart en attendant le début du crépuscule ? Cela lui évitait en sus de trop penser, sinon elle paniquerait à l'idée que les démons de la forêt verraient dans quelques minutes leur terrain de chasse s'étendre à toute la vallée du palais. Son seul espoir de survivre à la nuit était de franchir les murailles avant l'heure fatidique. Rien de mieux pour cela que le moment où les quelques gardes en patrouille ne pouvaient distinguer le chien du loup.

LE DERNIER LION D'ALBÂTRE

Henti sortit sa corde de son sac, celle-là même qui l'avait reliée à Tudh durant leur ascension de l'île de brume, la noua en lasso et la jeta sur le merlon[1] à portée dont la forme arrondie permit à la corde de l'enserrer sans mal. La jeune femme tira un coup sec afin de l'assurer, évita de regarder en contrebas puis sauta. Agrippée de toutes ses forces au lien, elle décrivit une petite courbe jusqu'au mur qu'elle heurta sans ménagement.

La première étape franchie, elle écouta ce qu'il se passait sur le chemin de ronde afin de savoir si elle avait été repérée. Au silence impérial de l'endroit, elle en déduisit que non. Elle devait se dépêcher avant l'arrivée des prochaines sentinelles. D'un geste leste, Henti grimpa le long du mur, se faufila par le créneau[2], récupéra sa corde puis inspecta l'intérieur de la citadelle. Accroupi et immobile, son corps se fondait avec le mur contre lequel elle était appuyée.

Dans l'enceinte du palais, tout était calme. À croire que le maître des lieux ne s'attendait pas à recevoir de la visite. Peu étonnant si l'on considérait l'obstacle des démons de la forêt. Qu'Henti soit parvenue jusqu'ici était inespéré. À présent, elle devait trouver un abri sûr pour la nuit ; la journée passée à escalader l'avait vidée de ses forces. Il lui en fallut pourtant encore un peu pour descendre du rempart par un escalier étroit et trouver un renfoncement exigu dans lequel elle put se cacher pour dormir.

---

1. Partie pleine située entre deux créneaux.
2. Ornement dentelé au sommet d'un mur. Espace entre deux merlons.

Chapitre 38

Le bateau menant Maanebet, Shiro et Pithana en Ofayne avait largué les amarres deux heures à peine après le départ d'Ashtiri et de Padiguem. L'équipage était réduit à son strict minimum car seule la présence de la grande prêtresse suffirait à ralentir l'armée de monstres. Détail qui laissait Pithana songeur, surtout depuis qu'il savait que la femme partait à la guerre avec pour seules armes des tonneaux de bière – plus faciles à transporter que des jarres – et un chat. Le félin assis à cet instant à côté de Maanebet, qui répondait au nom de Bastet, était magnifique avec son pelage ras noir, son large collier aurifère incrusté de pierres précieuses et ses boucles perçant son oreille gauche ainsi que son rhinarium[1]. Les hiéroglyphes dorés ceignant son faciès témoignaient de son appartenance au sacré de Rhouti.

— Maanebet, vous ne m'avez pas dit à quoi vous servira autant de bière.

— Bastet a besoin d'en boire après une bataille, répondit la prêtresse en caressant la chatte. Ça la calme.

1. Truffe.

La réponse n'éclaira pas vraiment Pithana qui n'osa pas demander davantage de précisions. Les animaux comme Thot semblaient avoir peu d'interactions avec les humains, aussi était-ce étonnant d'en imaginer un volontaire pour aider. Il ne voulait pas commettre l'affront de se montrer trop curieux.

Le chat posa soudain son regard émeraude sur le prince, si bien que celui-ci se sentit mal à l'aise. Puisque l'animal ne semblait pas décidé à porter son attention ailleurs, le jeune homme se leva de son fauteuil et sortit sur le pont. La nuit noire ne semblait pas perturber le navigateur de Rhouti qui, bien qu'ayant fait réduire l'allure du navire, filait sur la mer.

— Insomnie ?

La voix légère de Shiro le fit sursauter. Le guerrier du Tjo assis dans un coin se fondait dans les ombres.

— Oui. Comment as-tu su que c'était moi ? Mes pas font-ils un bruit particulier ?

Le guerrier sourit comme s'il venait d'entendre une risible bêtise.

— Ce ne sont pas tes pas. C'est ton parfum.

C'était un cadeau de Séshathotep avant leur départ. Il en avait en effet appliqué quelques gouttes à ce moment-là.

— C'est un parfum très répandu chez les hommes de Rhouti, il me semble.

— Sur ta peau sa fragrance est particulière.

Privé de la vue, les autres sens de Shiro semblaient s'être affûtés au-delà du concevable. C'était fascinant.

— Comment perçois-tu le monde ? demanda Pithana.

— Principalement par les sons qui me permettent de dessiner mentalement mon environnement. Par l'odeur, bien sûr, et le toucher. En suivant la forme d'un objet avec les doigts, je peux le « voir » dans mon esprit.

Chapitre 38

— Comme avec les hiéroglyphes.

— Oui. Chez moi l'écriture se fait à l'encre, il m'est impossible de la lire.

— Je comprends.

Le silence qui suivit fut brisé par la mer autour d'eux. Son ondulation heurtait la coque du bateau dans un bruit mouillé apaisant. Imaginer que de l'autre côté les attendait une mort certaine relevait de l'impossible, et pourtant.

— Maanebet se demande si ton influence lui permettra d'être rapidement introduite auprès du roi, révéla Shiro. As-tu ce genre de privilège ?

Pithana serra la mâchoire malgré lui au souvenir de son père et de l'indolence de son frère. Les revoir ne l'enchantait guère ; faire face à leurs remarques moins encore. Elles ne manqueraient pas de pleuvoir : il était parti chercher un homme puissant, il revenait avec une femme et un chat. Son roi serait dans une rage folle une fois seul avec son dernier-né. Il devait s'y préparer.

— Ma question est indiscrète ?

— Il n'y aura aucun problème pour cela.

— Depuis le décès de votre reine, la famille royale n'a pas bonne réputation en dehors de ses frontières. J'espère que ces lâches qui laissent périr leurs cousins feront enfin les bons choix.

Même si la réputation des D'Alinda n'était pas volée, s'entendre traiter de lâche par un guerrier valeureux blessa Pithana plus qu'il ne l'aurait cru. À moins que cela ne le blesse parce qu'il s'agissait des mots de Shiro ? Dans la bouche d'un autre, il n'en aurait eu cure mais dans la sienne, ils devenaient une sentence implacable.

Encore une.

Depuis le décès de sa mère, les autres n'avaient à son égard que des jugements coupables, le condamnant pour les torts de sa lignée, de son pays, des royaumes frères tout entiers, sans lui laisser la moindre chance de faire ses preuves en tant qu'individu. Pour obtenir la reconnaissance de ses généraux, il avait dû convaincre sur plusieurs années, rassurant sans cesse ses soldats sur sa capacité à les diriger. Face à Ashtiri, tout avait été à recommencer ; voilà pourquoi il s'était tu en Rhouti sur son appartenance à la lignée qui, même au cœur du désert, nourrissait de profondes rancœurs. Une fois au pays, les reproches de Maanebet et de Shiro seraient à craindre également.

À cette pensée, il eut envie de tout abandonner.

Le soleil atteignait son zénith lorsque l'embarcation de Rhouti accosta au sud de Lazur, terre où le capitaine Ravenald avait eu ordre de l'attendre jusqu'à son retour. Pressé par le temps, Pithana chargea un garçon de l'île de courir donner l'ordre aux soldats de se tenir prêts au départ tandis que d'autres pêcheurs aideraient l'équipage arrivant à décharger sa cargaison et à l'acheminer vers le nord-ouest. Sur le chemin le menant au second port, Pithana guetta le visage de Maanebet dont l'air neutre laissait penser qu'elle n'avait pas encore compris l'importance de son guide. Cela se produisit lors de l'embarquement sur le *Chant-de-Bouc* lorsque, sur le pont, capitaine et matelots se mirent au garde-à-vous sous le regard suspicieux de la grande prêtresse.

Willias Ravenald s'avança vers le voyageur de retour :

— Nous apportez-vous la perspective d'une victoire, mon Prince ?

Pithana osa un regard à Maanebet, décelant dans ses yeux l'éclat vif d'une cruelle déception. Même le chat couché sur son coussin moelleux sembla juger avec sévérité son mensonge par omission. Cette réaction laissa deviner la manière dont les gens de Rhouti se seraient comportés avec lui s'il avait été honnête dès son arrivée : il aurait été tenu à l'écart de toute l'affaire car les conditions de sa naissance lui auraient été reprochées.

— Une victoire, je ne sais pas, avoua Pithana en faisant à nouveau face à son vieil ami. Un sursis, c'est certain. Capitaine Ravenald, je vous présente Maanebet, grande prêtresse de l'antique cité de Hereret-Niout et sœur aînée du dernier Lion d'albâtre. N'hésitez pas à vous adresser à elle, sa maîtrise de notre langue est parfaite.

En bon hôte, Ravenald salua sa prestigieuse passagère avec toute la déférence due à son rang. Pourtant l'homme portait un voile de doute sur son visage buriné qui ne le quitta pas même lorsqu'il ordonna à son second de conduire la délégation aux cabines réservées à son intention. Quand Pithana le questionna, le capitaine s'étonna de l'absence d'Ashtiri qu'il se faisait une joie de revoir. Alors son prince l'attira dans sa cabine où il eut tout le loisir de lui raconter comment Ashtiri partie enfant de Naraba était devenue une mage-guerrière, et comment son courage la faisait aujourd'hui voyager vers l'origine du Fléau au côté du légendaire dernier Lion d'albâtre.

Ravenald, resté attentif durant tout le récit, ne put s'empêcher de le conclure en un éclat de rire. Surpris, Pithana le dévisagea en le regardant prendre une bouteille de liqueur et deux verres.

— Pardonnez ma joie, mon Prince, mais aucune nouvelle ne pouvait me faire plus plaisir ! Par tous les dieux ! Ofayne a eu une chance extraordinaire que cette petite ait la force et la détermination de tous les royaumes frères réunis !

Il remplit les verres à ras bord puis s'assit, l'air soudain un peu triste :

— Quels fous sommes-nous pour avilir d'autres humains ?

— Nous ne sommes pas fous ; nous sommes des monstres.

Les vapeurs d'alcool embrumaient avec retenue l'esprit de Pithana. Sur le pont, il observait les îles défiler à tribord[1]. Maanebet n'était pas ressortie de sa cabine depuis le départ. Shiro non plus, et c'était bien cela, entre tout, qui lui donnait une horrible envie de vomir. Il regretta alors la paix nimbée de soleil de Rhouti, ces moments d'émerveillement en découvrant sa riche histoire, les instants de complicité avec le guerrier du Tjo venu chaque jour écouter les contes d'Ofayne. Qu'elle lui manquait terriblement, cette salle des archives, doux écrin de tant d'heureux souvenirs. Il aurait tout donné pour faire demi-tour sur-le-champ.

— Pourquoi n'avoir rien dit ?

Pithana sursauta, avant de se tourner vers Shiro dont la main gauche ne lâchait pas le bastingage.

— « La famille royale n'a pas bonne réputation. », « ces lâches qui laissent périr leurs cousins »… M'aurais-tu seulement adressé la parole si je t'avais révélé être prince d'Ofayne ?

Le silence du guerrier fut éloquent. Pithana reporta son attention sur les flots devant lui sans parvenir à se départir de sa moue écœurée.

— Que fais-tu ici, d'ailleurs ? reprit-il. Tu ne devrais pas te tenir loin de moi ?

Le silence dura encore. Pithana en fut meurtri tellement l'estime de Shiro comptait à ses yeux. À quel moment le guerrier avait-il pris tant de place dans sa vie ?

1. Désigne la droite dans le langage maritime.

Chapitre 38

— Je suis là parce que je… t'apprécie, répondit finalement Shiro.

Sa phrase avait manqué d'assurance sur la fin, chose assez inhabituelle chez l'homme pour inciter Pithana à lui faire de nouveau face.

— Les moments que nous avons passés ensemble ont existé, continua Shiro. Je ne ferai pas semblant que c'était un rêve.

Les mots choisis par le guerrier étaient particuliers. Il l'appréciait au point d'ignorer son appartenance à la royauté d'Ofayne ? Au point que les instants passés ensemble lui apparaissaient comme un rêve, avec tout ce que cela impliquait d'agréable ? La gêne que le prince décela chez Shiro le déstabilisa. Le guerrier dut le deviner car il relança la conversation :

— Tu es le second né de la reine Nikkalmati ?

La question inattendue surprit Pithana qui rejeta toutes ses pensées en arrière.

— En effet.

— Il lui arrivait de parler de ses enfants, disant que son aîné subissait trop l'influence du roi pour parvenir à être éclairé, tandis que le plus jeune développait un esprit brillant capable de guider n'importe qui à travers la nuit. Elle regrettait que vos naissances n'aient pas été inversées car en tant que roi, tu aurais marqué l'Histoire et racheté à toi seul les crimes de tes ancêtres.

— A-t-elle réellement dit ça ?

— Oui. Je faisais partie de la garde rapprochée de mon seigneur, j'étais présent à chaque instant de toutes leurs rencontres… Ta mère n'était pas comme les autres. Je me souviens de ses longs cheveux noirs et de sa peau hâlée. Elle était comme l'incarnation d'un autre monde au milieu de ces gens à la peau et aux cheveux clairs. Et ses connaissances autant que sa capacité d'apprentissage étaient prodigieuses.

— Ma mère avait un profond attachement pour ses origines kussars. Elle a passé sa vie à étudier l'histoire de son peuple, même si elle m'en a livré une vision erronée.

— Je ne comprends pas.

— En Ofayne, les Kussars sont présentés comme étant un peuple composé de petites tribus. Elle n'a jamais contredit cet état de fait, mais j'ai appris en Rhouti que les Kussars avaient en réalité bâti un empire millénaire, avant de tomber sous le joug des Ofayniens. Je ne sais pas pourquoi elle ne m'a jamais détrompé.

— Peut-être afin que tu prennes conscience de l'étendue des mensonges entretenus par ton père ? Et pour te pousser à remettre tout en question en Ofayne ?

À la lumière des arguments du guerrier, Pithana fut certain qu'il avait raison. Après tout, c'était bien ceci son enseignement le plus sage : douter de tout afin d'accomplir le meilleur. Cela avait fonctionné. En découvrant les mensonges de sa lignée, il en devinait d'autres et la certitude de devoir rétablir la vérité s'ancra en lui comme jamais.

Chapitre 39

En débarquant au port de Tipyane, Pithana fut accueilli par le connétable en personne dont la présence suspendait presque la vie sur les quais. Entouré de ses meilleurs soldats qui tenaient les badauds à distance, il était impressionnant sur son destrier alezan. Parce qu'il était l'un des hommes les plus influents du royaume, il ne mit pied à terre que pour saluer son prince devant lequel il inclina la tête avec une grande déférence.

— Je suis heureux de te revoir, Hermidas, confia Pithana soulagé.

— Pas autant que moi, mon Prince. Le roi a si peur qu'il ferme les yeux en espérant que le cauchemar passe.

Il y avait une terreur inhabituelle dans la voix du connétable qui fit prendre conscience à Pithana que le pire était à venir. Soucieux de faire au plus vite, le prince présenta Maanebet et Shiro au chef de ses armées avant d'ordonner le départ en direction de la capitale.

Une fois la délégation loin du port et de la ville attenante, Pithana fit approcher son cheval de celui de son ami afin de lui raconter en détail les événements survenus en Rhouti. L'homme fut hébété quand Pithana lui assura que la magie était aussi réelle que les personnes capables de la manipuler, lui qui avait espéré en secret que le Fléau soit composé de simples créatures de chair et de sang. Alors, il comprit à quel point la situation était désespérée, et à quel point leurs chances de survie étaient moindres. Il en pâlit d'effroi.

Ses questions et ses doutes furent nombreux. Pithana répondit à chacun d'entre eux sans oublier de mentionner le rôle qu'aurait Maanebet dans la guerre à venir. Peu habitué à voir une femme d'aussi haut rang et d'une telle importance, le militaire ne put s'empêcher d'émettre des réserves aussitôt balayées par son prince. La manière dont ce dernier parlait de la grande prêtresse témoignait de sa confiance en elle, et de son admiration la plus sincère. Cela suffit au connétable pour accepter de traiter la femme avec tous les égards.

— Une dernière chose, reprit Pithana. Mon père ne croira pas mon histoire. Pire, il risque d'y voir une quelconque tromperie de ma part.

— Où voulez-vous en venir, mon Prince ?

— Si mon père estime que je suis une menace, il me fera enfermer, ainsi que Maanebet et Shiro. Tu devras nous sortir de là par n'importe quel moyen.

— Vous pouvez compter sur moi.

Cela, Pithana en était certain. Malgré tout, l'inquiétude ne le quitta pas durant le voyage jusqu'à la capitale.

À la vue du château royal de Miayny, une boule d'angoisse compressa l'estomac de Pithana ; le roi devait déjà avoir eu vent du retour de son fils sans le Lion d'albâtre ni l'esclave avec laquelle il était parti. Ce fut donc dans un état de stress certain qu'une fois entre les murs du palais, il conduisit sans détour la délégation jusqu'à la salle du trône où les attendaient son père, son aîné et les derniers généraux encore présents dans la cité. Tous furent, un instant, hébétés face au guerrier du Tjo aveugle, et subjugués par Maanebet car il y avait sur elle et son chat plus d'or et de pierreries que dans toute la salle.

Avant que la moindre remarque cinglante n'échappe à son seigneur, Pithana se lança dans le récit de son voyage et de son séjour en Rhouti. Savoir que la Narabienne partie esclave était devenue l'égale du Lion d'albâtre contraria sa famille, avant qu'une moue dubitative ne marque discrètement leur visage : à bien y réfléchir, ils n'y croyaient pas, et le silence qui suivit amplifia leur colère sourde.

Un instant de flottement succéda au récit de Pithana, jusqu'à ce que le roi le brise d'une voix péremptoire :

— Que tout le monde sorte ! Je dois m'entretenir avec le prince.

Pithana se tourna vers Maanebet avec l'intention de s'excuser pour la conduite insultante de son père à l'égard d'un émissaire de Rhouti, mais l'expression de franche colère qui lui faisait froncer les sourcils lui coupa tout élan. Elle pivota vers lui, faisant cliqueter tous les bijoux de sa coiffe :

— Trouve une solution, lui dit-elle en tjol.

Ce fut au tour de Pithana de froncer les sourcils, mais d'incompréhension. Il la regarda s'éloigner la tête haute, tenant toujours le coussin sur lequel sommeillait le chat, avec la main de Shiro posée sur son bras.

Les lourds battants de la salle se refermèrent. Pithana se prépara à affronter la tempête.

— Comment se fait-il que tu parviennes, à chaque fois, à te montrer d'une inutilité et d'une stupidité magistrales ? Comment as-tu même osé revenir ici en vie ? Me crois-tu assez stupide pour croire que tu aies pu réussir ta mission alors que tu dissimules ton échec derrière le plus éhonté des mensonges ? J'ai fait montre d'assez de patience à ton égard, supportant tes louvoiements et ton insolence, mais cela suffit. Je ne te laisserai pas profiter de cette guerre pour mener à bien tes plans. Gardes !

Deux hommes en uniforme noir approchèrent.

— Conduisez le prince Pithana jusqu'à ses appartements, et fermez-en les portes à clé. Je veux deux gardes jour et nuit devant chaque issue. Nul ne sort, nul ne rentre. Allez !

Les gardes eurent à peine claqué des talons qu'ils empoignèrent Pithana. En prenant la direction de sa future prison, le prince entendit les derniers ordres du roi concernant Maanebet : il n'avait aucune intention de l'aider.

Il serra les poings de rage.

Passé la colère d'avoir été enfermée comme une criminelle, Maanebet arpentait sa chambre de long en large sous le regard émeraude de Bastet en maudissant le roi d'être aussi stupide.

— Quel idiot laisserait ses peurs prendre le dessus alors que le monde est au bord du chaos ? Tant de bêtise me débecte…

Assis près de la fenêtre pour profiter de la chaleur des rayons du soleil sur sa peau, Shiro ne fit aucun commentaire. La colère de la grande prêtresse n'était peut-être pas encore tout à fait calmée. Le silence du guerrier du Tjo attira finalement son attention :

— Tu es bien tranquille, Shiro, remarqua-t-elle en s'immobilisant près de lui.

— Parce que je suis sur le qui-vive. Je ne me sens pas en sécurité ici, alors j'écoute.

Chapitre 39

— Qu'entends-tu ?

— Un effroyable silence. Difficile d'imaginer qu'une guerre est sur leur seuil.

— À croire que tout le bon sens du royaume s'est incarné en Pithana.

Shiro tourna la tête vers Maanebet, soudain attentif à elle seule.

— Vous ne lui tenez pas rigueur d'avoir dissimulé son identité ? s'étonna-t-il.

— Je lui en ai voulu, oui. Mais au vu de notre situation actuelle, je dois avouer que je le comprends. La cacher lui a épargné nos préjugés et lui a donné l'occasion d'exister par lui-même. S'il s'était d'emblée présenté comme le prince d'Ofayne, nous ne l'aurions jamais écouté. Tu ne crois pas ?

— J'en suis certain, au contraire. Mais j'ai beau le comprendre, savoir qu'il m'a menti me fait mal.

— Il n'a pas menti, c'est nous qui n'avons pas demandé. Pour ce qui est de ta douleur, elle vient de ton affection particulière à son égard.

La vérité ainsi énoncée piqua Shiro.

— Je ne comprends pas, répliqua-t-il de mauvaise foi.

— Je sais que si.

Sans rien ajouter, la grande prêtresse pivota pour voir à travers les carreaux les jardins du palais exhiber les couleurs chatoyantes de leurs guirlandes de fleurs.

— Si tu as insisté pour venir, reprit Maanebet, c'est parce que tu as demandé l'aide d'un animal sacré, n'est-ce pas ? Tu es venu combattre ?

Shiro garda le silence. Il hésita à répondre, avant de prendre conscience que se taire ne servait à rien avec la grande prêtresse. Elle connaissait trop bien les gardiens de Rhouti.

— J'ai demandé l'aide du serpent Neith, avoua Shiro. Elle a accepté.

— Alors cela fait de toi un ouchebti, un serviteur, et t'obligera, une fois la guerre terminée, à demeurer à jamais en Rhouti afin de la servir. Tu n'auras plus aucune chance de te confesser à Pithana ou d'espérer vivre à ses côtés.

— Je le sais.

La réplique semblait agacée. Maanebet n'insista pas. Elle posa une main compatissante sur l'épaule du guerrier :

— Je comprends que ton cœur ait choisi cet homme-là mais je le regrette, car tes choix te conduiront loin de lui pour toujours.

— S'il reste en vie, cela me va.

— Parfois se mentir à soi-même est la meilleure manière de surmonter la douleur.

Cette fois, seul le silence du guerrier lui répondit. La grande prêtresse ôta sa main de son épaule avant de faire de nouveau face à la vue des jardins printaniers. Même si elle la redoutait, la décision de Shiro de demander l'aide de la puissante Neith ferait de lui un allié précieux sur le champ de bataille car le Tjo enfantait les esprits les plus combatifs qui soient. Là-bas, l'échec était un résultat tout à fait honorable tant qu'un individu se battait jusqu'au bout, dans tous les domaines de sa vie. Ainsi, aucun guerrier n'avait peur de la défaite tant qu'il se sentait capable de donner le meilleur de lui car quoi qu'il arrive, on louerait sa bravoure et sa détermination. Il n'y avait que les lâches pour se déshonorer. Engeance dont Shiro ne faisait définitivement pas partie. Le défi pour Maanebet, pour le moment, était de trouver un moyen de sortir d'ici afin de rallier le lieu de l'affrontement avec sa précieuse cargaison de tonneaux.

Chapitre 40

Ashtiri et Padiguem débarquèrent sur la côte est d'Ahhiyawa sous les assauts du vent. Les rafales qui malmenaient leurs cheveux ainsi que leurs manteaux faisaient gémir les forêts tout autour d'eux. Entourée par autant de flore pour la première fois de sa vie, Ashtiri prit un instant pour contempler la majesté des géants d'écorce dressés vers le ciel. Accrochés aux flancs de leur montagne, leur hauteur apparaissait encore plus vertigineuse. Il se dégageait de ces titans plusieurs fois centenaires une force tranquille si palpable que l'adolescente se sentit impressionnée. Pourtant, ce n'était que des arbres, des plantes immobiles. Alors d'où venait cette sensation d'être observée ?

Padiguem posa une main sur son épaule. À son expression sereine, Ashtiri comprit qu'il savait ce qu'elle ressentait.

— Devenir un mage-guerrier, c'est s'éveiller au monde, lui expliqua-t-il. Tu verras bientôt à quel point il est complexe même dans ses silences.

Il lui sourit, avant de prendre les devants. La Lionne lui emboîta le pas, et tous deux empruntèrent le chemin menant à une étrange source d'énergie située plus à l'est sur la péninsule. Chacun l'avait ressentie dès que la terre avait été en vue. Sa présence ne pouvait qu'être liée au roi des démons.

Ainsi marchèrent-ils dans cette forêt millénaire où des arbres massifs s'élevaient comme autant de colonnades soutenant leurs voûtes de verdure. De la mousse recouvrait les troncs morts, les rochers et les racines apparentes. Des oiseaux chantaient sans discontinuité, couvrant parfois le bruit des vagues, et quelque animal faisait ci et là frémir les branches basses autour des voyageurs.

Silencieux par respect pour la beauté de l'endroit, l'ennui les guetta vite, aussi Padiguem entreprit-il d'aborder un sujet qui aurait, un jour, une portée retentissante.

— As-tu trouvé un nom pour l'ordre des Lionnes ?

Dans son dos, il vit Ashtiri s'immobiliser, dubitative. Il lui fit face.

— Un nom ? répéta-t-elle.

— Oui. Le premier Lion taillait l'albâtre. Il était même persuadé que la pierre était un cadeau du Lion cosmique puisqu'elle avait sa couleur. Étant donné que tu es la première Lionne, c'est à toi de nommer ton ordre.

— Euh… Je ne sais pas. Je n'avais jamais songé à l'origine du nom de ton ordre. Et je dois t'avouer que j'ai encore du mal à me considérer comme une véritable Lionne alors…

Tout en réfléchissant à autre chose qu'à la fin de sa phrase, Ashtiri reprit la marche, imitée par Padiguem.

— Peut-être que ça pourrait aussi être le nom de quelque chose de noir, émit-elle. Qu'est-ce qui l'est ?

— L'obsidienne.

— Les Lionnes d'obsidienne… Non, ça ne me plaît pas.

— L'ébène.

Chapitre 40

Ashtiri s'immobilisa aussitôt, un regard dur levé vers son mentor.

— Non. Pas l'ébène.

— Parce que les esclaves de Naraba sont appelés « bois d'ébène » ? questionna Padiguem.

— Oui. C'est une insulte.

— Être comparé aux arbres est une insulte ?

— Bien sûr !

Padiguem fronça les sourcils, aussi Ashtiri sut que sa réponse devait comporter une erreur, bien qu'elle ne comprît pas laquelle. Le mutisme soudain du Lion amplifia son malaise au point qu'elle faillit le supplier de s'expliquer.

Après plusieurs secondes, son parèdre se tourna vers l'arbre le plus proche sur lequel il posa une main.

— Il y a toute une partie de notre mission qui semble t'échapper. Avant d'en parler, colle ton oreille contre ce tronc, ferme les yeux et écoute jusqu'à ce que tu entendes.

Bien qu'incrédule, Ashtiri se plia à la requête. Les yeux fermés, elle entendit toujours le chant des oiseaux quoiqu'étouffé par l'écorce.

— Écoute, Ashtiri, et ressens.

Le chuchotement de Padiguem accrut la concentration de l'adolescente. Le chant des oiseaux s'envola loin, celui de la mer plus encore, puis émergea du néant un rythme lent, comme un battement de cœur.

— J'entends.

— Les arbres se nourrissent et grandissent parce qu'ils sont vivants. Ce que tu entends, c'est la pression qui permet à l'eau de circuler dans le tronc. Maintenant, ressens.

Sans s'en rendre compte, Ashtiri s'appuya franchement contre la plante. Là, elle ressentit. Sa peau capta des signaux.

Pas électriques, mais chimiques. Elle s'agenouilla, suivant du bout des doigts l'une des racines. Sous la mousse, un réseau de champignons permettait à l'arbre de communiquer avec ses congénères.

Ashtiri ouvrit les yeux et vit la forêt comme elle était réellement. Plus que vivante, elle était un lieu d'entraide. Des souches continuaient à vivre en se raccordant à leur voisin, des jeunes pousses recevaient des nutriments des arbres les plus vieux alors que des sentinelles prévenaient les autres lorsqu'un danger guettait.

— Les arbres sont vivants, Ashtiri. Ils se nourrissent, grandissent, communiquent, aident, protègent et meurent. Ils sont un refuge pour les insectes, les oiseaux et les mammifères. Ce n'est pas parce qu'ils ne sont pas comme les humains que ça donne à ces derniers le droit de les couper par hectares entiers parce qu'en le faisant, ils détruisent plus de vies que tu ne peux imaginer. Est-ce que tu comprends, maintenant, que notre rôle est de protéger tous les êtres vivants ?

— Aucune vie n'est supérieure aux autres.

— Tout comme la vie des arbres n'est pas inférieure à la tienne.

— Je comprends mais…

Elle chercha ses mots pour expliquer son malaise d'être comparée au bois sans parvenir à les trouver.

— Sais-tu ce qu'est réellement une ébène ?

La question de Padiguem attira son attention. Elle secoua la tête en signe de dénégation.

— C'est le duramen de certains arbres, la partie qui se trouve au cœur du tronc. Le duramen est du bois mort autour duquel l'aubier, le bois vivant, peut exister. L'ébène est un pilier dense, lourd, et parfois noir comme la nuit à qui il a volé les étoiles.

Chapitre 40

— D'accord mais… Je ne sais pas comment l'expliquer…

Padiguem s'accroupit. Il semblait avoir compris :

— Les personnes qui parlent des esclaves narabiens comme du bois d'ébène considèrent chaque chose différente d'eux, humaine ou non, comme des objets dont ils se donnent le droit de disposer par envie. Ainsi, en vous nommant comme des choses inanimées, ils veulent vous déshumaniser, nier vos sentiments et vos ressentis, et vous retirer vos droits à la liberté et au respect. Vous devenez leur possession. Ils justifient leur monstruosité à leurs yeux et à ceux des autres par la condition qu'ils vous inventent. Est-ce que c'est ça, ce que tu ressens ?

— Comment tu sais ?

— Parce que j'ai écouté, Ashtiri. Pendant mes voyages j'ai écouté les esclaves, et les esclavagistes. La vision des choses des uns est étroitement liée à celle des autres ; en cela elles sont des reflets inversés, donc complémentaires. Comprendre nos antagonistes c'est nous comprendre nous-mêmes, comprendre en quoi nous sommes et nous *voulons* être différents d'eux. Et c'est, surtout, nous donner les moyens de les combattre, d'autant plus lorsqu'on ne possède pas de pouvoir.

Ashtiri prenait le temps d'assimiler les paroles de Padiguem et tout ce qu'elles sous-entendaient. Comme toujours, le discours du Lion était double, donnant autant d'importance à ce qui avait été dit qu'à ce qui avait été tu. Si les esclavagistes nommaient les siens « bois d'ébène » pour les déshumaniser, son ordre devrait-il devenir celui des Lionnes d'ébène pour redonner ce qui avait été pris ? Quelle belle revanche cela serait de conférer à l'ébène un caractère sacré, privant ainsi les Ofayniens et leurs complices de cet élément de langage avilissant.

— Ébène… murmura-t-elle.

— Je n'ai pas compris.

— Je veux que l'ébène devienne un symbole noble que plus personne ne pourra utiliser comme une insulte. Je veux lui redonner sa juste place.

— Celle d'un pilier qui supporte la vie ?

— Oui. Les Lionnes seront l'ébène sur laquelle chacun pourra compter pour vivre libre.

Padiguem se redressa, la main tendue :

— Dans ce cas debout, première Lionne d'ébène.

Ashtiri lui sourit avant de se relever à l'aide de sa main. Le silence qui s'installa cette fois-ci n'avait nul besoin d'être brisé. Alors, après avoir admiré une dernière fois la vivacité de la forêt, ils reprirent leur chemin.

Chapitre 41

Dans la chaleur étouffante de la forge, Senel préparait un nouveau chargement de flèches et de hallebardes[1]. Riniri, Jolinette et Gontran s'épuisaient toujours à la tâche. Ils frappaient le fer, le battaient, le trempaient, le frappaient encore dans un concert de « clic », de « clac » et de vapeur d'eau. La rougeur infernale des flammes luisait dans la sueur des travailleurs qui forgeaient comme des déments depuis que le Fléau était aux portes du pays. Malgré leurs efforts, les armes s'entassaient en nombre ridicule sur les chariots chargés de les apporter aux soldats. Alors ils redoublaient d'efforts comme une seule entité, oubliant toute notion d'Ofaynien, de Narabienne, d'homme libre et d'esclave. Ne comptait que la survie.

À l'heure du déjeuner, une chose inhabituelle se produisit : Luzette, qui ne mettait jamais un sabot dans la forge, vint ce jour-là rameuter la troupe dans la maison où attendait Céleste. Il fut facile de deviner, à ses traits dissimulant mal

1. Arme d'hast composée d'une longue hampe en bois et d'une pointe en métal.

l'horreur, que le Fléau était en Ofayne. L'effroyable nouvelle abattit Gontran et Luzette au point de les pousser l'un vers l'autre dans un geste sinon d'amour du moins de réconfort.

— Aucune nouvelle de ma sœur ? osa demander Senel.

Céleste la fixa un instant en silence, l'air désolé, avant de secouer la tête en signe de négation.

— Nous ne pouvons plus nous permettre d'attendre. Nos dernières compagnies[1] sont sur le départ afin de ralentir le Fléau avant les grandes régions. Je pars avec la mienne dans deux jours.

Avant que les larmes ne fusent, Jolinette attrapa Céleste et Senel par le bras puis les entraîna à l'écurie, Riniri sur leurs talons. Là, elle fit face à son frère avec toute la détermination dont elle était capable :

— Je viens, Senel et Riniri aussi.

Devant la mine effarée puis contrariée de son aîné, Jolinette enchaîna sur les aptitudes de Senel et Riniri au combat ainsi que sur leurs progrès en équitation, en particulier ceux de Senel : elle parvenait à présent à guider son cheval avec les jambes. Pour appuyer ses explications, l'adolescente montra le bouclier flambant neuf conçu pour s'adapter au moignon de la femme. Durant son monologue, Céleste ne l'interrompit pas une seule fois, mais son regard allait et venait de sa puînée aux Narabiennes.

Finalement à bout de souffle, Jolinette prit une grande inspiration.

— Tu as terminé ? lui demanda son frère.

— Je n'ai pas encore parlé de l'intérêt d'avoir deux soldats en plus ni de l'importance de laisser la possibilité aux femmes de rejoindre l'armée.

---

1. Unités militaires comprenant entre cent et trois cents hommes.

Chapitre 41

— Je connais l'intérêt de chaque soldat en plus. Pour le reste, rédige un traité.

— Ne te moque pas de moi !

La réaction de Jolinette à sa taquinerie le fit sourire, ce qui rappela à Senel ses moments à deux avec Ashtiri, lorsqu'elles vivaient encore libres et heureuses en Naraba. Une mélancolie malvenue la surprit.

— Tu as conscience que je ne peux pas simplement vous emmener avec moi et vous présenter aux autres soldats comme trois des leurs ?

— Bien sûr que si. On est en guerre contre des démons !

Céleste se massa une tempe. Même lui semblait parfois peiner à contenir sa furie de sœur. Senel eut de la peine pour lui autant qu'elle l'admirait car il était réellement en train de réfléchir à un moyen de les emmener.

— Je peux vous faire passer pour des aides de camps ou des estafettes[1]. Une fois à l'intérieur, vous improviserez…

La phrase resta en suspens même quand le capitaine se tourna vers Riniri et Senel. Cette dernière se redressa par réflexe.

— Mon pays vous a fait tant de mal, pourquoi vouloir vous battre pour lui ?

— Ce n'est pas pour lui, c'est pour tous les innocents que le Fléau emportera si personne ne lui fait barrage, répondit Senel. Ofayne n'est pas le seul menacé.

Les arguments de la Narabienne débités avec détermination achevèrent de convaincre Céleste. Il les emmenait toutes les trois ; le délai avant l'arrivée du Fléau était trop court pour permettre de forger d'autres armes à destination des camps de Vivcollines ; Gontran n'aurait plus besoin d'elles.

---

1. Agents de liaison chargés de porter les nouvelles ou les ordres entre des corps d'armée.

LE DERNIER LION D'ALBÂTRE

Puisque tout avait été dit, Céleste envoya les filles préparer leur bagage tandis qu'il se chargeait d'annoncer la nouvelle à ses parents.

L'arrivée de trois femmes, dont deux esclaves, dans la caserne de Miayny avait provoqué son lot de remarques dégradantes à leur encontre ainsi que quelques moqueries – retenues et discrètes – envers Céleste. Mais ces dernières avaient cessé à une vitesse inouïe de peur que le redouté capitaine Lampron ne les entende. Malgré tout, le soldat avait été convoqué par un supérieur durant un entretien si long que Senel, Riniri et Jolinette crurent ne jamais l'en voir sortir. Elles attendaient toutes les trois dans un coin, la tête haute, guettant la piétaille[1] du coin de l'œil afin de la garder à distance. Si elles étaient prêtes à en découdre, elles n'en avaient aucune envie de peur qu'une blessure n'éloigne quelqu'un du champ de bataille où chaque âme serait nécessaire pour espérer contenir le Fléau.

Un long moment après, ce fut un Céleste courroucé qui les rejoignit. Les femmes se préparèrent à une mauvaise nouvelle les concernant.

— Ils ne veulent pas de nous ? osa Riniri.

— Votre présence n'a pas ravi mais la singularité de la situation la rend acceptable puisque utile. Mes supérieurs sont sur les dents car le prince Pithana est consigné dans ses appartements depuis son retour de Rhouti.

Le visage de Senel dut s'illuminer à l'évocation de ce retour car Céleste le fixa un instant.

— Pourquoi est-il enfermé ? s'étonna Jolinette.

— Ni le Lion d'albâtre ni Ashtiri ne sont avec lui, expliqua son frère.

---

1. Soldats subalternes.

Chapitre 41

La joie de Senel retomba. Céleste entraîna les femmes dans le quartier des officiers où il retrouva son général, rejoint entre-temps par le connétable que Senel se souvint avoir vu le jour du départ d'Ashtiri pour Rhouti. Céleste le salua de manière impeccable tant il fut surpris de sa présence puis s'empressa de présenter ses trois coéquipières.

— Connétable, je pense avoir une idée pour communiquer avec le prince Pithana, annonça ensuite le capitaine.

— Avant je veux savoir où est ma sœur, intervint Senel malgré l'air réprobateur du capitaine. Où est Ashtiri ?

Le regard sévère que le connétable posa sur elle ne parvint pas à l'effrayer car le besoin de connaître la raison pour laquelle le prince était rentré seul demeurait plus fort que la peur du fouet. En dépit de son insubordination, le haut gradé se montra enclin à répondre à sa question :

— Un ordre, frère de celui des Lions d'albâtre, est né, composé uniquement de mageresses dont votre sœur est la première représentante. Investie de grands pouvoirs, elle est en route pour neutraliser le maître des démons aux côtés du Lion.

— On a beau savoir que le Fléau n'est pas naturel, affirmer que les mages existent est difficile à croire, confia Jolinette.

— Le prince Pithana aurait su distinguer plus que tout autre les tours de passe-passe du Lion s'il avait été un charlatan. Ce serait être fou que de douter de sa clairvoyance.

— Moi je le crois, confia Senel. Tout comme je crois Ashtiri capable de mener sa quête à bien. Mais si la mission du prince est un succès, pourquoi est-il enfermé ?

— Car le roi ne croit pas en la véracité de son récit et en a profité pour le mettre à l'écart de peur d'un coup d'État. Seulement le prince a amené avec lui une grande prêtresse de Rhouti qu'il affirme capable de ralentir l'armée et d'ainsi donner du temps au Lion et à la Lionne, votre sœur. Prêtresse que le roi n'a pas l'intention d'escorter jusqu'à Vivcollines. Ce qui nous amène en droite ligne à votre idée pour parler au prince, capitaine. Quelle est-elle ?

— Personne n'est autorisé à entrer dans la chambre du prince en dehors des esclaves en charge de ses repas.

— Je ne vois pas en quoi cela nous est utile. Aucun ne prendra le risque de défier le roi.

— Alors infiltrons notre propre agente, proposa Céleste.

Il se tourna vers Riniri, puis chacun en fit de même. Cette dernière dévisagea tour à tour chaque participant à cette réunion secrète improvisée avant de fixer son attention sur le frère de Jolinette.

— Senel est trop reconnaissable, enchaîna le capitaine. Tu passeras plus facilement inaperçue.

— Vous avez raison sur une chose, c'est que je n'ai pas peur de vous défier, répliqua Riniri, vexée à l'idée d'être à nouveau esclave. Vous ne pouvez même pas imaginer à quel point c'est dégradant de porter des repas à des personnes incapables de se nourrir seules.

La main de Senel se referma doucement sur la sienne.

— Moi, je sais. Mais il ne s'agit pas de toi, ni de nous, mais de millions de vies. Si cette prêtresse est réellement capable de ralentir le Fléau, nous devons l'aider. Ashtiri a besoin de temps, reprit-elle avant que Riniri ne la coupe. À nous de lui en donner tant que nous le pouvons.

Face aux arguments imparables de Senel, elle s'inclina.

Grâce à l'aide du capitaine, Riniri infiltra les dessous du palais avec la complicité de l'une de ses consœurs mise dans la confidence par Céleste. Ijjari vivait au château depuis trente ans, elle en connaissait tous les secrets et tous les rouages. Elle se chargea de trouver une tenue à la nouvelle arrivante et de la former afin qu'elle se mêle aux autres serviteurs. Tout en l'écoutant, Riniri observait les va-et-vient en s'étonnant de voir encore des esclaves ofayniens, elle qui les pensait rares. Les Kussars étaient aussi bien représentés, cependant moins que les Narabiens. Ijjari la tira de ses considérations en lui assurant ensuite que tout irait bien car la noblesse ofaynienne était si peu vive d'esprit qu'elle peinait à différencier deux Narabiennes – quand elle ne les ignorait pas tout simplement.

— Les nobles ont moins de mal avec les esclaves kussars, mais c'est risible. Ils se pensent supérieurs et ça les rend bêtes comme leurs pieds, avait avoué Ijjari dans un sourire moqueur. Ça les perdra, un jour.

Sans doute plus vite qu'elle ne l'imaginait mais en attendant, Riniri devait mener à bien sa mission. Elle s'empara d'un plateau copieusement garni. Elle fila ensuite dans les interminables corridors réservés aux serviteurs en repassant en boucle dans sa tête les instructions d'Ijjari pour atteindre les appartements du prince.

Les galeries étroites formaient un réseau parallèle aux grands couloirs où la noblesse se pavanait, se moquait et complotait au milieu d'un faste indécent bien loin de la réalité cachée derrière les tentures onéreuses. Ici la pierre des murs était à nue, éclairée par la lumière de flambeau vacillant sur le passage incessant des servants. En dépit de l'ambiance austère, les esclaves appréciaient d'être ainsi soustraits aux humiliations des grandes gens du palais. Pourtant, au second niveau, il fallut à Riniri s'extraire des venelles obscures.

L'étage réservé à la famille royale et à ses proches profitait d'une intimité à nulle autre pareille. Les seules personnes que la jeune femme rencontra furent les gardes postés devant l'entrée des appartements de Pithana. La tête baissée et le dos un peu courbé, Riniri annonça l'objet de sa visite bien qu'il fût évident, et vit avec soulagement la porte s'ouvrir afin de la laisser passer. Le soupir de soulagement qu'elle poussa intérieurement avorta lorsqu'elle n'entendit pas le battant se refermer. Sans laisser paraître son mécontentement, la jeune femme chercha le prince et le vit assis près d'une fenêtre, le regard perdu dans l'horizon. Afin de ne pas éveiller les soupçons des sentinelles, Riniri suivit le protocole enseigné par Ijjari avec l'espoir de capter l'attention du prince.

— Votre Altesse, votre repas, annonça-t-elle en esquissant un semblant de révérence.

— Merci, fut la seule réponse qu'elle obtint.

Sans indication précise, elle se devait de poser le plateau sur la table la plus proche de la porte mais cela reviendrait à repartir bredouille. C'était hors de question. Hardie, Riniri joua la carte de l'esclave trop zélée en comblant la distance entre son objectif et elle.

— Permettez que je vous prépare votre table. Votre Altesse doit manger.

Lorsqu'elle posa le plateau sur le guéridon à côté de Pithana, ce dernier lui accorda enfin le plus grand intérêt. Face à son regard interrogateur surligné par ses sourcils froncés, Riniri chuchota tout en s'activant :

— Je suis envoyée par le connétable et le capitaine Céleste. Ils voudraient vous aider vous et la prêtresse.

— Reviens chercher le plateau plus tard, je te donnerai les instructions complètes à ce moment-là. File, ou tu vas t'attirer des ennuis.

Sans se faire prier, elle inclina la tête avant de se retirer.

Chapitre 41

Aucun garde ne l'arrêta ni ne lui posa de question, preuve qu'ils n'entendaient rien à la manœuvre de la jeune femme. Ijjari avait raison : personne ne faisait attention aux esclaves.

Plus d'une heure s'écoula avant que Riniri, dissimulée dans un coin sombre afin de ne pas être envoyée à d'autres tâches, prenne à nouveau la direction de la chambre princière. Comme tantôt, elle annonça l'objet de sa présence en guise de laissez-passer. Lorsqu'elle fut à hauteur de Pithana, il lui confia discrètement une liasse de feuillets qu'elle roula avant de les dissimuler sous sa robe. Ceci fait, elle empoigna le plateau déjà prêt, accorda un regard compatissant au prince et s'en alla. Sans vraiment connaître le jeune homme, Riniri ne put se défaire de cette impression dérangeante le concernant ; celle d'avoir vu un soleil mort. À l'approche d'un Fléau né des ténèbres, l'absence de sa lumière était terrifiante.

Chapitre 42

La réputation de Tudh n'avait pas été exagérée par le général ofaynien : à son arrivée au camp principal de Vivcollines cerclé d'un fossé et d'une palissade, chaque soldat connaissait son nom de même que son implication dans la collecte d'informations concernant l'ennemi ; il détestait toujours autant le fait que le mérite d'Henti ait disparu en chemin. Le nouveau capitaine ravala son agacement afin de se présenter sous la tente de commandement dans les meilleures dispositions. Son statut particulier lui valut d'être reçu par un nouvel officier d'Ofayne : le général Ulride Devalcourt qui possédait comme grande qualité – ou grand défaut – une extrême concision.

— Capitaine Aliya, vos ordres sont simples : restez au campement, vantez vos exploits pour donner confiance aux hommes et rabaissez notre ennemi pour que ça ait plus d'impact. Des questions ?

La brutalité du ton et du sens laissa Tudh coi quelques secondes, le temps d'assimiler les informations, leurs conséquences et, surtout, l'insulte que le haut gradé venait de lui balancer à la figure.

Les meilleures dispositions furent mouchées par l'injure.

— Avec tout mon respect, Général, je suis ici pour me battre, non pour fanfaronner. Piétiner mon honneur et ma dignité en faisant de moi un bouffon ne nous fera pas gagner la guerre.

Le général se rapprocha et s'imposa dans son champ de vision comme s'il était une montagne irritée.

— Ce qui nous fera gagner la guerre, Capitaine, c'est l'obéissance de nos soldats ! Vous commencerez à penser par vous-même le jour où vous serez général. En attendant, faites ce que vous avez à faire, peu importe si cela vous relègue au rang de putain !

Tudh se fit violence comme jamais auparavant pour retenir le coup qui manqua de lui échapper et saluer le général au lieu de le frapper. Puis il quitta la tente sans délai, conscient d'être capable de céder à la fureur. À l'extérieur, il conduisit Réglisse jusqu'aux écuries sans prêter attention aux regards des soldats sur son chemin.

— Une armée qu'on ne sait pas arrêter arrive droit sur nous et tout ce qu'on me demande, c'est de faire le beau. Je suis un soldat, que diable !

Face à l'air imperturbable de son étalon, les sentiments bouillonnants du capitaine s'apaisèrent un peu. Honteux de s'être ainsi laissé emporter, Tudh baissa la tête le temps d'ordonner ses idées. Il comprenait le besoin de motiver les troupes mais le faire au détriment de son devoir ne lui plaisait pas du tout. Il était certain d'être capable de bien plus.

— Je me surestime sans doute trop, souffla-t-il tout en débarrassant Réglisse de son fardeau. J'espère qu'Henti va bien.

Chapitre 42

S'accoutumer au manque d'une personne qu'on se languissait de retrouver n'était pas chose aisée. S'en accommoder était pourtant sa seule option pour le moment.

Quand il le posa par terre, son sac souleva une volute de poussière. Ce fut à ce moment qu'un rayon de soleil refléta sur la lame d'Urunzimu, l'épée trouvée dans la bibliothèque de brume. Tudh plissa les yeux avant d'attraper l'arme. En jouant avec la réverbération de la lumière sur le métal, le capitaine eut une idée foudroyante.

— La journée… Où sont les démons durant la journée ?

Soudain excité, il empoigna son sac d'un geste leste.

— Ne bouge pas, ordonna-t-il à Réglisse.

Puis il détala en direction du quartier des officiers généraux où il trouva son supérieur qu'il salua :

— Général Wilrose, connaissez-vous la position actuelle du Fléau ?

— C'est bien la seule chose que nous sachions, et elle ne nous sert à rien.

— Pouvez-vous me montrer ?

Wilrose prit le chemin de la tente de commandement en guise de réponse. Une fois à l'intérieur, il fit taire les protestations du général Devalcourt d'un signe de main agacé tandis que Tudh se penchait sur la carte anticipant les déplacements de l'ennemi. Cela ne requérait guère de génie particulier puisque la cible du Fléau était la capitale ofaynienne.

— À quoi pensez-vous ? demanda Wilrose.

— À ce que font les créatures durant la journée.

Wilrose échangea un regard perdu avec Devalcourt.

— Personne ne sait, répondit ce dernier. Nos sentinelles restent loin de peur d'être repérées par les humains qui les accompagnent.

— En partant maintenant, je serai là-bas à temps pour l'aube. Si jamais les démons se cachent nous pourrons profiter du grand jour pour les tuer dans leur sommeil.

— Il me semblait avoir été clair concernant vos ordres, répliqua Devalcourt.

— Le général a raison, l'appuya Wilrose. Vous êtes précieux, vous devez rester ici.

— Mais j'ai déjà observé ces monstres de près, je sais à quoi m'attendre, argumenta Tudh.

— Comment iriez-vous ? Votre cheval ne supportera pas le voyage.

— Je pourrais…

— Silence ! tonna Devalcourt.

Surpris par le ton agressif, Tudh avala la fin de sa phrase. Le général ofaynien semblait détester l'opiniâtreté du capitaine, et sa réaction en disait long sur la promotion qui lui avait été octroyée : elle était symbolique. Aucun général ici n'avait l'intention de lui donner le commandement d'une compagnie, ni même d'une seule lance d'Ofayne. S'il s'entêtait à défier ouvertement l'autorité, on finirait par lui ôter toute liberté d'action et de déplacement, réduisant ainsi à néant ses chances d'en apprendre davantage sur l'ennemi.

Mieux valait faire profil bas.

— On vous a donné un ordre, Capitaine, reprit Devalcourt. Obéissez !

— Oui, mon Général. Pardon, mon Général.

La docilité soudaine du jeune officier coupa à son tour le verbe du haut gradé. Face à cette manifestation salutaire de bon sens, son irritation s'apaisa. Wilrose profita de l'accalmie pour intervenir :

— Certains de vos hommes ont réchappé au massacre,

Capitaine. Vous les trouverez près de la porte nord.

Tudh inclina la tête, salua ses supérieurs et prit congé.

Passé la joie des retrouvailles avec ses compagnons d'armes, le jeune officier prit conscience des lourdes pertes car de ses soixante coéquipiers, il n'en restait que douze dont quatre sévèrement blessés. Les survivants lui racontèrent comment, après le passage du Fléau dans la région où il avait rencontré Henti et où beaucoup des leurs étaient tombés, ils avaient repris la route vers l'est avec tant de hâte qu'ils avaient pu contourner l'ennemi quelques kilomètres plus au nord. Tandis que le Fléau se heurtait au fleuve, eux étaient passés pour rejoindre l'avant-poste d'Ofayne. Là-bas, l'ordre leur avait été donné de venir grossir les rangs de Vivcollines dans l'attente de la dernière chance.

— Le dernier massacre, commenta Jédéas Louradin. Quand le Fléau sera là, il n'y aura plus âme qui vive à Vivcollines avant la fin de la nuit. Il paraît que le roi Odélien fait ériger un rempart aux abords de la capitale.

— Ça ne suffira pas, affirma Tudh. Le Fléau finira par passer, s'il ne contourne tout simplement pas l'obstacle. Mais il y a une chose à laquelle personne n'a pensé.

Plus que jamais attentifs, ses subordonnés l'écoutèrent parler de son hypothèse concernant les créatures et leur localisation durant la journée. Il savait que depuis plusieurs jours, les soldats humains marchaient la nuit dans les pas des monstres, tactique qui leur imposait un sommeil diurne. Ainsi, pour eux, l'aube équivalait au crépuscule, période où la fatigue couplée à la lassitude les rendaient moins vigilants. Un espion aurait ainsi toutes les chances d'approcher assez près sans trop risquer d'être découvert, ce que Tudh avait bien l'intention de faire. Pour ça, il lui fallait un cheval frais et l'assurance qu'un volontaire veillerait sur Réglisse.

— Prends mon cheval, proposa Jédéas. Je m'occuperai du tien. Tu penses pouvoir revenir à temps ?

— Même si le Fléau avance plus vite qu'au début, il met deux jours pour couvrir la distance qu'un cheval parcourt en une journée. Puis il reste une dernière rivière à traverser. Ça leur prendra du temps, pas à moi. Je devrais revenir deux jours avant leur arrivée. Si jamais j'ai raison, ça nous laissera une occasion de les tuer la journée.

Chacun voulait y croire sans oser le faire de peur d'une terrible désillusion. Afin de ne pas trop penser, les deux hommes se séparèrent avec chacun une mission : préparer Requiem au départ, trouver des vivres, une carte et une longue-vue, puis vérifier l'itinéraire.

Moins d'une heure plus tard, Tudh enfourcha l'impressionnant Requiem à la robe noire après avoir accroché le nécessaire à sa selle. Il ne perdit pas de temps en discours, préférant encourager ses hommes à sillonner le camp dans l'optique de maintenir le moral des soldats au plus haut niveau.

— Les troupes d'élites du capitaine Lampron arriveront bientôt avec le connétable, ça les aidera à tenir en ton absence, lui assura Jédéas. Que les dieux guident tes pas.

— S'ils guident quelqu'un ce n'est pas moi, mais la femme grâce à laquelle toutes nos découvertes ont été possibles. Elle s'appelle Henti, n'oublie pas.

Leur serment scellé, Tudh lança sa monture au galop, et il ne resta sur son passage que poussière et silence.

Chapitre 43

La limite nette entre le jour et la nuit tint Ashtiri et Padiguem muets, partagés entre incrédulité, admiration et appréhension. Ce dernier sentiment prit le dessus à la perception des râles d'agonie s'échappant d'entre les troncs.

— Qu'est-ce qui se passe, ici ? questionna Ashtiri.

— Il semblerait que notre ennemi maintienne la forêt dans la nuit pour permettre à ses créatures d'y vivre et de protéger son repaire.

— Elles craignent le soleil, donc.

— Et à en juger par la désolation que je vois, le sort est en place depuis longtemps.

Padiguem s'accroupit. Quand il voulut saisir une branche à la bordure de la terre stérile, un simple effleurement la fit tomber en une poussière noire que la brise charria entre ses doigts.

— La forêt n'est pas morte du manque de soleil, affirma-t-il en se redressant. On a drainé son énergie grâce à la magie.

— Pour quoi faire ?

— Difficile de savoir. Créer une barrière de monstre n'est peut-être pas la seule raison.

Un silence s'installa durant lequel Ashtiri tentait de comprendre la situation. Si les créatures cachées dans ce lieu craignaient le soleil, craindraient-elles Padiguem ? Si tel était le cas, malgré son pouvoir diminué, parviendrait-il à les tenir à distance à défaut de les terrasser ? Elle-même, que pourrait-elle faire ? La magie de l'espace gravée dans sa chair n'avait jamais été mise à l'épreuve, Ashtiri n'en connaissait pas les effets pratiques.

— Tu y arriveras.

L'affirmation du Lion lui fit lever la tête pour croiser son regard.

— Je crois que me confronter à ma nouvelle nature m'aidera à ne plus douter. Mon entraînement a été trop court, pour l'instant tout me semble être une farce, je peine à y croire.

— Ça arrivera mais pour cela, nous devons y aller.

Ashtiri acquiesça d'un signe de tête déterminé. Pourtant, avant de mettre un pied dans les ténèbres, Padiguem la retint par le bras et la jaugea d'un air plus que jamais grave.

— Une dernière chose. Parce que je suis le dernier Lion d'albâtre, mon pouvoir est diminué. Parce que tu es la première Lionne d'ébène, ton pouvoir est à son maximum.

— Je suis plus puissante que toi ? C'est ce que tu veux dire ?

— Tu as le pouvoir de trente-deux Lionnes, Ashtiri. Tu es donc trente-deux fois plus puissante que moi, mais tes questions et tes hésitations risquent de freiner ton potentiel quand tu commenceras à utiliser tes pouvoirs. À ce moment-là, il te faudra lâcher prise, considérer ta magie comme une partie de toi, le prolongement de ton corps et de ton âme. L'utiliser devra être aussi naturel que respirer.

Chapitre 43

— D'accord.

— Bien. Reste derrière moi.

Ashtiri ne se le fit pas répéter. Elle avait encore besoin d'être guidée par Padiguem au milieu de la nuit dans laquelle ils s'avancèrent. Si elle songea un instant n'être bonne qu'à évoluer dans son ombre, elle prit conscience dans cette atmosphère cendreuse de s'épanouir dans sa lumière, car il se dégageait du corps de son pair une faible nitescence pareille à une aura. Pour la première fois, le rôle divin du mage-guerrier lui apparut réel, palpable, lui faisant oublier sa propre condition. Il lui fallut pour se la rappeler baisser les yeux sur ses mains : l'univers tout entier semblait couler sur sa peau, enroulant ses nébuleuses autour de ses bras, constellant ses paumes de galaxies mouvantes, glissant sur ses doigts des trous noirs effroyables.

Éberluée, l'adolescente s'arrêta.

— Padiguem.

Son appel fut instinctif et reçut une réponse immédiate. Ashtiri sursauta presque quand le Lion prit ses mains entre les siennes tant elle avait été concentrée sur l'étrange phénomène.

— Notre nature réagit à la magie dont l'endroit est empreint, expliqua-t-il.

Ashtiri ne pouvait pas détacher son regard du reflet de l'univers sur elle.

— Tes pouvoirs ne sont pas une farce, alors prends une grande respiration.

Elle choisit de suivre le conseil à la lettre et d'inspirer à pleins poumons. L'odeur poussiéreuse ranima son désir d'arrêter la personne responsable de la destruction de cette forêt et de ses arbres, car le vide de l'endroit lui donnait la chair de poule. Jamais elle n'avait ressenti pareil néant, pas même lorsque la Lionne cosmique lui était apparue pour lui confier ses pouvoirs. Ici il n'y avait rien.

Rien de vivant.

La mort, elle, rôdait. Furtive, elle était une silhouette entre les troncs, des orbites vides entre les branches, un souffle glacé sur la nuque.

Ashtiri fit volte-face en dégainant son khépesh. L'amplitude de son mouvement circulaire lui permit de trancher net le bras du démon arrivé derrière elle et de repousser la masse d'un puissant coup de pied. La créature se volatilisa dans un hurlement effroyable.

— Qu'est-ce que c'était ?! s'affola la Lionne.

— Une partie du Fléau, devina Padiguem quand il colla son dos contre le sien.

Même si leur vision panoramique ne possédait pas d'angle mort, elle restait plus précise sur le devant.

— S'ils approchent c'est qu'ils ne craignent pas le soleil, analysa Ashtiri.

— C'est toi qu'ils ont attaquée. Mon pouvoir est trop faible pour protéger quelqu'un d'autre que moi.

— Et si je reste proche de toi comme maintenant ?

Les démons tournaient autour d'eux, déplaçant dans leur course le brouillard verdâtre qui les accompagnait toujours. Les sifflements montaient de partout à tel point que les mages peinaient à en localiser la source. Mais aucune créature n'avança plus.

— Je pense que ça peut fonctionner, réfléchit Padiguem. Je ne vois pas d'autre solution en dehors de les exterminer tous.

— On ne sait pas combien ils sont, on s'épuiserait pour rien.

— Je crois qu'on ne va pas avoir le choix.

Chapitre 43

Sa vision panoramique permit à Ashtiri de voir les démons déplacer et entasser d'énormes rochers autour d'eux afin de leur couper le chemin. Impossible de passer sans escalader et donc, sans s'éloigner l'un de l'autre. Si une telle manœuvre ne mettait pas Padiguem en danger, c'était tout le contraire pour Ashtiri. Imprégnée de nuit, elle attirait les monstres comme les fleurs attiraient les insectes.

— Qu'est-ce qu'on fait ? pressa la Lionne quand leurs ennemis formèrent une ligne en haut des barrages.

— Je vais escalader en premier pour créer une brèche puis tu me suivras. Mais dès que tu seras en dehors de mon influence, ils t'attaqueront.

— Je sais.

— Ne cherche pas à les affronter. Tu auras besoin de toutes tes forces pour la suite.

— Très bien, acquiesça-t-elle en rengainant son khépesh. C'est quand tu veux.

Ashtiri sentit d'abord Padiguem s'élancer, puis une vague de froid lui lécher la colonne vertébrale. La Lionne fit volte-face afin de minimiser la distance entre son parèdre et elle mais l'ouverture incita les démons à attaquer.

Deux d'entre eux donnèrent des coups de griffe pour prendre Ashtiri en tenaille. Cette dernière profita de la vitesse de sa course pour sauter en vrille par-dessus l'obstacle. À peine réceptionnée, elle pivota afin d'éviter un nouveau coup. Elle ôta son manteau dans le mouvement avant de l'envoyer sur deux autres créatures qu'elle contourna en courant. Puis elle sauta sur les rochers et les escalada avec dextérité sous la protection des quelques boules de feu que Padiguem parvenait à matérialiser. Ashtiri arriva en haut en évitant de justesse une griffure. Elle se colla au Lion pour reprendre son souffle.

— Tes déplacements sont impressionnants, remarqua l'homme.

— En avoir d'excellents... est indispensable pour survivre... dans une ville comme Tyniry-nord. Mais je ne tiendrai pas longtemps à ce rythme.

Ce fut avec une pointe de désespoir qu'elle prononça ces derniers mots, car les démons obstruaient à nouveau le chemin.

— On va avoir un problème, commenta-t-elle.

— Ashtiri, ils me craignent car je suis lié au soleil, mais ce n'est pas la seule chose à produire de la lumière.

— Je ne maîtrise pas le feu.

— Tu as déjà oublié tes éclairs ?

Sa partenaire dégaina son khépesh pour toute réponse. Elle ferma les yeux dans l'espoir de se focaliser sur son arme. Cette dernière devint un repère dans le noir vers lequel Ashtiri envoya son pouvoir en le visualisant mentalement.

Utiliser la magie devait être aussi naturel que respirer.

Avec ce mantra en tête, sa concentration s'accrut. Bientôt, une sensation étrange dressa les poils de ses avant-bras tandis qu'un crépitement presque métallique lui fit ouvrir les yeux. Un véritable orage parcourait sa lame, créant de tous côtés des arcs immaculés.

— Tu l'as stabilisé ? s'enquit Padiguem.

— Oui.

— Passe devant, je te suis.

Ashtiri dévala la pente avec précaution et agilité, son khépesh tenu fermement dans ses mains. Les démons resserrèrent les rangs autour d'elle mais dès l'instant où ils furent trop près, des éclairs les frappèrent tous en même temps. Leurs cris de douleur stridents lui vrillèrent les tympans sans pour autant la faire vaciller, au contraire des monstres qui reculèrent sur le chemin. Alors, Ashtiri eut une idée. Elle se concentra à nouveau sur son pouvoir, sur son arme et sur la foudre, puis envoya une batterie d'éclairs qui perça la ligne ennemie.

Les créatures reculèrent encore.

— Ils ont pris conscience du danger, remarqua Padiguem. Tu penses être capable de garder ton pouvoir actif jusqu'à ce qu'on sorte de là ?

— Je n'ai pas trop le choix.

— La source de l'énergie étrange n'est pas très loin. Dépêchons-nous.

Plus vigilants que jamais, le Lion et la Lionne marchèrent côte à côte, leur pouvoir de lumière déchirant les ténèbres.

Chapitre 44

Après avoir terminé de préparer leurs affaires, Jolinette et Senel s'installèrent dans un coin de la cour pour regarder vivre la caserne. Les troupes d'élite n'attendaient que le signal de Céleste et du connétable pour marcher vers Vivcollines mais les deux hommes enchaînaient les réunions plus ou moins officielles tandis que Riniri, toujours infiltrée dans le château, continuait à assurer la liaison entre eux et le prince Pithana.

Malgré le départ imminent vers la mort, c'était par l'amertume que Senel était rongée ; celle de voir une nouvelle mission confiée à Riniri alors qu'elle-même était laissée de côté comme un chiffon dont personne ne voulait. À cette pensée, son regard tomba sur ce moignon qui la rendait « trop reconnaissable », ou davantage invisible, mais qui pourtant ne lui inspirait aucun regret. Il était le souvenir d'une période de sa vie où elle savait encore comment être courageuse. Aujourd'hui, en dépit des mots et des sentiments de Riniri à son égard, elle peinait à retrouver l'envie de se battre.

À sa hauteur, elle se tiendrait face au Fléau non avec l'envie de vaincre, mais avec celle d'y laisser la vie. Depuis son arrivée au château des De Valdor, la mort lui apparaissait comme un néant salvateur dans lequel, privée de tout, elle le serait de la douleur et de la honte. Loin du charivari de l'existence, elle goûterait au silence quand le trépas lui arracherait jusqu'à ses pensées les plus profondes.

Elle en était là de ses réflexions lorsqu'une silhouette la surplomba. Surprise, Senel leva la tête vers un soldat qui la toisait avec un mépris flagrant.

— Le connétable vous attend dans ses quartiers, annonça sa voix bourrue.

Il recula d'un pas, attendit que Senel se lève puis il la précéda sans voir que Jolinette suivait aussi. Dès qu'il introduisit la sœur d'Ashtiri auprès de son supérieur, la cadette de Céleste, également présent dans la pièce, fut autorisée à rester. Il y avait, en plus des deux hommes, Riniri dont la mine contrariée n'échappa pas à Senel. À dire vrai, les deux officiers aussi étaient étrangement graves.

— Que se passe-t-il ? s'inquiéta-t-elle.

— La guerre n'a pas encore commencé que le roi la saborde déjà, grogna le connétable.

— Comment est-ce possible ?

— Il a fait construire des remparts à la limite de la capitale dont les portes se fermeront après notre passage, expliqua Céleste. Si Vivcollines tombe, il pense arrêter la progression de l'ennemi avec ce mur.

Le capitaine n'eut pas besoin d'en dire davantage, Senel comprit l'horreur de la manœuvre :

— Ça veut dire que toutes les personnes derrière ce mur mourront, y compris les soldats qui survivront sur le champ de bataille ? Il leur coupe toute retraite…

— Et tout espoir. Nos soldats savent que nous n'avons actuellement aucun moyen de vaincre le Fléau. Le roi a promis une aide qui n'est jamais arrivée et maintenant, ça. Nos hommes perdent l'envie de se battre.

— Mais, et la prêtresse ? demanda Jolinette. Je croyais qu'elle pouvait aider.

— Elle a été invitée à… rester dans ses quartiers, pour le moment.

— Vous avez une idée pour la sortir de là ? questionna Senel.

— On aura besoin de toi.

Hébétée, Senel fixa Céleste un instant.

— Moi ? Pourquoi ?

— Pour trouver sa chambre et l'en faire sortir.

— Et vous, que ferez-vous ?

— Nous allons faire évader le prince Pithana.

Chapitre 45

La main de Senel tremblait à l'approche de l'opération. En fait, c'était tout son corps que le stress rendait fébrile. Elle connaissait le plan dont la partie la concernant était d'une simplicité enfantine, à condition qu'elle ne se fasse pas prendre, sans quoi elle serait abattue. Car si les soldats étaient tout entiers dévoués à la cause du connétable, la garde l'était uniquement à celle du roi et ne tolérait aucune exception, peu importait si la survie de leur monde en dépendait. La jeune femme patientait dans un coin sombre des corridors parallèles non loin de la chambre de Maanebet localisée grâce à l'aide d'Ijjari. La longue attente lui permit de ressasser les consignes de Céleste et du connétable en répétant point par point la marche à suivre, à commencer par le signal de départ.

De l'autre côté de la porte en bois, la garde s'agita lorsque l'alerte de l'évasion de Pithana parvint jusqu'à cette aile du palais. Les hommes en charge de la surveillance de la grande prêtresse ne firent aucun mouvement dans un premier temps, avant d'être appelés en renfort. Senel attendit d'entendre leur pas de course s'éloigner avant de s'engager dans le grand couloir. Le temps d'une profonde inspiration, et elle fila accomplir sa mission. La lumière vive se déversant par les grandes fenêtres lui fit plisser les yeux un instant, puis elle porta son attention sur l'entrée de la chambre laissée sans surveillance.

Du moins était-ce le plan.

Ce fut pourquoi en voyant un garde en poste, elle eut un instant d'hésitation assez marqué pour attirer son attention sur elle. Mue par une habitude vieille de sept infernales années, Senel baissa la tête en s'approchant de l'homme.

— Le palais est en alerte, tu n'as rien à faire là. Dégage.

Si une décision devait être prise, elle devait l'être maintenant car retourner demander de l'aide était inconcevable au risque de mettre tout le monde en danger.

Le moment de reprendre courage était arrivé. Celui de faire face à la femme qu'elle était devenue grâce aux entraînements de Jolinette également.

Sans plus une once d'hésitation, Senel frappa le garde avec sa propre hallebarde. La surprise et le choc empêchèrent la sentinelle de parer le poing qui percuta son visage de plein fouet. Bien positionné, un coup n'avait pas besoin d'être fort pour faire perdre connaissance.

Le garde s'écroula sur le sol.

Senel s'assura d'avoir la voie libre avant d'entrer dans la chambre dans laquelle Maanebet et Shiro se tenaient debout face à elle, comme s'ils avaient su qu'elle viendrait.

— Suivez-moi, les pressa-t-elle.

Elle laissa passer Maanebet et son chat, non sans observer la prêtresse avec admiration, avant de faire attention au singulier guerrier aveugle. Se déplacer vite et bien avec lui ne serait pas évident. Ce fut la pensée qu'elle eut jusqu'à ce que, dans le couloir, apparaisse un gros chien noir venu de nulle part. L'animal au faciès décoré de symboles dorés attrapa la corde pendant au poignet de l'étrange guerrier puis le guida dans les couloirs comme s'il savait exactement où se rendre. Et l'homme était si alerte et dextre qu'il évoluait dans son environnement comme s'il y voyait, preuve que son duo avec le chien était rodé à la tâche.

— Je ne peux pas partir sans mes tonneaux, confia Maanebet une fois dans le dédale sombre des venelles réservées aux esclaves.

— Ils ont été amenés à la caserne il y a une heure, la rassura Senel.

Dans la cuisine qu'Ijjari avait fait évacuer en envoyant tout le monde à diverses occupations, Maanebet et Shiro se couvrirent de manteaux miteux avant de suivre leur guide au-dehors. Les gardes étant occupés de l'autre côté du palais, un groupe de soldats put faire escorte à la grande prêtresse. Une fois parvenu à l'extérieur de l'enceinte, le groupe zigzagua dans la ville avant de rejoindre la garnison. Là-bas, il leur fallut attendre presque une heure avant de voir arriver Pithana et Riniri. Eux aussi avaient dû brouiller les pistes avant de gagner leur destination finale.

Pithana s'apprêta à demander un point sur la situation lorsque le connétable les rejoignit.

— Nous verrons cela sur le chemin, mon Prince. Nous devons partir maintenant.

La fidélité et l'aide dont avaient fait montre Senel, Riniri et Jolinette leur valut une place proche de Céleste et de son supérieur. Un simple ordre du chef militaire suffit à activer tout le monde. Chacun savait parfaitement quoi faire car l'opération avait été planifiée dans les moindres détails. En seulement quelques minutes, ce furent six cents soldats d'élite qui prirent le départ. Pithana, Maanebet et son chat, ainsi que Shiro et les fûts furent éparpillés au milieu des cent lances. En effet, le connétable s'était préparé à ce qu'un lien soit établi entre l'évasion du prince et le départ des troupes.

Des gardes arrêtèrent non sans trembler le chef des armées lorsque celui-ci approcha du rempart construit à l'extérieur de la capitale pour contenir l'ennemi et condamner toute âme de l'autre côté. Sans prendre la peine de descendre de son imposante monture, le haut gradé toisa la piétaille d'un air implacable, au point de faire bégayer l'homme qui s'adressa à lui pour transmettre les ordres du roi concernant la recherche des fugitifs.

Le militaire se pencha un peu vers le garde, un rictus méprisant fiché sur le visage.

— Dégage de ma route, vermine.

— Mais vous…

— Baisse la tête quand tu t'adresses au chef suprême de ton armée ! éructa le militaire.

L'autre courba l'échine. Satisfait, le connétable se redressa.

— Il est hors de question que des lâches qui se cachent derrière un mur au lieu de combattre posent les yeux sur moi. Écarte-toi, maintenant, ou je t'épargnerai le Fléau en te tuant sur-le-champ.

Un signe du garde à ses compères suffit à libérer le passage. La porte dont la lourdeur l'empêchait de bouger autrement qu'avec grand peine s'ouvrit sur une campagne printanière grouillante de fugitifs et d'exilés arrêtés dans leur recherche d'abri par un mur austère. Des tentes de fortune avaient poussé par centaines, accueillant le désespoir de populations entières conscientes d'avoir été désignées comme des pertes acceptables. Cette fois encore, les petites gens mourraient pour protéger les plus grandes, n'ayant pour les réconforter dans leur funeste sort que la certitude de savoir que dans leurs beaux palais, les nobles tremblaient de peur.

Il fallut l'intervention des gardes du rempart pour repousser les réfugiés les plus entreprenants afin de laisser sortir le cortège d'armures. Face à leur dernière chance, les plus lucides agitèrent des mouchoirs blancs sur le passage de la compagnie afin d'attirer la grâce des dieux sur elle.

Et lorsque les battants se refermèrent dans le sillage de l'armée, leur grondement sonna comme un arrêt de mort.

Après une longue journée de marche durant laquelle pas un soldat n'avait quitté son rang, une halte pour la nuit fut décidée sur le terrain d'un riche propriétaire qui avait fui avant la fermeture définitive des portes du rempart, abandonnant toutes ses gens au Fléau dévastateur.

Les soldats s'installèrent autour de grands feux, cherchant un peu de confort malgré la précarité de la situation. Sous la tente de commandement, Pithana ordonna une réunion avec le connétable, son capitaine, Maanebet, Shiro, Senel, Riniri et Jolinette. Avant de parler de la guerre, il tint une nouvelle fois à s'excuser auprès de la grande prêtresse et du guerrier du Tjo pour la manière dont ils avaient été traités au palais. Puis il enchaîna sur la présence des trois femmes parmi les soldats, en particulier sur celle de Senel et de Riniri. Elles se plièrent à sa requête en expliquant les événements les ayant amenées ici.

Le récit des deux Narabiennes terminé, un sourire ambigu étira les lèvres du prince :

— Je comprends la raison pour laquelle Ashtiri tient tant à vous deux. Elle disait tout vous devoir, je sais pourquoi, à présent. Vous lui avez inspiré son courage, sa force et sa détermination.

— Comment va-t-elle ? s'enquit Senel. Comment était-ce en Rhouti ?

— Ashtiri a beaucoup douté là-bas mais elle s'est fait un ami précieux de qui elle a beaucoup appris.

— Le dernier Lion d'albâtre ? demanda Riniri. Il existe réellement ?

Pithana acquiesça.

— Il n'a jamais douté d'elle, ajouta-t-il en se tournant vers Maanebet.

— Ashtiri a tout autant apporté à mon frère, révéla cette dernière. Après dix ans passés sur les routes, Padiguem m'est revenu fatigué, éteint comme un homme à la fin de sa vie alors qu'il n'a même pas trente ans. À l'arrivée d'Ashtiri, il s'est ouvert à nouveau. Il a recommencé à croire en lui, en sa mission et en la vocation des Lions d'albâtre. Ils se sont redécouverts tous les deux et je suis certaine que face à eux, notre ennemi n'aura aucune chance de vaincre.

— Ça, c'est un fait dont il faut convaincre mes hommes, intervint le connétable. Sans espoir, contenir l'adversaire sera impossible.

— Pourquoi ? demanda Senel.

— Parce qu'un soldat persuadé qu'il va mourir reste paralysé de peur sur le champ de bataille. Nous pensons cependant avoir trouvé un moyen de galvaniser nos hommes.

— Celui qui a récolté toutes les informations que nous avons sur le Fléau est en ce moment même à Vivcollines, ajouta Céleste. Nous voulons faire de lui un symbole capable de rendre son ardeur à nos troupes car il a vu les démons de près et a survécu.

— Qui est-ce ? se renseigna Pithana.

— Tudh Aliya, un capitaine dryanien.

— Un homme du général Wilrose ?

— En effet.

— Nous devrons lui parler en arrivant. S'il incarne réellement l'espoir, son grade de capitaine prendra autant d'importance que le tien, Céleste. Je compte sur toi pour faire front uni avec lui.

— J'en ai entendu beaucoup de bien, cela ne sera sans doute pas difficile.

Pithana aurait aimé aborder le sujet de la stratégie mais préféra conclure la réunion sur cette note positive afin que chacun parte se coucher le cœur un peu plus léger. Il libéra donc tout le monde.

Le sommeil avait recouvert de son manteau de rêve tout le campement provisoire. Malgré une position sûre, des sentinelles veillaient. Autour des quelques feux encore allumés se tenaient des soldats fatigués qui ne parvenaient malgré tout pas à dormir. L'attente favorisait la réflexion, et ce n'était jamais bon à la veille d'une bataille car parfois, la pensée était l'ennemie de l'instinct de survie.

Parmi les insomniaques, Pithana arpentait le camp pour profiter du calme de la nuit, du chant des oiseaux et des insectes, et de l'atmosphère sereine. Il retrouva Shiro assis seul près d'un feu mourant.

— Tu ne devrais pas être ici, Shiro.

— Le sommeil ne vient pas.

— Je parle de l'armée. Padiguem n'aimerait pas.

— Pourtant je suis un guerrier, ma place est ici. J'ai appris à ne jamais abandonner sans avoir tout essayé et j'ai encore un rôle à jouer dans cette bataille.

— Comment ?

Shiro hésita.

— J'ai appris aux côtés de Maanebet à demander l'aide des animaux sacrés. L'un d'eux m'aidera à combattre.

— Je n'aime pas ça, confessa Pithana.

L'homme du Tjo pencha un peu la tête, l'air surpris.

— Pourquoi ?

— Je… Je ne sais pas vraiment, en fait. C'est dangereux.

— Ma vie ne vaut pas plus que celle de tes hommes.

— Ce n'est pas pareil, Shiro.

— Pourquoi ?

Cette question-là n'obtint aucune réponse, et Pithana vit à l'air déçu de Shiro qu'il le regrettait.

Un silence s'installa entre les deux hommes. Le feu n'était plus assez vivace pour chasser le froid qui les engourdissait lentement. La fatigue se fit sentir, plus palpable de minute en minute, pourtant aucun des deux ne voulait briser l'instant et se priver de la présence de l'autre.

— Est-ce que je peux te voir ? demanda soudain Shiro.

— Comment ça ?

Le guerrier lui montra ses mains.

— Je t'ai dit pouvoir « voir » ce que je touchais. Quand je ne le peux pas, j'invente les choses mais j'aimerais voir ton vrai visage. Je comprendrais que tu refuses, ce n'est pas une requête habituelle et elle est parfois difficile à accepter pour les voyants.

Pithana attrapa les mains de l'homme avec sans doute trop de tendresse, cette même tendresse avec laquelle les doigts de

Shiro suivirent chaque trait de son visage, chaque courbe de ses lèvres, chaque ligne de ses mâchoires, chaque mèche de ses longs cheveux blonds.

— Ils sont fins comme de la soie.

— C'est bien le seul cadeau que m'ait fait mon père.

Shiro s'autorisa à laisser ses doigts s'égarer sur son sourire désabusé avant de briser le contact. Il sembla à Pithana perdre par la même occasion un bout de lui-même, un fragment de paix si profonde qu'elle cachait un sentiment plus puissant qu'un simple attachement. Face à ce qu'il devinait en lui à cet instant, le prince battit en retraite. Il se leva.

— Tu devrais dormir, conseilla-t-il sur un ton qui trahissait trop ses sentiments naissants à son goût. Nous partirons tôt demain, la route est encore longue.

— Je comprends…

Sur ces mots teintés d'amertume, Pithana s'en alla.

Chapitre 46

Henti eut bien du mal à s'avouer perdue. Éviter les gardes n'aidait pas à se diriger selon son bon vouloir au milieu de cette gigantesque forteresse. La jeune femme passait de bâtiment en bâtiment en se focalisant davantage sur les rondes que sur son environnement. À cela s'ajoutait le fait qu'elle n'avait pas la moindre idée de l'endroit exact où se rendre pour trouver des informations sur la culture kussar.

En dépit des difficultés et de son incertitude, elle fut capable de s'orienter en fin de journée ainsi que d'anticiper la présence des sentinelles. Ses déplacements facilités, elle parvint au sommet d'un grand escalier menant à un immense bâtiment fleuri qui laissait entrevoir par ses fenêtres une bibliothèque. C'était l'endroit idéal pour fouiller le passé. Ne souhaitant pas y entrer par la grande porte, Henti escalada un cerisier jusqu'au premier étage. La fenêtre ouverte lui donna accès à une galerie en bois sur laquelle elle s'immobilisa, émerveillée : sur chaque coin de mur, à cet étage et à celui du dessous, des étagères croulaient sous les tablettes, les parchemins et les livres. Subjuguée, Henti se promena dans l'édifice où nul garde ne patrouillait. Le décor était identique dans l'aile est, ouest et sud, et il y avait là tant d'écritures différentes que la richesse de tous les pays émerveilla Henti.

Pourtant, l'ambiance changea quelque peu dans la partie nord. S'il y avait tout autant de savoir que dans les autres pièces, ici il faisait sombre, sec et frais. Grâce à une dizaine de lumières colorées qu'elle ne sut identifier, situées dans le fond de la salle, Henti vit l'endroit aménagé autour d'un puits profond sans doute asséché. D'ailleurs, elle fut bien incapable d'expliquer tout ce qu'elle vit.

Chaque lumière était un flux qui circulait dans un tube de verre relié de la terre au dos d'un homme assis à un bureau, en train d'écrire. Malgré sa position, Henti le devinait de haute stature et à la peau mate, aux longs cheveux et aux yeux noirs : un Kussar. Sa riche tenue de soie et de fil d'or, sa coiffure impeccable et sa barbe taillée le désignaient comme un personnage notable, sans doute le maître des lieux.

Mais alors…

Henti s'agenouilla, collée à une balustrade avec laquelle elle se confondait dans la pénombre, et comprit que l'homme occupé à écrire n'était autre que le roi-démon.

La réalité, si différente de l'image monstrueuse qu'elle s'était faite de l'individu, l'ébranla au point de lui faire oublier l'horreur qui se répandait sur le continent car l'homme dégageait une aura de fascination.

La jeune femme resta là de longues minutes à l'observer. Lorsqu'il n'écrivait pas, il réfléchissait, et les flux brillaient davantage comme s'ils lui murmuraient quelque secret. Parfois toutes les lumières réagissaient, parfois deux ou une seule. Ensuite, l'homme écrivait, étayant même ses textes de croquis jusqu'à ce que, las, il pose son œuvre et se lève pour arpenter la pièce. Alors, les tuyaux de verre se mouvaient, s'étirant et se rétractant pour suivre le roi-démon au dos duquel ils restaient soudés afin que le contact ne se rompe jamais.

Se pourrait-il que la source de son pouvoir provienne de ces flux ? L'idée paraissait sensée. Dans ce cas, cela signifiait-il que l'homme soit dans l'incapacité de quitter cette pièce ? Cela expliquerait son absence du champ de bataille. Mais alors, comment contrôlait-il son armée ? Grâce à des messagers ? Peut-être les soldats détenteurs des bâtons magiques qui avaient fait traverser une rivière au Fléau ?

Et si elle allait voir ces tubes de plus près ?

Sur l'instant, l'idée lui parut brillante puisqu'elle laissait miroiter une solution à tous les problèmes actuels. De plus, cet espoir dépassait de loin le danger qu'elle courait en s'approchant trop près de son ennemi. Décidée, elle attendit que le roi-démon se replonge dans son entreprise avant d'oser bouger. Furtive, elle longea la rambarde le dos courbé et les jambes fléchies pour minimiser le bruit de ses pas. Elle trouva un escalier étroit menant à l'étage inférieur quand des hurlements de femme transpercèrent soudain le silence.

Henti se mit aussitôt à couvert. Les hurlements se répétèrent mais le roi-démon ne sourcilla même pas là où la terreur de l'inconnu étreignait la jeune Kussar au plus profond d'elle-même. Incapable de rester sans rien faire, elle abandonna l'érudit et se faufila par une fenêtre avant de courir en direction de l'appel à l'aide.

Ce dernier fut bientôt accompagné d'autres suppliques qui guidèrent Henti sur les remparts. Loin des braseros allumés avec l'arrivée du crépuscule, allongée sur un créneau où son immobilisme la camoufla, elle vit en contrebas de la muraille une vingtaine de femmes et de personnes âgées s'époumoner en frappant une porte close. Et la Kussar sut pourquoi. Parce qu'ainsi à découvert, ces pauvres gens seraient la proie des monstres de la vallée.

— J'en peux plus de les entendre hurler, se lamenta un garde non loin.

Henti se pétrifia. Elle n'avait vu personne en arrivant et ne savait donc pas où se trouvait le propriétaire de cette voix. Sans doute quelque part sur sa gauche.

— Mieux vaut des étrangers que notre famille, répliqua un autre.

— Parce que tu crois réellement que l'Érudit nous laissera vivre après sa victoire ?

— Il ne peut pas redonner vie à l'empire kussar s'il tue les Kussars.

— Et c'est pour ça qu'il purge ce qu'il en reste pour nourrir ses maudits vampires ? À d'autres. Cet homme n'aime ses congénères qu'à travers les livres, c'est pour ça qu'ils pourrissent tous dans ses geôles.

— Ceux-là ne sont que vaguement kussars et tu le sais très bien. Ils ont même tout oublié des coutumes de notre peuple. Un conseil : contente-toi de protéger les tiens tant que tu le peux, ou ils seront les prochains à servir de dîner.

La sentence implacable mit fin à la conversation. En contrebas, un épais brouillard vert montait le long de la butte, traînant dans son sillage des silhouettes monstrueuses. Les cris des pauvres gens redoublèrent. Les coups sur la porte se firent violents. Les hurlements devinrent stridents, hystériques, quand les démons se jetèrent sur leurs victimes pour leur ouvrir la gorge et les vider de leur sang. Paralysée par l'horreur, Henti plaqua ses mains sur sa bouche pour retenir ses gémissements qu'accompagnaient des larmes cuisantes sur ses joues. Elle crut entendre la peau se déchirer et le bruit mouillé des muscles mis à nu. Son estomac se contracta dans de douloureux spasmes au point qu'elle douta pouvoir le calmer.

Puis le silence revint, immonde, et avec lui l'odeur de la mort s'imprégna partout.

Elle perçut le départ des gardes ainsi que le calme effroyable au pied des remparts. Henti descendit du créneau mais une fois debout, des nausées la poussèrent à s'asseoir. Elle s'aperçut que des sanglots lui coupaient encore le souffle tandis qu'elle tremblait tout entière. Elle pria pour vivre un simple cauchemar dont elle se réveillerait bientôt dans son lit, chez elle, auprès de Duhepa, de ses neveux, de sa nièce et de leurs parents. Parce que s'il y avait bien une chose dont elle était certaine, c'était d'être incapable de combattre le roi-démon. Elle ne pouvait rien faire ici.

— Les geôles…

Henti essuya ses larmes et son nez tout en se remémorant la conversation des deux gardes qui avaient fait mention de prisonniers. Combattre un mage ne faisait peut-être pas partie de ses qualités, mais elle devait tout faire pour libérer ces innocents. Elle avait la nuit entière pour trouver un moyen car les faire sortir maintenant ne servirait à rien sinon à les conduire dans la gueule du loup.

La première étape consistait à trouver leur lieu de détention.

Henti se releva, avec plus de facilité cette fois, et fila vers les bâtiments encore inexplorés. Sur sa route, elle dut se cacher plusieurs fois des patrouilles hagardes que les événements du début de la nuit avaient ébranlées. Les hommes de la forteresse ne semblaient pas tous convaincus par la croisade de leur chef. Ils paraissaient le suivre dans l'unique but de protéger leur famille.

En était-il de même pour l'armée humaine en renfort du Fléau ? Se battaient-ils par idéologie ou par désir de savoir les leurs saufs ? Si cette deuxième option s'avérait être la bonne, alors mettre à l'abri les prisonniers dissuaderait peut-être les soldats de continuer le combat. Bien qu'ils ne fussent pas les plus à craindre sur le champ de bataille, affronter une seule armée serait plus facile que d'en affronter deux.

Henti se déplaçait comme un fantôme dans la cité, chipant sur son passage quelques mets destinés aux sentinelles. Elle avait l'impression de voyager depuis si longtemps qu'elle ne se souvenait même plus de son dernier vrai repas ou de sa dernière nuit dans un lit.

La jeune femme bondissait de cachette en cachette, se glissant derrière un arbre, s'abritant dans le dos d'une statue. Les oriflammes et autres étendards claquaient au vent et parfois, au loin, s'élevaient les gémissements abominables des créatures. Pourtant l'endroit sentait le printemps, frais et fleuri, et cela contrastait tant avec la noirceur entre ces murs que c'en était dérangeant, autant que les geôles pleines qu'elle trouva finalement. Il y avait dedans tellement de gens que leurs membres dépassaient entre les barreaux. Les masses étaient presque empilées les unes sur les autres à tel point qu'imaginer tous ces gens suffoquant ne fut pas ardu. Ici tout puait l'urine, les excréments, la transpiration et la crasse. Même les animaux étaient mieux traités.

Henti s'assura de l'absence momentanée de gardes pour s'approcher des prisons. À la lueur des flambeaux, des visages creusés par la fatigue, l'anémie et la maladie lui renvoyèrent des regards livides. Mais dès qu'elle fut repérée, la masse s'anima comme une seule entité.

— Aidez-nous, la supplia-t-on.

Chapitre 46

— Si je vous fais sortir au milieu de la nuit les démons nous dévoreront.

— Aidez-nous, répéta un vieil homme.

Des bruits de pas se firent entendre : la garde revenait.

— Je reviendrai à l'aube, chuchota-t-elle.

— Menteuse !

— Lâche !

Les insultes injustifiées blessèrent la jeune femme qui n'eut pas le loisir de rassurer les malheureux avant l'arrivée des sbires du roi-démon. Elle lança une ultime promesse de retour puis fila en courant. Elle devait trouver un moyen de faire sortir tout le monde de la forteresse.

Ce fut alors que des cris venant des prisons lui coupèrent tout élan. Attentive comme jamais, elle entendit des mots qui la terrifièrent :

— Gardes ! Une intruse ! Une intruse là-bas !

Le sang d'Henti se figea : on l'avait dénoncée !

Non, ce n'était pas possible. Pourquoi le faire alors qu'elle venait les aider ? C'était insensé ! Ou alors y avait-il quelqu'un d'autre ?

Ce doute se dissipa quand elle se retrouva encerclée par des hommes armés. Un coup d'œil rapide autour d'elle lui permit de repérer un abricotier assez vieux pour supporter son poids. Sans hésiter, elle grimpa à l'arbre grâce auquel elle faussa compagnie à ses adversaires. Elle se hissa ensuite sur le toit, courut et sauta sur celui du bâtiment voisin sans cesser de songer à un moyen d'échapper aux gardes. Prise au piège dans une cité fortifiée entourée de vampires assoiffés de sang, ses chances de s'en tirer n'étaient pas nombreuses. Même si elle courait toute la nuit jusqu'à épuiser ses poursuivants, d'autres prendraient le relais tandis qu'elle-même ne tiendrait jamais le rythme. Malgré l'évidence, elle refusait d'abandonner.

Un nouvel arbre lui permit de retrouver la terre ferme. Elle y posait à peine les pieds que des gardes se précipitèrent dans sa direction sans pourtant parvenir à lui couper la route. Henti était rapide et sa connaissance de l'endroit, bien qu'imparfaite, était suffisante pour tenir ses poursuivants à distance le temps pour elle de trouver une idée. Ce fut en se dirigeant vers la porte principale qu'elle l'eut : le renfoncement dans lequel elle avait passé la nuit lui permettrait de se cacher jusqu'à l'aube.

Enhardie par la perspective de s'en sortir, la jeune femme accéléra l'allure, slaloma entre les bâtiments pour éviter d'être prise puis déboula dans l'étroit passage où se trouvait son salut. Elle courait à en perdre haleine quand quelque chose de dur heurta soudain ses jambes. Déstabilisée par son élan, elle chuta au sol sur lequel elle roula. Le visage dans la poussière, elle rejeta ses longs cheveux noirs bouclés en arrière quand elle sentit deux masses lourdes la coller par terre et lui tordre les poignets dans le dos. La grimace de douleur qu'elle esquissa n'émut pas le moins du monde les hommes essoufflés qui pointaient vers elle la lame de leurs lances.

— On te tient, vermine. Relevez-la.

Ils tirèrent sans ménagement sur ses poignets et la soulevèrent de terre sans qu'elle puisse même résister. Le chef des gardes emprisonna son menton entre ses doigts solides et serra fort au point de meurtrir la chair.

— Qui es-tu ? Et comment es-tu rentrée ?

Henti lui offrit en guise de réponse un air impavide, ce qui eut pour seul effet d'agacer son interlocuteur. Ce fut pourtant un sourire venimeux qu'il lui retourna.

— On l'emmène à l'Érudit ? demanda un garde.

Chapitre 46

— Non. Enchaînez-la au piquet de la petite cour sud sans eau ni nourriture. Dans trois jours elle nous dira tout ce qu'on veut savoir.

L'homme s'empara du sac d'Henti contenant sa corde et le hautbois, avant de faire signe à ses subordonnés d'emmener la prisonnière. Cette dernière se débattit autant qu'elle le put sans parvenir à faire céder ses geôliers. On lui passa d'épais fers autour des poignets, reliés au piquet par de lourdes chaînes, puis on la jeta par terre avec tant de force que le heurt de son corps sur le sol souleva un nuage de poussière en plus de l'étourdir. Puis les gardes s'en allèrent et le silence de la nuit pesa sur elle comme le poids d'une montagne, car puisque personne ne savait où elle était, elle mourrait seule ici.

Chapitre 47

Assommé par la fatigue, Tudh luttait pour garder les yeux ouverts. Sa monture attendait à l'écart afin de ne pas le faire repérer tandis que le capitaine guettait l'armée ennemie. Longue-vue dépliée, il surveillait à intervalles réguliers la plaine que sa position surplombait.

L'aube se lèverait bientôt. Le soleil délavait le ciel d'encre à l'est.

Un nouveau coup d'œil permit à Tudh de distinguer enfin le brouillard verdâtre dissimulant les silhouettes cauchemardesques des démons. Son attention ravivée par l'apparition, le jeune homme eut l'impression de sortir d'une torpeur lorsque ses sens se réveillèrent. Tout en suivant avec attention la course du soleil, il observait le comportement des créatures que la lueur commençait à déranger.

Si quelque chose d'intéressant devait se passer, ce serait maintenant.

Les démons s'immobilisèrent dans un bel ensemble au moment où le brouillard se dissipait, avant de s'agenouiller sur le sol qu'ils labourèrent de leurs ongles affûtés. Une fois la terre meuble, chaque créature s'enterra et le dernier morceau de peau fut recouvert quand les rayons du soleil se déversèrent sur la plaine.

Un sentiment d'euphorie fit s'envoler le cœur de Tudh : si les monstres s'ensevelissaient, sans doute suffisait-il de les sortir de leur cachette pour les éliminer ! Deux questions se posaient alors : comment le faire sans être repéré par les humains ? Et est-ce que le soleil tuait les monstres de manière définitive ou se relèveraient-ils ? Il n'existait qu'un seul moyen d'obtenir ces réponses.

Tudh, à plat ventre, recula jusqu'à être hors de vue de la seconde ligne ennemie, puis il rangea toutes ses affaires sur le dos de Requiem. Le cheval broutait, tranquille, ce qui poussa le capitaine vers le bas de l'affleurement. Il se servit des quelques bosquets et des herbes hautes de la plaine pour avancer avec précaution vers les premières cachettes démoniaques. Il termina sa progression en rampant, avançant doucement pour ne pas alerter les sentinelles humaines en retrait.

Lorsqu'il atteignit son objectif, il remarqua que la terre lacérée était légère de sorte qu'utiliser un outil n'était pas nécessaire. Une seule main lui suffit pour creuser jusqu'à deviner un corps dur mais gelé comme la neige. Tudh grimaça de dégoût car la sensation lui fit imaginer toucher un cadavre en décomposition. Malgré l'écœurement, il continua son entreprise. À l'instant où un carré de peau se dévoila à la lumière du jour, le démon se releva d'un coup et hurla de douleur tandis que son corps se consumait. Surpris, Tudh le fixa un instant, les yeux remplis d'horreur face à cet être qui se tordait de souffrance, avant de ramper en arrière quand les sentinelles donnèrent l'alerte.

Chapitre 47

Les fonctions vitales affolées, Tudh trouva un tronc derrière lequel se cacher. Aplati contre le sol, totalement immobile, il n'avait d'autre choix que d'attendre car s'il s'enfuyait maintenant, il serait tué avant d'avoir pu rejoindre Requiem. Son cœur cognait si fort dans sa poitrine qu'il le sentait vibrer jusque dans la terre. Il devait se calmer.

Les voix de plusieurs soldats lui firent instinctivement retenir sa respiration. Son ouïe affûtée repéra le pas des hommes par le craquement des brindilles sur leur passage. Ils s'arrêtèrent près du repaire de la créature évaporée et échangèrent des mots en kussar que Tudh ne comprit pas. À l'intonation de leur voix, il devina une certaine habitude chez les soldats, comme si voir brûler un démon arrivait régulièrement. Ils s'enterraient sous quelques centimètres de terre meuble, pas étonnant qu'ils se découvrent au moindre mouvement durant leur sommeil.

Après un dernier échange, les soldats repartirent à l'exception d'un seul. Ce dernier inspecta les alentours avec plus ou moins de zèle, sans doute peu rassuré de marcher au-dessus des monstres. De plus, la nuit avait été longue, la fatigue le minait. Tudh crut l'histoire vite réglée jusqu'à ce qu'il aperçoive les bottes de l'homme à quelques centimètres de son visage. Il retint une nouvelle fois sa respiration et espéra que son uniforme terne le dissimule contre le tronc.

La sentinelle fit un pas en avant. La pression était telle que Tudh dut se faire violence pour rester collé au sol au lieu de s'enfuir en courant comme le ferait n'importe quelle proie. Et l'insecte qui courait sur son cou ne lui facilitait pas la tâche.

Finalement, le soldat s'en alla ; alors le capitaine s'autorisa une grande bouffée d'air frais avant de se débarrasser de l'araignée malvenue. Avec précaution, le jeune homme rebroussa chemin, retrouva Requiem et se hâta de fuir.

LE DERNIER LION D'ALBÂTRE

Tudh regagna le campement de Vivcollines au cœur de la nuit suivante. Durant le trajet de retour, il n'avait pu s'empêcher d'établir un lien entre le besoin des démons de s'enterrer et la déesse Urunzimu, maîtresse du monde d'en dessous. Puisque l'épée lui appartenait, était-elle capable de vaincre les monstres qui semblaient sortis d'en bas ? Était-ce pour cela que le socle avait cédé au passage de Tudh, dans la bibliothèque de brume ? Ce n'était pas impossible, mais en avoir la certitude serait difficile. Plus personne ne détenait ce genre de connaissances.

Tudh démonta de cheval au niveau des écuries, le cœur un peu plus léger à l'idée d'annoncer à ses compagnons d'armes sa trouvaille concernant la cachette des démons durant le jour. Pour cette raison, il fut surpris à la vue du comité d'accueil armé avançant vers lui autant que par les mines patibulaires de chacun. Les soldats encerclèrent un Tudh hébété.

— Capitaine Aliya, par ordre du général Devalcourt, nous devons vous mettre aux fers.

À peine ces mots prononcés, on emprisonna les poignets du capitaine qui, dégoûté par l'attitude de sa hiérarchie, n'eut pas le cœur à la moindre riposte. Il se laissa guider en silence vers une tente sous laquelle avait été planté profond un piquet à la chaîne duquel on l'attacha.

— Un général viendra vous voir demain. Profitez de la nuit pour réfléchir à votre insubordination.

Si le jeune homme garda la tête haute devant témoin, une fois seul, la fatigue la lui fit baisser. Agenouillé à même le sol, dépité par la tournure des événements, il douta plus que jamais de la capacité d'Ofayne à survivre à cette guerre si l'orgueil de ses généraux mettait aux fers les détenteurs d'informations vitales sans même prendre connaissance de leurs découvertes.

Après tout, les royaumes frères ne méritaient peut-être pas d'être sauvés.

Chapitre 47

Un rai de lumière vive réveilla Tudh au cœur de la matinée lorsque le pan de la tente soulevé laissa passer les généraux Devalcourt et Wilrose. Le capitaine s'assit sur le sol où il s'était allongé mais ne prit pas la peine de saluer ses supérieurs. Ces derniers prirent chacun un tabouret afin de se mettre à leur aise face au rebelle. Si Wilrose semblait embêté, Devalcourt, lui, était furieux. Ce fut sans doute la raison pour laquelle ce fut le général dryanien qui prit la parole en premier :

— Capitaine Aliya. Quels étaient vos ordres ?

Tudh songea à garder le silence, avant de juger l'idée puérile et sa mise en application dangereuse pour sa crédibilité.

— Rester au camp et remonter le moral des troupes en vantant mes exploits, résuma-t-il sur un ton revêche.

— Pourquoi avoir désobéi ?

— Pourquoi ne pas me demander si j'ai de nouvelles informations sur les démons ? lui retourna le capitaine.

Le ricanement de Devalcourt attira sur lui l'attention des deux Dryaniens.

— Je comprends pourquoi votre pays est tombé aussi vite si vos soldats sont incapables de suivre l'ordre le plus simple.

Wilrose voulut répliquer quand de l'agitation au-dehors lui coupa tout élan. Jugeant cela inintéressant, Devalcourt capta à nouveau toute l'attention de ses compagnons.

— Peu importe pourquoi, vous n'aviez pas à désobéir. Cela ne nous prouve qu'une seule chose : vous êtes indigne de confiance. Je refuse de laisser un élément perturbateur porter le si honorable grade de capitaine.

Le général se leva, imité par son pair, tandis que trois silhouettes se dessinaient en silence dans son dos.

— Je refuse, reprit Devalcourt, de continuer à vous appeler capitaine.

— Peut-être devrions-nous le laisser nous faire part de ses découvertes avant toute sanction ? osa Wilrose.

— Comment prêter foi aux dires d'un soldat incapable de faire passer le bien commun avant sa quête personnelle de reconnaissance ? Nous avons besoin d'hommes de confiance, pas de héros.

— L'un n'empêche pas l'autre, Général, intervint l'une des silhouettes.

Tudh distingua les trois hommes lorsqu'ils s'avancèrent sous la tente. L'un était paré des attributs du connétable, l'autre était un capitaine ofaynien et le troisième, à en juger par le degré d'inclinaison du dos de Devalcourt, devait être un membre de la famille royale.

— Prince Pithana, le saluèrent Wilrose et son homologue.

— Général Devalcourt, Aliya reste capitaine, est-ce clair ?

— Oui, mon Prince.

— Bien. Faites-le manger puis conduisez-le sous ma tente. Je l'y veux le plus vite possible.

— À vos ordres, mon Prince.

— Capitaine Lampron, intervint le connétable. Veillez à ce que cela soit fait le plus vite possible.

Si le prince Pithana s'en alla avec le connétable, le capitaine arrivé avec eux resta planté à l'entrée de la tente, et le regard mauvais qu'il lança à Devalcourt n'augurait rien de bon s'il prenait l'envie au général de désobéir à son tour aux ordres. Tudh vit Devalcourt, pourtant censé être en position de force par rapport au soldat à l'entrée, venir lui-même défaire ses liens. Bien que la vision fût réjouissante, elle interrogeait quant à la réelle position de ce fameux Lampron.

— J'espère que ça en valait la peine, lança Devalcourt à Tudh.

Chapitre 47

— Vous le sauriez si vous me l'aviez demandé, Général.

Tudh massa ses poignets endoloris tandis que Wilrose l'enjoignait à le suivre au-dehors. Cette fois-ci, l'énigmatique capitaine ne les suivit pas, aussi le jeune homme en profita-t-il pour glaner des informations auprès de son supérieur.

— Le capitaine Céleste Lampron mène la première compagnie et ses soldats d'élite, expliqua Wilrose. Ses liens avec le connétable et le prince Pithana lui valent un pouvoir à certains égards supérieur à celui des généraux, comme tu as pu le voir. Lampron est un homme bien, si tu es intelligent tu t'en feras un allié.

Ces mots scellèrent leur conversation non sans donner matière à réflexion à Tudh.

Chapitre 48

Après s'être débarbouillé, changé et nourri, Tudh rejoignit la tente de commandement. En passant son seuil, toutes ses pensées s'envolèrent face à l'assemblée hétéroclite réunie autour de la table. En plus du prince, du connétable et du capitaine Lampron se tenaient une magnifique femme parée d'or et de pierreries, un guerrier étranger aveugle, deux esclaves narabiennes et une fille trop jeune pour se trouver là ; sans oublier un chat noir splendide occupé à faire sa toilette.

Tudh salua comme il se devait les personnes dont il connaissait l'identité, avant d'être invité à s'approcher de la table.

— Votre histoire est singulière, Tudh Aliya, introduisit Pithana. Lieutenant de Dryane, vous voilà capitaine d'Ofayne après avoir récolté de précieuses informations sur les démons.

— Avec tout mon respect, Votre Altesse, c'est Henti qui les a récoltées ; je n'ai fait que la suivre.

À la mention du nom de la Kussar, la magnifique femme se tourna vers lui. Bien que Tudh brûlât d'envie de l'interroger sur sa réaction, il savait ne pas en avoir le droit et devoir attendre qu'un autre le fasse. Ce fut le prince qui s'en chargea :

— Quelque chose ne va pas, Maanebet ?

— Henti, répéta la femme sans lâcher Tudh du regard. Tu la connais ?

— Oui.

— Une fermière kussar ?

— C'est exact, madame. Je l'ai rencontrée dans la ville où nous avons observé les monstres de près pour la première fois. Puis nous avons voyagé jusqu'à la bibliothèque de brume où…

— C'est impossible.

— Je le pensais aussi, mais nous l'avons trouvée.

L'air médusé de Maanebet inquiéta tout le monde. La prêtresse prit un siège dans un silence total. Après une poignée de secondes, Pithana la pria de s'expliquer, ce qu'elle fit :

— Il y a autre chose en jeu qu'une simple victoire sur le Fléau. Je ne comprenais pas pourquoi cette jeune femme m'était apparue en songe mais à présent cela prend un sens. Tout comme le Lion et la Lionne cosmiques ont un plan pour Padiguem et Ashtiri, quelqu'un en a un pour Henti.

— Un dieu kussar ? demanda Pithana.

— Sans aucun doute. Tudh, c'est ça ?

— Oui, madame, répondit le concerné, un peu inquiet de la tournure de la conversation.

— Quelqu'un accompagnait-il Henti en dehors de toi ?

— Non, madame. Nous n'étions que tous les deux.

— À pied ?

— À cheval, madame. J'avais le mien et Henti…

— Quoi ? le pressa-t-elle.

— Elle a trouvé un cheval là-bas, avec une robe particulière.

Chapitre 48

Un nouveau silence s'installa tandis que Maanebet réfléchissait.

— Est-ce que cette jeune femme a quelque chose à voir avec notre bataille ? intervint le connétable. Au risque de vous paraître désagréable, l'ennemi sera sur nous dans deux jours au plus.

— Vous avez raison, convint Maanebet.

— Puisque Henti n'est pas notre priorité, reprit Pithana, j'aimerais que tu nous dises si ton expédition a porté ses fruits, Tudh.

L'intéressé ne sut pas s'il était heureux qu'on lui accordât enfin de l'attention ou déçu qu'on ne parlât plus d'Henti. Durant un instant, il sentit presque sa main se glisser dans la sienne. Il serra le poing à cette pensée et fut persuadé à cet instant de ne plus pouvoir ressentir le bonheur de se tenir à ses côtés.

Il devait se reprendre. Des choses décisives se jouaient à cet instant.

Tudh se lança alors dans le récit de son expédition et détailla ce qu'il avait trouvé en espionnant les démons à l'aube. Un certain soulagement passa sur le visage des personnes présentes lorsqu'il esquissa la perspective d'éliminer une partie du Fléau sans trop d'efforts. Ne restait qu'à trouver un moyen de le faire tout en se protégeant des humains qui les accompagnaient. Une diversion serait sans nul doute nécessaire.

Des éclaireurs ofayniens surveillaient l'arrivée de l'ennemi en avant. Compte tenu de la marge de manœuvre réduite, Ofayne n'aurait qu'une seule occasion de porter un coup aux monstres, après quoi un combat perdu d'avance s'engagerait.

— Il est primordial de garder en tête que nous devons tout faire pour contenir l'ennemi dans ces collines, rappela

Pithana. Nous devrons tout donner pour les empêcher de passer en attendant l'intervention de Padiguem et d'Ashtiri.

— Le Lion et la Lionne ? demanda Céleste.

— Oui. Mais le plus capital, c'est que tous nos hommes soient persuadés de sortir vainqueurs du combat. Pour ça, nous avons réellement besoin de toi, Tudh, et de toi, Céleste. Vous représentez chacun un symbole d'honneur, de bravoure et de pouvoir : celui de gagner cette guerre. Prenez un moment pour aller voir les hommes en faisant front commun.

Les capitaines le saluèrent avant de prendre congé. Côte à côte, ils marchèrent en silence entre les tentes, empêtrés dans un sentiment étrange de ne pas être à leur place dans ce rôle-là. Se pavaner était en dehors de leurs habitudes ; le faire avec un parfait inconnu plus encore. Leur grade était bien la seule chose qu'ils savaient avoir en commun, aussi était-ce difficile de trouver quoi dire sans paraître maladroit. Pourtant l'homme à côté de Tudh paraissait s'accoutumer des gens avec facilité à en juger par la diversité de ses compagnons de voyage.

Son amorce était trouvée.

Tudh se racla discrètement la gorge pour éclaircir sa voix – et parce que Lampron l'impressionnait – puis ouvrit la conversation :

— Qui étaient les femmes avec vous ?

— Ma sœur Jolinette, ainsi que Riniri et Senel, respectivement la meilleure amie et la sœur d'Ashtiri, la première Lionne.

— Je ne comprends pas cette histoire de Lionne.

La réaction de Tudh était légitime puisque l'ordre parèdre de celui des Lions était inconnu de tous. Céleste prit le temps de lui expliquer ce qu'il s'était passé en Rhouti, et comment l'enfant de Naraba était devenue une puissante mage-guerrière.

Chapitre 48

— Le pendant du Lion d'albâtre est une esclave ? releva Tudh.

— Oui.

— Tu sais ce que ça veut dire ?

— Que si nous survivons elle libérera les siens, débita Céleste sur le ton de l'évidence. Ce n'est pas plus mal.

Tudh hocha la tête en signe d'assentiment en songeant à ce qu'Ofayne avait fait au peuple d'Henti et à celui de son propre arrière-grand-père. Il avait foulé aux pieds sa culture, son Histoire, sa langue et détruit jusqu'aux édifices sacrés.

Non, ce n'était pas plus mal.

— Pourquoi sont-elles là toutes les trois ?

— Jolinette est une excellente combattante. Quant à Senel et Riniri, elles se débrouillent assez bien pour nous aider à ralentir le Fléau afin de laisser le temps à Ashtiri et Padiguem de terrasser le roi-démon.

Pour que des jeunes femmes en viennent aux armes et que des esclaves rejoignent les rangs de leur esclavagiste, il fallait vraiment que la situation soit désespérée. Durant un instant, Tudh se laissa aller à douter d'une issue heureuse tout en se refusant à imaginer un monde à la merci du Fléau. Alors, la vision de terres stériles chassa toutes ses interrogations.

Il tapota l'épaule de Céleste comme s'ils avaient toujours été complices, oubliant ainsi la distance entre eux.

— J'ai une idée, suis-moi.

Tudh accéléra le pas jusqu'à un espace laissé libre pour les rassemblements et les repas, monta sur une caisse et, deux doigts à la bouche, siffla assez fort pour attirer vers lui les soldats les plus proches. Ceux-ci passèrent le mot, ameutant tout le campement, tandis que Céleste rejoignit son camarade perché. Admiration, stupéfaction et attention se lisaient sur le visage des hommes présents.

Le moment était venu d'exécuter ses ordres :

— Pour ceux qui ne me connaissent pas, je suis le capitaine Tudh Aliya et j'ai vu les démons de près. Pourtant j'ai survécu.

Des exclamations de joie montèrent de la foule comme un hommage au courage du jeune homme. Il songea un instant parler d'Henti avant de prendre conscience que ses frères d'armes n'avaient pas besoin de détails mais d'espoir. Alors, les mots du général de Clairvendange lui apparurent limpides : pour combattre, ils avaient besoin d'un symbole. Que Tudh le veuille ou non, il incarnait l'idée même de victoire.

Il se jura pourtant de tout faire pour que l'Histoire se souvienne d'Henti.

En attendant, il devait jouer son rôle, même s'il n'était pas à l'aise avec.

— Je ne vais pas vous parler des mauvaises nouvelles, je suis sûr qu'elles font le tour du campement depuis le début et que vous les connaissez par cœur. Par contre, j'en ai de très bonnes. La première, c'est que le dernier Lion d'albâtre existe, qu'il est aussi puissant que le prétend la légende, et qu'il fait route au moment où je vous parle pour débusquer et tuer le maître du Fléau.

La joie, ici, se disputa avec le doute, alors Tudh enchaîna pour ne pas lui laisser le loisir de s'installer :

— La seconde, c'est que les démons peuvent être tués !

Cette fois, les visages s'illuminèrent quand les traits se détendirent.

— J'étais à l'aube près du camp ennemi et tandis que les humains se reposaient, j'ai vu les créatures s'enterrer pour se protéger du soleil. Comme ça, juste sous la surface du sol, si bien qu'il m'a simplement fallu enlever la terre à mains nues pour exposer un démon au soleil, et il a brûlé vif !

Chapitre 48

À nouveau des cris de joie. Tudh profita de l'allégresse pour jouer sa carte maîtresse :

— Grâce à la première compagnie du capitaine Lampron et à ses soldats d'élite, on va aller déterrer ces saloperies et les faire cramer au grand jour ! Et ensemble, on va la gagner, cette guerre impossible, parce que rien n'arrête les héros d'Ofayne !

Le ton de sa voix était allé *crescendo*. Cette fois, ce fut une foule galvanisée qui hurla, transportée par les paroles d'un homme qu'elle se jura de suivre jusque dans la mort.

Chapitre 49

Penché sur la carte de la région, Pithana détaillait le terrain avec minutie afin de placer au mieux ses troupes. Aidé par le connétable, la tâche paraissait moins ardue même si la présence de Shiro à ses côtés le distrayait plus qu'il n'aurait imaginé, attitude qui lui ressemblait bien peu, surtout en période de crise. Il n'aurait jamais cru, un jour, vouloir vivre pour autre chose que pour son pays. Force était de constater que le guerrier du Tjo avait changé la donne. Aussi dut-il redoubler d'efforts pour se recentrer sur son affaire. Alors, une question lui vint :

— Les archers seront sur la plus haute colline mais comment les protéger des cavaliers ennemis ? Les lanciers suffiront ?

— Nous n'avons que ça, se désola le connétable.

Cela semblait mince. Depuis la naissance des royaumes frères et la fin des conflits frontaliers, l'art de la guerre s'était quelque peu étiolé. En revanche, le Tjo était une nation militaire.

En présence d'autres personnes, Pithana évitait de parler à Shiro sans motif valable de peur que ses sentiments pour le guerrier soient découverts. En Ofayne, aimer une personne du même sexe était mal considéré car preuve d'un esprit fantaisiste, donc peu fiable. Or un prince chef de guerre devait être pragmatique, logique, stratégique. Si son connétable et ses soldats apprenaient la singularité de son orientation, ils le répudieraient. Pithana cachait donc ses sentiments derrière des sujets sérieux. Le prince se tourna vers Shiro pour lui demander conseil en tjol car le guerrier ne comprenait pas bien l'ofaynien.

Shiro lui expliqua qu'un moyen simple de tenir la cavalerie à distance était de dresser de grands pieux au pied de la colline, avec un angle de quarante-cinq degrés, qui repousseraient les chevaux et gêneraient les fantassins. Tant qu'ils seraient debout, seuls les archers – et les démons – seraient une menace. L'idée fut validée par Pithana et le connétable qui s'empressa d'aller donner ses ordres aux soldats, laissant le prince et le guerrier seuls pour la première fois depuis le départ de Jolinette, Senel et Riniri parties prendre possession de leurs quartiers, tandis que Maanebet cherchait un endroit d'où elle pourrait aider Ofayne lors de l'affrontement.

— Comment se présente ta stratégie ? s'enquit Shiro.

— Pas très bien. Nous essayons plusieurs schémas mais aucun ne convainc vraiment.

— Quel est ton but ?

Pithana se redressa, incertain quant au sens de la question.

— Je ne comprends pas.

— Quel est ton but ? répéta Shiro. Combattre, ou gagner du temps ?

— Gagner du temps. Le maximum de temps, en préservant le maximum de vies.

Chapitre 49

— Dans ce cas ne place pas tes troupes en position offensive. Il y a des collines, c'est ça ?

— Oui. Attends…

Pithana ramassa trois gros cailloux qu'il plaça en guise de collines et des gravillons pour représenter la rivière. Il demanda sa main à Shiro qui le laissa la guider sur la carte.

— Après la rivière Ryne, l'ennemi pénétrera dans une plaine avant d'arriver à une première colline, puis à une seconde.

— Je comprends. Puisque ton but est de gagner du temps, piège d'abord les monstres. Ils seront alors une barrière que la seconde ligne adverse ne pourra pas franchir. À l'exception des quatre bâtonnistes. Ainsi, tu sépares l'ennemi en deux, tu immobilises chaque partie et tu réduis ton nombre de cibles à quatre. Ni Maanebet ni tes archers ne pourront les rater.

— Et si un bâtonniste parvient à remettre les créatures en mouvement, le gros de l'armée ne sera pas de trop pour les ralentir. Je comprends.

Pithana était si absorbé par ses réflexions qu'il garda la main de Shiro emprisonnée dans la sienne. Ce dernier n'esquissa aucun geste pour l'en retirer.

Après de longues secondes, le prince reprit conscience du monde et de ses doigts toujours fermés sur ceux de Shiro. Il les lâcha d'un geste qui aurait dû être beaucoup plus vif pour nier ses sentiments. Si le guerrier les décela, il ne dit rien. Avouer leur inclination maintenant ne servirait à rien sinon à rendre insoutenable leur séparation inéluctable. Pithana ne lui en laissa de toute façon pas le temps puisqu'il reprit :

— Nous penses-tu capables de déterrer beaucoup de démons avant d'être arrêtés par l'ennemi ?

— Sans doute pas, mais chaque monstre tué épargnera la vie d'un bon nombre de tes soldats. Du moins durant un moment.

Même si c'est dérisoire, c'est ça de gagné.

— Qu'en est-il de toi ?

— Je ne comprends pas, concéda Shiro.

— Tu veux combattre, mais où ? Près de Maanebet ?

— Crois-moi, Maanebet aura toute la sécurité nécessaire. Je serai plus utile à tes côtés.

Pithana soupira doucement. Shiro dut l'entendre puisqu'il ajouta :

— J'aurai de l'aide, ne t'inquiète pas pour moi.

— J'aimerais, répliqua Pithana sur un ton désabusé.

Le guerrier du Tjo se tourna un peu plus vers son interlocuteur. Même s'il ne le voyait pas, il ressentait sa présence sans vraiment savoir comment.

— Pourquoi es-tu si inquiet à mon sujet ? Je sais que nous nous connaissons à peine mais ton manque de confiance est insultant. Aveugle ou pas, je reste un guerrier.

— Ce n'est pas ça, Shiro.

— Qu'est-ce que c'est, alors ? Tu as déjà éludé ma question une première fois, pourquoi ?

— Parce que la réponse me fait peur.

Pithana avait débité ces mots sans réfléchir ; il s'en voulut comme jamais auparavant. Inquiet par la réaction que pourrait avoir Shiro s'il comprenait – ou mécomprenait – sa phrase, il coupa court à l'entrevue en quittant la tente de commandement.

Maanebet s'immobilisa au sommet d'un étroit plateau verdoyant à la limite sud-ouest de Vivcollines. Le chat noir s'assit à ses pieds, la queue repliée sur une patte arrière. Ici les collines disparaissaient au profit d'une plaine dont l'herbe verte côtoyait à l'horizon un serpent brasillant : la rivière Ryne, ultime obstacle sur le chemin du Fléau avant les vals au creux desquels coulaient des ruisseaux artificiels creusés pour ralentir l'avancée des démons.

La tactique était bonne… mais suffirait-elle face à des monstres implacables, invincibles et assurément inhumains, guidés par un être qu'il fallait à tout prix arrêter dans son rêve macabre.

Bastet miaula soudain, comme un rappel à l'ordre, de sorte que Maanebet sortit de ses pensées. Elle inclina la tête vers l'animal sacré :

— Je m'égare, Tu as raison. Rentrons.

Sur le chemin du retour, le long d'une route terreuse creusée par le passage régulier de charrettes, la grande prêtresse songea à Henti et à son mystérieux cheval.

Ces animaux ne manquaient pas dans les histoires kussars anciennes. Compagnons des héros ou des dieux, leur loyauté n'avait d'égal que leur courage, détail qui garderait sans doute en vie cette jeune Henti. Le cheval qui l'accompagnait était peut-être bien envoyé par une divinité pour la guider ou la protéger, voire les deux. Ce que Maanebet parvenait difficilement à comprendre était le but de tout ceci. Son absence de vision ne l'aidait pas à anticiper mais l'aiguillait néanmoins : la destinée de la jeune femme devait rester secrète jusqu'à son accomplissement. Ceci voulait dire que d'une manière ou d'une autre, Henti marquerait son époque.

Une brise accompagna Maanebet jusqu'à son arrivée au camp principal en fin d'après-midi. L'atmosphère était tendue, les soldats nerveux. Quelque chose avait changé depuis son départ. Sans tarder, elle rejoignit la tente de commandement où se tenaient Pithana, le connétable ainsi que tous les officiers. La grande prêtresse se positionna d'elle-même à côté du prince.

— Où est Shiro ? s'enquit-elle sur un ton contrarié.

— Je ne l'ai pas convié.

L'air sombre de la femme surprit tant l'assemblée que plus personne n'osa parler. Impérieuse comme elle seule savait l'être, elle exigea de Pithana qu'il la suive au-dehors, ce qu'il fit. Là, elle entra dans le vif du sujet sans détour :

— J'ai conscience que certaines choses de Rhouti t'échappent, non parce que tu n'es pas assez intelligent pour les saisir, mais simplement parce que tu n'en as pas l'habitude.

L'introduction de la prêtresse ferma le prince au point de lui faire croiser les bras sur son torse.

— Où voulez-vous en venir ?

— Écarter Shiro de cette guerre est une grave erreur.

Cette fois, Pithana fronça les sourcils de contrariété.

— C'est mon armée, Maanebet. Même si je suis honoré et reconnaissant pour votre aide, c'est à moi de choisir mes hommes. Padiguem pensait aussi tenir son ami éloigné des champs de bataille.

— Parce que mon frère ne sait pas pour Neith. Si Shiro le lui avait dit, Padiguem aurait également désapprouvé.

— Pourquoi ?

— Ce n'est pas à moi de te le dire, Pithana.

— Dans ce cas, cette conversation est termi…

L'index péremptoire de Maanebet l'arrêta dans sa phrase et le fit presque loucher. Son ton glacial ne le rassura pas non plus.

— Je crois que tu ne m'as pas bien comprise, Prince. Shiro est de tous les soldats présents ici le plus expérimenté au point de reléguer au rang d'amateurs tes prétendus hommes d'élite.

S'il te dit être en capacité de combattre, il le sera, et te priver de sa présence pour une obscure raison te rend plus stupide encore que ton père.

Maanebet nota le regard fuyant de son interlocuteur à l'évocation de l'obscure raison. Alors, un semblant d'explication à cette soudaine réticence se dessina dans son esprit vif.

— Si Shiro a du mal à te parler de tout ce qu'implique l'aide de Neith, c'est de peur d'être trop honnête avec toi, et avec lui-même.

L'explication n'eut pas l'air de suffire à Pithana. À court d'idées, Maanebet prit le risque d'outrepasser la volonté de Shiro.

— En échange de son aide, Neith exigera de Shiro qu'il la serve le restant de sa vie, en Rhouti. Le serment qui relie un serviteur à un animal sacré ne peut être brisé, même par votre amour naissant.

Le jeune homme détourna un instant la tête, gêné de faire face à une vérité aussi intime. Maanebet prit son menton entre ses doigts pour l'inciter à la regarder dans les yeux :

— Ne laisse pas ton affection pour lui te priver d'un homme qui sera en mesure de faire la différence. Si ton cœur flanche, laisse ta raison le guider. Tu ne peux pas te permettre d'hésiter, Pithana, ou tout le monde ici mourra. C'est ta responsabilité.

La douleur dans le regard clair du prince, à cet instant, ébranla la femme qui découvrit pour la première fois l'humain derrière l'indifférence. Tomber amoureux à la veille d'une bataille n'avait rien d'aisé, en particulier quand l'autre rêvait du front. Cela, le prince le savait. Maanebet le comprit quand elle regarda cet homme brisé regagner la tente de commandement.

Ce fut un peu désabusée qu'elle rejoignit la réunion de crise durant laquelle elle apprit la raison de la nervosité des troupes : leur seule chance de déterrer les monstres se présenterait à l'aube.

Ensuite, le Fléau fondrait sur eux.

Chapitre 50

Un silence pesant alourdissait l'atmosphère des camps en ce début de nuit. Le stress de l'opération à venir empêchait les soldats de dormir. À la place, il les réunissait autour des feux pour leur faire apprécier la présence rassurante de leurs compagnons d'armes qui, même anonymes, représenteront leur ancre dans le chaos du lendemain.

À la différence des autres, Tudh chercha un peu de solitude près des écuries tandis que Céleste était allé rejoindre sa sœur. Lorsqu'il approcha de sa stalle, Réglisse s'agita, heureux de voir enfin un visage connu. Il posa son énorme tête contre le torse du capitaine pour apprécier les caresses offertes.

— Tu m'as manqué aussi, gros nounours.

Réglisse le poussa un peu par jeu, faisant par la même occasion tinter l'épée Urunzimu que Tudh avait récupérée un peu plus tôt auprès de son camarade Jédéas. Le son cristallin rappela au jeune homme la raison pour laquelle il était allé la chercher. Il flatta une dernière fois la large encolure de son cheval.

— Je vais te laisser, mais demain je prendrai soin de toi,

tu en as besoin.

Tout comme Céleste, Tudh ne participerait pas à l'opération de l'aube car il ne devait pas courir le risque de tomber maintenant. Même si cela demeurait ardu, il commençait à accepter de ne pouvoir être de toutes les batailles.

Le jeune homme laissa donc son cheval à sa nuit et prit la direction de la tente réservée à la seule personne ayant assez de connaissances pour l'aider. Une fois arrivé, il leva à peine le pan de tissu bouchant l'entrée afin d'être entendu lorsqu'il se présenta et demanda un entretien.

— Entre, le pria Maanebet.

Il la trouva en train de partager un repas avec le chat au faciès orné de symboles dorés. Les récoltes et les bêtes des fermes alentour avaient été réquisitionnées afin de garantir à l'armée des vivres suffisants pour les hommes et les chevaux. C'était la raison pour laquelle le félin savourait un généreux morceau de poulet, ce qui ne manqua pas de réveiller la faim de Tudh. Il avait négligé de s'alimenter ces dernières heures.

— Je t'écoute, lança Maanebet en guise d'invitation.

Tudh dégaina Urunzimu puis la posa sur la table. La grande prêtresse l'observa sans savoir ce qu'elle avait sous les yeux. Alors, Tudh jugea bon de narrer la manière dont cette arme s'était retrouvée en sa possession et ce que lui avait dit Henti à son sujet.

— Est-ce qu'Henti a raison ? demanda Tudh. Si ces monstres appartiennent au monde d'en bas et cette épée à leur déesse, elle peut les y renvoyer pour de bon ?

Maanebet n'opposa aucun argument à cette théorie. Elle expliqua à Tudh que cela pouvait même éclairer le rôle d'Henti et pourquoi un guide lui avait été attribué. Si le maître des démons les avait extirpés des entrailles de la Terre sombre sans la permission de la déesse Urunzimu, rien d'étonnant à ce qu'elle s'occupe elle-même de sa vengeance par le biais d'une héroïne désignée. Quelle meilleure occasion pour cela que le moment où la première Lionne s'était éveillée ? En plaçant son obligée à l'endroit où Padiguem et Ashtiri affronteraient leur ennemi, elle lui assurait deux alliés inestimables tandis qu'elle donnait en parallèle aux hommes une arme capable de ralentir la progression du Fléau.

— Est-ce que ça veut dire qu'on peut vraiment gagner ? demanda Tudh plein d'espoir.

— Je crois bien que oui.

— Je dois en parler à Céleste !

Le jeune capitaine s'apprêta à s'en aller avant de se raviser. Il n'était pas venu ici uniquement pour parler de l'épée, mais aussi pour demander à Maanebet un service. Seulement l'homme était partagé entre l'envie de le faire et la peur d'être incorrect avec une grande prêtresse. Après tout, il ne connaissait rien des coutumes de Rhouti, de ce qu'on pouvait ou non demander à une personne aussi haut placée. La requête qu'il s'apprêtait à formuler pouvait pourtant être comprise par tous, car elle concernait un sentiment universel.

— Tu désires autre chose ? s'enquit la prêtresse.

Sa voix ne portait aucun agacement. Rassuré, Tudh attrapa dans sa tunique la lettre destinée à Henti.

— Ofayne a une chance de gagner, reprit-il. Mais je ne sais pas si je verrai sa victoire ou non, je ne suis qu'un soldat, contrairement à vous. Céleste m'a dit que les dieux vous aimaient, ou quelque chose comme ça. S'il y a bien quelqu'un qui survivra quoi qu'il arrive, ce sera vous. Et Henti, j'en suis sûr.

— C'est pour elle ? demanda Maanebet en désignant la lettre d'un mouvement du menton.

— Oui, madame.

— Veux-tu que je la garde ?

Tudh lui tendit la liasse de feuilles en guise de réponse. En l'attrapant, Maanebet comprit la réelle requête de son jeune visiteur : plus que veiller dessus, il attendait d'elle qu'elle la remette à Henti s'il ne survivait pas. Ce soldat était bien trop jeune pour penser ainsi. Les émotions prisonnières de ses mots devaient le harceler s'il mettait tout en œuvre pour qu'elles parviennent à celle que son cœur avait choisie.

— Henti connaîtra tes sentiments, je t'en fais la promesse.

— Merci, madame.

Il inclina la tête avec déférence.

— Ça sera un honneur de combattre à vos côtés.

Son respect donné, il quitta la tente pour de bon.

Dehors, l'air frais de la nuit apaisa un peu son humeur agitée, mais son estomac protesta. Sur le chemin de son propre quartier, il fut hélé par Céleste, assis autour d'un feu avec sa sœur et les femmes de Naraba. Il les rejoignit avec plaisir, songeant que ce serait là une occasion unique de faire connaissance avec cette étonnante équipée.

Affronter un obstacle commun rapprochait toujours les gens.

Ce soir-là, ce fut plus vrai que jamais car bientôt, le chat noir sacré de Maanebet vint s'étirer près d'eux, amenant à sa suite sa prêtresse, Shiro et Pithana. Ils prirent place puis, au fil de la discussion, chacun en vint à expliquer comment il était arrivé ici et de quelle manière, directe ou non, il était lié à Padiguem ou à Ashtiri.

Il y eut un instant de malaise lorsque Senel et Riniri prirent la parole car ce qui avait été leur quotidien apparaissait comme un cauchemar aux yeux des autres. Pourtant elles l'avaient vécu. Elles avaient été enlevées, asservies, humiliées, affamées, battues, prostituées… Ce n'étaient pas que des mots, c'étaient des blessures gravées en elles à jamais.

En dépit de l'horreur, ce qui frappa leurs camarades fut leur détermination, leur courage et leur bravoure, cette flamme de vie que même les plus grosses tempêtes peinaient à moucher. Senel tut sa tentative de suicide car ce n'était plus important ; ce qui comptait était son présent avec Riniri.

La nuit était bien avancée lorsque Senel, Riniri et Jolinette regagnèrent leur tente. Si leur camarade s'effondra sur sa couche et s'endormit si vite que rien au monde, pas même une mort certaine, ne semblait être en mesure de l'en empêcher, les deux Narabiennes, elles, peinaient à trouver ne serait-ce que l'envie de dormir. Malgré tout, elles s'allongèrent chacune à leur place, espérant que le silence appellerait le repos.

Une dizaine de minutes plus tard, Senel entendit Riniri se lever, avant de la sentir se pencher sur elle :

— Fais-moi de la place.

Senel ne se le fit pas répéter, trop enthousiasmée par l'initiative. Un instant plus tard, Riniri était allongée contre elle, ses bras autour de son corps encore un peu trop maigre. Lorsqu'elle déposa un baiser onctueux dans son cou, Senel frissonna de désir. Alors elle se retourna pour l'embrasser avec cette passion que seul le désespoir sait embraser, et que seul le besoin de reprendre son souffle sait arrêter. Visage contre visage, Senel sentit les lèvres de Riniri s'étirer en un sourire savoureux.

— C'est en quel honneur ? chuchota Riniri.

— Parce que je t'aime aussi, déclara Senel sur le même ton.

— Je pensais que mes sentiments t'avaient effrayée, ce soir-là, dans le grenier de Jolinette.

— C'est le cas. Non parce que je ne les partage pas,

mais parce que c'est la première fois qu'on m'aime. Je ne savais pas comment réagir, alors je n'ai rien fait, je n'ai rien dit.

— Qu'est-ce qui a changé ?

— Moi. J'ai repris courage.

Riniri serra un peu plus Senel contre elle. Qu'il était chaud, réconfortant et doux, leur écrin d'amour. S'il parvenait à s'épanouir dans la guerre, il résisterait à tout, même à l'après.

— Riniri, si nous survivons et que nous retrouvons notre liberté, que feras-tu ?

— J'aimerais revoir ma famille.

— Et ensuite ?

— J'irai où tu iras. La vraie question est donc : toi, que feras-tu ?

— J'ai quitté Naraba depuis si longtemps que je ne suis plus certaine d'en faire partie. J'ai vécu de manière tellement différente que je ne suis même pas sûre de me souvenir de la vie du désert ni d'avoir envie de la retrouver. Mon existence ici m'a rendue étrangère à tous les pays. Je n'ai plus de repère.

Sans doute ses mots trouvèrent-ils un écho en Riniri car cette dernière garda un instant le silence.

— Je comprends, affirma-t-elle. J'ai le même sentiment, comme si je n'avais plus ma place nulle part. Dans ce cas, pourquoi ne pas nous en faire une à notre image ?

— Où ?

— Je ne sais pas. Partons, et nous verrons bien. Un jour, nous finirons par trouver un endroit où rester.

— Ou l'envie de ne jamais s'arrêter.

— Les deux me vont.

— À moi aussi.

Rassérénée, Senel se lova contre Riniri, ferma les yeux et rêva de liberté.

Chapitre 51

Dès l'instant où Ashtiri posa le pied dans la partie jour de la vallée des démons, elle lâcha son khépesh brûlant et se laissa tomber à genoux sur le sol, le souffle court. Padiguem, qui s'était contenté de couvrir ses arrières sans avoir recours à ses propres pouvoirs, sécurisa les alentours avant de venir près d'elle lui aménager une couche de fortune. Elle s'y allongea avec plaisir. Le feu de ses muscles s'apaisa un peu.

— Je vais devoir explorer l'endroit pour nous repérer, la prévint Padiguem.

— Dans cet état, je ne survivrai pas seule en cas d'attaque.

— Je vais attendre que tu t'endormes et que ta lionne apparaisse.

La conscience d'Ashtiri vacillait déjà à tel point qu'aligner deux pensées cohérentes lui fut difficile. Pourtant elle se souvint n'avoir jamais parlé de ça avec Padiguem et n'avoir jamais pensé à lui demander si l'animal s'était matérialisé les autres nuits. Depuis sa transformation, elle les avait passées seule ou avec son pair, mais il n'avait jamais rien dit.

Sans doute parce que le fait lui semblait naturel.

— Tu dois reprendre des forces, Ashtiri. Dors.

La voix posée de son parèdre précipita sa conscience dans les limbes du sommeil.

Aussitôt, Padiguem vit sur le sol la silhouette de sa jeune amie se mouvoir, avant de prendre la forme d'une lionne. Cette dernière s'extirpa de l'ombre comme elle l'aurait fait d'un trou puis étira son imposant corps sous les rayons chauds du soleil. Presque deux fois plus grande qu'une lionne ordinaire, ses yeux et son pelage étaient plus noirs que le noir, lui conférant à la fois un caractère divin et inquiétant. Parce qu'elle était l'incarnation d'un pouvoir offert par la déesse primordiale, Padiguem inclina la tête en signe de profond respect.

— Je te la confie. Je reviens vite.

Certain qu'Ashtiri était en sécurité, il partit tenter de trouver un chemin menant à cette étrange source de magie, car semer les créatures avait impliqué de dévier de leur route initiale. Le Lion évolua au milieu de la forêt durant quelques minutes avant de la voir s'éclaircir. Entre les troncs, il distingua à l'horizon une vallée inondée de lumière au centre de laquelle s'élevaient une butte et sa forteresse séculaire. L'endroit empestait la magie profanée, mutilée. L'atmosphère épaisse collait à la peau comme un flux poisseux.

— On l'a trouvé.

La phrase sonnait comme une victoire, et comme une inquiétude. Nul ne savait ce qu'abritaient ces remparts. Le roi-démon pouvait être un simple mage, ou pire encore, car le Fléau qu'il avait déversé sur le continent ne connaissait pas d'équivalent dans l'Histoire.

Padiguem remarqua le pont enjambant la vallée. Il décida de profiter de la luminosité de ce milieu d'après-midi pour inspecter les abords de la cité fortifiée. S'il ne trouvait aucune faille, ils n'auraient d'autre choix, Ashtiri et lui, que d'y entrer par la grande porte. Ce genre de détails attendrait le réveil de sa consœur ; son expérience de voleuse leur serait d'une grande utilité.

Lorsque la fin d'après-midi marqua plus nettement la course descendante du soleil au-dessus de l'horizon, Padiguem retrouva Ashtiri toujours endormie sous la garde de sa lionne. La richesse de la forêt, ici, lui permit de rapporter des fruits pour le repas. Il réveilla sa compagne car un plan était nécessaire avant la tombée de la nuit, sans quoi les prochaines heures seraient perdues à tenir les monstres éloignés d'eux. Sans certitude quant à la situation en Ofayne, mieux valait agir vite.

Après un réveil laborieux et un repas généreux, le Lion et la Lionne gagnèrent le point de vue au nord de leur camp donnant sur la citadelle ennemie qu'Ashtiri examina avec attention.

— Il n'y a aucune autre entrée ?

— Pas visible d'ici, en tout cas, affirma Padiguem.

— Y aller sans savoir ce qu'on trouvera à l'intérieur est trop dangereux.

— Tu penses pouvoir t'infiltrer ?

— En escaladant les dattiers j'aurai accès aux remparts. Mais toi ?

— J'attendrai le dernier moment du jour, puis je passerai par la grande porte pour attirer l'attention du roi-démon, annonça Padiguem.

Ashtiri le dévisagea.

— Tu vas te faire tuer !

— Possible, mais j'en doute. Du moins, pas tout de suite. Ofayne a fait beaucoup de mal aux miens, ça me fait un point commun avec le roi-démon. Je pense qu'il voudra tenter de me rallier à sa cause au lieu de me tuer sur-le-champ.

— Et si tu te trompes ?

— Dans ce cas, j'aurai une alliée dans la cité. Je compte sur toi pour rester attentive.

— J'espère que ça suffira. Et s'il savait pour les Lionnes ?

Padiguem lui lança un regard dubitatif.

— Alors que même moi, je l'ignorais ?

— Ça paraît peu probable, en effet, en convint Ashtiri.

— La Lionne cosmique savait très bien pourquoi elle devait cacher votre existence.

Ils prirent quelques minutes supplémentaires pour peaufiner les détails de leur plan, après quoi Padiguem attira Ashtiri un peu plus loin dans la forêt, jusqu'à une clairière.

— J'ai quelque chose à te montrer.

Il recula de deux pas. Comme toujours, la lumière semblait émaner de son corps comme une nitescence onctueuse. Mais, petit à petit, l'éclat perdit en intensité. Il se voila.

Non.

C'était Padiguem qui disparaissait.

Une seconde plus tard, le Lion n'était plus là.

— Padiguem ?

— Je suis ici, répondit-il.

Mais Ashtiri ne voyait toujours rien. Elle tendit la main devant elle par réflexe. En s'approchant suffisamment, sa paume trouva celle chaude de son confrère dissimulé dans la lumière.

— Comment tu fais ?

— Je suis lié au soleil, je peux dévier sa lumière pour qu'elle me contourne. Ainsi, personne ne me voit. Toi aussi, tu peux le faire.

Chapitre 51

— Dévier la lumière ?

— Devenir invisible. Tu es liée à la nuit et à l'ombre.

— Si c'est vrai, pourquoi ne pas me l'avoir dit avant ? questionna-t-elle tandis que Padiguem réapparaissait. J'aurais pu échapper aux monstres plus facilement.

— Ça n'aurait servi à rien. Ta magie de la nuit les attire, ils t'auraient quand même trouvée et attaquée.

Ashtiri baissa les yeux sur sa silhouette au sol. Se dissimuler dans l'ombre était autre chose que de produire des éclairs. Pouvait-elle réellement y parvenir ?

Elle releva la tête vers Padiguem et trouva sur son visage cette expression de confiance qu'il arborait chaque fois qu'elle doutait. Elle mesura à cet instant sa chance d'avoir toujours croisé sur sa route des personnes capables de croire en elle, de percevoir la réelle valeur de son âme abîmée.

Rassurée par la pensée de ne plus être seule, Ashtiri ferma les yeux et inspira à pleins poumons, comme une bouffée d'air salvatrice, avant d'expirer tout en douceur. Il y avait dans l'air un parfum léger de cerisiers en fleurs, rappel qu'indifféremment de l'horreur des hommes, il demeurerait toujours quelque chose de plus grand qu'eux.

Un monde avec sa palette infinie de lumières et d'ombres, mélange magistral de couleurs, d'absence et de présence.

Un univers où les étoiles ne brillaient que grâce à l'obscurité autour d'elles et où l'obscurité n'existait qu'en présence de lumière.

Cette obscurité, Ashtiri la sentait. De l'autre côté de l'univers, mais aussi à ses pieds, puis le long de son corps.

Elle ouvrit les yeux sur un monde à la verticale, identique à celui qui lui apparaissait lorsqu'elle était allongée sur le côté droit. Tout son univers fuyait vers la gauche puisqu'elle était à présent une simple ombre sur le sol.

Padiguem posa un genou à terre dans son champ de vision frontal.

— Veille à rester cachée dans les ombres quand tu seras là-bas. Et n'oublie pas que l'œil est attiré par le mouvement.

— Je ferai au mieux. On se retrouve à l'intérieur.

Sur cette promesse, Ashtiri glissa sur le sol, passant de l'ombre des arbres à celle du pont puis à celle des dattiers. Une fois au sommet, elle se faufila dans la cité.

Chapitre 52

La rivière Ryne arrêtait le Fléau et sa seconde ligne sur sa berge sud où un village abandonné servait d'avant-poste aux sentinelles adverses. Le périmètre qu'elles couvraient empêchait Ofayne de lancer toute son armée à l'assaut à l'aube.

Faire bouger quarante cavaliers et deux lances s'avérait déjà très compliqué, obligeant le groupe à remonter loin en amont de la rivière pour pouvoir la traverser sans être vus.

Le nombre de cavaliers à envoyer avait longtemps fait débat chez les généraux, jusqu'à ce que l'argument de l'occasion unique à saisir fût mis sur la table. Envoyer, et possiblement perdre, quarante cavaliers était risqué, cependant moins que de les mettre face aux démons en plein cœur de la nuit. Il fallait jouer le tout pour le tout, car chaque monstre tué serait un sursis supplémentaire pour Ofayne.

La stratégie était donc simple : frapper vite et fort dès le lever du soleil.

À présent en position, les quarante cavaliers, tous équipés de herse de labour[1] élargies, attendaient le signal de départ. À bonne distance de l'ennemi, ils observaient le ciel d'est avec impatience et appréhension. L'horizon délavé fit bientôt place au premier rayon flamboyant du soleil dont la lumière hâta les démons à creuser leur ersatz[2] de tombe entre le village et le campement en arrière-position.

Le moment approchait.

Sans crier gare, les archers ofayniens attaquèrent les sentinelles adverses afin de détourner leur attention de ce qui se passerait bientôt dans leur dos. Ce fut le signal attendu par les deux lances qui, à leur tour, feintèrent une attaque sur le campement ennemi.

La voie maintenant libre, les cavaliers s'élancèrent.

Les chevaux de guerre étaient assez puissants pour traîner leur herse de labour sans trop perdre en vitesse, détail vital pour ressortir vivant de l'opération. Les cavaliers foncèrent à bride abattue droit devant eux, avec pour consigne de ne pas ralentir et encore moins de s'arrêter. Ils ne feraient qu'un seul et unique passage.

Les herses enfoncèrent bientôt leurs nombreuses dents dans le sol meuble sous lequel dormaient les créatures, laissant dans leur sillage des peaux apparentes qui brûlèrent sous le feu solaire. Comme cela avait été le cas pour Tudh, les démons ainsi mis à nu se relevaient de leur trou en poussant des hurlements terribles, se débattant tant qu'ils le pouvaient pour faire cesser une douleur allant *crescendo*, jusqu'à ce que la mort les fauche pour de bon.

Seulement, le sol irrégulier et la vitesse de traction provoquaient le rebond des engins à intervalles irréguliers.

1. Engin permettant le travail superficiel du sol.

2. Produit de remplacement, mauvaise imitation.

Chapitre 52

Ainsi, certaines cachettes étaient épargnées malgré l'envie rageuse des cavaliers d'occire le plus grand nombre de créatures.

Les cris effroyables de ces derniers finirent par attirer un bâtonniste au moment où les Ofayniens parvenaient à la fin du champ de tombes. Son sort frappa de plein fouet dix soldats et leur monture : les hommes moururent sur le coup, au contraire des chevaux qui continuaient de galoper comme le faisaient leurs semblables. Le bâtonniste prépara une nouvelle offensive, mais les cavaliers d'Ofayne disparurent derrière un relief, se délestèrent des herses, avant de rejoindre un des bacs à traille[1] chargés de les amener à l'abri sur la berge opposée.

Pendant ce temps, des sentinelles dissimulées avaient observé la charge d'Ofayne afin de compter le nombre de monstres tués : six cents sur deux mille. Le résultat aurait été impressionnant s'il avait concerné des humains. Ici, il donnait juste l'espoir d'une mort retardée car mille quatre cents démons vaincraient sans mal vingt compagnies.

Le temps était venu de se préparer à l'assaut final.

---

1. Embarcation qui se déplace le long d'une corde tendue entre deux rives.

Chapitre 53

Il fallait être attentif pour remarquer l'ombre d'Ashtiri se découper sur les murs de la citadelle kussar. Les gardes, eux, ne virent rien car l'intruse se dissimulait dans un coin et restait immobile lorsqu'ils passaient près d'elle. En revanche, demeurer sous cette forme demandait beaucoup d'énergie, aussi Ashtiri reprenait-elle régulièrement son apparence humaine, n'activant son pouvoir qu'en cas d'absolue nécessité. Son expérience de voleuse habituée à vite repérer les lieux lui permit de se déplacer avec efficacité. Elle identifia ainsi le quartier des gardes, les bâtiments de loisirs, la cuisine et même les geôles, faisant le calcul du nombre de personnes dans la cité, en particulier celles en possession d'une arme. Puis Ashtiri fit un nouveau tour afin de se repérer davantage et d'explorer les endroits délaissés à la première inspection, comme cette petite cour en plein soleil où était enchaînée une jeune femme dont la posture laissait deviner un épuisement conséquent.

Pourquoi n'était-elle pas enfermée avec les autres ? Servait-elle d'exemple ? Comme la pègre de Tyniry-nord le faisait avec ses concurrents ?

Afin de creuser la question, Ashtiri se fondit en ombre et s'approcha assez près pour voir jusqu'aux lèvres desséchées de la prisonnière. Ses longs cheveux bouclés tombaient comme un voile noir devant ses yeux éteints. L'inconnue n'avait même pas la force d'ouvrir ses mains habituées au travail physique. Elles ressemblaient à celles de sa mère, abîmées par les activités quotidiennes.

Qu'avait-elle bien pu faire pour arriver là ?

Et pourquoi ses mains lui rappelaient-elles un souvenir capital ?

Une connexion soudaine se fit dans l'esprit d'Ashtiri.

Padiguem lui avait fait part d'une vision de Maanebet montrant une jeune fermière kussar chevauchant vers ici.

Peut-être que…

— Henti ?

La prisonnière releva un peu la tête.

— C'est toi, Henti ?

Elle fronça les sourcils tout en regardant autour d'elle.

— Non, en bas, sur le sol.

Elle baissa la tête et vit à côté de son ombre celle accroupie d'une adolescente aux cheveux courts.

— Es-tu Henti ? réitéra Ashtiri.

Épuisée, sans doute persuadée d'halluciner, la jeune femme acquiesça sans vraiment trouver étrange le fait qu'une ombre lui parle.

— Tu ne rêves pas, Henti. Je suis Ashtiri, la première Lionne d'ébène, parèdre du dernier Lion d'albâtre. Nous sommes là pour arrêter le maître des démons.

— J'ai soif. Et j'ai faim.

Cela expliquait sa difficulté de concentration. Consciente qu'elle ne tirerait rien de la Kussar dans cet état, elle fila aux cuisines où elle reprit forme humaine. Elle devait veiller à se ménager. Un regard par la fenêtre lui montra la pièce occupée par le cuisinier et ses aides. La voleuse cherchait un moyen de leur chiper quelque chose lorsque du bruit lui parvint de la ruelle derrière elle. Elle bondit dans l'arbre le plus proche et se réfugia sur le toit plat du bâtiment au moment où une patrouille venait s'enquérir du menu du jour : boulettes de viande hachée aux aromates et rouleaux de pâte fourrés aux légumes. L'odeur faisait saliver Ashtiri du haut de son perchoir.

La patrouille repartit quelques minutes plus tard. Ashtiri osa se rapprocher du bord, juste au-dessus de la fenêtre. Là, elle attendit jusqu'à ce qu'une occasion se présente. Le cuisinier chargea l'un de ses commis d'aller porter des rouleaux à une personne dont elle ne retint pas le nom. Elle suivit le jeune homme depuis les toits, à l'affût du moment opportun pour lui tomber dessus. Elle espérait ne pas avoir à le tuer pour éviter de déclencher l'alerte.

Sa filature dura de longues minutes jusqu'à ce que le commis s'arrête devant une maison à la porte de laquelle il toqua. L'endroit était désert, c'était le moment d'agir. Ashtiri se positionna au-dessus de lui, raffermit ses appuis avant de sauter et… ne bougea pas, car face à l'absence de réponse, le garçon déposa simplement le tout sur le rebord de la fenêtre avant de tourner les talons. Ashtiri se dépêcha de subtiliser la nourriture puis rebroussa chemin. Quant à l'eau, Henti boirait à une fontaine une fois libre. Elle devait tenir encore un peu.

De retour à la cour déserte, Ashtiri resta en hauteur afin de calculer le temps entre le passage de deux patrouilles. L'information obtenue, elle rejoignit Henti qui se jeta sur la nourriture.

— Le roi-démon est dans l'aile nord de la bibliothèque, révéla la prisonnière entre deux bouchées.

— Il t'a vue ?

— Non. Je voulais libérer les prisonniers mais ils ne m'ont pas crue, ils m'ont dénoncée. Les gardes m'ont attrapée, ont confisqué mon sac et un hautbois divin avant de m'attacher ici.

— Je ne peux pas te libérer maintenant, le Lion va bientôt se présenter aux portes de la citadelle, on a besoin que toute l'attention converge vers lui.

Henti arrêta de mâcher, soudain inquiète :

— Tu vas me laisser là ?

— Non. Je vais simplement attendre que mon confrère arrive. Lorsque les gardes seront occupés avec lui, je te libérerai. Tu pourras me conduire au souverain des démons ?

— Bien sûr ! Mais je dois récupérer mon sac, avant.

— Où il est ?

Henti lui expliqua ne pas savoir mais le lui décrivit, après quoi Ashtiri fila ; ce que les gardes prenaient, ils le gardaient dans leur quartier. Le problème fut qu'à cette heure de repas, l'endroit était peuplé. Peu importe, patienter serait suffisant.

Quelques instants plus tard, un clairon résonna, suivit d'un cri qui déchira le silence :

— Le Lion d'albâtre ! Capturez-le !

Les soldats se levèrent et s'armèrent avant de s'engouffrer par la porte comme un raz-de-marée, laissant la voie libre à Ashtiri. Le sac en sa possession, et assurée que rien ne manquait à l'appel parmi son contenu, elle fouilla la pièce à la recherche de la clé des fers d'Henti. Elle en trouva plusieurs. Par manque de temps, elle les prit sans exception avant de retourner auprès de la prisonnière. Elle dut essayer toutes les clés, puis parvint à libérer Henti. La jeune Kussar se leva avec peine mais tint bon car l'urgence de la situation ne lui laissait pas d'autre choix.

Ashtiri la suivit dans les rues encore désertes. Si Padiguem avait un temps polarisé l'attention de tout le monde, les rondes finiraient par reprendre, aussi devait-elle rester vigilante.

Malgré une pénibilité évidente, Henti la guidait sans faiblir, accrochée à son sac comme un pèlerin l'est à son bâton. C'était son symbole d'appui pour avancer, un objet familier pour la maintenir ancrée dans son instant. Grâce à lui, elle trouva l'escalier menant à la bibliothèque.

Sur le parvis du bâtiment, trois gardes la repérèrent.

— Ne bouge pas, entendit-elle depuis le sol.

L'injonction paralysa Henti. Les gardes approchèrent, l'air patibulaire, et la jeune femme resserra ses bras autour de sa besace tant l'idée d'être incapable de se défendre dans son état lui fit peur. Ses mains poussiéreuses s'agrippèrent au cuir quand les gardes furent sur elle, prêts à la rouer de coups pour la ramener à son piquet.

Ce fut alors qu'Ashtiri bondit de l'ombre pour reprendre sa forme humaine. Elle se jeta sur le premier homme qu'elle assomma d'un coup violent sur la nuque, avant de lancer son pied en arrière vers le visage du second que le choc laissa inconscient. La lance du troisième fila vers son flanc. Habile, elle esquiva, attrapa la hampe des deux mains, tira d'un geste sec et frappa le soldat à la gorge avec son pied.

Elle était peut-être mauvaise au combat à l'épée, mais la vie à Tyniry lui avait appris à jouer de ses poings et de ses jambes en profitant de l'effet de surprise.

Le combat avait été si rapide qu'Henti comprit qu'il était terminé après quelques secondes. Mais déjà, Ashtiri l'attrapait par le poignet pour l'attirer vers le cerisier qu'elles escaladèrent jusqu'au premier étage de la bibliothèque. Là, la Lionne se laissa guider vers l'aile nord aussi sombre que la nuit proche. Un index sur ses propres lèvres, elle intima le silence à Henti quand Padiguem entra par la grande porte dans la pièce en contrebas.

Le moment était venu d'observer pour comprendre.

Padiguem ne fut ni malmené ni entravé à son arrivée, et l'attitude calme de l'homme face à lui, dans cette pénombre que les torches et les lumières vives dans son dos parvenaient à troubler avec peine, le conforta dans l'idée d'un possible dialogue. Même si l'inconnu était responsable de la levée du Fléau, cette forteresse était sa demeure, alors le Lion inclina la tête avec respect :

— Je suis Padiguem, dernier Lion d'albâtre, et je sollicite une audience au seigneur de cette cité.

Le maître des lieux suspendit sa plume, avant de la poser dans son encrier. Puis il fixa son invité avec une intensité inhumaine, presque vibrante. Fidèle à lui-même, Padiguem resta d'albâtre durant cet invasif examen muet de sa personne, et ne cilla pas lorsque son hôte repoussa sa somptueuse chaise. Il se présenta, habillé d'une cape colorée retenue à l'épaule par une fibule[1] et d'une tunique de soie courte brodée d'or, ouverte sur le dos auquel étaient rattachés d'étranges tubes de verre. Une large ceinture richement ouvragée ceignait sa taille souple, exhibant un luxe digne des plus grands royaumes. Il émanait de lui sagesse, connaissance, patience et érudition.

1. Agrafe fixant les extrémités d'un vêtement.

Chapitre 53

L'homme caressa brièvement sa longue barbe soyeuse taillée avec goût, avant de laisser entendre sa voix sourde :

— Voilà une entrée en matière aussi surprenante qu'agréable, en particulier dans la bouche d'un mage-guerrier venu me tuer.

— Je crains que vous n'alliez bien plus vite que mes intentions, Seigneur.

— Tu crois réellement parvenir à me faire changer d'avis avec de belles paroles ?

— Ce que je crois n'a pas d'importance. Je suis ici pour accomplir mon devoir.

Le sourire du roi-démon marqua les rides d'expression de son visage hâlé.

— Maintenir l'équilibre des forces dans le monde. Je vois. Intéressant…

Sa phrase resta en suspens. Il se dirigea vers un pan de mur supportant des dizaines de milliers d'ouvrages et fit mine de les admirer. Les tubes fichés dans son dos semblaient malléables en dépit du verre dont ils étaient visiblement faits. Et quels étaient ces flux drainés de la terre à l'homme à travers eux ?

Cela ressemblait à…

— Je me nomme Labarna, révéla soudain le roi-démon en lui faisant à nouveau face. Et je sais que mes vampires ne sont pas la seule raison de ta présence ici.

Suspicieux, Padiguem se tendit. Labarna sourit encore.

— Tu es là pour récupérer l'orbe des Lions d'albâtre.

Chapitre 54

Debout et seul dans sa tente, Shiro écoutait l'agitation du camp. Dès la tombée de la nuit, dans moins de deux heures, le Fléau traverserait la rivière Ryne et fondrait sur l'armée ofaynienne pour n'en laisser aucun survivant.

En attendant, les soldats s'affairaient, s'équipaient et priaient, sans doute, alors que l'air s'emplissait d'une senteur vespérale contre toute attente apaisante. Elle peignait dans l'esprit le souvenir d'un repos mérité après une dure journée de labeur, de cette heure bleue où l'effervescence du monde perdait en ardeur, où la paix d'une soirée dans son foyer gagnait en saveur. Les odeurs possédaient un pouvoir de suggestion inouï dont Shiro n'avait pris la réelle mesure qu'en perdant la vue.

Pourtant, parfois, la cécité lui apparaissait comme un fardeau. Sans l'aide des animaux sacrés de Rhouti, il aurait dû attendre dans l'angoisse la fin de la guerre sans pouvoir protéger les personnes chères à son âme.

Ce soir, son exil prenait un tout autre sens. Il lui permettait de peser dans la balance.

Quelqu'un entra sous la tente. Dans son dos, les pas alourdis par une armure cliquetante annoncèrent l'identité du visiteur.

— Maanebet m'a transmis ton message, commença Pithana. Tu désires me parler ?

— Oui. Le moment est venu de te montrer que je suis capable de combattre, révéla-t-il en ôtant le haut de son kimono.

L'air frais sur son torse nu sculpté fit frémir Shiro, cependant moins que le corps froid et écailleux du serpent qui se matérialisa devant lui, glissant sur ses mains lorsqu'il l'attrapa avec attention.

— Accorde-moi l'honneur de combattre ce soir, Neith.

Le reptile siffla, avant de s'enrouler autour de son bras puissant puis de serpenter le long de sa colonne vertébrale. Là, l'animal s'imprima sous sa peau jusqu'à la commissure de ses yeux.

Sa vue revint.

Son cerveau fut submergé par tant d'informations que le guerrier vacilla. Il sentit qu'on le soutint par le bras sans savoir ce qu'il se passait vraiment. Déboussolé, Shiro tourna la tête vers son visiteur, persuadé de ne voir que du noir et non un visage auquel son imagination n'avait pas rendu justice tant il était fascinant et solaire. La beauté de Pithana le subjugua.

— Shiro, tu vas bien ?

Le prince semblait inquiet.

— Je vais bien.

Le guerrier détaillait avec avidité chaque trait de Pithana et mémorisa la sublime couleur de son regard clair ainsi que de ses longs cheveux blonds.

— Tu… peux me voir ?

— Oui.

— Comment est-ce possible ?

Chapitre 54

— Les animaux sacrés de Rhouti possèdent de grands pouvoirs. Il leur arrive de les mettre à disposition des humains.

— Définitivement ?

— Je perdrai à nouveau la vue au premier rayon du soleil.

La pression des doigts de Pithana sur le bras de Shiro augmenta sensiblement sous l'impulsion de son mécontentement.

— Neith est une immense guerrière, je suis chanceux de pouvoir jouir de Son pouvoir durant quelques heures.

— À quel prix ?

La question gêna Shiro. À nouveau maître de lui, il brisa le contact.

— Combattre à tes côtés n'a pas de prix, se contenta-t-il de répondre. Il y a trop en jeu pour se soucier de ma vie insignifiante.

Pithana lui saisit le poignet avec douceur et combla la distance entre eux, levant un peu les yeux pour soutenir son regard. Là, si proche du prince, Shiro se fit violence pour refouler ses sentiments. Cela ne mènerait à rien puisque leur séparation était inévitable. En dépit de l'implacable désir qui le poussait à rêver son visage dès qu'il laissait son esprit s'égarer, le guerrier recula.

— Tu as des soldats à mener et moi une armure à revêtir.

L'affirmation fut un douloureux rappel pour les deux hommes. Pithana hésita pourtant, avant de le lâcher quand il ne trouva rien à ajouter.

Oui, tout avait été dit.

Le reste n'avait pas d'importance.

LE DERNIER LION D'ALBÂTRE

Protégée de cuir et d'acier, Maanebet s'immobilisa en haut de son plateau. Son point de vue privilégié lui permit d'admirer le soleil couchant jeter ses couleurs rougeoyantes dans le ciel. Malgré le décor digne d'une toile de maître, la grande prêtresse se sentait un peu fébrile, comme si la légère accélération de son rythme cardiaque suffisait à faire trembler son corps tout entier.

À son arrivée à Hereret-Niout, elle n'aurait jamais imaginé un jour se tenir sur un monticule de terre à l'autre bout du monde pour mener une guerre dont elle était une pièce majeure. Elle, et Bastet. Le félin noir se tenait à sa droite, les tonneaux à sa gauche car leur contenu était essentiel pour calmer la fureur qui transformerait bientôt la chatte en lionne. Deux valets les surveillaient, prêts à les ouvrir lorsque l'ordre leur en serait donné.

S'ils survivaient à la nuit.

À cette pensée, Maanebet ferma les yeux, inspira profondément avant d'expirer en portant son regard sur le crépuscule mourant. Puis elle regarda en contrebas l'armée ofaynienne se mettre en place. Au sortir de la plaine sur laquelle donnait la rivière Ryne s'élevait un relief vallonné au creux duquel coulaient à présent des ruisseaux artificiels larges d'environ cinquante centimètres. Au sommet de la colline qui serait la première sur la route du Fléau se trouvaient quelques archers dont la vocation n'était pas de combattre les créatures mais de les attirer. En bas de la pente à leurs pieds se dressaient des centaines de pals taillés en pointe pour tenir les cavaliers adverses à distance.

C'était sur le sommet de la colline suivante que se trouvait le véritable effectif des archers, avec derrière eux les fantassins et les cavaliers. Quelques compagnies attendaient en amont et en aval de la rivière sur des embarcations afin qu'une fois l'ennemi passé, elles puissent le surprendre par-derrière.

La stratégie pensée en première intention par Ofayne avait grandement bénéficié de l'expérience et des conseils de Shiro. Maanebet repéra ce dernier sans difficulté tant son étrange armure colorée le détachait de la masse uniforme.

Sans cheval dans ce pays étranger, Shiro était venu renforcer les fantassins couvrant les archers sur la seconde colline. Si ses frères d'armes ne faisaient plus attention à lui, il en avait été autrement une heure plus tôt. Dès l'instant où il avait posé un pied à l'extérieur de sa tente, Shiro avait été dévisagé. Au moment de se mettre en formation sur l'ordre de Pithana, les soldats proches de lui avaient même eu un instant d'hésitation face au visage effrayant représenté sur son menpō[1]. Le faciès de démon aux traits marqués par la colère fichait des frissons d'angoisse aux Ofayniens, et bientôt courut le bruit que cette nuit, Ofayne aussi aurait son monstre.

Il fallait dire que portée par sa haute stature, son armure lamellaire de cuir laqué, de fer et de soie, aux épaulières et aux cuissards rectangulaires, lui donnait l'air d'une créature sortie des limbes les plus effroyables de l'au-delà. Il ne restait aucun morceau de peau que le dernier rayon du soleil ne put éclairer.

Soudain, un martèlement s'éleva, là-bas, vers la rive opposée. Les tambours de guerre éveillés fracassaient le courage des soldats ofayniens à chaque percussion sourde car leur sang vibrait en rythme, distillant dans leur organisme la peur de leur pire cauchemar. Leur vue bouchée par le relief ne

1. Protection faciale portée par les samouraïs.

les aidait pas à occulter l'horreur qui se déverserait sur eux en vague dévastatrice.

Shiro resserra sa prise sur le manche de son katana pour garder intacte sa rage de vaincre, et le sentiment fut si violent que Neith y réagit en proportion. Combattante parmi les combattants, son ardeur brûla presque le dos de Shiro où elle demeurait encore, avant de se répandre dans tout son corps, puis dans sa lame.

Le combat avait déjà commencé ; Shiro ne le perdrait pas.

Non loin de Pithana, Senel fixait le sommet de la colline devant elle, avec sa ligne d'archers et de fantassins, l'angoisse chevillée dans le corps, prête à y voir apparaître d'un instant à l'autre une implacable mort. Elle enviait plus que jamais le calme de Flamberge, sa monture, qui devait sans doute se demander pourquoi il attendait là au lieu de brouter dans un pré. Une interrogation similaire tournait dans la tête de Senel. Elle était en train de regretter son choix de venir combattre. À cet instant, elle aurait tout donné pour être ailleurs, loin de ce stress épuisant dû autant à l'attente qu'à l'appréhension.

L'immobilité était insupportable quand son instinct lui criait de fuir.

Afin de ne pas céder à l'aliénation, elle songea à parler avec Jolinette et Riniri à côté d'elle mais le visage fermé des deux femmes ne tolérait aucune distraction. Leur concentration éveillée par les tambours de guerre de l'ennemi était à son paroxysme. D'ailleurs, l'expression de chaque soldat était similaire. En pivotant un peu pour voir derrière elle, Senel eut la vision furtive de tous ces hommes baignant dans leur propre sang à l'aube. Ça lui vrilla l'estomac.

Chacun, ici, appartenait à la nation qui asservissait son peuple mais pour rien au monde elle ne souhaitait les voir morts. Grâce au Lion et à Ashtiri, l'occasion de racheter leurs erreurs leur serait donnée afin que tous les peuples puissent connaître une nouvelle ère de paix.

Oui, ils devaient vivre.

Vivre, mais à quel prix ? Combien de morts avant la victoire ? Combien de familles détruites après elle ? Ce furent les questions qui filèrent dans l'esprit de Tudh car plus que le quotidien d'anonymes, c'était la survie d'Ofayne qui était menacée, et avec elle celle de Dryane.

Dans quel pays rentrerait-il ?

Tudh soupira intérieurement. Le moment n'était pas venu pour ce genre de questions, il l'était pour le combat. Si ses soldats avaient été éparpillés dans différentes compagnies, le capitaine avait rejoint celle de Céleste dont il augmentait le nombre de cavaliers avec Réglisse.

Il caressa la crinière fraîchement lavée de son cheval.

— Après ça on rentre à la maison, lui chuchota-t-il.

Réglisse s'ébroua en hochant la tête en guise d'assentiment. Tudh sourit. Puis il se repositionna sur sa selle sans que son armure le dérange. L'épée d'Urunzimu tinta quand les tambours ennemis se turent.

Les râles macabres des démons déchirèrent le silence.

La nuit était tombée.

Chapitre 55

— Tu veux l'orbe. Me trompé-je, dernier Lion d'albâtre ?

La question du roi-démon n'obtint pas de réponse immédiate de la part de Padiguem. Ashtiri commençait à le connaître assez pour savoir qu'il cherchait ses mots en ordonnant ses pensées afin d'obtenir des informations sans formuler d'accusation.

— Comment avez-vous appris son existence et sa disparition ? questionna-t-il finalement.

— Grâce à eux, répondit Labarna en désignant les flux reliés à son dos.

Padiguem se pencha un peu pour les observer d'un air sceptique. Instinctivement, Ashtiri l'imita tandis que Labarna continuait :

— Eau, terre, feu, glace, nuage, son et vent, cela ne t'évoque rien ?

Padiguem se redressa, l'air soudain furieux.

— Vous avez détourné le flux des magies du monde.

L'autre éclata de rire.

Il se laissa aller à son hilarité exagérée durant un instant, avant de reprendre son souffle.

— Détourné ? répéta-t-il. Comment le simple humain que je suis l'aurait-il pu ? Non, Padiguem, dernier Lion d'albâtre, je ne les ai pas détournés. Ils sont venus à moi.

Labarna expliqua qu'un soir, l'adolescent qu'il était avait obéi à son insatiable curiosité en pénétrant l'enceinte de la forteresse interdite d'Hattusa. Après en avoir exploré chaque recoin, il était arrivé devant ce puits auquel il s'était présenté en hommage à la Déesse-Soleil de la Terre Urunzimu. C'était elle qui avait décidé de lui confier la garde des flux magiques.

À l'évocation du nom de la déité, Ashtiri vit à côté d'elle Henti froncer les sourcils et perçut la tension dans ses doigts agrippés à un balustre. Visiblement, il ne lui était pas inconnu. Après une seconde d'hésitation, la Kussar se pencha pour chuchoter à son oreille que son compagnon de voyage, un soldat, avait trouvé puis emporté en Ofayne une épée appartenant à la déesse, et qu'elle-même possédait son hautbois.

Ce fut au tour d'Ashtiri d'être sceptique. Même si elle ne savait rien de la déesse, cela lui paraissait illogique qu'elle ait, d'un côté, donné du pouvoir à un humain et, de l'autre, donné à deux autres des artefacts capables d'arrêter le premier.

— En ce qui concerne l'orbe, continuait Labarna en contrebas, ne t'es-tu jamais demandé pourquoi les royaumes frères ont, d'un seul coup, déclaré la guerre à Rhouti voilà de cela cent vingt ans ?

— Bien sûr que si, mais Rhouti n'en a jamais connu la raison et je sais de source sûre que les archives de cette époque ont disparu d'Ofayne.

— Ce qui nous amène à la raison de ma présence ici et de la naissance du Fléau.

Chapitre 55

Il désigna d'un geste de la main la multitude d'ouvrages tout autour de lui.

— Les Kussars ont été les premières victimes de l'ogre ofaynien. Le peu qu'il reste de notre identité demeure grâce à la transmission orale car Ofayne nous a volé nos croyances, notre histoire, nos coutumes, nos lieux sacrés, et même nos rites funéraires.

Ashtiri nota un changement de ton dans la voix du roi-démon à la prononciation de ces derniers mots. Son timbre avait vibré dans les graves.

— Imagines-tu ce que cela fait, Padiguem, dernier Lion d'albâtre, de ne pouvoir enterrer tes morts qu'à la condition de le faire selon les croyances d'un autre ? Imagines-tu la douleur pour un vivant de savoir le corps d'un proche confié à des dieux que tu ne connais pas et qu'il connaissait encore moins ?

— Je n'ose pas.

— Et tu as raison, cela te ferait enrager.

Labarna rejoignit son bureau. Les tubes suivaient toujours ses mouvements sans céder.

— La magie ne donne pas seulement, elle transmet. Quand les flux sont entrés en moi, ils m'ont parlé. Chuchoté, serait plus justement dit.

— Chuchoté quoi ?

— La vraie Histoire des pays, leurs croyances, leurs langues, leurs dieux. À travers eux, j'ai accès à tout le savoir du monde, voilà pourquoi je demeure assis à ce bureau à compiler tout ce que j'apprends, que ce soit sur une nation aussi imposante que le Tjo ou sur l'insaisissable Naraba.

Ashtiri se redressa d'étonnement à la mention de son pays. Padiguem retint un regard dans sa direction – il savait donc qu'elle était là. Ce simple état de fait la rassura plus qu'elle ne l'aurait cru.

— L'Histoire qui te manque, je la connais, reprit Labarna. La voici : il y a cent vingt ans, les royaumes frères apprirent l'existence de l'orbe des Lions par l'intermédiaire d'un espion infiltré parmi les diplomates que Rhouti accueillait encore. Ainsi les Deux Frères, pétris de vices dont l'envie en est la clef de voûte, vous déclarèrent la guerre tandis que dans votre dos, l'un des leurs vola l'orbe.

— Les Deux Frères ?

— Ofayne et Tiyane.

— Je ne comprends pas.

— L'empire biryane ne doit sa chute qu'à l'œuvre du temps, et Tiyane sa naissance qu'à l'avidité d'un dauphin d'Ofayne. Contrairement à la légende narrant l'apparition rapprochée des trois royaumes frères, symbole de domination absolue de la dynastie sur tous les peuples du continent, Dryane n'a vu le jour qu'après la chute de l'empire kussar entraînée par celle des Lions d'albâtre. Mon empire a survécu bien plus longtemps que ce que racontent les livres d'Histoire.

Ashtiri ne savait pas grand-chose du passé mais cette affirmation de Labarna faisait sens : les Lions vivants, ils n'auraient jamais permis à Ofayne de coloniser Kussar.

— Où est l'orbe, maintenant ? reprit Padiguem.

— En Ofayne, oubliée dans les sous-sols du château à cause de l'incapacité du souverain d'alors à en maîtriser les pouvoirs. Mais qu'importait puisque, débarrassé des Lions, plus rien ne freina son extension. Kussar tomba, comme je l'ai dit, fournissant à Ofayne des esclaves par milliers. Mais il en fallut davantage avec la naissance de Dryane, alors les opportunistes de Shri'Mta partirent les chercher en Naraba, avec l'aimable complicité des Narabiens du Nord et des côtes.

Chapitre 55

Ashtiri avait beau le savoir, l'entendre résumé ainsi lui mit un coup au cœur.

— En échange de leur sécurité et moyennant paiement, les populations côtières guidèrent les gens de l'île jusqu'aux nomades du désert.

L'adolescente n'écouta pas la suite des explications de Labarna car elle n'en avait pas besoin, elle l'avait vécu, et tous ses souvenirs remontèrent comme un geyser d'émotions qui la fit chanceler. Henti se rapprocha d'elle afin de la soutenir tandis qu'elle luttait pour renvoyer sa peine, sa colère et son ressentiment loin dans son esprit, car elle devait garder les idées claires.

Malgré toute sa volonté, elle peinait à y parvenir.

Ce fut la voix de Padiguem qui l'empêcha de sombrer, lorsqu'il changea de sujet plus vite qu'attendu. Pour épargner Ashtiri.

— Quel rapport avec le Fléau ? Les empires naissent et meurent avec leur lot de grandes œuvres et d'actions immondes. Les royaumes frères n'échapperont pas à la règle.

— Le monde ne veut plus de grands empires, Padiguem. Il veut la paix, celle que seule la mort peut apporter.

Les grands airs de Labarna ne plurent pas au Lion qui, agacé, abandonna le vouvoiement :

— Le monde ? Que mets-tu derrière ce mot ?

— Les petites gens que les grands ignorent en détournant les yeux. Celles qui subissent la folie des puissants qu'elles font vivre. Celles que ton ordre a échoué à protéger.

Cette dernière phrase suintait le fiel.

— Celles-là mêmes qui périssent sous les crocs de tes *vampires* ? Parce que ce sont elles qui font les frais de ta croisade.

LE DERNIER LION D'ALBÂTRE

— Mes vampires marchent droit sur Ofayne. Qu'y puis-je si elles restent sur leur chemin en dépit du danger ?

— Les gens ont peur. Ils ont d'autant plus peur que les puissants, eux, sont à l'abri dans leurs forteresses.

— Plus pour longtemps, Padiguem, dernier Lion d'albâtre. La chute de l'ultime défense de l'ogre est en train de tomber à cet instant précis.

Au sourire carnassier de Labarna, Ashtiri imagina le carnage de l'armée ofaynienne.

Chapitre 56

— ILS SONT LÀ !

Le cri exacerba les sens des soldats quand la nouvelle déversa massivement l'adrénaline dans leur organisme. Lorsque la première ligne d'archers battit en retraite face au brouillard verdâtre dissimulant les démons, chaque combattant banda ses muscles. Sous la lumière des nombreux flambeaux éclairant le champ de bataille s'éleva la brume opaque derrière laquelle se mouvaient des silhouettes effroyables.

Tudh serra les mâchoires dès qu'il comprit que le brouillard était beaucoup plus épais que d'habitude et que déceler les créatures en son sein était impossible avec si peu de luminosité. Elles arrivaient, et il ne les voyait pas. En revanche, il entendait. Les gémissements sépulcraux effleurèrent le haut de la colline, alors toute l'armée ofaynienne eut un mouvement de recul. Les chevaux nerveux renâclaient, piaffaient, obligeant leurs cavaliers à durcir leur poigne sur les rênes. Réglisse non plus n'était pas rassuré.

LE DERNIER LION D'ALBÂTRE

La brume dévala la pente sous les yeux des soldats. Puis, au creux du val, un petit ruisseau d'une coudée de large arrêta le Fléau.

Alors, le cor d'Ofayne retentit.

Dans le dos des monstres, au pied des pals dressés pour ralentir l'ennemi, une tranchée peu large et peu profonde se remplit d'eau lorsqu'un soldat ofaynien ouvrit une vanne en bois afin qu'une infime partie de la rivière s'y engouffre, emprisonnant ainsi les démons qui ne pouvaient plus ni avancer ni reculer.

La première partie de la stratégie avait fonctionné.

Pourtant, rien n'était joué.

L'air s'était chargé d'électricité. La tension ambiante parvint jusqu'à Maanebet concentrée sur l'ennemi en contrebas. Les démons étaient à présent pris au piège sur la première colline. Leur immobilisme attira l'attention des bâtonnistes au point de pousser l'un d'entre eux à passer le ruisseau, puis les pals, avant de se frayer un passage entre les démons. Maanebet ne distinguait du mage que la lueur verdâtre émanant de son bâton au milieu de l'épais brouillard, mais elle devina à sa lente avancée que même armé de magie, être au milieu de monstres ne le rassurait pas.

À mesure que l'homme s'ouvrait un chemin dans la masse immobile des créatures, le cœur de Maanebet battait de plus en plus vite. Les sentiments guerriers étaient un puissant stimulant pour qui vivait pour le sang, ce fut pourquoi la grande prêtresse sentit bientôt près d'elle la présence d'une aura meurtrière. Un feulement se fit entendre. Maanebet baissa les yeux vers une impressionnante lionne aux oreilles couchées en arrière et aux babines relevées sur ses dents acérées ; la douce Bastet était devenue la sanguinaire Sekhmet, animal sacré aux grands pouvoirs et au tempérament imprévisible.

C'était la première fois que Maanebet demandait de l'aide à la lionne, elle savait depuis le début le risque encouru, pourtant à cet instant, elle doutait de pouvoir contrôler la sauvagerie de l'animal. Son insécurité enfla d'un coup.

— Ce n'est pas le moment de flancher, se murmura-t-elle à elle-même.

Elle retrouva le courage nécessaire pour tendre la main, doigts écartés, devant la gueule de la prédatrice.

— Puissante Sekhmet, celle devant qui le mal tremble, colère de Rê, prête-moi Ton feu.

La lionne la soupesa sans la moindre once de pitié ni de bonté, cherchant à savoir si l'humaine méritait son aide. Maanebet crut ne pas pouvoir soutenir l'inquisition plus longtemps quand, à son grand soulagement, l'animal consentit à lui prêter ses pouvoirs. Elle souffla une gerbe de feu dans laquelle la grande prêtresse plongea la main. Lorsque ses doigts se refermèrent, ils tenaient quatre flèches incandescentes renfermant chacune le pouvoir solaire de la lionne.

Après avoir mis les traits au carquois, elle en encocha un sur son arc, tendit la corde avant de viser le bâtonniste. Elle attendit que l'homme ait passé le sommet du relief pour tirer au-dessus de lui. La flèche décrivit une courbe, ligne flamboyante dans le ciel d'encre, avant de retomber en direction de l'ennemi qu'elle n'atteignit pas. À la place, elle explosa à un mètre au-dessus de sa tête, souffla le brouillard, puis propagea dans son onde de choc les rayons du soleil. Les démons les plus proches hurlèrent de douleur quand leur peau brûla tandis que le bâtonniste aveuglé fut tué par les archers ofayniens dont la vue était dégagée. À peine s'écroula-t-il que les créatures survivantes se jetèrent sur lui pour le vider de son sang.

La brèche dans le brouillard se résorba.

Comme Maanebet l'avait deviné, son intervention attira l'attention des ennemis sur elle. Si les démons étaient incapables de l'atteindre à cause de leur prison d'eau vive, plusieurs cavaliers prirent sa direction. Elle intima d'une voix ferme aux valets de ne pas bouger quoi qu'il arrive, et de garder les tonneaux de bière rouge auprès d'eux au péril de leur vie. Blêmes à en effrayer même la mort, les deux jeunes gens acquiescèrent sans conviction mais obéirent car leur honneur le leur commandait.

Les cavaliers arrivaient. Maanebet entendait les sabots de leurs chevaux marteler le sol qui tremblait jusque dans ses profondeurs. En dépit de la menace imminente, elle se redressa de toute sa hauteur, insultant par sa simple posture chacun de ses adversaires. Vexés, ils tirèrent leurs épées des fourreaux puis chargèrent.

Sekhmet rugit si fort à ce moment que les chevaux pris de panique se cabrèrent à s'en rompre la colonne vertébrale. Les cavaliers qui ne furent pas désarçonnés reprirent le contrôle de leur monture ainsi que la charge. Mais à peine furent-ils sur Maanebet que Sekhmet leur sauta dessus et les déchiqueta, éclaboussant de vermeil la grande prêtresse qui ne cilla pas.

Une poignée de secondes plus tard, la lionne se léchait les babines, perchée sur les cadavres encore chauds de ses victimes. Au moins le sang de ceux-là l'avait-il apaisée pour un moment. Cela permit à Maanebet de reporter son attention sur l'ennemi qui choisit d'envoyer les archers.

Chapitre 56

Elle sourit. Il faudrait plus que cela pour l'atteindre. Les hommes le comprirent quand leurs flèches décochées à la perfection se heurtèrent au feu de Sekhmet capable de faire fondre même le métal. Son souffle, tel un brasier, réduisit les projectiles en cendres que Maanebet balaya d'un simple geste de la main.

Toujours attentive malgré la distraction, la grande prêtresse repéra la percée du second bâtonniste qui s'approchait dangereusement du ruisseau. Elle encocha sa flèche et tira. Trois secondes après, le trait explosa, et les monstres eurent un nouveau repas offert par la première ligne ofaynienne.

Plus que deux bâtonnistes. Une fois vaincus, les renforts d'Ofayne débarqueraient par la rivière sans crainte des démons.

Du sommet de la seconde colline, Shiro observa les archers abattre les deux premiers adversaires. Le temps anormalement long avant l'arrivée du troisième mit son instinct en alerte. Quelque chose se préparait. Un coup d'œil en direction de Maanebet lui permit de la voir bander son arc ; la prochaine tentative était en route.

Bientôt, une lueur verte perça avec peine le brouillard épais en haut du relief. Inquiet, le guerrier se focalisa dessus avec assez d'insistance pour inciter Neith à réagir et à augmenter son acuité visuelle : une autre lueur suivait la première. Les deux derniers bâtonnistes menaient une attaque coordonnée afin que le premier serve de cible et que le second bouche le ruisseau.

— Ils sont deux.

Personne ne réagit, car personne autour de lui ne parlait le tjol. Shiro pivota un peu vers Pithana en contrebas, trop loin derrière lui pour l'entendre. Pourtant, le regard du prince se posa sur lui et, sans savoir comment, Shiro fut certain d'avoir été compris.

Était-ce son imagination ?

Sans doute, mais qu'importait. Si rien n'était fait, les démons seraient bientôt libérés de leur prison dont les murs se résumaient à cinquante centimètres d'eau. Shiro fixa à nouveau la lueur descendant la pente. Maanebet ne tarderait pas à tirer, il devait faire vite. La main sur le manche de son arme, il sortit du rang sous la désapprobation générale, mais il entendit Pithana crier des ordres, et le calme revint.

Shiro anticipa la trajectoire des deux bâtonnistes et se positionna dans le ruisseau, un peu en retrait par rapport à leur point d'arrivée. Quand il vit la flèche de Maanebet retomber, il ferma les yeux à temps pour ne pas être ébloui. Il les rouvrit en entendant les flèches ofayniennes à la pointe effilée abattre le troisième ennemi. Le quatrième officier surgit de derrière son dos, son bâton tendu devant lui afin de le rapprocher du ruisseau pour le recouvrir. Quand il l'atteignit avant que les archers n'aient pu tirer une nouvelle fois, Shiro dégaina si vite que la lame qui sectionna l'instrument et la gorge du bâtonniste n'eut pas le temps d'être tachée de sang. Puis il rengaina d'un geste assuré tandis que le corps de son adversaire s'écroulait dans l'eau.

Le guerrier entendit derrière lui monter des murmures, signe que la pression retombait un peu. Ce fut d'autant plus vrai lorsque le cor d'Ofayne résonna, invitant le reste des troupes en arrière à débarquer sur la plaine par la rivière.

Le bruit de l'affrontement arriva vite aux oreilles des soldats sur la colline.

Chapitre 56

Shiro, lui, ne souriait pas comme ses frères d'armes le faisaient à l'idée d'une possible victoire. Au contraire, il recula sous l'impulsion de la peur.

Quelque chose n'allait pas.

En face de lui, le brouillard tomba soudain comme une chape de plomb, alors qu'un flux étrange s'échappa de chaque monstre vers le troisième bâtonniste, grièvement blessé mais encore en vie. Les monstres ne l'avaient pas achevé. Pourquoi ?

Petit à petit, la silhouette de l'individu devint massive et horrible, s'élevant à trois mètres du sol. L'être n'avait plus rien d'humain : il était désormais un démon comme les autres.

Que se passait-il ?

Chapitre 57

Dans la bibliothèque de la forteresse kussar, Ashtiri s'impatientait de voir Padiguem passer à l'action. Elle avait intégré l'importance de la notion de temps dans la résolution d'un conflit, mais il lui sembla à cet instant que le Lion ne faisait qu'en perdre à tenter de raisonner un homme qui ne voulait pas l'être.

— Je ne puis rien faire pour changer ta décision ? demanda Padiguem.

— Pas sans combattre, j'en ai peur. Tu baignes dans une vision utopiste du monde très loin de la réalité. C'est ce qui a perdu ton ordre.

— Toi, en revanche, tu saisis la réalité mieux que quiconque.

— Oui. Je sauverai le monde de cette pestilence.

Mais qu'attendait donc Padiguem pour agir ?

— Je ne pourrai pas te battre, tu le sais, n'est-ce pas ? demanda-t-il à Labarna.

Ashtiri se retint de justesse, sinon elle se serait tapé la tête contre la balustrade. Padiguem venait d'avouer à son adversaire qu'il était plus faible que lui. À part renforcer l'assurance du roi-démon et sa dangerosité, à quoi cela servait-il ?

Comme elle s'y attendait, Labarna sourit dessous sa barbe.

— Tu aurais pu, si les flux ne nous donnaient par le contrôle des magies de la Terre.

Ashtiri tiqua sur le pronom utilisé, tout comme Padiguem. À l'expression sombre de ce dernier, il avait compris une chose qui avait échappé à la Lionne.

— Malgré nos avis divergents, continua Labarna, je t'apprécie, et je m'en voudrais de te laisser t'accabler. Cette heure, nous l'attendons et la préparons depuis longtemps. Tu ne pouvais rien y faire.

En disant cela, Labarna leva la main, paume vers le ciel, et y fit apparaître une sphère d'eau.

— Je crois savoir que le Lion cosmique est solaire.

— En effet, approuva Padiguem.

Ashtiri serra ses doigts autour des balustres comme s'il s'agissait de la gorge de son pair pendant que Henti la regarda faire, l'air sceptique.

Pourquoi avouait-il tous ses points faibles ? Il voulait mourir ? Jamais elle ne l'aurait imaginé perdre son bon sens en pareille situation, c'était incompréhensible !

— Alors je te dis adieu, jeune homme.

La sentence de Labarna ramena Ashtiri à la dangerosité de l'instant présent. Lorsque le souverain des démons transforma sa sphère en une pique de glace capable de transpercer la chair, Ashtiri se prépara à intervenir.

Padiguem croisa les bras afin de dissimuler à son adversaire le geste destiné à sa consœur. Ashtiri en resta coite : il lui demandait de ne pas intervenir. La requête inattendue la paralysa malgré elle, l'empêchant de s'interposer quand le projectile fila vers Padiguem.

Le sang d'Ashtiri ne fit qu'un tour.

D'un geste bref, le Lion dévia la pique vers les tubes qu'elle ébrécha avant de se planter dans un mur, puis de disparaître en une flaque d'eau.

La même stupeur hébéta Labarna, Henti et Ashtiri, avant que le roi des démons n'en sorte dans une fureur indescriptible.

— Comment oses-tu nous défier, petite ordure ?

D'un mouvement de la main, il jeta un impressionnant morceau de roche qui obligea Padiguem à esquiver.

Ashtiri se tourna vers Henti.

— Il faut le déconnecter des flux ! s'exclamèrent-elles en chœur.

Elles avancèrent toutes les deux le dos courbé mais avec hâte. L'étroit escalier repéré par Henti lors de sa première venue les amena près du bureau. Collée contre le mur, Ashtiri pencha un peu la tête pour voir Padiguem se défendre comme il le pouvait. Malgré des blessures de plus en plus nombreuses et une respiration visiblement difficile, il faisait tout pour attirer l'attention de Labarna loin des flux, laissant le champ libre aux femmes.

— Henti, si ta flûte sert à quelque chose, c'est le moment de l'utiliser.

— Mais je ne sais pas en jouer ! paniqua la Kussar.

— Pardon ?

— Je pensais qu'elle était pour toi !

— Je ne sais pas jouer non plus.

— Qu'est-ce qu'on fait, alors ?

Ashtiri jeta un nouveau regard vers Padiguem au moment où il fut projeté sur plusieurs mètres par Labarna.

— Je vais te donner un peu de temps, répondit-elle finalement. Débrouille-toi pour l'utiliser contre le roi-démon.

— Mais les flu…

Ashtiri lui coupa la parole en filant vers leur adversaire.

Chapitre 58

Labarna se tenait dos à Ashtiri, impressionnant de puissance au milieu de la pièce. Face à lui, Padiguem ahanait sur le sol, incapable de se relever. Ashtiri devait gagner du temps pour son parèdre aussi car seule, elle n'arriverait à rien. Grâce au Lion, elle connaissait à présent le goût de Labarna pour la conversation et décida de l'aborder non comme une Lionne, mais comme une enfant de Naraba. L'orgueil de l'homme, qui ne se sentait pas le moins du monde menacé par Padiguem, ferait le reste.

Intimidée par l'aura écrasante du maître des lieux, Ashtiri hésita pourtant à se lancer, avant de reprendre courage et d'oser.

— Vous avez parlé de Naraba.

Sa voix fut comme un moment de calme au cœur de la tempête. Labarna fit volte-face mais n'attaqua pas.

— Que fais-tu ici, petite ? grogna-t-il.

— Je cherche à sauver ma sœur et ma meilleure amie, esclaves en Ofayne.

La tension dans les muscles du roi-démon se dissipa et la pression dans la salle retomba. Il savait très bien que le Lion sans pouvoir n'était pas une menace, et qu'une adolescente l'était encore moins. Puisqu'il se pensait intouchable, il ne se méfia pas, préférant voir en la Narabienne une potentielle alliée contre Ofayne. Encore devait-il l'amadouer.

— Vous connaissez mon pays ? demanda Ashtiri.

— La magie m'en a parlé, oui. Elle m'a parlé de votre vie, de vos légendes, et de vos mages.

Ashtiri s'immobilisa. Son intérêt n'était plus feint.

— Quels mages ?

Labarna sourit avec bienveillance, effaçant un instant de l'esprit de l'adolescente le visage haineux qu'il avait affiché quelques minutes auparavant.

— Chaque pays avait ses mages dont les pouvoirs étaient liés à leur environnement. Puisque l'eau est rare au sud de Naraba, la magie leur a donné des mages de l'eau capables de guider humains et animaux vers les oasis du désert.

— Ce n'étaient pas des légendes, les Narabiens maîtres de l'eau ?

— Non, demoiselle. Ce n'étaient pas des légendes.

— Que sont-ils devenus ?

— Après la chute des Lions, la magie s'est retirée jusqu'au jour où elle m'a donné naissance afin que j'arrête les horreurs du monde. Ainsi, plus aucun Narabien ne vendra ses frères et sœurs.

Le roi-démon décela le trouble d'Ashtiri à cette évocation, la faille à exploiter. L'homme traça un cercle de la main puis claqua des doigts, alors tout le décor de la pièce se brouilla avant de laisser place aux dunes de Naraba. Ashtiri se retourna pour admirer ce paysage qui lui avait tant manqué, et croisa le regard de Padiguem. L'homme assis reprenait des forces durant cet interlude, mais il y avait sur son visage une inquiétude diffuse à laquelle Ashtiri ne prêta pas attention car il passa devant elle l'illusion d'un Narabien.

Bientôt ils furent des dizaines, vêtus de leurs habits rouges brodés d'or, parés de leurs bijoux étincelants : une fête se préparait dans ce qui semblait être une tribu importante à en juger par les richesses que portait la reine. Le clan était sédentaire, sans doute car il vivait près de la côte.

— Regarde bien, conseilla Labarna.

Ashtiri fit plus attention aux détails : parmi les bijoux et les étoffes, certains n'étaient pas narabiens : ils étaient ofayniens.

Un groupe d'hommes de Shri'Mta arriva alors, chargé de caisses contenant des trésors. Les présents donnés, le groupe fut conduit à travers le désert jusqu'à un petit clan qui faisait paître les troupeaux.

Le cœur d'Ashtiri se compressa dans sa poitrine. Ce clan, c'était le sien.

Elle vit ses parents, ses oncles, ses tantes et ses cousins. Puis courant aux abords du camp, insouciantes, Senel et elle. Elles riaient aux éclats. Elles étaient heureuses.

Ashtiri esquissa un sourire attendri.

Puis les marins marchands et leurs complices passèrent à l'offensive.

Les deux enfants furent capturés au filet comme on attrape des bêtes. Leurs cris de terreur et les pleurs envahirent la bibliothèque dont les murs les renvoyaient en échos déchirants. Les images atroces réveillèrent les souvenirs d'Ashtiri pour la harceler de concert avec ce que lui montrait le roi-démon.

— Arrêtez, supplia-t-elle quand sa sœur et elle furent traînées sur le sol.

Mais la vision continua. Une ellipse, et Ashtiri et Senel furent jetées dans une cage sur un navire.

Nouveau saut dans le temps. Ashtiri et Senel pleuraient et criaient pour supplier les marins de ne pas leur raser leurs cheveux, de ne pas leur passer le collier.

Encore un bond. Ashtiri s'était glissée par le trou dans le grillage de leur cage près de Tyniry. Senel, elle, n'arrivait pas à passer. Alors elle déchira un morceau de sa robe et le fourra en boule dans sa bouche. Puis, une expression presque démente sur le visage, elle commença à se couper le poignet.

La Lionne détourna les yeux. Labarna attrapa son menton pour la forcer à voir la scène.

— Tu as détourné la tête à l'époque, maintenant regarde. Regarde ce qu'Ofayne a fait à ta sœur.

Malgré elle, Ashtiri ouvrit les yeux. Dans un état de souffrance extrême, Senel ôta le fer ensanglanté de sa main coupée et poussa une Ashtiri en larmes qui tomba du chariot.

— Arrêtez !

La supplique de la Lionne fut presque criée, alors tout disparut, et le bruit s'effondra en un silence douloureux. Plus fébrile que jamais, Ashtiri luttait pour refouler ses larmes.

— Ce sont ces monstres que tu veux sauver ? susurra Labarna.

— Non !

— Alors que fais-tu là ?

Déstabilisée, Ashtiri ne sut pas quoi répondre. Elle n'arrivait pas à chasser de son esprit les images du poignet de son aînée. Et tout ce sang !

— Que t'a-t-il dit pour te convaincre de les épargner ? demanda Labarna en désignant Padiguem. Quel argument a-t-il utilisé pour t'amener ici nous tuer tandis que les tiens sont marqués au fer, fouettés, mutilés, violés et attachés comme des bœufs ?

Cette fois, des larmes roulèrent sur ses joues pleines.

— Et toi, que leur diras-tu, petite fille ? Qu'au lieu de les sauver, tu as préféré boire les paroles qu'un lâche a habillées de sagesse ?

Ashtiri jeta un regard perdu au Lion à présent debout. Ce même Lion étrangement silencieux dans un moment où il aurait dû parler pour la rassurer sur le choix qu'ils avaient fait.

— Le monde est gangrené par une peste blanche dont on doit le soulager, petite fille. Laisse les idéaux du Lion aux fous et viens avec moi.

Elle baissa les yeux sur la main qu'il lui tendait, avant de les lever vers son visage basané à la barbe noire impeccable. Labarna avait raison. Même si elle parvenait à libérer les siens, personne ne serait à l'abri d'Ofayne, car comment faire changer tout un peuple ? Comment pourrait-elle lui faire comprendre qu'il n'était pas supérieur aux individus qu'il asservissait ? Qu'ils étaient égaux et méritaient le même respect ? C'était impossible. Elle n'y parviendrait pas parce que le mépris des autres était enraciné dans le cœur d'Ofayne, dans son histoire, dans son héritage, jusque dans ses héros.

Parfois, la terre avait besoin de brûler pour se régénérer.

Ashtiri tendit sa main vers celle de Labarna.

— Aucun Ofaynien ne mérite ta compassion, petite fille. Absolument aucun.

L'image de Pithana et de Ravenald lui sauta au visage. Elle se remémora leur bonté, leur compassion, leur empathie. Elle se souvint qu'au milieu de la tourmente, ils avaient tout fait pour la protéger malgré leur haute place dans leur société. Pour les autres, ils n'avaient aucun mépris. Juste un regard bienveillant.

Une parole de Padiguem lui revint alors à l'esprit. Les antagonistes nous permettaient de savoir en quoi nous étions différents d'eux, et en quoi nous *voulions* être différents d'eux. Malgré ses idées communes à Labarna, Ashtiri était sûre de ne pas vouloir lui ressembler.

Elle ramena sa main vers elle. Visiblement contrarié, Labarna se redressa de toute sa hauteur.

— Se pourrait-il que tu sois incapable de faire le bon choix car tu as eu la naïveté de tomber amoureuse du Lion ?

— Quoi ?

— Tout le monde sait que le cœur d'une fille est frivole, et qu'il succombe dans la seconde au visage d'un beau jeune homme.

— Je ne veux pas être amoureuse, ça ne m'intéresse pas, répliqua Ashtiri. Ce que vous dites est stupide.

L'insulte fit froncer les sourcils de colère à Labarna.

— Le problème ne vient pas de moi, reprit-elle. Il vient de vous. Pour arrêter Ofayne, vous êtes prêt à devenir pire monstre que lui. Moi, je veux l'arrêter en étant plus humaine qu'il ne l'a jamais été, parce que c'est de ça dont le monde a besoin.

Le roi-démon se mit à rire avec exagération. Ashtiri en profita pour essuyer ses larmes et jeter un coup d'œil en direction d'Henti qui ne s'en sortait pas avec l'instrument. Le temps de répit était écoulé, Ashtiri devait agir.

Son effet donné, Labarna reporta son attention sur son interlocutrice.

C'était le moment.

— Tu as à peine plus de quinze printemps et tu crois savoir ce dont le monde a besoin ? Tu es bien prétentieuse.

— Pas autant que vous !

Chapitre 58

Elle dégaina son khépesh avec l'intention de foudroyer son ennemi. Un simple geste de la main de ce dernier la projeta pourtant vers la source des tuyaux. Ashtiri se releva. Si combattre le roi-démon n'était pas souhaitable, elle pouvait en revanche tenter de l'affaiblir. Elle repéra l'entaille faite par l'attaque du Lion sur un tuyau. La fêlure superficielle provoquée par Padiguem n'avait pas fragilisé le verre épais, elle devrait donc mettre toute sa force dans son coup. Elle raffermit sa prise sur son khépesh, inspira pour prendre courage et abattit son arme avec la rage du désespoir.

Bien qu'affûtée, la lame n'entama guère plus le verre sur lequel elle rebondit par ailleurs. Le seul effet de la tentative d'Ashtiri fut d'attiser davantage la colère du roi-démon. Son regard dément l'électrisa de terreur.

— Vermine !

Labarna fit un geste de la main. Ashtiri sentit le sol bouger sous ses pieds lorsqu'une colonne de terre s'éleva soudain, laissant la Lionne incapable de réagir à temps quand le bloc la jeta de plein fouet contre le plafond.

Chapitre 59

Henti manipulait avec peine le hautbois double tant ses mains moites tremblaient. Quand elle se ressaisit enfin, la colonne qui projeta Ashtiri lui fit tellement peur qu'elle lâcha l'instrument qui se cassa.

— Non, non, non !

Elle s'agenouilla pour ramasser les deux tubes en bois tandis qu'Ashtiri retombait sur le sol en poussant un râle de douleur. Henti tenta d'assembler les morceaux comme elle le pouvait. Ses échecs successifs l'énervèrent.

Labarna pénétra à ce moment-là dans son champ de vision. Henti s'immobilisa par réflexe. Elle arrêta même de respirer quand la haute stature de l'homme se pencha pour saisir Ashtiri par la gorge. Il la souleva de terre comme il aurait soulevé une plume :

— Tu n'es pas une héroïne, tout au plus la traînée du Lion.

À la manière dont se débattait Ashtiri, Henti comprit qu'elle manquait d'air. La main du roi-démon compressait son cou ; si elle n'intervenait pas, Ashtiri suffoquerait.

La Kussar jeta un œil en direction de Padiguem. Couvert de blessures et de sang, il peinait à préparer un sort. Elle devait lui laisser encore du temps pour reprendre des forces en distrayant le roi.

Elle devait réfléchir. Vite !

Une idée la frappa soudain. Sur les remparts, les gardes avaient parlé de la renaissance de l'empire kussar.

Elle devait essayer !

Déterminée comme jamais, Henti en oublia l'instrument dans ses mains lorsqu'elle fit un pas vers le roi-démon. Si la tentative d'Ashtiri de lui parler avait échoué, la sienne ne réussirait pas. Mais le but n'était pas de ramener l'homme à la raison, seulement de gagner du temps. Henti ressentit la terreur comme jamais auparavant quand Labarna plongea son regard dans le sien. Malgré son état de fureur, il desserra sa prise sur Ashtiri qui parvint à respirer à nouveau.

— Tu es… commença-t-il.

— Kussar. Oui.

L'homme projeta Ashtiri contre le mur. La Lionne s'écroula par terre en se tenant le côté droit.

Gagner du temps. Il fallait juste gagner du temps.

Labarna fit un pas dans sa direction, Henti recula de deux foulées.

— Que fais-tu avec eux ?

— Je ne sais pas, avoua-t-elle. Il n'y a pas si longtemps j'étais fermière en Hubishua, jusqu'à ce que votre Fléau passe sur mes terres et puis, sans savoir comment, je suis arrivée ici.

— Comprends-tu ce que j'essaie de faire ?

— Non.

L'homme lui caressa le visage. Henti se crispa à en avoir mal.

Chapitre 59

Il fallait gagner du temps.

— Je prends notre revanche sur les monstres qui ont foulé aux pieds notre peuple. À l'époque, je n'ai rien pu faire.

La dernière phrase éveilla la curiosité de la jeune femme.

— À l'époque ? répéta-t-elle.

— Il y a cent vingt ans.

La stupéfaction hébéta Henti. L'homme face à elle ne pouvait pas avoir plus d'un siècle, c'est impossible ! Les mages étaient mortels !

— Je ne comprends pas, laissa-t-elle échapper pour elle-même.

L'expression de Labarna changea du tout au tout comme elle l'avait déjà fait un peu plus tôt. L'homme semblait avoir deux visages : l'un calme, l'autre colérique. Ses yeux se chargèrent d'une rage surprenante.

— Labarna non plus n'a pas compris, gronda la voix sourde du roi-démon.

Son timbre n'était définitivement pas humain ! Qu'est-ce qui se passait avec ce Kussar ?

Henti recula encore, poussée par un effroi de plus en plus grand. Elle n'avait pas affaire à un simple mage.

— C'est moi qui ai convaincu Ofayne et Tiyane de déclarer la guerre à Rhouti, reprit-il. Tandis que leurs armées occupaient les Lions, j'ai dérobé l'orbe. Grâce à son pouvoir, j'ai pu extraire mes frères de la Terre sombre. Urunzimu n'a plus de contrôle sur nous, désormais.

De quoi parlait-il ?

— Pauvre Labarna n'a jamais su qu'il était indirectement responsable des crimes dont il accuse Ofayne. Pendant que j'appelais mes frères un à un, caché dans son inconscient, je le voyais faire ses propres plans pour se venger. Il voulait utiliser mes vampires ? Je les lui ai prêtés. Je savais que cela attirerait le dernier Lion d'albâtre et qu'ainsi, je pourrais le détruire.

— Qui es-tu ?

— Tu le sais…

Le roi-démon secoua soudain la tête comme pour en chasser quelque chose. Il la prit entre ses mains en poussant un râle profond, signe d'un effort intense. Après quelques secondes, l'homme se redressa, son visage ayant recouvré ses traits calmes.

Henti ne comprenait pas ce qu'il se passait, mais elle était certaine d'être de nouveau face à Labarna le mage.

— Comprends-tu pourquoi je fais cette guerre ?

Sa question surprit Henti. Il n'avait aucune conscience de la conversation que *l'autre* avait eue à l'instant avec la jeune femme.

— Je t'ai posé une question, jeune Kussar.

Le rappel de Labarna la tira de sa léthargie.

— Non, je ne comprends pas. Vous faites tout ceci en sachant très bien ce que les gens d'Ofayne ressentiront quand ils perdront jusqu'à leur identité. Ashtiri a raison : s'il faut pour vous venger devenir pire que vos pires ennemis, alors vous valez bien moins qu'eux !

Son jugement lui valut une gifle sans avertissement. La violence du geste la fit basculer au sol sur lequel roulèrent les morceaux du hautbois. La tête d'Henti lui tournait, pourtant elle vit les tubes en bois s'assembler seuls en un bâton creux.

— Si tu ne comprends pas, ta vie n'a pas plus d'importance que toutes les autres.

— Vous êtes sans cœur, articula-t-elle difficilement.

Elle saisit le bâton juste avant que Labarna ne l'attrape à son tour par le cou et la soulève.

Chapitre 59

— Non, juste terriblement en colère, et depuis très longtemps.

Angoissée par le manque d'air, Henti ne pensa plus à gagner du temps mais à trouver un moyen de survivre. Elle ne pouvait pas mourir ainsi, sans même s'être battue, vaincue par un homme qu'on l'avait envoyée trouver.

Pourquoi, d'ailleurs ?

Qu'avait-elle de si spécial, la petite fermière kussar, pour que du haut de leur trône d'éternité des dieux l'aient choisie, elle ? N'était-elle bonne qu'à transporter un instrument, ou valait-elle beaucoup plus ?

Comme en réponse à ses questions, des trous apparurent sur son bâton. Dans un élan de désespoir, elle frappa l'homme avec. Si le coup n'eut aucun effet, l'air qui pénétra dans l'instrument grâce à son mouvement joua une courte mélodie à laquelle l'un des flux réagit.

— Qu'est-ce qui se pa…

Une boule de feu percuta Labarna en pleine tête. Henti s'écroula sur le sol puis se releva aussitôt pour rejoindre le Lion à présent apte au combat.

— Henti… articula Padiguem.

— Vous connaissez mon nom ?

— Écoute-moi. Le hautbois que tu tiens sert à jouer la mélodie intime de chaque être vivant afin de découvrir sa vraie nature.

— Je dois trouver celle du roi-démon, alors.

— Non. La mélodie que tu dois jouer, c'est la tienne, révéla-t-il.

— Non, ça doit agir contre lui ! protesta-t-elle en pointant du doigt Labarna qui venait de se relever.

— Urunzimu a mis le hautbois sur ta route pour t'aider *toi*. Joue et brise le tube du flux qui réagit. Maintenant !

Il la poussa sur le côté à temps pour lui éviter l'attaque du roi-démon. Vive, Henti profita du combat entre les deux hommes pour courir vers Ashtiri qui reprenait le dessus sur sa douleur près de la base des tubes. Si elle ne savait pas jouer de l'instrument, Henti savait manier le bâton. Elle le fit tourner dans sa main, laissant entendre une nouvelle fois la mélodie, et frappa de toutes ses forces l'écrin du flux orangé.

Il se brisa dans un bruit cristallin scintillant.

Le flux, tel un serpent, ondula avant de frapper Henti de plein fouet.

Hors de lui, Labarna balaya d'une main les trois intrus.

— Il est temps d'en finir.

Chapitre 60

Tudh vit un vent de panique s'abattre sur la première ligne et Shiro regagner sa place en courant. Un regard à Céleste lui confirma que quelque chose de grave était en train de se jouer.

— Le maître des démons est apparu ! cria un homme.

— Y a plus de ruisseau !

Les archers décochèrent leurs flèches à une vitesse ahurissante. Cela ne suffit pourtant pas à contenir l'ennemi.

Quelques secondes plus tard, la vague de monstres déferla sur Ofayne.

L'organisme des soldats saturé par la peur coupa toute leur réflexion : ne resta que le devoir de combattre.

Alors, tout s'accéléra.

L'infanterie fit bloc pour contenir le raz-de-marée qui passa au travers à coups de griffes acérées. Elles coupaient la chair comme du beurre, éviscéraient les abdomens en dépit des armures, mais la soif de sang des démons les obligeait à s'arrêter sur chaque victime pour la vider jusqu'à la dernière goutte, les rendant vulnérables aux lames qui les décapitaient. Tudh vit celle de Shiro commettre des dégâts majeurs partout où elle passait, et il fut bien heureux de le compter dans les rangs d'Ofayne.

Malgré tout, les créatures avançaient vite et furent sur la cavalerie quelques secondes à peine après avoir percé la ligne de fantassins. Tudh dut composer entre la nervosité de Réglisse et la débâcle du combat pour parvenir à se débarrasser des monstres à sa portée. Mais il en arrivait de partout, sans cesse.

C'était un cauchemar.

Son épée parait, frappait, repoussait et perçait presque seule tant il ne parvenait plus à analyser ses propres mouvements. Il ne devait la précision de ses gestes qu'à son expérience car sa conscience, elle, avait lâché prise.

Elle lui revint dans sa pleine puissance lorsque la silhouette du maître-démon apparut sur le sommet de la colline.

Sa nouvelle cible était trouvée.

Tudh trancha le bras d'une créature qui s'était approchée, avant de lui couper la tête. Libre de bouger sans entrave, il fit avancer Réglisse qui râlait d'être bousculé de tous côtés mais qui mettait dans l'exercice tout le sérieux dont sont capables les chevaux. Pas après pas, le duo approchait du chef.

Soudain, des griffes se plantèrent sous l'armure de Tudh et se fichèrent profondément dans le bas de son dos. Le hurlement de douleur qu'il poussa ne se détacha pas du vacarme de l'affrontement. Il fut projeté à terre dans l'indifférence bruyante du chaos. La souffrance irradiait son corps entier, le laissant incapable de bouger comme il le voulait. Il parvint à se retourner à temps pour voir le démon sur lui approcher sa gueule grande ouverte vers sa gorge. Il vit les canines démesurées couvertes de sang et sentit l'haleine putride avec la certitude de ne pas en réchapper. Malgré le face-à-face avec la mort, il fut incapable de fermer les yeux.

Chapitre 60

Ce fut alors qu'une lame trancha la tête du monstre qui tomba, lourde, sur l'armure de Tudh. Un peu fiévreux, il lui fallut un instant pour comprendre ce qu'il venait de se passer et pour reconnaître le visage penché sur lui.

Senel s'agenouilla sans cesser de guetter autour d'elle.

— Ta blessure est grave ? s'enquit-elle en haussant le ton.

— Pas assez pour me faire tomber maintenant.

Il s'aida du bras amputé qu'elle lui tendit pour se relever.

Soudain, un sort puissant lancé par le maître-démon frappa deux cavaliers, les tuant sur le coup tandis qu'il ne fit que bousculer les chevaux sans même les érafler.

L'équilibre !

Tudh se rapprocha de Senel afin de se faire parfaitement comprendre :

— Je sais comment atteindre le maître des démons mais j'ai besoin de toi.

— Dans quel but ?

— Pour parer ses coups afin que je l'atteigne. Cette épée appartient à leur déesse.

Senel le fixa avec insistance, pesant ses arguments, puis jeta un rapide regard à Shiro à côté duquel combattait Riniri, elle aussi privée de destrier par l'ennemi. Décidée, elle reporta son attention sur Tudh.

— Je te suis.

Pour toute réponse, le capitaine attrapa les rênes de Réglisse et fit signe à Senel de rester derrière sa monture puisque les sorts ne pouvaient ni blesser ni tuer les animaux. Tudh fit avancer Réglisse de côté, avec le maître-démon comme point de mire, sans cesser de lui parler sur un ton calme afin de lui donner un élément rassurant sur lequel se concentrer. Malgré cela, le cheval stressé gardait les oreilles dressées et les combattants sentaient à ses mouvements nerveux la tension parcourir son corps massif.

En haut de la colline, le maître des démons remarqua la tactique. Il concentra entre ses mains une énergie colossale dont le crépitement couvrit presque le bruit de la bataille. Puis il la lança sur sa cible.

Collé contre Réglisse, Tudh sentit la violence du sort à travers le recul de la bête et la puissance dégagée par ses muscles pour lui permettre d'avancer malgré les impacts successifs. Leur force augmentait au point d'obliger Tudh et Senel à soutenir Réglisse de tout leur poids et à pousser avec lui dans un effort commun. Ils remontèrent à contre-courant de la magie, protégés d'elle par leur infaillible ami qui, sabot après sabot, les rapprochait de leur but.

Ils seraient bientôt à portée de l'épée apparue dans la main du monstre.

Il les attendait.

Trop, certainement, car son obsession meurtrière tournée vers ces deux humains-là lui fit oublier les autres combattants. Quand la dernière flèche de Maanebet explosa dans le dos de Tudh et de Senel, la lumière brûla les yeux du maître-démon. Alors Senel bondit pour parer ses coups aveugles tandis que Tudh enfonçait sa lame dans le torse de son ennemi dans un bruit spongieux épouvantable.

Le hurlement du monstre transcenda le vacarme et immobilisa tous ses semblables. Entre ses mains, Tudh vit l'épée absorber la force vitale de sa victime, et à travers elle celle de ses congénères. Un concert de sifflements couvrit le champ de bataille à en faire frissonner même la nuit.

Mais l'épée vibrait, obligeant le capitaine à forcer pour la maintenir en place le temps pour elle de faire son œuvre.

Chapitre 60

En réponse à la sollicitation intensive, le sang de sa blessure s'écoula deux fois plus vite alors que son cœur doublait de cadence. Senel rangea son arme avant de plaquer son unique main sur la plaie dans l'espoir de limiter l'hémorragie.

Tudh savait ce que cela signifiait. Alors de rage, il enfonça davantage l'épée, observant avec soulagement les démons tomber en cendres partout autour de lui. Puis une ultime lame de fond balaya l'armée hideuse vers l'arme divine, alors Tudh s'écroula par terre sous les cris de joie d'Ofayne.

Ankylosé, frigorifié et nauséeux, il agonisait. Senel l'allongea sur le côté. Il vit son visage inquiet, et l'idée de ne pas mourir dans l'indifférence fut un réconfort.

— En renfort !

Quelque part, l'ordre de Pithana s'éleva. L'armée galvanisée chargea vers la plaine où l'ennemi humain restait à faire tomber.

— Prends l'épée d'Urunzimu, ordonna Tudh à Senel.

— Je…

— Ce sont les vivants qui ont besoin d'aide.

Face à son faible sourire autant qu'à sa dernière volonté, Senel ne put lutter. Elle posa sa main chaude sur son visage gelé, récita une prière en narabien, puis la termina en traçant avec son pouce un cercle sur son front.

— Les héros vivent éternellement. Ton nom ne sera jamais oublié, je te le promets. Puisses-tu veiller sur ceux qui sont fiers d'avoir combattu à tes côtés.

Il hocha la tête d'un geste entendu. Senel attrapa l'épée tout en se relevant. Après un ultime regard, elle fila rejoindre le reste des troupes.

Bientôt, le calme tomba sur la colline, et le bruit de la guerre ne fut qu'un murmure au bord de l'eau. Réglisse poussa le capitaine du bout du museau : il réagit à peine. L'animal se coucha près de lui avec une délicatesse que ne laissait pas soupçonner sa haute taille. Dans un dernier effort, Tudh parvint à ramper jusqu'à son flanc contre le lequel il s'adossa.

— Ensemble jusqu'au bout, pas vrai ?

Le cheval inclina la tête. Il l'avait toujours compris, son humain.

Tudh ferma les yeux.

Quand Réglisse comprit qu'il ne bougerait plus jamais, il resta près de lui pour le veiller.

Chapitre 61

La côte d'Ashtiri déjà fêlée se cassa sous le nouvel impact.

— Il est temps d'en finir.

Labarna tendit les mains vers eux et, quoi qu'il voulût faire, rien ne se passa. Ce constat le mit plus encore hors de lui. Il lança un regard meurtrier à Henti.

— Traîtresse, voleuse, persifla-t-il en préparant une attaque d'eau.

Ashtiri empoigna son khépesh sur lequel naquirent des éclairs, se releva et les envoya sur son adversaire. Guidée par l'eau, l'attaque brûla instantanément les mains de Labarna. La morsure du feu le fit reculer, la souffrance le fit râler.

— Mais qui es-tu ? tonna-t-il.

— Je suis Ashtiri, première Lionne d'ébène, parèdre du Lion d'albâtre.

— Un tel ordre n'existe pas !

— Si.

— Non, sinon nous le saurions ! hurla-t-il. Je sais tout ! Je…

Il se tut, le regard confus perdu dans le vague. Ashtiri se mit en position de défense non sans grimacer à cause de sa blessure.

Qu'est-ce qu'il se passait ? Pourquoi semblait-il si soudainement inquiet ?

— Les vampires, marmonna-t-il. C'est impossible…

Padiguem rejoignit Ashtiri. Son inattention leur offrait une occasion unique d'attaquer de front. Un regard complice échangé, puis ils passèrent à l'offensive dans un bel ensemble. En guise de contre-attaque, Labarna frappa des mains. Une onde sonore s'en échappa, vrillant les tympans des deux mages par ses notes suraiguës. Chacun porta ses mains à ses oreilles dans l'espoir de diminuer la douleur qui perçait leur crâne comme un millier d'aiguilles. Le Lion et la Lionne tombèrent à genoux sur le sol, du sang perlant de leur nez.

Quand ils reprirent le contrôle d'eux-mêmes, Labarna avait disparu. Henti les rejoignit, son bâton-flûte toujours avec elle. Sa voix n'était qu'un assemblage de sons déformés inintelligibles juste bons à amplifier leur mal de tête. Ashtiri leva la main pour l'inciter à leur laisser quelques secondes supplémentaires de répit.

Le calme finit par estomper la souffrance et raviver leur concentration.

— Où est Labarna ? demanda Padiguem.

— Parti, répondit Henti. Il a ouvert un passage.

— Vers où ?

— Ofayne, je crois. Il y avait une guerre de l'autre côté. Qu'est-ce qu'on fait ?

Ni Padiguem ni Ashtiri ne surent quoi répondre. Ils se relevèrent d'abord. Ashtiri se tenait le côté droit.

— Est-ce qu'on peut créer un portail, nous aussi ? se renseigna-t-elle.

Chapitre 61

— Je n'ai pas assez de pouvoir. Toi, tu le pourrais.

Même si le regard de Padiguem ne portait ni jugement ni accusation, sa consœur ne put s'empêcher de détourner la tête, gênée par son inutilité due à son incapacité à contrôler ses pouvoirs.

— Tu as le pouvoir de trente-deux Lionnes à maîtriser, Ashtiri, c'est normal que ce soit difficile. Tu y arriveras le moment venu.

Elle l'observa avant de hocher la tête.

— Ne perds jamais de vue les étoiles.

La phrase fut un électrochoc pour Ashtiri qui prit à nouveau conscience de la portée de sa vision et de la raison pour laquelle elle s'étendait tout autour d'elle, jusqu'aux confins de l'univers. Ses réflexions furent interrompues par l'ouverture intempestive d'un portail magique. Les trois compagnons le détaillèrent sans savoir qui l'avait matérialisé.

— Ce n'est pas moi, confirma Ashtiri.

Des bruits de sabots les firent se retourner vers l'entrée de la salle.

— Comment tu es arrivé ici, toi ? demanda Henti à l'énigmatique cheval qui l'accompagnait. Padiguem, tu sais quelque chose sur lui ?

— Ma sœur a vu en songe un esprit puissant à tes côtés.

Le Lion caressa la robe particulière de l'animal mouchetée de discrètes taches rouges comme des pétales de rose.

— C'est Rakhsh, le cheval d'Urunzimu.

— C'est lui qui a ouvert le portail ? demanda Ashtiri.

— Oui. Je crois que je commence à comprendre.

— Quoi ?

— Labarna a utilisé « nous » à plusieurs reprises pour parler de lui, se rappela Padiguem. Je pense qu'il est possédé par un esprit du monde d'en bas.

— Quel genre d'esprit ?

Une révélation frappa Henti en voyant le puits profond de la pièce.

— Akvan, révéla-t-elle. Un esprit maléfique qui se cache dans les puits.

— Labarna a dû libérer Akvan, déduisit Padiguem. L'esprit a pris possession de lui afin d'utiliser ses pouvoirs de mages pour augmenter sa propre puissance en déviant les flux magiques.

— Labarna sait qu'il est possédé ? questionna Ashtiri.

— Je ne crois pas, répondit Henti au souvenir de sa conversation avec Akvan. Mais que vient faire Rakhsh dans cette histoire ?

— Il a été envoyé par Urunzimu pour te guider et te protéger, expliqua Padiguem.

— Pourquoi ?

— Parce qu'il est lié à une déesse kussar, et que tu es kussar.

— Je ne comprends pas, concéda-t-elle.

— Je ne peux pas t'en dire plus au risque de t'influencer. Les choix que tu feras à partir de maintenant doivent venir de toi.

— Et le flux qui m'a touchée ? C'est comme s'il m'avait guérie.

— Il a fait de toi une mageresse-bâtisseuse. Tu as le pouvoir de la Terre.

— C'est pour ça que Labarna n'a pas pu l'utiliser, comprit Ashtiri.

Elle se tourna vers les autres tubes, tous brisés. Padiguem confirma que les flux de magie libérés donneraient bientôt naissance à des mages partout dans le monde. Le roi-démon avait dû estimer avoir le temps de ravager tous les continents avant. Cette idée amena une autre pensée dans l'esprit d'Ashtiri.

— Padiguem… Pourquoi tu n'as rien dit quand j'ai hésité à rejoindre Labarna ?

— Parce que tu n'as pas besoin de moi pour prendre tes décisions. Des choix aussi déterminants doivent venir de toi, sinon tu ne seras jamais capable de supporter leur poids. Et puis, je te fais confiance. Je sais que tu ne te laisseras jamais tromper par la facilité.

Soudain, des cris de terreur comme déformés par de l'eau s'échappèrent du portail, attirant l'attention des trois mages sur le passage. De l'autre côté, Labarna utilisait ses dernières réserves de magie pour exterminer l'armée ofaynienne. Malgré les blessures et l'incertitude, ils passèrent tous trois à travers.

Chapitre 62

De l'autre côté, Henti fut séparée d'Ashtiri et de Padiguem lorsqu'elle se fit bousculer par les combattants ofayniens en plein cœur du champ de bataille. L'un d'eux lui fit perdre l'équilibre malgré lui. Incapable de se rattraper, elle tomba à la renverse sans toutefois lâcher son bâton. Sans arme, sans armure, elle fut bientôt la cible d'un soldat adverse. Elle vit avec effroi la lame s'abaisser dans sa direction. Dans un geste réflexe, elle leva les deux bras en croix devant elle, dressant dans son mouvement un mur de pierre contre lequel l'homme se fracassa.

Abasourdie, Henti décroisa les bras, et le mur disparut.

Alors soudain, elle comprit les enjeux et les implications de ce nouveau pouvoir, celui-là même qui avait forgé la réputation de l'empire kussar. À cet instant, pour la première fois de sa vie, elle sut avec certitude quoi faire.

Enhardie, elle se redressa avant d'élever une colonne sous ses pieds assez haute pour lui permettre de voir la plaine dans son ensemble. Galvanisées par l'arrivée du roi-démon, ses troupes reprenaient le dessus sur Ofayne malgré le surnombre de ce dernier. Henti espéra un instant apercevoir Tudh au milieu des combats mais d'ici, il lui était impossible de différencier les hommes sous les casques, et aucun cheval noir n'arborait la tache blanche que Réglisse portait sur son oreille gauche. Elle concentra donc son attention sur Labarna.

Ce qu'elle ressentait était étrange : sans jamais avoir eu de pouvoirs, elle connaissait leur fonctionnement, leurs possibilités et leurs limites, comme s'ils étaient le prolongement de son corps et de son esprit. Elle était bien décidée à mettre cette nouvelle capacité à profit dès maintenant.

Henti matérialisa une pente glissante sur laquelle elle se laissa porter. À son extrémité, elle se réceptionna sur une bande de terre qui zigzagua à grande vitesse entre les soldats dont les coups lents ne l'atteignaient pas. Tandis qu'une main tenait le bâton-flûte, l'autre commandait à la terre et à la roche. Elle parvint ainsi à s'approcher suffisamment près de Labarna pour lui projeter des pics de pierre.

Malgré l'effet de surprise, l'homme les dévia d'un signe de main grâce à sa maîtrise du vent. Henti pesta intérieurement.

— Tu ne comprends pas, n'est-ce pas ? lui demanda-t-il.

— Comprendre quoi ?

— Si les Lions d'albâtre sont tombés, ils tomberont de nouveau, et les pays privés de leur jugement commettront encore des horreurs. Le seul moyen de l'empêcher est de détruire Ofayne. Nous ne pouvons plus dépendre des Lions.

Cette fois, c'était bien le mage kussar qui lui parlait, celui qui avait à cœur l'avenir de son peuple.

— Je suis d'accord, nous ne devons pas dépendre d'eux. Nous devons tous prendre nos responsabilités et veiller les uns sur les autres.

Chapitre 62

Labarna sourit sans joie. Quelque chose était en train de changer en lui. Akvan n'était pas loin.

— Tu es naïve, petite, reprit-il de sa voix grave inhumaine, si tu crois pouvoir m'arrêter.

L'être esquissa un sourire carnassier. Henti recula de peur. Affronter un esprit malveillant millénaire était autre chose que neutraliser un simple mage.

— Il est temps pour les humains de mourir de ma main.

Bien qu'effrayée, Henti attaqua, enchaînant les offensives à une vitesse prodigieuse, esquivant les contre-attaques comme elle le put : des murs pour parer l'eau, la glace et le vent, tandis que le son et le feu l'obligeaient à s'enfermer dans une sphère de roche pour éviter les dégâts.

Opiniâtre, elle ne laissait pas de temps mort à Akvan pour reprendre son souffle. Il était habitué à rester immobile toute la journée, elle à travailler de l'aube au crépuscule. Ce soir, son endurance était son plus grand atout.

Malheureusement, son plus gros désavantage, celui dont elle ne mesurait pas la portée, était le manque de patience de son adversaire et sa puissance insoupçonnée. Parce que Labarna avait retenu ses coups, Henti crut pouvoir vaincre Akvan, jusqu'à ce que, agacé, ce dernier frappe fort. Il fit sortir la rivière de son lit au point où l'eau submergea les chevilles de la jeune femme, puis il forma des nuages chargés en électricité, avant d'envoyer une décharge. Pour avoir vu Ashtiri utiliser la même technique, Henti eut le réflexe de sauter de côté sur un bloc de terre qu'elle projeta dans les airs. Ce fut alors que le souffle ardent d'une tornade de feu la balaya au loin.

Plus malmenée que touchée, Henti éleva haut une nouvelle colonne de terre afin de s'y réceptionner sans se blesser, puis elle l'abaissa pour retrouver le sol, à plus de cinquante mètres de sa position initiale. Ses attaques n'avaient peut-être pas égratigné Akvan, mais elles avaient offert une fenêtre d'action à Ashtiri et à Padiguem qui en avaient profité pour attaquer de concert.

Ajoutée à la douleur de sa côte cassée, la violence des offensives d'Akvan ne laissait pas le temps à Ashtiri de se concentrer pour développer le plein potentiel de ses pouvoirs, aussi le roi-démon prit-il le dessus malgré les efforts de Padiguem. Sans l'orbe des Lions ni son pouvoir, son action était grandement limitée, à tel point qu'une attaque plus puissante que les autres le laissa sonné. Ashtiri s'apprêta à aller lui porter secours lorsqu'Akvan se matérialisa soudain devant elle.

— C'est fini, asséna-t-il.

Sans savoir comment, Ashtiri fut projetée dans les airs à une vitesse vertigineuse qui lui laissa à peine le temps de former un bouclier autour d'elle dont la solidité ne résista pas à l'impact avec le sommet de la colline, cinq cents mètres plus loin. Le choc fut tel qu'Ashtiri expulsa du sang par sa bouche en un geyser. Avant de perdre connaissance, elle vit Akvan apparaître à côté d'elle.

Elle s'évanouit.

L'impact en haut de la colline proche d'elle fit se retourner Senel. Restée à l'arrière avec Riniri et Shiro en renfort, la simple vue du corps de sa sœur suffit à la faire courir dans sa direction. Puis le roi-démon apparut, et le sang de Senel ne fit qu'un tour. La rage qui déforma son visage lui fit accélérer l'allure, mais quand elle vit la lame de l'ennemi s'abattre sur Ashtiri, elle sut qu'elle n'arriverait pas à temps.

Une immense lionne noire surgit alors des ténèbres de la nuit. Son puissant rugissement paralysa Senel et arrêta net sa course. Le félin sauta sur le roi-démon qu'elle lacéra de ses griffes. L'homme hurlait de douleur en tentant de se soustraire à l'animal. Il essaya de se volatiliser pour apparaître autre part, mais la Lionne le suivait, mue par une folie furieuse.

Senel attendit que le roi-démon retourne vers la rivière pour rejoindre sa sœur.

— Ashtiri !

Une nouvelle lionne apparut au moment où elle arrivait. Senel s'immobilisa face à la prédatrice menaçante. Elle osa un coup d'œil au roi-démon toujours aux prises avec son propre félin. Elle reporta son attention sur l'animal agressif, sorte de gardien magique, à n'en pas douter. En dépit de sa nature et de sa fonction, sa présence n'enchanta pas Senel qui bomba le torse, leva la tête et avança sans la moindre hésitation.

— Peu importe qui tu es, tu ne m'empêcheras jamais d'approcher ma petite sœur.

La lionne grognait, pourtant elle regarda passer l'humaine sans rien lui faire, pas plus qu'elle ne l'attaqua lorsqu'elle se pencha sur Ashtiri. Senel passa sa main sous sa nuque et la secoua en douceur en répétant son nom autant de fois qu'il le fallut pour réveiller sa conscience. Ashtiri ouvrit les yeux à la noirceur surprenante et gémit de douleur. Du sang maculait le bas de son visage.

— Ashtiri, on a besoin de toi.

Elle ne réagit pas.

LE DERNIER LION D'ALBÂTRE

Une voix dont la tessiture grave ne connaissait aucun équivalent sur Terre monta soudain du champ de bataille. Senel tourna la tête pour voir les deux armées adverses reculer dans la même direction : face à elles, Akvan abandonnait sa forme humaine pour prendre l'apparence d'un monstre cornu dont la taille croissait inexorablement. La lionne le harcelait toujours, mais bientôt elle ne fut pas plus grande qu'un chaton sur son ennemi démesuré.

Les armées s'arrêtèrent au bas de la colline, là où les pals étaient tombés depuis longtemps. Riniri, Shiro et Pithana rejoignirent Senel, tout comme un homme à la chevelure blanche. Ce dernier arriva sur le dos d'un cheval sans doute trouvé sur le champ de bataille. L'homme démonta et malgré une démarche difficile, passa la barrière de la lionne sans le moindre souci, contrairement aux autres qu'elle tint à bonne distance. Il devait être le Lion, Padiguem.

— Senel.

Surprise que l'homme connaisse son nom, elle le fixa, un peu déboussolée.

— Ashtiri a accepté ses pouvoirs pour te protéger. Tu dois la ramener.

— Elle ne peut pas se battre, elle n'arrive même pas à rester consciente !

— Tu lui as dit, avant son départ, qu'elle avait le cœur d'une lionne de Rhouti, n'est-ce pas ?

Elle acquiesça.

— Dis-le-lui encore. Rappelle-lui qu'elle est la première Lionne d'ébène.

— Dépêche-toi, Senel, la pressa Riniri.

Elle tourna la tête : le démon était haut comme la moitié de la colline.

Chapitre 63

Terrifiée, Henti regarda Akvan se transformer en un monstre gigantesque devant lequel même sa propre armée reculait. Son épiderme se déchirait dans un bruit affreux, ses os se déboîtaient et se remboîtaient à lui arracher des cris de douleur alors que dans sa gueule où grondait un brasier rougeoyant percèrent des dents effilées.

L'imposant torse de l'esprit se gonfla quand il inspira, avant de cracher un torrent de lave. Henti éleva un rempart haut comme un palais sur toute la largeur de la plaine. Quand la gerbe le frappa de plein fouet, la mageresse sentit tout son poids peser sur elle. L'effort intense qu'elle fournit afin de le maintenir debout la fit trembler tout entière. Elle cria de rage pour se donner la force de tenir et de résister à la chaleur étouffante, mais sa peau commençait à la brûler.

Enfin, Akvan s'essouffla, alors Henti lâcha le rempart. Quand il retourna à la terre, elle vit le monstre grandir encore afin de dépasser en taille sa prochaine protection. Transpirante et ahanant, la mageresse ne supporterait pas une nouvelle salve. Elle hurla alors aux armées de se mettre à l'abri derrière les collines, déclenchant un mouvement massif de fuite en arrière.

Henti fit de nouveau face à son ennemi.

— Je dois bien pouvoir faire quelque chose ! s'énerva-t-elle.

À cet instant, le bâton-flûte vit ses trous changer de place et de nombre. Malgré le feu sur sa peau, Henti fit tourner l'instrument dont la mélodie cristalline, presque divine, monta jusqu'au ciel. À son chant, quelque chose s'illumina dans la poitrine du titanesque Akvan ; un petit point doré duquel émanait une magie ancienne affaiblie.

— L'orbe des Lions, devina-t-elle.

L'esprit maléfique fit un pas, et la terre trembla tant qu'Henti en perdit l'équilibre. Elle put ainsi voir le visage cauchemardesque baissé sur elle :

— Labarna a été trop gentil avec toi.

Prise de panique, Henti se releva d'un bond et se mit à courir aussi vite que le lui permettaient ses jambes, tout en sachant qu'elle nc parviendrait pas à éviter le jet de lave. Elle entendit le monstre inspirer, puis des sabots frapper le sol à côté d'elle.

Rakhsh !

Elle profita de sa course pour sauter sur le dos de l'animal dont la vitesse surnaturelle l'amena sur la colline en un clin d'œil, laissant Akvan vomir sa lave sur une plaine déserte couverte de cadavres.

En constatant la tromperie, Akvan hurla le nom de l'animal comme s'il s'agissait d'un vieil ennemi. Voilà pourquoi on lui avait envoyé ce cheval-là ! Elle lui flatta l'encolure avant de démonter dans un saut souple à côté de l'attroupement autour d'Ashtiri. Henti s'approcha aussi près de Padiguem que le lui permettait la lionne noire plus que jamais à l'affût face à tout ce monde.

— Tu as vu ? demanda-t-elle au Lion.

— L'orbe ? Oui, mais avec mes pouvoirs actuels je suis trop faible pour le reprendre. Akvan est un esprit millénaire trop puissant.

— Comment l'arrête-t-on ? s'enquit Pithana.

— On a besoin d'Ashtiri.

L'urgence de la situation convainquit Senel. Sa main sous la nuque de sa cadette, elle la secoua encore en prononçant son nom. Ashtiri avait les yeux ouverts mais ne réagissait pas. Le ton de Senel se fit plus dur, plus fort :

— Je n'ai pas perdu ma main pour te voir mourir alors debout, Lionne d'ébène ! Lève-toi !

Ashtiri la regarda enfin.

La lionne noire disparut.

— Je vais ralentir Akvan, lança Henti.

La mageresse descendit un peu sur la pente du relief, tendit les mains et se concentra sur le sol. Puis elle fit mine de tirer comme elle l'aurait fait avec une nappe, et la terre se mut tel du tissu. Alors la lourde masse déséquilibrée du monstre s'écroula de tout son long sur la terre qui trembla. La manœuvre ne ralentirait pas le monstre bien longtemps. Si Ashtiri ne revenait pas à elle maintenant, ils étaient tous perdus.

Chapitre 64

— Lève-toi ! cria Senel en poussant sur sa nuque.

Ashtiri bougea par pur réflexe. Sur le sommet de sa colline, elle se redressa en même temps que le titan dans sa plaine. Elle ne comprit pas tout de suite ce qu'elle vit car son esprit se buttait à lui faire ressentir la douleur sur chaque partie de son corps, et le goût ferreux qui noyait sa bouche l'écœurait.

— Tu es la seule à pouvoir l'arrêter, petite sœur.

Le terme affectueux la ramena à la situation présente et au monstre haut comme une montagne qui se préparait à attaquer.

— Ashtiri, l'interpella Henti. L'orbe du Lion est dans la poitrine d'Akvan.

— Où est Labarna ?

— Il n'est plus. Akvan a pris le dessus.

— D'accord… Reculez.

Tout le monde obéit, même Rakhsh. Ashtiri fit un pas en avant au moment où Maanebet les rejoignait, Bastet dans ses bras, les tonneaux vides abandonnés sur le plateau désert.

— Que va-t-elle faire, la petite chatte ? la provoqua Akvan. Il te faudra plus que des éclairs pour t'en sortir, cette fois.

Ne perds jamais de vue les étoiles.

La phrase de Padiguem revint comme un air entêtant. Elle en oublia la Terre pour se perdre dans l'immensité de l'univers où elle se sentait elle-même, au milieu des nébuleuses, des galaxies, des météores et des étoiles, jusqu'à trouver l'ogre cosmique qu'elle opposerait au terrestre.

— Ce n'est pas de ce qui brille dont tu dois te méfier, répliqua-t-elle en écartant les bras.

Dans le ciel noir de la nuit, quelque chose d'encore plus sombre vola petit à petit l'éclat des étoiles et de la lune.

— Tu as la Terre pour toi. Moi, j'ai l'univers.

Un courant d'air se leva soudain du sol jusqu'au trou noir[1] en formation. Bientôt la force d'attraction de l'objet céleste fut telle qu'Akvan se retrouva attiré par sa gravité sans qu'il puisse lutter contre.

Puis le phénomène perdit en puissance, car le corps blessé d'Ashtiri peinait à supporter la pression de l'effort. Une nuée de lames lacérait son dos. Un étau compressait sa poitrine et ses organes vrillés par une poigne invisible. Elle avait l'impression que chacun de ses tendons se déchirait et qu'elle s'effondrerait bientôt car ses jambes étaient en train de céder sous le poids du monstre stellaire.

Il lui fallut puiser au fond d'elle le courage de se redresser et de raviver sa magie. Au milieu des souvenirs de sa vie, elle se revit enfant esseulée, voleuse apeurée, voyageuse égarée puis amie compatissante, élève confiante et sœur aimée. Elle le savait, tout ce qu'elle avait vécu la rendait aujourd'hui capable d'embrasser la voie de la Lionne cosmique, de devenir

1. Objet céleste si compact que son champ gravitationnel empêche toute forme de matière et de rayonnement de s'en échapper.

celle qui protégerait les siens. Enhardie, Ashtiri fut pourtant incapable de libérer l'intégralité de ses pouvoirs car, malgré sa volonté, ses blessures étaient conséquentes. Elle sentit alors la chaleur de Padiguem dans son dos et ses bras sous les siens pour l'empêcher de s'écrouler.

— Je t'ai promis que tu ne supporterais pas le monde seule.

Le peu de magie restant au Lion vint augmenter celle de sa parèdre. Le trou noir déploya alors assez de puissance pour aspirer le corps d'Akvan qui planta ses griffes immenses loin dans la terre de la plaine déserte. Il luttait pour ne pas être emporté.

— Henti, l'interpella Ashtiri. J'ai besoin de toi pour récupérer l'orbe et pousser cette enflure dans le trou. Si j'augmente sa puissance, il avalera tout le monde ici.

— Je m'en charge.

La mageresse reprit sa place en contrebas de la Lionne. Index et majeurs collés, elle décrivit une ligne droite jusqu'à l'emplacement de l'artefact. Une pique de roche fila jusqu'à la poitrine qu'elle transperça, arrachant un hurlement à Akvan, puis Henti en plia l'extrémité qui se referma sur sa cible, après quoi la pique se retira. Quand elle s'enfonça à nouveau dans la terre, le cœur du Lion brilla sur le sol.

L'esprit maléfique lâcha prise d'une main dans l'espoir de l'attraper.

— Empêche-le ! la pressa Senel.

Une colonne de pierre percuta la main d'Akvan. Un instant déstabilisé, il se ressaisit et retenta.

— Je ne peux pas le pousser et l'arrêter en même temps ! ragea Henti.

— Il faut aller le chercher, comprit Riniri.

À peine avait-elle dit cela que Shiro enfourcha Rakhsh.

Senel monta derrière lui et l'animal les emmena à la limite de l'horizon des événements, cette ligne invisible au-delà de laquelle il était impossible de se soustraire à l'attraction du trou noir.

Ashtiri vit le cheval décrire une courbe, puis Shiro tenir Senel par le bras droit tandis qu'elle se penchait pour amener sa main au ras du sol. Akvan tenta de les attraper mais Henti veillait : une colonne frappa si fort sa main qu'elle lui brisa une phalange. Senel saisit l'orbe, puis Rakhsh revint.

— Henti, maintenant ! annonça Ashtiri.

La mageresse envoya un pilier massif percuter le torse de l'esprit maléfique. L'impact qui lui brisa la cage thoracique lui fit lâcher prise ; même son cri ne put s'échapper de l'horizon des événements.

Il fallut autant de puissance à Ashtiri pour fermer le trou qu'il lui en avait fallu pour l'ouvrir. Mais dès l'instant où les étoiles brillèrent de nouveau dans le ciel, un torrent de joie fit hurler l'armée entière. Une énorme pression s'ôta de son corps à tel point qu'elle se serait effondrée si Padiguem ne la soutenait pas encore. Vidée de ses forces, sa tête bascula sur l'épaule de son pair tandis qu'il l'assit avec précaution. Ashtiri souriait.

— Je respire mieux, maintenant. Mais j'ai mal.

— C'est normal.

Padiguem tendit la main vers Senel qui lui présenta l'orbe. Dès l'instant où les doigts du Lion le touchèrent, un miroitant flux doré enveloppa Padiguem et Ashtiri pour les guérir.

— Ça devrait aller mieux.

— Oui, confirma-t-elle. C'est vraiment fini, alors ?

— Oui. Tu as réussi, Ashtiri.

Extrait de *Mémoires* par le mage Labarna

« Un souvenir m'est revenu récemment. À l'époque où j'avais en charge les archives d'Hattusa, lorsqu'elle accueillait encore les plus brillants mages kussars, le puits situé aujourd'hui dans l'aile nord de la bibliothèque se trouvait à l'extérieur, dans une cour fleurie. J'aimais m'asseoir sur sa margelle pour lire ou pour regarder sur le miroir de son eau le reflet des nuages. Mais un jour, une secousse brève ébranla la cité, et le puits s'assécha.

Je ne sais pas pourquoi je me rappelle cela, c'est étrange.

Après ce singulier phénomène, mes confrères me déconseillèrent de retourner vers le puits, arguant l'ouverture probable d'un passage vers la Terre sombre. Je ne les écoutais pas. Le jour où j'y revins, je me penchai au-dessus de la margelle, et un malaise me prit : je perdis connaissance.

Lorsque je revins à moi, dix années s'étaient écoulées. Il n'y avait plus un mage dans la cité. Il n'y en avait plus dans aucun pays, et l'envahisseur ofaynien s'était déjà approprié l'est de Kussar. Notre empire était tombé.

Quant à moi, je me retrouvais lié à des flux étranges au milieu d'une salle élevée autour du puits sans aucun moyen d'en sortir. J'y suis encore, cent vingt ans plus tard.

J'enrage, en songeant qu'il aura fallu une seule décennie pour que le monde plonge dans le chaos. Et si j'en étais responsable ?

Cette idée me hante. »

Chapitre 65

Les quelques survivants des hommes de Labarna furent mis au fer tandis qu'à la lumière des flambeaux, les soldats se réunissaient autour de leur prince, du désormais premier Lion d'albâtre et de la première Lionne d'ébène. Passé la joie spontanée de la victoire, les sourires avaient disparu lorsque les combattants avaient posé les yeux sur les milliers de corps étendus des collines jusqu'à la rivière. Le temps du deuil était venu, mais avant de laisser chacun trouver un moyen de surmonter le sentiment d'injustice d'être en vie à la place des morts, des paroles essentielles devaient être prononcées. Ce fut pourquoi Pithana s'avança, captant par ce simple geste l'attention de tout le monde.

— Messieurs et mesdemoiselles, la fin de cette guerre marque un tournant pour les royaumes frères. Avec le retour des Lions d'albâtre et la naissance des Lionnes d'ébène, Ofayne ne pourra plus agir dans l'impunité et devra assumer les conséquences de ses actes.

Les soldats baissèrent la tête, gênés d'être ainsi mis face à leurs torts.

— Ne détournez pas le regard, car aujourd'hui plus que jamais votre royaume aura besoin de votre protection. Nous avons fait des erreurs, nous le savons, alors devenons meilleurs en l'honneur de nos amis tombés au combat et de tous ceux que nos actions ont blessés, conclut-il en désignant Senel et Riniri d'un signe de la main.

Ashtiri profita que l'attention de tous soit portée sur elles pour tendre les mains vers Senel.

— C'est le moment de leur montrer que la liberté est le droit de chacun et de chacune.

Senel s'approcha afin qu'Ashtiri se saisisse du collier ambré, et le lui enlève.

— Je suis revenue te chercher, grande sœur.

— Je n'en ai jamais douté.

Pour s'empêcher de pleurer, Senel enlaça sa puînée, alors Ashtiri frissonna contre l'armure gelée. Puis elle brisa le contact pour défaire à son tour Riniri de son symbolique fardeau.

— C'est déjà l'aube ! s'exclama un soldat.

La stupéfaction monta de la masse car le combat était loin de s'être étendu sur la totalité de la nuit. Ashtiri expliqua que le temps passait moins vite près d'un trou noir au point que quelques minutes pour les combattants équivalaient à plusieurs heures pour le reste du monde.

Shiro eut le sentiment que la nuit qui lui avait été offerte venait de lui être volée. Quand Pithana se tourna vers lui, le guerrier du Tjo ôta son masque et son casque afin de contempler une dernière fois les traits de ce visage qu'il aimait tant s'illuminer sous les premiers rayons de l'aube. Ce qui l'effraya à cet instant ne fut pas de perdre à nouveau la vue, mais de perdre le prince pour toujours sans pouvoir confesser ses sentiments.

Il sentit la caresse du soleil sur sa peau, puis tout devint noir.

Le cheval Rakhsh se présenta devant Henti en guise de dernier hommage. La mageresse le gratifia de caresses en le remerciant d'avoir veillé sur elle et de l'avoir guidée sur une voie dont elle n'aurait jamais soupçonné l'existence. Elle lui devait beaucoup. L'animal piaffa pour exprimer la réciprocité de son affection, puis il disparut dans la lumière de l'aube.

Ce fut alors qu'un reflet éclatant fit plisser les yeux d'Henti, attirant par la même occasion son attention sur la lame de l'épée glissée sous la ceinture en tissu de Senel. Une arme qu'elle reconnut au premier regard : Urunzimu. Une bouffée de joie gonfla dans sa poitrine à l'idée de revoir Tudh. Elle s'approcha avec hâte de la Narabienne :

— Excuse-moi, mais où as-tu eu cette épée ?

— Tudh me l'a confiée.

— Pourquoi ?

Le silence de la femme fit décroître son allégresse. Une peur insidieuse naquit en elle :

— Où est Tudh ?

Sa voix trembla tant qu'elle en fut la première surprise. Elle regarda avec appréhension le doigt de Senel tendu vers la colline suivante. Elle n'y vit que Réglisse sur l'herbe d'un beau vert tendre.

Pourquoi restait-il couché ?

Un horrible pressentiment l'étreignit. Pour le faire taire, elle s'élança avec précipitation, dévala la pente si vite qu'elle trébucha plus d'une fois en évitant les corps, puis gravit la suivante dans un second souffle.

Ce même souffle qui se coupa quand elle se tint devant Tudh sous la lumière cotonneuse de l'aube. L'impressionnante flaque de sang sous lui broya son cœur, et la douleur fut telle qu'Henti plia sous son poids en lâchant le hautbois qui s'évapora, sa mission accomplie. Incapable de respirer, le manque d'air la brûla de l'intérieur.

Quand enfin Henti inspira, ce fut pour noyer son chagrin dans les larmes. Alors, son cri de déni déchira le silence de ce tombeau à ciel ouvert, et sa peine résonna avec celle des survivants qui refusaient toujours l'évidence de la mort, quand bien même son ombre se traînait encore à leurs pieds.

Le cri lancinant d'Henti avait fait frissonner Ashtiri jusqu'au plus profond de son être. L'immobilisme solennel des soldats lui apparut comme un hommage muet, pourtant il la gêna vite. Ashtiri esquissa un geste pour aller consoler la Kussar, mais Padiguem la retint.

— Il y a un temps pour tout. Laisse-la d'abord pleurer. Après seulement, elle aura besoin de soutien.

Le regard de l'adolescente fut à cet instant attiré par un mouvement au ras de l'herbe, près d'Henti qui serrait Tudh contre elle. Quelque chose sortait de la terre.

— Padiguem, qu'est-ce que c'est ?

— L'art des mages-bâtisseurs. La magie mue par les sentiments forts est toujours la plus puissante. Henti ne veut pas oublier.

Chapitre 65

La roche polie qui sortait de terre prit peu à peu la forme d'un jeune homme assis contre le flanc de son cheval. Le visage de la statue arborait les traits d'un Tudh paisible, le regard porté sur l'horizon, tenant un crayon et une feuille. Le réalisme de l'œuvre était tel qu'Ashtiri en fut troublée sans même avoir connu l'individu.

Henti ne voulait pas oublier.

— C'est l'image qu'elle veut garder de lui, comprit la Lionne.

— Et l'image qu'elle veut que le monde en garde. À sa façon, Henti bâtit une nouvelle pièce de notre mémoire collective. Grâce à elle, nous nous souviendrons.

Il le fallait, pour que jamais personne n'oublie les conséquences du mépris de l'autre.

La voix de Pithana non loin d'elle attira soudain l'attention d'Ashtiri puisqu'elle ne comprit pas ce qu'il dit. En penchant la tête, elle le vit échanger quelques mots avec Shiro en tjol, et il y avait dans leur intonation comme un inéluctable adieu. Ce fut en voyant le regard de Pithana s'attarder plus que de raison qu'elle prit conscience des sentiments que son ami avait développés pour Shiro. Elle s'en ouvrit une nouvelle fois à Padiguem mais ce fut Maanebet qui lui répondit, lui expliquant pourquoi les deux hommes taisaient leur inclination mutuelle. Parce que sinon, accepter la séparation leur serait davantage difficile. L'un comme l'autre avaient des obligations plus importantes qu'eux.

Tandis que Pithana ordonnait le début du rapatriement des corps avant l'arrivée des corbeaux, Ashtiri songea que la fin de cette guerre était cruelle car elle ne faisait que séparer. Sa pensée l'amena à observer Senel et Riniri, main dans la main, libres et sereines.

— Padiguem, l'ordre des Lionnes d'ébène aura aussi sa garde, c'est ça ?

— Oui.

— Qui en choisit les membres ?

— Les Lionnes.

Peut-être devait-elle le leur demander ? À moins qu'elles veuillent seulement rentrer en Naraba y reprendre le cours d'une vie arrachée ?

Peut-être.

Avant de se perdre en hypothèses, des choses concrètes restaient à faire. Sans un mot de plus, Ashtiri rejoignit Henti à qui parlaient deux soldats dryaniens. Des amis du défunt, à en juger par la bribe de conversation qu'elle surprit. La mageresse était dans un tel état de détresse qu'elle comprit à peine pourquoi ils faisaient lever Réglisse et qu'ils lui prirent Tudh des bras pour le mettre sur son dos. Ashtiri approcha de la Kussar, une main délicatement posée sur son épaule.

— J'ai pas pu lui dire… hoqueta-t-elle. On ne m'a pas laissé le temps de lui dire que je l'aimais.

Ashtiri la serra contre elle avec affection. Si elle avait toujours été incapable d'éprouver des sentiments amoureux, elle comprenait la douleur de la perte d'un être cher à qui il nous restait tant de choses à avouer.

Maanebet les rejoignit quand Henti reprit une contenance. Elle aussi posa une main compatissante sur son épaule :

— Rentrons au camp. J'ai quelque chose pour toi.

Elle eut du mal à relever Henti. Cette dernière s'en alla accablée de peine sans remarquer la statue que son amour avait élevée.

Chapitre 66

Au camp de Vivcollines, Ashtiri laissa à Henti et à Maanebet l'intimité dont elles avaient besoin. Avant d'aller se reposer comme l'avaient fait Senel et Riniri, elle fit un détour par la tente de Pithana dans laquelle elle entra après y avoir été invitée. La vision que lui offrit son ami la remplit de peine car plus rien en lui ne brillait, à l'exception de discrètes perles à la commissure de ses yeux.

— Tu veux parler ?

— Je te remercie, mais non, déclina-t-il.

— Est-ce que moi, je peux te parler ?

— Bien sûr.

Il essuya ses larmes pendant qu'Ashtiri s'asseyait à côté de lui.

— Je ne sais pas quoi faire, avoua-t-elle. En fait si, je sais, mais je ne sais pas dans quel ordre. Je veux libérer les esclaves, arrêter l'activité de Shri'Mta et revoir ma famille. Quand on a autant de responsabilités, par quoi commencer ?

— Par celle que tu peux régler le plus rapidement. T'occuper des esclaves va enclencher des engrenages dans la moitié du monde sur laquelle tu devras veiller ensuite. Tu viens de passer plus d'une lune à arrêter une guerre, autorise-toi à aller voir ta famille quelque temps. Lorsque tu reviendras, tu auras l'esprit libre pour gérer les chamboulements à venir.

— Je comprends.

Ashtiri laissa le silence s'installer et s'étirer assez longtemps pour voir à l'expression de Pithana que ses pensées étaient à nouveau tournées vers la chose qui le hantait :

— J'ai vu pour Shiro, et Maanebet m'a expliqué ce qu'il avait fait.

Pithana fronça les sourcils, visiblement contrarié par le sujet. En dépit de cela, il ne fit aucun reproche à son amie.

— Il n'aurait jamais été accepté en Ofayne en tant qu'exilé, et nous aurions été chassés en tant que couple.

Il se racla la gorge pour éclaircir sa voix voilée.

— Ce n'est pas important.

— Bien sûr que si.

— Non, crois-moi. Ce qui n'adviendra jamais ne l'est pas.

Le ton de Pithana dissuada Ashtiri de continuer sur le sujet. Pourtant, elle avait mal pour le prince.

— Je suis désolée des soucis que je vais te causer.

— Tu es la conséquence, Ashtiri, pas la cause. Tu as une justice à rétablir. Crois-moi, nous en avons tous besoin.

— Mais je ne pourrai pas t'aider, toi. Je ne peux pas non plus aider Henti.

— Nous ne pouvons pas tous être heureux, mais nous nous y habituerons. Henti et moi continuerons à avancer. Ashtiri, tu peux sauver le monde, mais tu ne peux pas sauver tout le monde. Nous avons chacun nos propres combats à mener, que nous les gagnions, ou que nous les perdions.

Chapitre 66

Malgré son apparente assurance, Ashtiri décela derrière la crudité de ses mots son envie d'être sauvé.

Elle enragea de ne pouvoir y parvenir.

La Lionne qu'elle était devenue était si éloignée de la destinée de ce prince qu'elle n'avait aucune prise dessus. Tout ce qu'elle pouvait faire, c'était croire en lui.

Senel se réveilla en début d'après-midi contre Riniri. La première chose qu'elle sentit fut la chaleur de son bras sur son cou, là où pendant sept ans s'était trouvé son maudit collier. Sans doute lui avait-il laissé des marques que le temps atténuerait.

Sans doute, oui, mais ça ne comptait pas. Les marques, elle y était habituée, ça faisait partie d'elle, de son histoire. Peut-être, un jour, parviendrait-elle à être fière de son corps.

L'absence des ronflements de Jolinette l'intrigua soudain. Un regard à sa couche lui confirma que la brise amicale avait dû aller souffler du côté des officiers à qui elle avait fait forte impression durant la bataille. En Ofayne, c'était une grande victoire pour toutes les femmes.

— Tu es déjà réveillée ? chuchota Riniri dans son dos.

— La réponse me paraît évidente.

— Ne te moque pas.

Le pan de l'entrée de la tente se leva alors, libérant le passage d'un rayon de soleil dont la vivacité bienvenue réchauffa l'atmosphère.

— C'est moi, s'annonça Ashtiri.

— Entre.

Senel peinait encore à s'habituer à la nouvelle apparence de sa sœur, en particulier à ses yeux en totalité noirs. Ashtiri s'assit sur un petit coin du lit et posa sur Riniri et elle un regard dont la noirceur ne parvenait pas à dissimuler la douceur.

— Comment vous allez ?

— Blessures superficielles, plus de collier, un bon repas et du repos, énuméra Riniri. Assurément, nous allons bien.

— Toi, en revanche, tu as l'air triste, nota Senel.

— Un peu, oui. J'ai encore du mal à accepter de ne pas pouvoir sauver toutes les personnes qui méritent de l'être.

— Tudh ?

— Et Henti, et Shiro, et Pithana. C'est pour ça que je suis là. L'ordre des Lionnes aura bientôt une garde en Rhouti, tout comme celui des Lions. Ces deux troupes auront besoin d'être encadrées par un supérieur hiérarchique commun capable de les coordonner et de s'occuper de la logistique. Padiguem et moi avons pensé que tu serais parfaite pour ce poste, Riniri. La gestion, ça te connaît.

La proposition surprit la concernée qui demanda en toute logique plus de détails. Le poste serait en majorité administratif. Riniri serait le lien entre les deux ordres, le chef de chacune des gardes et la cité de Hereret-Niout.

Senel écoutait distraitement. Elle ressentait à nouveau cette impression de déjà-vu, de trop vécu. Encore une fois, on la mettait de côté. Que cela vienne de sa propre sœur lui laissa un goût amer dans la bouche.

— C'est une offre intéressante, on doit y réfléchir, conclut Riniri.

Au moins sa compagne l'incluait-elle dans le projet.

Ashtiri caressa son visage, attirant son attention.

— Pithana m'a présenté Jolinette chez les parents de qui vous avez logé.

— C'est une bonne personne.

Chapitre 66

— Oui, et elle t'adore. Elle t'a vue aider Tudh à vaincre les démons.

— Je n'ai fait que l'épauler.

— Moi aussi, j'ai besoin de l'être. Riniri également. Senel, tu veux être la cheffe de la garde des Lionnes d'ébène ? Si ça ne te dérange pas d'être sous les ordres de Riniri, bien sûr.

L'incertitude d'avoir bien compris la question la tint muette un instant, jusqu'à ce que son sens lui apparaisse limpide. Elle attira sa petite sœur contre elle et accepta avec joie l'honneur de marcher à ses côtés sur la voie des Lionnes.

Chapitre 67

Aucun vent ne soufflait sur la colline où Henti s'était réfugiée. Réglisse broutait près de la mageresse dont les doigts se refusaient à desceller la lettre de Tudh, comme si la préserver était préserver l'espoir de le voir revenir.

Il lui fallut attendre un long moment avant de prendre pleinement conscience que le jeune homme n'apparaîtrait pas devant elle pour sublimer ce paysage aux odeurs fraîches de printemps. D'un geste tremblant, elle ouvrit la lettre, écrin d'encre de tous les mots que Tudh lui laissait en guise d'adieu. À peine lut-elle son prénom tracé par la plume élégante du capitaine que ses lèvres tremblèrent.

Chère Henti,

Si cette lettre te parvient un jour, c'est que je serai mort, et tu te demanderas sans doute pourquoi elle t'est destinée, toi pour qui je ne suis rien. La réponse est simple, et pourtant tellement dure à formuler, car elle met à nu la part la plus vulnérable de notre âme, celle qui entre toutes fait de nous des humains : je t'aime, Henti.

Tu te méfiais de moi, je l'ai su, je l'ai compris, mais j'espère te laisser aujourd'hui le souvenir d'un ami qui t'aurait suivie jusqu'au bout du monde pour goûter, chaque jour, à ton intelligence, ta bravoure, ta détermination, ta générosité et ta combativité. Plus que t'aimer, je t'admire, et je partirai avec la certitude d'avoir rencontré la plus belle personne du monde.

J'en ai eu la confirmation sur le bord de cette falaise lorsque tu as accueilli mon secret avec respect là où il m'a toujours valu moqueries et brimades, là où l'on me frappait étant enfant afin de me prouver que l'existence n'était pas une toile de maître mais un sentier cahoteux et fangeux. Oui, c'est vrai, ils ont traîné mes rêves dans la boue, m'en ont dégoûté au point où je les ai moi-même laissés derrière. J'ai fait ce dont, toi, tu es incapable : j'ai abandonné. L'armée a été une porte de sortie, un passage vers un ailleurs loin de la misère.

Mais je me suis perdu en route.

J'ai erré durant des années avec l'unique envie de rester loin de ce village qui m'avait vu naître, de ces parents qui me battaient pour me façonner à l'image de l'homme qu'ils voulaient que je sois. Avec eux, je n'ai jamais eu le droit d'exister pour moi-même, j'étais redevable d'une dette qu'ils m'avaient inventée en me donnant la vie.

Entre la folie et la dérive, j'ai fait mon choix.

Tu ne le sais pas, mais j'ai passé les premières années de mon métier en tant que fantassin. Je dois mon statut de cavalier à une suite de curieux hasards et à la naissance d'un poulain qui, au débourrage, s'imposait en maître absolu de lui-même. Chaque fois qu'un homme voulait lui enlever ce droit, il le traînait dans la poussière sans le moindre remords, parce que sa liberté n'appartenait qu'à lui. Face à sa dignité, j'ai appris l'humilité… et sa passion pour les racines de réglisse ! J'en souris aujourd'hui (et je suis sûr que toi aussi en te souvenant de la nonchalance de ce gros nounours) pourtant sans ce détail, j'aurais dépéri.

Sans Réglisse, je n'aurais jamais trouvé le courage de te suivre dans ta quête.

Sans toi, je n'aurais jamais été heureux une seule seconde de ma vie.

Alors merci, Henti. D'avoir été là, de m'avoir vu et de m'avoir pris la main.

Tu sais, depuis notre discussion sur l'île de brume, je me surprends à rêver de nouveau à cette école d'art pour tous. Si elle avait existé, elle m'aurait sauvé la vie.

Pardon, je m'égare, mais les confessions de cette lettre me tenaient à cœur ; je ne les ai faites qu'à toi.

Ton éternel obligé
Tudh Aliya

Henti essuya ses larmes d'un geste fébrile, certaine à présent de l'aimer davantage et de vouloir par tous les moyens chérir son souvenir. Elle avait été mise sur la route d'un destin plus grand qu'elle-même, plus grand qu'eux deux, et c'était une occasion à saisir pour changer le monde, au moins un peu. La vie les avait réunis, leurs sentiments s'étaient manqués, mais leurs rêves se trouveraient.

Depuis son passage dans la bibliothèque de brume, puis dans celle de Labarna, pointait en elle l'envie de préserver et de transmettre la culture kussar.

Et pourquoi pas toutes les autres ?

Henti se leva, étrangement sereine, assurément prête à prendre sa vie en mains. Une fois en selle, elle jeta un dernier regard sur l'horizon duquel se rapprochait le soleil déclinant.

— Notre rêve sera assez grand pour porter ceux des autres. Je t'en fais la promesse, Tudh.

Elle lança Réglisse au galop.

Jédéas, frère d'armes de Tudh, l'attendait aux écuries. Il s'approcha au moment où elle posait pied à terre.

— Le prince Pithana voudrait vous voir pour parler du bûcher funéraire.

Le transport des trop nombreux corps jusqu'à la capitale étant impossible, ils étaient incinérés à quelques kilomètres du camp. Tudh, lui, aurait droit à une cérémonie officielle.

— Très bien. Je dois aussi lui parler de mon retour.

— Quand partez-vous ?

— À l'aube. J'ai de la route.

— Je vais m'occuper de vous faire préparer des vivres. Je les chargerai moi-même sur Réglisse.

— Réglisse ? répéta-t-elle, étonnée. Mais il appartient à l'armée.

— En dehors de vous, Tudh était le seul à pouvoir le monter. Ça lui a pris tout son temps libre pendant un mois pour y parvenir.

Henti leva la tête vers l'impressionnant étalon dont le calme ne laissait pas présager d'un si fort tempérament. Au souvenir de la lettre de Tudh et du passage consacré à l'animal, elle ne put retenir un sourire. Elle le laissa dans sa stalle avant de prendre la direction de la tente de commandement en compagnie de Jédéas qui lui narra comment Réglisse, curieux d'être tous les jours suivi par un humain, avait fini par le suivre à son tour et par l'accepter dès qu'il avait partagé avec lui des racines de réglisse.

La mageresse l'écouta avec plaisir parler de la vie de Tudh dans l'armée le temps du trajet jusqu'au quartier des officiers. Ils se quittèrent quand Henti retrouva Pithana, son connétable, Padiguem, Ashtiri et Maanebet. Là, il lui fut expliqué le lieu et le déroulement de la cérémonie au crépuscule, dans moins d'une heure, puis on vit avec elle les derniers détails.

Une fois le sujet clos, Henti se tourna vers les mages-guerriers et la grande prêtresse de Rhouti afin de solliciter leur aide.

— Tudh avait un rêve, amorça-t-elle. Celui d'ouvrir une école d'art pour tous. Le mien est de protéger notre mémoire collective, nos mémoires culturelles[1], en rassemblant dans un même lieu tous les écrits possibles. Puisque je suis dorénavant une mageresse-bâtisseuse, je bâtirai un lieu de savoir et de transmission sur ma terre natale.

— Je pourrais y transférer les ouvrages de Labarna, proposa Ashtiri. En plus, il est le seul à en avoir sur Naraba.

— Il me sera quant à moi facile de mobiliser mes copistes pour y ajouter les archives de Rhouti, ajouta Maanebet.

— Nous sommes également en mesure de fournir une aide financière, compléta Padiguem.

La spontanéité de leurs propositions, alors qu'elle n'avait même pas formulé sa requête, lui fit chaud au cœur et lui donna assez de courage pour oser une autre demande audacieuse.

— J'aimerais aussi que les mages-guerriers de Rhouti puissent transmettre leur sagesse à tous les étudiants en venant, selon leurs disponibilités, enseigner dans l'université Tudhaliya.

1. Souvenirs et expériences immortalisés par des rites commémoratifs.

Padiguem et Ashtiri échangèrent un regard complice.

— Ce serait intéressant, approuva la Lionne.

— Mais cela ne sera réalisable qu'une fois chaque ordre pourvu de ses trente-deux membres, ce qui risque de prendre quelques années, le temps pour Ashtiri de terminer sa propre formation, et pour nous deux d'achever celle de nos confrères et consœurs.

— On a besoin de temps, mais ça sera avec plaisir ensuite, conclut Ashtiri.

Henti les remercia avant de se tourner vers Pithana pour s'enquérir auprès de lui de la situation dans la forteresse d'Hattusa où une compagnie d'Ofayne avait été dépêchée. Envoyée au début de la guerre, elle ne l'avait rejointe que récemment et grâce à un portail matérialisé par Ashtiri, le prince avait pu donner l'ordre à la troupe de libérer les prisonniers et de surveiller la cité jusqu'à nouvel ordre, s'assurant ainsi que la bibliothèque resterait intacte.

Un soldat arriva à ce moment-là pour les informer que tout était prêt pour la cérémonie d'hommage.

Une brise naissante faisait claquer les étendards au sommet du plus haut plateau verdoyant de Vivcollines, à l'ouest du campement. À son extrémité, tourné vers le flamboyant couchant, le bûcher funéraire s'élevait pour rapprocher la dépouille de Tudh du ciel. Autour de lui, il ne manquait aucun soldat, aucun homme, aucune femme, car assister à la montée aux cieux d'un héros était un honneur suprême. Ainsi le prince d'Ofayne, en personne, conduisit la cérémonie, rappelant à tous ce que le monde devait au jeune homme allongé là, recouvert des oriflammes de Dryane, d'Ofayne et de Rhouti, que la grande prêtresse de Hereret-Niout avait elle-même disposés afin d'attirer sur le défunt la grâce des dieux. Son oraison terminée, Pithana garda un instant le silence, le temps pour les participants d'adresser une dernière prière au capitaine.

Senel sortit du rang. Sans un mot, elle planta au pied du bûcher l'épée d'Urunzimu, avant de retrouver sa place entre Riniri et Ashtiri.

Lorsque l'horizon commença à avaler le soleil, Pithana se saisit d'une torche allumée au feu d'un flambeau. Contre toute attente, il se tourna vers Henti pour la lui présenter. Si la mageresse hésita un instant, elle finit par l'attraper et par s'avancer vers la silhouette sous le tissu. Elle fut pourtant incapable d'esquisser le moindre geste supplémentaire quand elle prit conscience que le faire serait l'aveu d'un éternel adieu.

Il fallut pour la sortir des abysses de sa peine l'intervention muette d'Ashtiri et de Padiguem qui, une torche en main, se positionnèrent de part et d'autre du bûcher. Suivirent Céleste, Senel, Pithana et Maanebet, puis Jédéas, Eléric et Damase. Riniri et Jolinette, elles, restèrent en retrait par respect pour ceux dont le chemin avait croisé de manière significative celui de Tudh. Alors, Henti regagna courage.

Sous le dernier éclat du soleil, le bûcher s'embrasa quand l'épée d'Urunzimu se volatilisa.

Si le jour s'était terminé sur un adieu, il se leva sur la promesse de retrouvailles. Henti fut la première à partir ce matin-là, avec Réglisse et l'ambition de laisser une trace capable de survivre au temps.

LE DERNIER LION D'ALBÂTRE

Vint la séparation entre la délégation de Rhouti, enrichie de Senel et de Riniri, et le haut commandement d'Ofayne. Face à Pithana, Ashtiri ne put s'empêcher de se remémorer leur rencontre dans une obscure pièce d'une maison de Tyniry-sud. Il en avait fait, du chemin, son prince, tout comme elle. Elle était loin, la petite voleuse dont le seul rêve était de rentrer en Naraba. Aujourd'hui, sa vie se dessinait en Rhouti. Si elle la devinait épanouissante, celle de Pithana s'annonçait éprouvante, solitaire.

Ashtiri jeta un regard en coin à Shiro près de Maanebet.

— Tu n'as pas besoin de porter mes regrets, Ashtiri.

Elle fixa Pithana dont le sourire cachait mal sa détresse. Elle s'en voulut de ne pas avoir été plus discrète.

— Je vais te faire du mal.

— Non. Ce qui m'attend est la faute de ma nation, de mes ancêtres, de mon père, mais certainement pas de la tienne. Te connaître m'a rendu meilleur, t'avoir pour amie me permettra d'affronter n'importe quelle épreuve.

Ashtiri le serra dans ses bras quand il l'y invita.

— Peu importe la distance et le temps, je veillerai toujours sur toi, lui promit-elle. Si tu as besoin de moi, je serai là.

— Merci.

Le mot fit trembler la voix de Pithana, imperceptible reflet de son cœur affligé. Il fallut à Ashtiri tout son courage pour s'arracher à son étreinte et le laisser volontairement en pâture à ses démons personnels. Ce fut amère qu'elle lui tourna le dos, et coupable qu'elle disparut à travers un portail magique ouvert sur les sables de Rhouti.

Épilogue

Durant quatre lunes, l'Occident avait tremblé sous l'implacable soif d'équité de la désormais légendaire première Lionne d'ébène. La libération des esclaves, le démantèlement du trafic de Shri'Mta et la perte par Dryane du sud du pays, rallié à la mageresse Henti d'Hubishua, avaient plongé les royaumes frères dans un chaos économique et politique dont ils peinaient à sortir, au point de pousser le peuple à demander des comptes à une royauté impuissante. Acculé, Odélien D'Alinda leur avait livré un coupable désigné dont le crime lui avait valu le choix entre la mort et l'exil : Pithana.

Voilà quatre lunes qu'Ashtiri n'avait pas eu le loisir de profiter d'une journée sans devoir régler un problème. Bien qu'épaulée par Padiguem, Riniri et la garde sous les ordres de Senel, l'intensité de son rôle la laissa ce soir-là dans un profond état de lassitude.

LE DERNIER LION D'ALBÂTRE

Comme elle le faisait depuis son retour de sa tribu en Naraba, elle prit des papyrus contenant des mythes avant de se diriger vers la chambre de son pair dans laquelle elle entra une fois invitée. Elle le trouva sur son lit en train de lire des messages officiels. Ashtiri s'assit à côté de lui en lui tendant les histoires, geste qui fit naître un sourire en coin chez Padiguem.

— Tu as fait de gros progrès en lecture, se contenta-t-il de dire.

— Ne fais pas semblant d'être embêté, je sais que tu adores me conter vos histoires.

Touché, le Lion abandonna son affaire et commença sa lecture tandis qu'Ashtiri s'appuyait contre son épaule. Elle se souvenait toujours dans ces instants de sa chance d'avoir chaque jour à ses côtés un ami comme Padiguem sans qui elle aurait été incapable de tenir ses obligations. Cela expliquait pourquoi elle profitait de chaque occasion pour passer du temps avec lui, en particulier depuis qu'elle savait ne pas voir les prochaines Lionnes avant quelques années. L'idée qu'en ce moment même trente et une petites filles dans le monde attendaient de la rejoindre l'enthousiasmait au plus haut point.

Ashtiri commençait à sentir ses muscles se détendre l'un après l'autre quand l'alarme du port de Hereret-Niout gronda dans le crépuscule tranquille. Padiguem lâche les papyrus au moment où Ashtiri les amena tous deux de la chambre au quai en un claquement de doigts. Une agitation ordonnée y régnait, alimentée par les gardes de la cité venus protéger l'embarcadère contre le bateau arrivant. Sous la lumière fragile de l'heure bleue, Ashtiri reconnut le navire qui, pour la première fois, l'avait emmené sur la route de Rhouti.

Un incontrôlable sourire étira ses lèvres ourlées.

Épilogue

— Ce sont des amis ! annonça-t-elle.

La garde baissa armes et boucliers devant la passerelle sortie du vif *Chant-de-Bouc*. À son extrémité apparut Willias Ravenald à la barbe blanche toujours impeccable. Il se présenta devant Ashtiri en courbant le dos avec respect sans s'attendre à ce qu'une fois redressé, l'adolescente lui saute au cou. L'homme l'enlaça franchement, heureux de la trouver inchangée. Lorsqu'il la reposa sur le sol, il prit son visage en coupe :

— Quel beau bazar tu as mis dans les royaumes frères, jeune femme. Notre roi a pris dix années en quelques mois.

— Excusez-moi de ne pas en être peinée. Comment va Pithana ?

La joie d'Ashtiri retomba en même temps que le sourire du capitaine. Elle le pressa de parler pour faire taire l'insidieuse appréhension qui la tétanisait. Willias se redressa comme le fait un vieux militaire de métier, et s'adressa aussi bien à sa jeune amie qu'au Lion à côté d'elle :

— L'impréparation du roi a causé de graves troubles. Pour les régler, il n'a trouvé qu'une seule solution : faire retomber la faute sur un autre afin de diriger la colère de son peuple loin de lui.

— Willias, où est Pithana ?

— En exil, répondit une voix depuis le pont du navire.

Ashtiri se décala pour voir Pithana descendre sur le ponton et les rejoindre. Il n'avait pour voyager qu'un simple sac de toile en plus de son épée. En dépit de sa situation, il y avait en lui moins de peine que de soulagement.

— Je sollicite l'aide du Lion d'albâtre, de la Lionne d'ébène et de Rhouti.

— Tu es ici chez toi, Pithana, lui assura Padiguem.

— Je ne comprends pas, avoua Ashtiri. Tu as vaincu le Fléau, comment ton père a-t-il pu liguer votre peuple contre toi ?

— Il m'a présenté comme le complice de la Lionne d'ébène à cause de laquelle les esclaves ont été libérés. La diversion ne fonctionnera pas longtemps mais il espère pouvoir trouver une solution d'ici là.

— Ton connétable n'a rien empêché ?

— C'eût été une erreur. Sur mon ordre, il s'est officiellement désolidarisé de mes agissements afin de rester en poste. Il est désormais l'un des derniers remparts contre la chute d'Ofayne, tout comme les flottes du capitaine Ravenald, les troupes du nouveau général Lampron dont fait partie la lieutenante Jolinette.

— Garder nos fonctions est le meilleur moyen pour nous de faire vivre les idées de notre prince, compléta le capitaine.

Ashtiri avait beau comprendre, cela ne l'empêchait pas d'enrager face à cette injustice. Ainsi qualifia-t-elle la situation, jusqu'à ce qu'un aboiement attire l'attention de tout le monde. Sur le chemin menant au complexe des mages-guerriers se tenait le splendide chien sacré Sed. À sa vue, le visage de Pithana se détendit.

Peut-être était-il à sa place en Rhouti, après tout.

— Je crois que quelqu'un attend ta visite, dit-elle au prince.

— Tu devrais te dépêcher de le suivre, conseilla Padiguem à Pithana. Sed n'aime pas attendre. La chambre que tu occupais la dernière fois est libre, tu peux t'y installer.

Pithana les remercia avant d'emboîter le pas à *Celui qui ouvre la voie*. Ashtiri croisa les bras, en fin de compte heureuse de la tournure des événements.

Épilogue

Sur le chemin, Pithana rencontra les domestiques en charge d'allumer les derniers flambeaux. L'atmosphère sereine de cette partie de la ville lui avait tellement manqué qu'il en aurait pleuré si l'impatience ne le poussait pas en avant. Il avait rêvé ce moment tant de fois, être enfin là était à peine croyable.

Pithana évolua au milieu du chant des oiseaux nocturnes et du parfum de la végétation abondante jusqu'à la chambre devant laquelle il se sentit soudain fébrile. Son allure ralentit malgré lui, avant que son corps ne s'immobilise totalement sur le seuil. Agenouillé sur le sol là où la pièce s'ouvrait sur le jardin, sublime dans son kimono foncé, Shiro accueillit le chien sacré par un hochement de tête respectueux. L'animal se coucha devant lui et le laissa brosser son dense pelage noir.

Tétanisé sans savoir pourquoi, le cœur cognant dans sa poitrine, Pithana fut saisi d'un doute stupide quant aux sentiments du guerrier à son égard, car ni l'un ni l'autre n'avaient jamais formulé son inclination.

Une brise lui souffla soudain dans le dos, comme une invitation à rejoindre celui qui s'était redressé en reconnaissant un parfum qui, sur la peau du prince, exhalait une fragrance particulière. Shiro se releva à la seule force de ses jambes.

— Il y a quelqu'un ?

Sa voix brisa toutes les barrières de Pithana, mit à bas toutes ses interrogations pour ne laisser que la certitude de vouloir être là, avec lui.

Rien d'autre n'importait.

Il s'avança, matérialisant la réalité de sa présence par le bruit de ses pas.

— Pithana ?

L'intonation de Shiro portait tout à la fois son espoir de savoir le prince ici que sa peur d'être encore la victime de sa propre imagination. Mais quand Pithana posa une main sur son visage, tout devint limpide.

— Je suis rentré, Shiro.

— Que s'est-il passé ?

— Je me suis battu tant que j'ai pu, mais j'ai échoué à servir mon pays. Mon père a retourné mon peuple contre moi.

Accablé de honte, Pithana baissa la tête. Shiro la lui releva avec délicatesse, car le guerrier savait l'inéluctabilité de certaines défaites. Ce dernier effleura sa bouche du bout des doigts avant d'y déposer un baiser chaste.

— Bienvenue chez toi, Pithana.

Le silence confortable de leurs retrouvailles fut soudain perturbé par le bruit d'une course provenant du couloir. Dans l'embrasure de la porte de la chambre apparut Ashtiri.

— Le capitaine Ravenald et son équipage restent pour la nuit ! Ce soir, c'est festin ! annonça-t-elle en les attrapant par la main pour les traîner dans son sillage. Faut qu'on aille chercher Senel et Riniri !

Rejoint par l'ibis sacré Thot, Sed les regarda s'en aller. Assurément, cette humaine rendrait le monde bien meilleur.

Glossaire

Akvan : Esprit mauvais. Dive (esprit maléfique) de la mythologie perse. Il est mentionné dans l'épopée « Le Livre des Rois », ou « Shâhnâmeh », écrite entre 980 et 1010 par le poète persan Ferdowsi.

Albâtre : matériau naturel blanc qui peut être calcaire (albâtre égyptien) ou gypseux (alabastrite des anciens).

Anubis : homme à tête de chacal, dieu funéraire de l'Égypte antique, maître des nécropoles et des embaumeurs, psychopompe (guide des âmes défuntes).

Aruna : dieu de la mer chez les Kussar. Son nom signifie « mer » en hittite.

Bastet : femme à tête de chat, déesse égyptienne du foyer et de la maternité, musicienne, protectrice des femmes enceintes et des enfants. Dans ses colères, elle s'identifie à la déesse lionne Sekhmet.

Complexe des Lions : inspiré du labyrinthe de Crocodilopolis construit sur le lac de Moéris au nord de l'oasis du Fayoum en Égypte.

Épi du désert : dans l'univers du roman, plante non comestible du désert semblable à un épi de blé noir.

Fléau : ce qui détruit, ravage quelque chose.

Hâpy : personnification androgyne du Nil chez les Égyptiens.

Hattusa : capitale de l'empire kussar où étaient formés les mages. Elle est inspirée de la capitale éponyme de l'empire hittite située en Anatolie.

Hereret-Niout : Ville fleurie. Capitale de Rhouti connue pour son architecture impressionnante et ses rues fleuries. Hereret-Niout abrite le complexe des Lions où sont formés les Lions d'albâtre depuis la naissance de l'ordre.

Lion et Lionne cosmiques : dieux tutélaires de Rhouti. La manière dont ils sont représentés (le Lion visible, la Lionne dans son ombre) est inspirée de la représentation d'Isis et de sa sœur jumelle Nephtys.

Maât : déesse égyptienne de l'harmonie, de la conduite morale, de l'équité, de la justice, de la paix et de la vérité.

Ouadj-Our : cela signifie « Grand-Vert » (grand = our, vert = ouadj). C'était le nom que les Égyptiens donnaient à la Méditerranée, et par extension à la mer (c'est un clin d'œil à notre planète bleue).

Neith : très ancienne déesse guerrière de l'Égypte antique. Elle est souvent représentée sous la forme d'une vache, plus rarement sous celle d'un serpent.

Rakhsh : cheval accompagnant la déesse kussar Urunzimu. Il est inspiré du cheval du héros perse Rostam mentionné dans «Le Livre des Rois » de Ferdowsi. Rakhsh est connu pour sa grande force et son courage.

Rhouti : continent-pays désertique connu pour être le lieu où est né l'ordre des Lions d'albâtre et où ses membres sont formés. Le nom dérive de celui des dieux-lions jumeaux Routy égyptiens représentés comme deux lions dos à dos, avec entre eux le disque solaire. Liés à Shou et Tefnout, ils symbolisent l'horizon occidental et oriental.

Sed : très ancien dieu canin égyptien, forme archaïque d'Oupouaout. Il est l'éclaireur des cortèges dans les processions rituelles. Il est protecteur du Pharaon et garant de la Maât.

Sekhmet : déesse guerrière à tête de lionne de l'Égypte antique personnifiant la puissance destructrice du soleil. Pour apaiser sa soif de sang, il faut lui faire boire de la bière colorée de rouge.

Secha : Celle qui est un scribe. Déification du concept de sagesse dans l'Égypte antique.

Sobek : homme à tête de crocodile, dieu égyptien de l'eau et de la fertilité, fils de Neith.

Sothis : ancien nom de l'étoile Sirius. Sothis est le nom grec de la déesse égyptienne Sopdet, personnification de l'astre.

Tarhu : dieu de l'orage chez les Kussars, inspiré du dieu principal éponyme chez les Hittites.

Terre sombre : l'au-delà chez les Kussars, inspiré par la Terre sombre des Hittites.

Thot : homme à tête d'ibis, dieu érudit lunaire de l'écriture, scribe des dieux, messager.

Urunzimu : Déesse-Soleil de la terre chez les Kussars, maîtresse de la Terre sombre. Elle est inspirée de la déesse éponyme hittite.

Vampire : créature hématophage allergique au soleil et incapable de traverser de l'eau vive. Inspiré du vampire du folklore européen, revenant qui partage ses points faibles.

Zaliyanu : montagne citée à la fin de la première version de « Le combat du dragon », texte mythologique hittite.

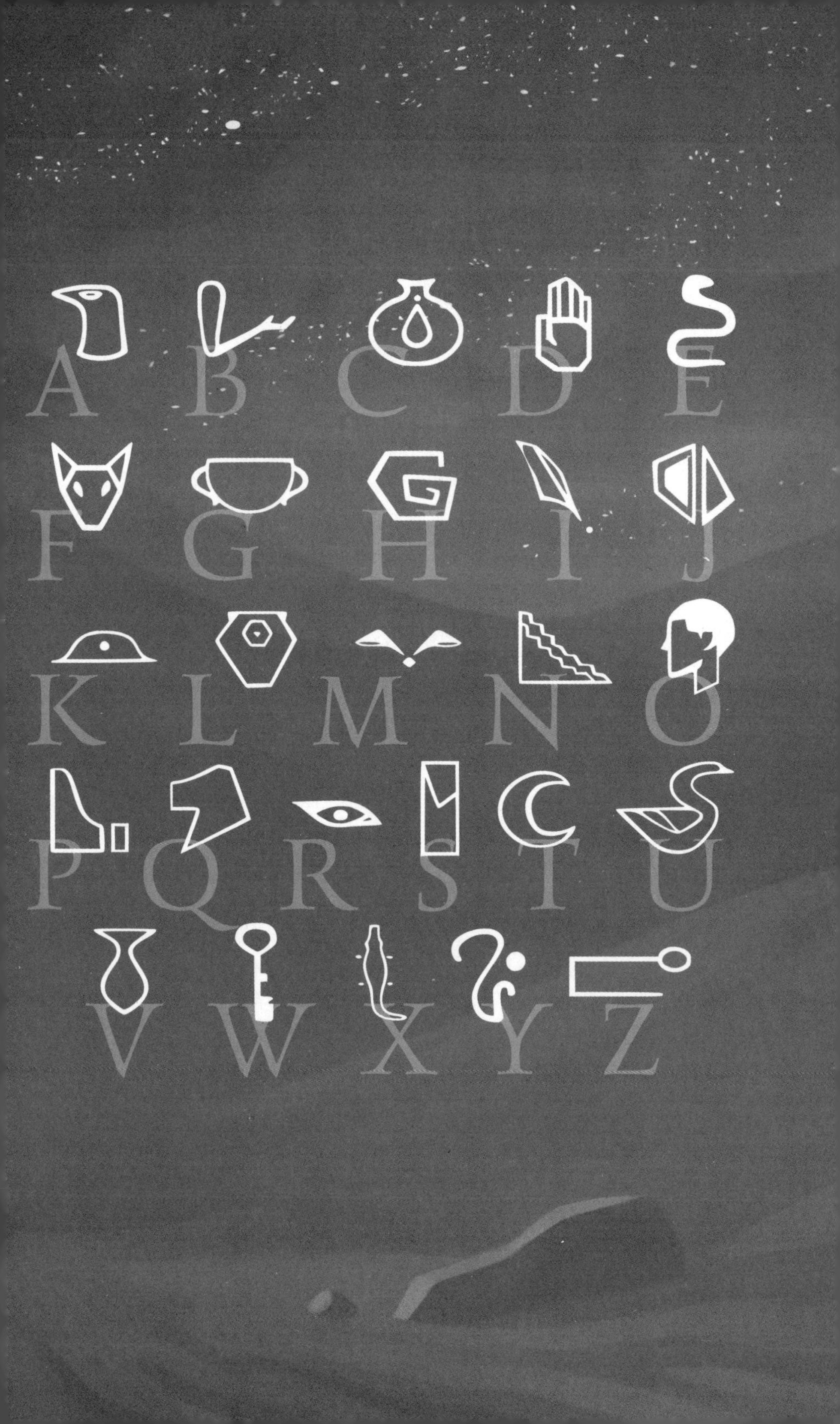
A B C D E
F G H I J
K L M N O
P Q R S T U
V W X Y Z

Personnages

Anitha D'Atrinda : roi de Dryane, cousin d'Odélien D'Alinda et de Moréas D'Agrinda.

Ashtiri : petite sœur de Senel, meilleure amie de Riniri. Marquée comme esclave à l'âge de dix ans, elle est devenue voleuse à Tyniry.

Céleste Lampron : capitaine ofaynien sous les ordres de Quantor Rildebart, grand frère de Jolinette. Céleste est proche du prince Pithana.

Duhepa : grande sœur d'Henti. Fermière kussar.

Gontran Lampron : père du capitaine ofaynien Céleste Lampron.

Hantili : écrivain kussar spécialisé dans le folklore de son peuple.

Henrietta Cadice de Lirel : historienne politique d'Ofayne.

Henti : fermière kussar descendante d'une lignée de marins. Petite sœur de Duhepa.

Hermidas Nobertin : connétable d'Ofayne et grand ami du prince Pithana.

Huzziya : écrivain kussar spécialisé dans la mythologie de son peuple.

Ijjari : fait partie des premiers Narabiens enlevés pour le compte d'Ofayne. Elle sert au palais dont elle connaît tous les recoins.

Jédéas Louradin : fantassin sous les ordres de Tudh Aliya.

Jolinette Lampron : petite sœur du capitaine Céleste. Apprentie forgeron, elle s'entraîne pour devenir militaire sous les ordres de son frère.

Labarna : mage-bâtisseur kussar, responsable des archives d'Hattusa, né cent vingt ans avant le début de l'histoire. Il est inconsciemment l'hôte de l'esprit maléfique Akvan.

Luzette Lampron : femme de Gontran, mère de Céleste et de Jolinette.

Maanebet : Celle qui voit tout. Grande prêtresse actuelle de Hereret-Niout, grande sœur de Padiguem.

Moréas D'Agrinda : roi de Tiyane, cousin d'Odélien D'Alinda et d'Anitha D'Atrinda.

Nikkalmati : épouse d'Odélien D'Alinda, mère des princes Henrion et Pithana. Descendante kussar, diplomate d'Ofayne auprès du Tjo. Elle est décédée un an et demi avant le début de l'histoire.

Odélien D'Alinda : roi d'Ofayne, père du prince héritier Henrion et du prince Pithana, cousin de Moréas D'Agrinda et d'Anitha D'Atrinda.

Padiguem : Celui qui trouve. Dernier Lion d'albâtre actuel, petit frère de Maanebet.

Riniri : meilleure amie d'Ashtiri. Princesse d'une tribu de Naraba, elle a été enlevée, vendue comme esclave, puis s'est enfuie à Tyniry où elle a dû se prostituer pour survivre.

Senel : grande sœur d'Ashtiri. Enlevée et vendue comme esclave en même temps que sa petite sœur.

Séshathtotep : Sesha apaisée. Scribe et traductrice de Rhouti sous les ordres de Maanebet.

Sonibert De Sauvin : historien ofaynien.

Tudh Aliya : lieutenant de Dryane. Lancier au début de sa carrière, il est actuellement cavalier. Il est le supérieur de Jédéas Lauradin.

Ulride Devalcourt : général d'Ofayne.

Vilbond Wilrose : général dryanien, supérieur de Tudh Aliya.

Willias Ravenald : capitaine de la goélette militaire *Chant-de-Bouc.*

Ydège D'isari : historien ofaynien, mentor de Sonibert De Sauvin.

Remerciements

L'écriture de *Le dernier Lion d'Albâtre* a été une longue aventure que j'ai eu la chance de partager avec des personnes formidables. Je profite de ces quelques lignes pour leur rendre hommage.

Je tiens à remercier en premier lieu Emmanuelle Teste, animatrice en égyptologie qui a été ma référente pour décrire Rhouti et sa mythologie. Le roman n'aurait pas existé sans sa passion pour l'Égypte antique !

Merci ensuite à Émilie Milon, ma partenaire de crime en écriture depuis de très longues années, qui m'aide à m'améliorer sans cesse.

Merci à Roxane Dambre et à son coaching personnalisé qui a fait gagner à mon Lion une structure plus solide. Ses conseils d'écriture me sont très précieux. Et pour celles et ceux qui en doutent encore : oui, écrire s'apprend, tout comme la musique ou la peinture.

Merci également à toute l'équipe de Gulf stream éditeur, en particulier à Alice, mon éditrice, à Tiphaine, ma directrice artistique et à Maud, ma correctrice, qui ont bichonné mon roman pour en faire l'histoire et l'objet que vous tenez entre les mains.

Merci à Elsa Roman et à Victoria Alessandri pour avoir embelli mon univers grâce à leurs illustrations.

Et enfin, parce que vous avez assisté aux balbutiements des péripéties d'Ashtiri et de toute sa bande, merci à mes lecteurs.ices de Wattpad pour chaque chapitre lu, chaque vote donné, chaque commentaire laissé. Sans vous, ce roman ne serait jamais allé aussi loin.

Dana B. Chalys

Née en 1988 non loin de Toulouse, Dana a baigné dans la science-fiction, les mythes et les légendes depuis l'enfance. À défaut d'une carrière de chasseuse de trésors occultes ou d'aventurière intergalactique, elle est devenue romancière. Son credo ? La SFFF (Science-fiction, Fantasy, Fantastique), le café et les œuvres animées, avec un faible pour *Scooby-Doo*, *Princesse Mononoké* et *Vision of Escaflowne*.

Poussée par son amour des *crossovers*, Dana développe un multivers au croisement des genres de l'Imaginaire : les Chroniques des deux Terres, composé à ce jour de dix nouvelles et d'autant de romans. Cela lui permet de ne renoncer ni aux chasses aux trésors ni aux aventures spatiales !

Reproduit et achevé d'imprimer en janvier 2023 (2e tirage)
par Abedik, en Pologne,
pour le compte de Gulf stream éditeur,
31, rue Alfred-Riom
44100 Nantes
www.gulfstream.fr

Dépôt légal 1re édition : septembre 2022